DANS LA PEAU

D'UN

THUG

© 2013 – IS Edition
Marseille Innovation. 37 rue Guibal.
13003 MARSEILLE
www.is-edition.com

ISBN (Livre) : 978-2-36845-047-5
ISBN (Ebooks) : 978-2-36845-048-2

Illustration de couverture : Fotolia

Direction d'ouvrage : Marina Di Pauli – IS Edition

Retrouvez toutes nos actualités sur Facebook et Twitter :

www.facebook.com/isedition
www.twitter.com/IS_Edition

Nargesse Bibimoune

Dans la peau d'un THUG

IS EDITION

Remerciements

Si ce livre a vu le jour, c'est avant tout grâce à Dieu.

Merci aussi à Harald Bénoliel d'avoir cru en ce livre. Merci à ma famille et mes amis qui m'ont toujours soutenue et encouragée dans mes démarches d'écriture, et en particulier à ma mamoune. Un hommage à mon défunt papounet – que Dieu ait son âme - qui m'a transmis l'amour des livres et qui me manque un peu plus chaque jour qui passe.

S'ajoute à cela le soutien inconditionnel de mes lecteurs présents depuis le début, qui m'ont poussée à chaque fois à aller au plus loin dans mon histoire. Je tenais à leur dédicacer ce livre car sans eux, rien de tout cela n'aurait été possible. Merci à vous d'avoir fait vivre ce récit car les écrits n'ont de sens qu'à travers les yeux d'un lecteur.

Enfin de toi à moi, ce livre est à cause de toi et pour toi.

Prologue

« Ya nod[1] ! »

Ma mère referme la porte. Je l'entends pester contre moi en s'adressant à Dieu. J'ouvre les yeux difficilement. Le visage gonflé, la bouche pâteuse, je me tire enfin de mon pieu. Quinze heures et j'entends déjà sa petite voix qui se plaint de moi. J'ai honte.

Yemma[2], si tu savais comme je souffre de toutes les contradictions avec lesquelles je vis. Tu penses que la vie est aussi simple qu'à ton époque, mais notre génération est pourrie jusqu'à la moelle. On cherche la caillasse Yemma, y a que ça pour s'en sortir… J'aimerais te prendre dans mes bras, mais j'ai les mains trop sales pour oser te toucher à nouveau.

J'ai fait des choses dont je ne suis pas fier et aujourd'hui, j'en ai le cœur carbonisé de toutes ces slatas[3]. Tu persistes à y semer des graines Yemma, mais rien n'y pousse, rien n'y vit.

Une journée de plus à tenir les murs, discussions entre cas soc', chicha, habta[4], on se *checke*, on se parle avec les mains et avec les mots on est plein de « hachek[5] ». On remanie la langue de Molière, *« on la plie à notre vouloir dire »*, comme dirait Aimé Césaire[6].

C'est nos vies ; elles ne prennent de sens qu'autour de ces discussions, ou lors de ces soirées où l'adrénaline monte et que le butin

1 *« Lève-toi ! ».*
2 *Maman.*
3 *Salades, histoires.*
4 *Alcool.*
5 *« Sauf ton respect ».*
6 *Poète et homme politique français (1913 - 2008).*

est acquis, Yemma. Ces soirs-là, on brade nos vies pour pas grand-chose, on risque les quinze piges fermes pour seulement cinq mille euros…

Mais c'est uniquement ainsi qu'on se sent vivre. C'est chaud à dire, mais malheureusement il n'y a que dans le hlam[7] qu'on se sente épanouis. L'illicite nous offre tout ce qu'on n'a jamais eu : des thunes, des frères, mais surtout un sens à nos vies.

Tu sais Yemma, j'aurais voulu que tu sois fière de moi, que tu marches la tête levée par l'idée que ton fils s'en soit sorti. J'aurais voulu faire de toi une reine. Et pourtant, voilà vingt-cinq années que je suis sur Terre, vingt-cinq années que je fais tout de travers… Je n'ai rien changé, ni dans ma vie, ni dans la tienne. Enfin, si.

À toi, je t'ai apporté tous les maux qu'un fils peut amener à sa mère : les conseils de discipline, les exclusions, puis les perquisitions à la maison, les G.A.V[8], les maisons d'arrêt, la prison… Je t'ai fait vivre le pire alors qu'au fond je cherchais pour toi le meilleur ; j'aurais voulu faire de toi une « vraie » dame… Mon esprit était plein de bonne volonté, mais ma vie est vide d'acquis, vide d'action. Vingt-cinq piges et j'en suis toujours au même point : comprendre qui je suis.

Si je te racontais nos vies Yemma, tu n'en reviendrais pas ; tu n'en dormirais plus, tu ne nous croirais pas, toi qui t'es battue pour venir ici et nous offrir la chance de construire un réel avenir.

Ça a commencé par la déscolarisation, des profs qui ne comprenaient pas que depuis le berceau on avait la rage. La haine grouillait en nous et on n'y pouvait rien : elle nous ruinait le cœur. Y avait la vie qu'on nous montrait à la télé et et y avait cette putain de réalité en bas des tours ; dès le plus jeune âge, on était les spectateurs de la déchéance des spectres de la tess[9], ces morts-vivants qui déambulaient entre les tours de ciment à la recherche de quelque chose – une lueur peut-être –, mais qui n'ont trouvé que la came pour les combler. Nos seuls modèles étaient ces jeunes déchirés, ivres morts de s'être espérés libres.

---

7 *Interdit au sens religieux.*
8 *Garde à vue.*
9 *Cité.*

Le temps d'une soirée, on les voyait à bout de souffle – hantés par un passé qui les détruisait à petit feu – trouver leur seule issue dans la drogue et ne plus voir la limite entre suicide et overdose. Alors que faire ?

Que dire, Yemma, quand à la rentrée on te demandait : « Comment se sont passées tes vacances ? » et que toi, à part tes aller-retours au supermarché du coin, t'avais jamais quitté ta cité ? Et que ta vie oscillait entre tes foots sous le cagnard estival et tes visions d'horreur nocturnes ? Hein, Yemma, comment trouver sa place à l'intérieur de ce fossé qui séparait leur monde du nôtre ?

On essaie tant bien que mal de s'insérer, de se poser ; on est tous pleins de projets et remplis de bonne volonté.

Mais wallah[10], Yemma ! la réussite, elle nous esquive, elle nous feinte, y a que l'illicite qui tend les bras. Comme le dit Kery James[11] : « On a palpé le fric, des sommes astronomiques, et comme ça, un jour on te demande de travailler comme un iench[12] pour le SMIC… ».

J'pourrais te parler de nos vies pendant des heures, de nos tourments, de nos tracas, de nos cauchemars, mais à quoi bon ? À quoi bon si ce n'est pour surcharger d'autant plus ton fardeau d'avoir enfanté une vermine ?

Pingouin m'appelle :

— Wai Pingouin.

— Bien ou quoi ?

— J'me lève zerh[13], tu veux quoi ?

— Y a un plan ce soir, j'te tiens juste au jus.

— Un plan à l'arrache[14] ? Azy[15], c'est plus pour moi wallah ! Faut que j'arrête ces trucs, mon frère.

---

10 *Jurer sur Dieu.*

11 *Jeune rappeur français né en 1977 et converti à l'Islam après qu'un de ses amis ait été assassiné.*

12 *Chien.*

13 *Onomatopée marquant l'énervement.*

14 *Fait précipitamment.*

15 *Vas-y.*

— Fais pas ta mouille[16] frère, y a trop de *love*[17] à la clef, on a besoin de toi.

— Nan frère, wallah je dev...

— Ah, mais d'ac, tranquille la famille ! Wallah, je retiens.

— Qu'est-ce t'as ? Tu fais ta vieille meuf énervée ?

— Tu parles de meuf ? Alors qu'à cette heure-ci t'es une sacrée mouille ? Y a besoin de toi, les frères ils t'appellent tranquille pour faire partager la galette et toi, tu fais la salope. Bah, vas-y tchô !

— C'est toi la salope ! Azy la famille appelle vers minuit, j'ai deux trois missions à faire avant.

— J'savais que t'allais pas faire ta pute ! Vas-y tchô la feumi[18], y a ma mère qui m'attend.

Voilà, Yemma. Voilà ce qui m'entoure : mes frères de la rue, d'autres soldats déchus, des vermines au cœur aussi noir que du charbon, mais... qui possèdent en eux quelque chose. Une richesse insoupçonnée.

Minuit passé, Yemma dort déjà. Elle ne m'a pas adressé la parole de la journée ; elle m'a juste laissé une assiette dans le four. Des attentions de maman aimante, mais détruite...

J'attends l'appel de Pingouin, calé avec deux trois frères en bas des blocs ; on fume à s'enfumer le cerveau. Topo de ce qui se passe la cité ces derniers temps.

Farid va se marier avec cette michto[19] de Selma. Wallah, c'est un des rares mecs bien de la tess et il a fini avec une professionnelle de la hachekalité[20]. Ça fait mal au cœur, mais on n'y peut rien, c'est la vie. Shab, on va lui dire quoi : « Ta meuf c'est une Vr6[21] » ? Et après quoi ? Il va la plaquer et revenir se poser sur un banc avec nous en se lamentant sur sa vie ?

---

16 *Ne fais pas ton peureux.*
17 *Argent.*
18 *Famille.*
19 *Michtonneuse.*
20 *Tout ce qui a trait à la sexualité.*
21 *Fille facile, en référence à une marque de voiture sportive.*

Nan nan, tire-toi mon frère ! Si tu peux t'en sortir, fonce wallah. C'est toujours mieux que de te déchirer la gueule tous les soirs et finir par insulter tout ce qui t'entoure, même ces putains d'étoiles qui nous éclairent. Parce que dans le fond, on le sait : jamais on aura la chance de briller comme elles, même pour une nuit.

Deux heures du matin. On va se poser dans un appart' où crèchent deux, trois meufs… Musique, habta, petites go fraîches, mais toujours pas de signe de vie de Pingouin. On déguste du bon son la mine plus bas que terre, on grille le temps à abuser des plaisirs charnels de la vie. C'est crade...

Six heures du matin, un coup de fil anonyme.

— Ouais, ouais c'est bien moi ; je suis son pote, enfin son ami quoi. Si... je l'ai eu au téléphone vers euh... quinze heures hier je crois, mais il allait très bien ; on devait se rejoindre dans la soirée.

— ...

— Hein ? Quoi ? Comment ça ? ... Arrêtez, wallah… Nan... Nan ils n'ont plus le téléphone chez eux. Mais wallah, nan, ce n'est pas possible... mon frère…

Le cellulaire se fracasse sur le sol et ma voix se brise en un sanglot qui m'étrangle…

Bâtarde de vie ! Jusqu'au bout, elle nous encule. Pingouin s'est fait descendre vers quinze heures cet après-midi de fin janvier... Peu de temps après mon coup de fil, il a été retrouvé dans une cave, une des plus glauques de la cité. Histoire d'héroïne qui s'est mal finie d'après la Police. Il devait rejoindre sa madré. Je crois même que c'était son anniversaire. Et bordel ! C'est à moi de leur annoncer, à elle et à sa fille, que le seul homme de leur vie s'en est allé pour une autre... Mon frère.

Je sens le sol faillir sous mes pieds. Mon frère s'est fait buter et moi j'continue d'exister dans le néant de cette vie, à la lueur de cette funeste liste des martyrs du ghetto dont je ne tarderai pas à rejoindre les noms.

Yemma, y a pas d'issue ; on est condamnés à périr, damnés pour la vie. On naît poussière et on finira poussière.

Chapitre 1

Il suffit d'y croire

Je marche dans la rue, capuche sur la tête pour me protéger du froid de l'hiver. J'passe incognito, une bouteille de « 16[22] » à la main. J'essaie d'étouffer ma peine dans ce putain de poison. Dix heures du mat' et déjà habate[23].

En sortant de chez le baveux[24], ton image me revient. Pingouin, depuis ton enterrement, dix fois que tu viens dans mes putains de cauchemars. Wallah mon frère, j'ai mal quand je te vois, parce que… parce que t'es pas bien ! T'es pas serein, pourquoi bordel ? Pourquoi quand les autres ils parlent des rêves de leurs morts, c'est des trucs positifs ? Pourquoi quand je te vois, t'as une sale mine wallah, visage noirci par je-ne-sais-quoi mon frère ? Pourquoi tu me regardes avec tes heynesses[25] comme si t'avais envie de chialer toutes les larmes de ton corps ? Pourquoi mon frérot ? Même la mort n'est pas du répit pour nous, hein mon frérot ? Wesh, mais j'ai jamais demandé à exister moi ! Ni la mort ni la vie comme soulagement ; c'est quand qu'on aura notre part de bonheur, hein mon frérot ?

Tu sais, mes histoires avec le bled ne m'ont pas permis de venir à ton enterrement. Un coup de plus dans mon moral : ne pas être là lorsque

---

22 *Référence à la bière « 1664 ».*
23 *Saoul.*
24 *Avocat.*
25 *Yeux.*

de terre ton corps fut recouvert. Tourmenté par mon propre esprit, y a plus personne pour évacuer, plus personne pour m'entendre te pleurer. Au final, ta mort fait partie de ces choses qui ne se disent pas, de ces choses tellement hard que tu les vis seul, en silence.

À l'aéroport, de loin, j'ai guetté ta famille. Mais je n'assumais pas, je ne pouvais pas les accompagner jusqu'à la porte d'embarquement sans monter avec eux dans l'avion. Je n'assumais pas le mutisme dans lequel ta sœur était tombée après avoir appris ta disparition. Je n'assumais pas les larmes de ta mère, les cris des voisines, le regard faussement affecté des hypocrites, la peine de tous, ma propre douleur. Je n'assumais rien de ta mort. J'suis resté là, planqué dans un café de l'aéroport, à les regarder embarquer au loin. Un jour, j'y arriverai.

Tu sais, les frères du quartier m'esquivent gravement. Mes paroles empestent la mort, au sens premier du terme. Je n'ai pas d'autre sujet en tête. Mes mots, ce sont des putains de coups de shlasse[26] dans leur moral wallah. Ils ne font plus le poids face à la lourdeur de mes larmes. Mes peines sont comme des armes qui viennent braquer leur quotidien… C'est des lâches, ils n'arrivent pas à tenir face à la réalité de nos existences ; on est né dans la merde, on mourra dans la merde et à notre mort, on sera tous dans la merde.

Mon pote s'est fait tuer il y a un mois de ça et les pleurs sont déjà passés ; les gens ont repris le cours normal de leur vie, comme si Pingouin n'avait jamais existé. Alors, c'était donc ça la vie ? T'es là, tu fais de ton mieux pour exister, puis un fils de chien vient t'abattre et en un mois, c'est comme si t'avais jamais vécu ?

Ils m'abandonnent tous au fur et à mesure : mon père, qui s'est tiré avec une plus jeune ; ma meuf, qui s'est tirée avec un friqué, un qui la comprenait mieux. Tout le contraire du pouilleux que j'étais : rien dans le cœur mais, surtout, rien dans les poches. Et puis maintenant c'est mon pote. Mon pote qui s'est fait buter comme un malheureux… Il me reste quoi à moi ? *Mon frérot, je fais quoi moi ici, hein ?*

---

26 *Un canif.*

J'continue quand même d'être là. Y a plus de lumière en moi, juste un putain de trou de noir qui aspire tout sur son passage. Même la peine, je finirai par plus la ressentir. Je serai comme ces morts-vivants que l'on a fréquentés toutes ces années. À l'époque, on était jeune et on avait encore de l'espoir. Et ouais, on se pensait mieux qu'eux parce qu'on croyait fermement que notre roue à nous, elle n'avait pas encore tourné. Mais ces bâtards, ils nous avaient pas dit que la roue, on s'l'était faite chourave[27] à la naissance.

Je me cale à un arrêt de bus près de chez le baveux, en direction du Service Pénitentiaire d'Insertion et de Probation – le SPIP –, quand quelqu'un me sort de mes pensées.

— Excuse-moi, tu as fait tomber ça.

— Ah ouais ?

C'est une meuf tout sourire. Elle me tend un papier. Une convocation au tribunal que mon baveux m'a transmise pour des histoires de *shit*.

— Ouais, bah merci.

— Oh ! c'est pas grave. T'inquiètes pas ça se passera bien, si Dieu le veut.

Je la fixe droit dans les yeux. Qu'est-ce qu'elle a cette dingue à taper la causette shab[28] c'est ma pote d'aventure ? C'est gentil wallah, ses paroles elles me vont droit au cœur. Ça fait longtemps que quelqu'un n'avait pas essayé de me remonter le moral. Elle aurait pu piétiner les papiers et faire comme si elle n'avait rien vu tomber. Je vais faire un effort. Je hamoufle[29] ma « 16 » derrière mon dos.

— Pas besoin de la cacher, ta boisson. Je sais que c'est une marque de respect, mais voilà si tu te caches pas de Dieu, s'il te plaît cache-toi pas de moi.

BAM ! dans la tête. Wesh elle veut quoi celle-là ? Elle est venue pour me faire la morale ? *Pauvre fille, tu connais quoi de ma vie pour venir avec tes jugements ?* J'vais la remballer sec.

---

27 *Volée.*
28 *Genre.*
29 *Cache.*

— Ouais vas-y, c'est bon qu'est-ce que j'en ai à foutre de toi. Je cachais rien du tout.

— Tant mieux alors. Au fait, moi c'est Aria. Et toi, c'est quoi ton prénom ?

Nan, mais elle gratte l'amitié ! Mais qu'est-ce qu'elle me veut, sérieux ? J'suis un habteu[30], j'empeste les salles gardav[31]' sales et j'suis cramé du faciès jusqu'au cœur. Alors pourquoi elle vient me parler ?

— C'est Youssef, mais appelle-moi You s'te plaît.

— OK, You. Et tu vas où en cette heure si matinale ?

Elle s'adresse à moi d'un air enjoué, genre on a une mortelle conversation et elle est super heureuse de me parler. Quand elle saura qui je suis, elle va virer de la carafe[32] et m'abandonner… Comme tout le monde d'ailleurs. Mais elle a l'air sincère. Ce serait un signe ? Un signe du Très Haut pour me dire que la vie n'est pas tant une hachek que ça ?

— Ouh ouh, You ! Peut-être je te dérange. À la prochaine alors.

— Nan nan tranquille, je faisais rien de particulier. Et toi ?

Elle vaut peut-être le coup.

Nous prenons le bus ensemble. Il y a quelques minutes, je buvais comme un trou pour essayer de combler un vide permanent et là, je me retrouve à faire la conversation avec une meuf qui ne m'a pas l'air conne du tout. Enfin, faire la conversation... Non, plutôt l'écouter parler. Car je n'ose pas trop ouvrir la bouche, vu l'odeur qui s'en dégage : celle de l'alcool, mais surtout celle du ter-ter[33]... Je ne veux pas qu'elle voie à travers mes mots que je suis qu'un pauvre mec de cité qui passe ses jours à attendre que… Attendre quoi ? Wallah même moi, je ne sais pas. Elle ? Elle vit putain ! Elle vit et elle a l'air heureuse. Wallah c'est fou, j'ai toujours eu l'impression que les gens heureux m'esquivaient. Mais pas elle ; elle est venue vers moi et c'est elle qui tape l'amitié.

---

30 *Homme bourré.*
31 *Salles de garde à vue.*
32 *Être surpris.*
33 *Quartier.*

— Bon je m'arrête là, j'dois faire des courses pour chez moi. On se recroisera peut-être dans le bus.

J'hésite à lui demander son numéro. Je suis pas comme ça d'habitude ; mais si je laisse passer ma chance, j'en aurai peut-être plus.

— T'as pas un num' pour faciliter notre nouveau croisement ?

Je bégaie un peu pour sortir cette phrase. Elle me sourit et me dicte son numéro. Elle s'en va et me laisse seul avec mes pensées. J'étais plus bas que terre et en une rencontre, je reprends plaisir à parler. Aujourd'hui encore je sombrais, et j'ai l'impression d'avoir trouvé une bouée de sauvetage dans l'océan de mes putains de malaises. Je m'emballe gravement. Mais ça fait tellement de bien d'avoir de l'espoir.

Je lui envoie un message en arrivant au SPIP : « *Cé You.* ». J'vais pas non plus abuser : je lui ai demandé son num', j'vais pas parler genre j'suis pote d'enfance !

Elle me répond quelques secondes plus tard alors que je fais mon pointage : *« Hey You, heureuse que tu m'aies envoyé ton num', heureuse de t'avoir connu aussi, heureuse tout court. »*.

Elle me drague, wallah je crois qu'elle me drague. Mais ce n'est pas la drague des michtonneuses. Nan, ça c'est la drague des meufs bien… C'est propre et j'ai limite envie de faire le mec « j'm'en rends pas compte ». J'suis un môme. Putain, ça doit faire mille ans que j'me suis pas pris la tête pour des broutilles pareilles et ça fait sacrément du bien.

C'est vrai que ce dernier mois, ma vie se résumait à ruminer dans mon coin mon putain de malheur et à mes allers-retours pour mes problèmes judiciaires. J'avais l'impression de ne voir mon quotidien qu'en noir et blanc. Il n'y avait plus de couleur, plus de lumière, plus de gaieté. Wahou ! Le mot « gaieté », limite il s'était fait buter du crew[34] de mon vocabulaire : trop de temps que je ne l'avais pas dit, ni même pensé.

---

34 *Groupe.*

Je sors du SPIP aussi vite que je m'y suis rendu. Je dois venir pointer chaque semaine, sinon c'est la taule direct. C'est censé être un suivi particulier, mais concrètement, c'est juste du pointage et en deux-deux c'est fait. La justice doit se donner bonne conscience en se disant : « on les a à l'œil puisqu'ils viennent chaque semaine comme des robots pointer dans nos locaux. ». Ce genre de pensées obscurcit mon humeur et je me focalise sur la conversation avec la petite Aria.

Je lui réponds un « LOL » tout droit sorti de cette génération qui se parle en SMS. Ça fait mec heureux de répondre « LOL », nan ? Ou beleck ça fait bolosse ?

Mais qu'est-ce j'en ai à faire ? C'est une meuf comme une autre, j'l'emmerde ! Si elle trouve que ça fait bolosse, je la séquestre dans le coffre de ma gov' : on verra c'est qui le bolosse !

On passe la journée à parler par textos. Elle me dit que je suis drôle car selon elle, je ne réponds que par onomatopées. C'est la folie, j'ai mis au moins dix minutes à me souvenir de la signification de ce mot. L'abandon de l'école, ça laisse présager un avenir creux pour nos cerveaux.

Elle veut me parler par téléphone ce soir et je ne suis pas rassuré. Wallah ça craint ! J'ai fait des affaires avec des truands, des fous, des *dealers*, mais j'pinaillais beaucoup moins qu'à l'idée de parler avec une petite meuf au téléphone...

Pour me détendre un peu, je commence à faire des tractions sur la barre que Salim avait installée à l'entrée de la chambre. C'est à ce moment-là que la madré arrive. Elle a un sourire resplendissant et m'annonce que le frérot revient ce soir du bled.

Je me pose sur mon lit pour atterrir. Bordel, ça fait trois piges qu'il s'est tiré là-bas pour laisser se tasser deux trois affaires louches. Trois piges qu'on s'est pas vus, lui et moi… Un monde s'est écoulé entre-temps, et je lui en veux de ne pas être allé voir Pingouin à son enterrement. Il l'a toujours fait à la fou avec moi, mais sur ce coup, il a franchi toutes les limites.

Il arrive vers dix-huit heures. Il franchit le seuil de la porte sourire aux lèvres, bronzé, dégradé frais, sac de sport en main et *tee-shirt* du bled sur les épaules. Il a gonflé le bâtard, c'est devenu un buffle. Il devait avoir le temps de pousser vu qu'il a passé les trois dernières années ans sans bosser ni bouger, à se faire entretenir par la grand-mère là-bas.

Il prend Yemma dans ses bras et son geste me choque. Wesh il n'a pas honte ? Tu serres pas un être aussi pur dans tes bras quand tu as fait des trucs sales, quand t'es pas capable de rendre des vrais services à la famille. Wallah mon frère, on n'est pas sur le droit chemin, mais on a des principes. Va falloir lui dire deux trois mots au petit frandjo[35]. Pour l'instant, je le laisse profiter de la mama ; elle est tellement heureuse. C'est son petit moment de bonheur, peut-être le seul qu'elle va vivre avant des mois. Je pense à elle et mon cœur se brise.

Yemma : une femme tellement forte dépassée par la bêtise humaine, une guerrière qu'on a toujours traitée en victime. Elle a passé vingt ans de sa vie à servir un homme qui a fini par se tirer avec une femme plus jeune et plus féconde.

Après mon frère, ma mère n'a pas pu avoir d'autre enfant et pour ça, le padré lui en a toujours voulu. Cette putain de fierté maghrébine à enfanter comme des lapins. Comme si la valeur d'un homme se mesurait au nombre de garçons qu'il allait engendrer, et celle d'une femme à la quantité de rejetons qu'elle allait porter. Pas à l'éducation qu'ils allaient leur prodiguer, nan ; ça mahlish[36]. De toute façon chez nous, tu t'éduques seul ; tu suis les règles de base – respect de la famille, respect aux aînés – et pour le reste, c'est toi qui vois.

Alors ma mère dans tout ça, c'est une battante. Elle s'est d'abord battue contre la radinerie de mon père, puis pour entretenir sa famille sans jamais avoir de soutien de personne, si ce n'est de Dieu. Et aujourd'hui elle est seule ; seule, mais elle continue d'être parce qu'elle a une raison d'exister, elle a une raison de tenir le coup. C'est la foi. Que Dieu la comble de ses bienfaits dans l'au-delà vu qu'ici-bas, elle a toujours été privée des belles choses de la vie. Ne serait-ce que d'une fille qui aurait pu la ménager moralement et physiquement. Yemma, une croyante éprouvée jusqu'au bout.

35 *Frère.*
36 *Pas grave.*

Elle lui a fait son plat préféré et ils discutent tous les deux du bled, des tantes, des cousines, de sa patrie qui lui manque tant. Elle lui dit qu'il y a un vide, qu'elle a laissé une partie d'elle là-bas... Le chef ne lui a pas permis d'y aller souvent au bled, la hess[37] oblige. Mais vu le peu de thunes qu'il gaspillait pour nous éduquer, j'suis persuadé qu'il avait les moyens de nous faire partir tous les étés. Pourtant nos allers-retours au bled doivent se compter sur les doigts de la main. J'ai juste le souvenir de très longs mois passés là-bas quand on était tout bébé. Le soleil permanent, les autres gosses de la famille qui braillaient de partout et moi, le tout premier, qu'on couvrait d'attention... Ça paraît tellement loin tout ça ! J'crois que Salim venait de naître.

Ils discutent de manière animée et chaleureuse. Et moi je les regarde, silencieux. Ouais, j'suis pas à l'aise en groupe. Un groupe pour moi, ça commence dès qu'il y a une personne en plus de moi. J'ai du mal avec les rapports humains depuis que mon « frère » s'est fait buter.

J'en ai tellement viré sur la souffrance que son absence a causée dans mon putain de quotidien que je refuse que le départ de quelqu'un puisse de nouveau me faire ça. Même quand le padré est parti, ça m'a pas fait aussi mal starf ! *Pingouin, je me demande où tu es en ce moment. Mon frère, si je pouvais alléger ta peine…* Je repars dans un sale *trip*.

Aria m'a envoyé un message. C'est encore un signe ; elle devient un baume aux tourments violentissimes de mon cœur. Je parle avec elle jusqu'à ce que ma mère et mon frère finissent leur conversation.

Posé sur mon pieu, Salim me parle pour de vrai de ses trois ans passés au bled. À la madré, il n'a dit que les choses formelles : qui s'est marié, qui a divorcé, qui est né, qui nous a quittés... comme si la vie ne prenait de sens que lors de ces moments-là. La madré cherchait aussi à savoir qui a eu ses examens, si toutes les cousines de là-bas allaient bien... D'ailleurs, lui, il parlait d'une en particulier, d'une façon super insistante ; j'suis sur qu'il a collé sur elle, le *man*…

Avec moi, il entre dans les détails illicites : il a réussi à se faire un nom dans le « commerce » là-bas ; la daube y est beaucoup moins

37 *Misère.*

chère, ce qui fait qu'il a réussi à mettre une sacrée somme de côté, histoire d'être posé tranquille ici. Il est à l'aise parce qu'il a passé la douane sans problème avec ses kilos et ses *loves*.

C'est tant mieux pour lui, même si au fond je sais qu'on ne sera jamais vraiment tranquilles. C'est un sentiment qui ne peut nous habiter, c'est comme aç[38]. Et il a l'air heureux, comme s'il savait quelque chose que j'ignore... Bref. Au final, je lance sur le tapis l'histoire de la madré.

— Ouais kho[39], plus jamais tu prends la madré dans tes bras, wallah t'es un ouf.

— Tu parles de quoi gros ? Ça fait trois piges que j'ai pas vu ma vie et shab pour tes valeurs de te-pu j'vais pas la serrer dans mes bras ? Mais t'as fumé mon frérot, wallah c'est toi qu'es ouf[40] !

— Bah justement, pendant ces trois piges t'aurais prouvé que t'étais digne de l'avoir dans tes bras, wallah j'aurais rien dit. Mais t'es encore pire qu'avant ! T'es même pas allé voir Pingouin... Donc tu la touches pas, c'est normal.

— Vas-y, vas-y, arrête avec ta vieille mentalité shab d'ancien de cité, c'est plus comme aç mon frère wallah, t'es à la ramasse. Souris m'a dit quand je suis arrivé à la tess, t'avais débloqué. Et pour Pingouin, j'avais des affaires ce jour-là, j'pouvais pas annuler. De toute façon, il va y rester là-bas ; y aura d'autres occasions, hein ?

Il me parle de mon frérot de sang-froid, sans prendre aucune pincette, avec ce putain de sourire de vermine. J'ai une envie de lui balafrer sa gueule et de lui ôter ce sourire triomphant qu'il affiche. *Tu souris de quoi kho ? De me voir dans la merde ? De voir ton sang souffrir du décès d'un frère ? T'es tombé aussi bas dans la jalousie, dans la haine de ta propre famille ? Je me rends compte que t'as jamais pu supporter l'idée que dans le tier-quar, on te respectait grâce à moi. T'as jamais pu supporter l'idée de n'être que le petit frère. T'as voulu faire tes preuves et t'as fini trois piges coincé au bled pour te faire oublier. C'est pas parce qu'aujourd'hui tu reviens dégradé frais pour les*

38 *Ça.*
39 *Abréviation de « khoya » qui signifie « frère ».*
40 *« Fou » en verlan.*

shnecks[41] *et un demi-million en poche que pour moi tu ne restes pas le merdeux incapable de tenir un gun.*

Je ne tente même pas de lui expliquer quoi que ce soit. Son cerveau, il s'est fait la malle depuis longtemps. J'en suis plus là, à perdre mon temps pour tenter de lui faire rentrer quelque chose dans sa caboche vide.

Mon p'tit reuf, il est la preuve que les petits du quartier, ils ont plus aucune valeur. Nous, on respectait les aînés. Il y avait des codes, tu ne pouvais pas les bafouer ; c'était comme ça, c'était tatoué en nous. Mais eux, ils font les chauds bouillants, les mecs dingues, mais ne peuvent pas aligner trois mots sans insulter la daronne d'un frère. Les générations se dégradent et moi je reste face à tout ça sans pouvoir agir. Parce que faut le reconnaître, je suis pas mieux qu'eux. Toujours dans la même merde, sans emploi, avec la madré, à errer dans les rues, à n'être qu'une caille aux yeux du monde. La seule chose qui me différencie d'eux, c'est que je commence à comprendre, à voir plus loin que ces putains de tours... Ouais, je commence.

Je sors de la chambre et laisse l'autre merde seule. Il n'en revient pas que je lui en aie pas posé une. Pour des paroles aussi folles, à l'époque, je l'aurais dégommé salement. Et là, dans sa tête d'imbécile, il doit se dire que c'est lui le patron... *Mais vas-y mon chef : je te laisse l'entreprise sans souci. Moi, je me tire.*

Aria m'appelle à ce moment. Toujours à pic cette petite meuf !

— Allô, You ?

Shab elle fait style elle n'est pas sûre que c'est moi !

— Ouais, ouais.

— Je voulais savoir si ça te tentait de venir voir un film avec moi ou de te poser boire un truc sur une terrasse.

Elle me plaît, elle prend les devants cette meuf ; quand elle veut quelque chose, elle fonce, mais toujours proprement.

— C'est pas mal tentant.

41 *Littéralement « chattes », en référence aux filles.*

— Ah, c'est OK ? Cool alors ! Bah on se donne rendez-vous au centre-ville dans une demi-heure si ça te va ?

— Ça marche, mec.

— C'est toi le mec ! À toute, bises.

« Bises » ? J'ai jamais entendu personne dire « bises », wallah cette femme, c'est une folle !

Je tombe sur le miroir du couloir et je me regarde. Ça fait un moment que j'avais pas eu mon reflet en face de moi. Une barbe d'une semaine, des yeux aussi sombres que les ténèbres et qui m'font haf à moi-même. J'essaie tant bien que mal de sourire, mais y m'manque une canine. Sourire de lascar. Ça adoucit le faciès cramé. Je pourrais faire genre j'm'apprête pour aller la voir, mais wallah c'est pas moi ; veste en cuir, *jeans* « Levis Strauss », TN[42], paré comme à l'ancienne.

J'entends mon frère tchatcher deux trois meufs. Il n'a mis le pied sur le sol français que depuis quelques heures et cherche déjà des filons vaches[43]. Salim est définitivement le pire des bâtards. C'est sur cette pensée des plus élogieuses à l'intention de mon sang que je sors de la casa.

Le cœur lourd, j'avance dans la tess. Je laisse encore une fois ma mère seule dans sa peine, seule dans sa vie. Dans le fond, je suis tout autant un enculé que Salim.

Après vingt minutes de bus, j'arrive enfin à notre point de rendez-vous. Elle attend là, assise sur un banc avec un livre. J'avais pas remarqué qu'elle avait un certain… charme. Ouais c'est ça : cette meuf, elle est charmante, mais je n'ai vu que sa gentillesse... Sûrement à cause de la habta, ou tout simplement parce que pas une seule fois j'ai réussi à la mater dans les yeux.

J'ai envie de m'esquive, de casser ma puce et de plus entendre parler d'elle. Je me demande ce que j'ai à voir avec ce genre de meuf, moi. Elle m'inspire du respect ; elle est tranquille, charmante, pas conne, elle fait des courses pour chez elle... C'est que c'est une meuf bien, non ?

42 *Baskets d'une célèbre marque américaine.*
43 *Filles faciles.*

Les michtos, elles s'en foutent de la caz'[44] ; elles pensent qu'à traîner dehors… Mais d'ailleurs, attends : pourquoi elle n'est pas chez elle ? Pour un mec qu'elle a rencontré ce matin dans le bus ? Beleck[45] c'est une vache elle aussi, mais elle se cache derrière des grands airs… Ouais, attends, il est neuf heures du soir ! Normalement t'es à la caz' posée avec la maman, pas dehors à attendre une vermine. Ça doit être une de ces petites meufs perdues qui kiffent les raclures parce que ça fait fraîche de sortir avec une caille, un « *bad boy* » comme elles disent. Mais shab c'est notre *life* qui est *bad,* pas nous... Et si elle était de ces meufs-là ? Elle commence déjà à me rendre fou.

Mon cœur c'est le Kosovo depuis qu'Elsa – mon ex – a trouvé son réconfort ailleurs ; je suis devenu paranoïaque. Et comment… comment continuer à faire confiance aux meufs quand le soi-disant amour de ta de vie se tire avec un mec plus friqué ? J'ai plus envie de m'attacher à des gens dont la fiabilité n'est pas sûre. Mais en même temps, suis-je quelqu'un de fiable ? Wesh est-ce que je suis un mec bien pour mériter une meuf bien ? C'est pour ça que si Aria est une meuf bien, je ne la vaux pas ; mais si c'est une michto, je n'en *veux* pas…

Aria vient vers moi sans que je m'en aperçoive et entame la conversation :

— Salam, You. Tu fais quoi comme ça, au milieu de la rue ? T'as l'air pas bien... Si ça n'allait pas t'aurais dû me prévenir, on aurait repoussé ça.

Wesh elle débite la meuf. En plus, j'ai l'impression qu'elle lit dans mes pensées. C'est sûr, elle me la joue innocente et tout, elle veut que je dise d'elle que c'est une fille bien… Mais nan – StahfAllah[46] –, personne ne lit dans les pensées. Ouais, bah avec les meufs, on ne sait jamais… J'arrête de penser. Au moins c'est sûr, elle ne saura rien et moi, je ferai des vacances à mes neurones.

— Nan, ça va tranquille.

— OK. Bon bah si tu veux bien, je t'invite dans mon resto préféré.

---

44 *De « casbah » signifiant « maison ».*
45 *Peut-être.*
46 *« Que Dieu me pardonne ».*

— Nan, c'est moi qui invite ! Depuis quand shab les meufs elles invitent au resto ?

— Depuis que « shab les meufs » elles ont une bourse, travaillent à mi-temps et qu'elles gèrent leur vie solo.

Elle me sort ça du tac au tac. Je l'aime bien, elle a un vrai répondant et c'est pas la meuf qui s'fait entretenir… Après, ça peut n'être que des paroles pour impressionner.

— Et surtout ne crois pas que je dis ça dans le vent ; j'suis pas le genre de fille qu'on a besoin d'assumer. Ma mère était comme ça et je ne veux en aucun cas lui ressembler.

Juré, elle perçoit ce qu'il y a dans ma tête cette folle ! Comment elle parle de sa mère ? *Wallah, un minimum de respect, là on ne va pas s'entendre, ma grande, si tu ne montres pas une once de gratitude à la femme qui t'a portée neuf mois dans ses entrailles, t'sais.*

— C'est la folie, j'ai jamais entendu une meuf dire *« ouais, je veux pas ressembler à ma mère ! »*, wesh respecte.

— You, tu pourras me parler de respect quand tu sauras exactement pourquoi j'utilise ces mots. On ne se connaît pas à la base et cette soirée est faite pour ça, non ?

— Ouais mais là, j't'avoue que je sais pas trop si j'ai envie de passer quoi que ce soit avec toi...

— OK. Juge quelqu'un sur deux phrases et ne t'étonne pas après que les autres ne voient en toi qu'une caille. Moi, si je m'étais limitée à la première impression, je n'aurais même pas cherché à te parler au bus ; j'aurais pu penser comme tout l'monde et laisser le habteu et sa habta en paix.

Elle marque encore un point. C'est vrai que je suis mal placé pour juger qui que ce soit… Mais wallah y a des choses sur lesquelles on ne blague pas et la mama, ça en fait partie. Je la fixe un moment puis, marre d'attendre une réaction de ma part, elle commence à s'éclipser. Je la retiens par le bras.

— T'as raison *man*, j'ai pas à te juger, ni à juger personne. Chacun sa merde après tout.

Elle n'a pas l'air satisfaite de ma réponse. Pourtant, elle était pleine de bonnes intentions. Mais wallah les rats, on *bugue* au niveau du cerveau. Quand la pensée rejoint le langage bah, le message, il passe mal. Sûr, y a un truc dans nos têtes qui remplace toutes nos meilleures pensées par des phrases vides, et pauvres… Après on s'étonne que les mecs de cité communiquent peu… Faut aller au-delà de nos mots pour comprendre qui on est réellement… Et ça, rares sont les personnes qui font l'effort de le faire. Mais dans le même temps, nous on fait quels efforts pour les autres ?

« Désolé. »

Elle s'adoucit et me tire alors vers son resto préféré. J'espère que c'est pas un truc de meuf pourri, genre un resto de pâtes ou de salades, où tu paies trente euros pour une micro salade et après tu dois faire genre le mec il a bien mangé.

Elle m'emmène dans un Indien. Les Indiens, c'est des gens du Sud : ils mangent bien et surtout, ils font bien manger leurs clients.

La soirée s'est bien passée. C'était bouffe illimitée et ça faisait gravement plaisir de voir enfin une meuf qui ne se prend pas la tête à s'affamer pour une ligne parfaite. Au début, j'étais froid et distant ; je n'aime pas l'idée qu'une meuf me paie ma bouffe, alors je lui ai dit clairement que je payerais au moins ma part. Elle a fini par céder. Encore heureux ! Elle a épargné aux gérants que je leur braque leur caisse : ni elle ni moi on aurait eu à payer.

Aria, elle connaît plein de choses ; c'est un truc de malade, c'est une passionnée de la vie. C'est ouf de voir une meuf qui a les yeux qui brillent pour un truc différent de l'amour.

En règle générale les meufs, y a que quand elles parlent de leurs relations qu'elles sont tout émues. Quant au reste, elles sont fades, comme s'il n'existait que l'amour pour donner un sens à leur vie.

Elle, elle me parle du monde, des voyages qu'elle rêve de faire, de sa vision de notre société. Elle me rappelle Pingouin avec ses grandes théories sur le monde environnant. Il pouvait passer des heures à m'expliquer en quoi notre *business* illicite ne l'était pas. Nos histoires de *shit* ou d'héroïne n'étaient rien, selon lui, face aux magouilles des politiques, leur captation du pouvoir pour assouvir leurs propres besoins au détriment du peuple… Ouais, ces grandes théories m'intéressaient moyennement à l'époque ; j'cherchais à légitimer ce que je faisais. Non, j'voulais juste faire mon *biff* et nous mettre bien moi et mes proches…

Mais ce soir, quand Aria a évoqué les thèmes qui s'apparentaient tellement à ceux sur lesquels Pingouin s'appesantissait nos soirs de tarte[47] que bah ! j'avais l'impression de le revoir devant moi, comme s'il n'était jamais parti, finalement. Il était branché politique mon frérot ; sans même s'en rendre compte, il rivalisait avec n'importe qui, mais avec l'humilité de la rue.

Cette fille, c'est un gros contraste avec ma vie, mon entourage, mes anciens khos qui se défilent dès que les choses deviennent sérieuses, qui trouvent secours que dans la thune, le hechek ou encore la drogue, comme mon frère — qui ne vaut pas mieux qu'eux – ou mon père, qui cherche tant bien que mal à perpétuer sa descendance pour avoir une espèce de titre posthume, comme s'il cherchait en vain à engendrer une personne qui pensera à lui quand il clamsera… Un vrai contraste avec tous ces gens qui ne vivent pas.

Sur la route du retour, je croise un groupe de rats posé en bas des blocs comme des vautours qui rôdent afin de trouver leur proie. Je m'approche d'eux et les salue. Ils me proposent alors une « 16 » que je décline. Ils se mettent tout de suite sur la défensive. Ça fait toujours bizarre de voir que les autres ne sombrent pas autant que toi. Refuser une « 16 », ça t'attire le respect mais aussi la jalousie. Dans mon cas, j'ai plus les atomes crochus avec la haine. Ils me chabent d'un air narquois. Le plus débile des trois, Souris, un môme qui se prend pour Al Pacino depuis que son frère est tombé pour braquage, commence la discussion.

— Wesh tu reviens d'où comme ça tout falhan[48] ? T'es allé voir de la mherz[49] ? J'espère qu'elle était mieux que ton ex.

— À toi de me dire... Ta sœur, elle est fraîche ?

Souris a le sang qui lui monte au visage. Il commence à incendier tous mes ancêtres et s'agite gravement. Il séquestre sa sœur depuis

---

47 *Bringue, alcool...*
48 *De bonne humeur.*
49 *Littéralement « chèvres », en référence aux filles.*

qu'elle s'est fait soulever par tout le quartier, donc c'est un sujet assez chaud pour lui. Mais il a la langue trop pendue pour que je ne saute pas sur l'occasion de lui rappeler que sa sœur est encore plus crade qu'une salle de gardav'.

Il se calme enfin et la discussion retourne autour du blé, comme si le bonheur ne se résumait qu'à ça.

Je m'esquive tranquillement et grimpe jusqu'à La Roch'. Ma soirée avec Aria m'a donné envie d'aller dans notre *nous*, à l'époque des cartables. Avec Pingouin, on passait des nuits entières postés là, à chaber les montagnes de béton qui nous coupaient l'horizon. On se demandait toujours comment les gens à l'extérieur percevaient cette forêt de ciment.

Pingouin disait : *« Qu'on soit ici où ailleurs, les gens n'ont d'yeux que pour leur vie. Nous, on ne voit que nos tours et eux, que leurs maisons. »*. Je n'étais pas d'accord avec lui. Moi, j'observais les gens autour de moi, c'est ce qui m'a permis de réussir mes plus gros coups. Mais c'est aussi à cause de ça que j'ai un tempérament dépressif. Au plus loin où remontent mes souvenirs, j'ai toujours eu cette espèce d'amertume qui flottait autour de moi. Éternel martyr de ma propre raison.

De la Roch', on avait l'impression de dominer le monde, que rien ne pouvait nous arrêter, qu'on était invisibles, éternels ; mais le temps a emporté cette insouciance face à la vie. Pingouin n'est plus là et la Roch' n'est plus que le tombeau de mes rares souvenirs heureux.

Chapitre 2

Quand les murs tombent les cœurs parlent

Un boucan énorme à la porte. Je me lève en sursaut. *Bordel qu'est-ce qui se passe ?* J'entends la voix de ma mère apeurée… Puis plus rien. S'ensuivent les hurlements du frérot, le cliquetis des menottes, un chien qui aboie, mon frère qui continue de crier, et puis des voix inconnues qui débitent des paroles incompréhensibles. Les bebs[50].

Je pense aussitôt à Pingouin. Ils viennent peut-être faire une perquisition à la mais' pour en savoir plus sur le meurtre de mon frère. Tout le monde est sur la sellette. *Rien à foutre, soupçonnez-moi, tant qu'au final on trouve le coupable. C'est ce qui compte*.

J'enfile un survêt en vitesse et sors de ma chambre.

Le jour ne s'est pas encore montré que mon frère vient de se faire soulever. Ça fait tout juste un mois et demi que Salim est revenu du bled et il est déjà dans de sales histoires.

Une scène qui me déchire les entrailles se joue devant moi : ma mère assise dans le salon, les mains levées vers le ciel. J'aurais préféré être aveugle que de voir ses petits yeux marron remplis de larmes se poser sur moi, ses petites rides accentuées par la douleur, sa bouche déformée par la tristesse et ses sanglots couverts par ses

50 *La Police.*

prières silencieuses… Et puis ces hnens[51] qui la regardent d'un air désolé, comme s'ils mataient un épisode de leurs séries de bœufs en attendant que leurs salopes de collègues finissent leur *job*.

J'ai des envies de séquestration, de crime, mais je ravale ma haine pour essayer de lever la mama. Je vais la coucher dans son lit : elle n'a pas besoin d'assister plus longtemps à tout ce zbel[52]. On passe devant le petit salon où il est assis menotté sur une chaise, avec trois hnens qui fouillent la pièce de fond en comble.

Je croise son regard. Vide. Wallah son regard, il est vide, vide de sens, vide de vie, vide de regrets, comme si c'était heja normal… Mon frère a franchi la limite de la raison. *C'est irréversible mec, t'es condamné à être une vermine toute ta vie ; t'es condamné mais la mama, elle prendra pas perpète avec toi*. C'est fini cette vie de merde pour elle, je jure par l'Être Suprême, l'Unique spectateur de notre débauche quotidienne, qu'elle ne vivra plus un enfer à cause de sa progéniture.

Un flic m'interpelle, mais son collègue le calme tout de suite : *« On est pas venu pour lui, aujourd'hui. »*. Coupable avant même d'avoir fait quoi que ce soit. Hnen de merde. L'enquête pour Pingouin n'avance pas d'un centimètre ; la vie d'un homme est moins importante qu'un trafic de *shit* à leurs yeux.

Je la couche et retourne auprès de la flicaille. C'est de la folie quand j'y pense : ils violent l'intimité d'une famille pour de la drogue mais sont incapables d'avancer dans l'enquête du meurtre de mon frère. Wesh c'est quoi cette justice ? Il n'était pas assez respectable pour qu'on pense à sa mort, pour qu'on cherche à savoir qui est le bâtard qui l'a buté ? Ça les arrange : un *dealer* de moins à chasser !

Ils finissent par partir sans un mot d'excuse, avec mon frère menotté comme un chien, laissant notre appart' vide, sombre et froid.

Je remets les choses en place dans le salon et essaie de trouver le numéro de son ancien éducateur. Peut-être qu'il pourra faire les

51 *Policiers.*
52 *Bordel.*

démarches nécessaires pour tirer d'affaire l'autre débile de Salim. Je finis par le dénicher.

Bordel ! une vraie conversation téléphonique, ça fout la pression. J'ai perdu l'habitude de ce genre d'échange, surtout avec eux. Je prends mon courage à deux mains et téléphone. C'est Cécile, son éducatrice, qui décroche après cinq sonneries.

Elle me reconnaît tout de suite et m'interroge sur mon état depuis la disparition de Pingouin. Rien. Je n'ai rien à dire. Ma souffrance ne s'explique pas, elle se subit. J'abrège l'échange en expliquant la situation de Salim, mais Cécile me dit que rien n'est possible. Il n'est plus en suivi depuis trois ans, il n'y a donc aucun papier attestant d'une activité avec eux pour le tirer de là. Je plaque l'affaire et le laisse se débrouiller, wallah j'suis pas sa femme, moi. Je raccroche en promettant de passer prochainement dans leurs locaux.

Ils ont été très présents pour Pingouin et moi il y a quelques années, surtout lorsque la justice a démantelé le réseau et que trois de notre équipe – dont moi – sont tombés. Mais je ne veux pas avoir à replonger dans l'étalage de mes souvenirs avec eux. Je connais leur condescendance et leur affliction. J'ai reçu une lettre de toute l'équipe qui me souhaitait beaucoup de courage. Mais j'ai pas envie, pas envie d'échanger avec eux, pas envie de m'étaler sur la perte de mon frère.

Faut que je me tire de l'appart', j'ai la tête en feu, j'ai besoin d'air. Je passe par la chambre de la madré pour m'assurer que tout va pour le mieux, puis par la mienne : ils ont tout retourné. La haine bouillonne en moi. Ils partent de quel constat ? Celui que de toute manière ma mère rangera leur foutu merdier ? Rien que d'y penser, je fulmine.

Je prends mon bigo. Sept appels en absence. Aria me harcèle au téléphone. D'où elle appelle comme aç à huit heures du sbah [53] ? *Ça fait moins de deux mois qu'on papote, alors commence pas à me mettre une laisse*. Je vais la calmer sec.

— Wesh tu veux quoi ?

— Oh ! Du calme. Pourquoi t'es sur la défensive comme aç ?

53 *Matin.*

— Vas-y, vas-y j'ai pas que ça à faire avec des histoires de meuf. T'as un souci ? T'es malade ? Ton appart' il brûle ? Tu t'es fait agresser ?

— Mais arrête, rien de tout ça ! C'est quoi ces questions de psy ?

— Ouais, bah moi, j'suis occupé pour le moment, rappelle...

Elle vient de me raccrocher au nez. Elle est pire que moi niveau fierté, mais wallah j'étais obligé : j'ai pas à lui parler de ça, ça la concerne pas et j'ai surtout pas besoin d'une assistante sociale. Les p'tites meufs comme ça, elles pensent pouvoir régler tous les maux des mecs de tess, elles en font limite leur vocation. Mais wesh la vie ça fonctionne pas comme ça, quand t'es dans la merde y a que toi qui peux t'en sortir ; les autres ils auront beau essayer de s'épuiser à t'aider, ça marchera pas. Faut qu'elles arrêtent de se prendre pour les Mère Térésa du ghetto, ça les déculpabilise p't'être, ou ça leur donne l'impression de vivre, mais en tout cas moi, j'ai pas besoin de ça.

Avant de sortir, je file de nouveau voir la madré. Même endormie, ses rides d'angoisse creusent son petit visage. Je ne me rendais pas compte, à l'époque, comme toute la caillasse[54] du monde ne vaut rien face à l'apaisement de la mama. J'pensais qu'en apportant de l'argent elle serait tranquille, mais wallah moi aussi j'ai été responsable de ses nuits blanches, de ses larmes, de son stress, de sa perte de santé accélérée. Bordel ! En pensant la mettre bien, *nous* mettre bien, j'avais creusé notre propre tombe.

J'ouvre la porte et trébuche sur un truc au milieu de la porte. Wesh c'est qui le bâtard qui met ses poubelles devant chez moi ?

Il y a un mot à côté… J'reconnais cette écriture : c'est Aria. Elle insulte tous les membres de ma famille car elle était venue avec un petit-déj' pour ce jour spécial et que je l'ai envoyée chier comme une grosse merde.

Ah ! ouais... J'avais zappé qu'aujourd'hui c'est le seize mars : mon anniversaire. Je n'étais pas censé deviner que Mademoiselle allait me faire une surprise en se pointant chez moi à huit heures du sbah… J'culpabilise un peu car c'est une attention qui est…

---

54 *Argent.*

Comment dire ? Mignonne. Nan, sah. Ça me touche gravement, mais ça tombe pas au bon moment : j'me fais réveiller par les cris du frérot, les pleurs de ma mère, la haine des hnens... J'm'attendais plus à des embrouilles de sa part qu'à une si… gentille preuve… de son putain d'attachement.

J'peux pas lui faire ça, je suis pas fait pour cette fille. Elle, c'est le blanc ; moi j'suis le noir. Elle, c'est le paradis ; moi je suis l'enfer. Wallah je peux pas lui voler son cœur sous prétexte qu'elle a eu le coup de foudre pour une comète du ghetto !

J'veux pas lui faire connaître la souffrance ; j'pue l'illicite, j'empeste les bracos ; mon horizon il est limité par des barreaux, mais en vrai elle me veut quoi ? J'vais la rappeler et mettre fin à ce jeu.

Messagerie.

« Wai, rappelle-moi dès que t'as ce message, faut qu'on papote de deux trois trucs. Et merci pour ton attention de ce matin. Wallah ça m'a fait auch[55] au cœur. ».

J'sais pas si mon message était clair... Pourquoi elle est sur répondeur ? Elle savait pertinemment que j'allais la rappeler. Genre elle m'a cerné et elle manigance tout ça pour que j'en arrive là... Elle a du vice en fait la meuf, car elle avait compris que je n'allais pas rester de marbre face à ça. Ça altère tout le sens de son geste wallah, les plus beaux cadeaux peuvent être bafoués par des intentions malsaines. Mais à la base, elle ne savait pas que j'allais la remballer. Weeesh elle me fait mal à la tête ! Avec les meufs, ma paranoïa se multiplie par dix. Surtout avec elle.

Je retourne à la maison pour manger ce qu'elle m'a préparé. C'est la moindre des choses. Jus d'orange, pains au chocolat, confitures... Bref, tout l'attirail pour bien grailler[56] le matin.

Je regarde par ma fenêtre, et du huitième étage, on aperçoit toute la cité qui se réveille. Les gosses qui vont à l'école, les daronnes qui

---

55 *Chaud.*
56 *Manger.*

vont faire leur marché, les rats qui reviennent de leurs missions... La sonnerie de mon téléphone me sort de ma rêverie.

C'est un numéro inconnu qui m'appelle. J'hésite à décrocher : c'est toujours des salades ces numéros. C'est peut-être Cécile qui a fini par trouver une solution pour Salim ?

La voix d'une meuf en pleurs me charcute l'oreille. Elle bafouille des paroles totalement inaudibles. Je la calme sec et lui demande ce qu'elle me veut. C'est la copine de Salim : elle n'a pas de nouvelles de lui depuis deux jours, elle est donc en transe. *Waaaa ma grande, t'es pas sortie de l'auberge avec mon frérot.* Son ex-copine a su un an plus tard qu'il s'était tiré au bled pour une histoire de came. Mon frère n'a aucun respect pour les femmes en général et elle, ça à l'air d'être une hystérico-dépressive. Paie ton couple et l'avenir qui les attend.

Elle me supplie de lui envoyer un message quand il sort ; je reste silencieux. J'manque de cœur avec ce genre de meuf[57] ; elles ont le don de m'irriter plus que de m'attrister. J'arrive enfin à me débarrasser d'elle en lui promettant de la biper si j'avais du nouveau. La meuf déterminée et amoureuse. Ça doit faire une semaine qu'il l'a serrée et elle pense déjà être la femme de sa vie...

Y a des gamines qui sont vraiment paumées et des mecs qui le sont encore plus pour essayer de les embourber. Elles ont toutes viré de la carafe, des meufs en larmes pour des p'tits bâtards qui n'en valent pas le coup. Elles ne comprennent pas qu'ils ont plus de respect pour leurs *dealers* que pour elles ; elles s'accrochent éperdument et elles finissent par soigner leurs maux à coup de « Lexomil » quand elles apprennent que l'amour de leur vie les trompe avec des meufs de la nuit. Quant aux vieux rats, ils s'étonnent qu'il n'y ait plus de meufs bien après avoir dépucelé tous ce qui bouge, même les petites sœurs des frères. Notre génération, c'est la hess wallah.

Quand je vois ça, je n'ai pas envie de me retrouver à tout gâcher avec Aria.

---

57 *Femme.*

J'marche jusqu'à l'arrêt de métro pour attendre Aria vers sa fac. J'déteste y aller : les gens là-bas, ils sont louches. Ils tricarent à cent kilomètres que tu ne fais pas partie de leur établissement et que le seul diplôme que t'as pu avoir dans ta vie c'est bac du grand hawel[58] ! Ils te zyeutent comme s'ils n'avaient jamais vu de mec de cité. De toute façon, c'est le même effet qu'on fait à chaque fois qu'on sort de la tess.

J'crois qu'ils seraient moins choqués de voir des ours faire leurs courses que de nous croiser en ville. Après, ils s'étonnent qu'on ait la haine, que dès qu'on sort, on fout le zbel[59]. En même temps, quand j'croise leurs regards, j'ai envie de leur donner des raisons de me chaber[60] de travers, leur montrer la vraie violence, pour qu'ils comprennent qu'au début on était à l'aise et qu'à la base, ils n'avaient pas à nous mordre du regard. Mais c'est aç dans ce pays, quand t'as le faciès un peu trop bronzé…

J'entends une voix qui beugle mon prénom ; j'la reconnaîtrais parmi mille. Cette voix de vermine, c'est Karim. Un kho de l'époque de la bicrave[61]. Depuis la mort de Pingouin, il m'esquive salement. Il se disait mon frérot *a la vida a la muerte*, mais il a fallu que je sombre un peu pour qu'il s'arrache. Aria me répète une phrase gravement véridique : *« Sois heureux, les gens riront avec toi ; sois malheureux, tu seras le seul à pleurer. »*.

— Wesh ma couillasse ! Qu'est-ça rac' depuis le temps ? On te voit plus zoner au quartier !

Genre c'est moi qui me suis retiré, vieille chlek[62] !

— Ça rac' rien de nouveau, toujours les mêmes merdes qui empestent.

Il rigole et confirme mes dires, ce tocard : il ne comprend pas que je parlais de lui.

---

58 *Bordel.*

59 *« Poubelle » en arabe ; ici « faire le bordel ».*

60 *Regarder.*

61 *Deals.*

62 *« Claquette », dans le sens d'une insulte.*

— Toi aussi t'as trouvé le filon[63] ! Des étudiantes en droit, c'est auch pour en pécho une ! Mais dès que je mets la main dessus, wallah je la laisse pas s'enfuir.

— De quoi tu me parles ? Quel filon ?

— Tu fais quoi devant la fac de droit si c'est pas pour accrocher les p'tites bourgeoises de la ville qui veulent suivre la même destination que papa maman ?

— Hé, mais fallait me dire que t'avais fini gigolo mon frère, wallah je ne savais pas.

Ma blague ne le fait pas rire un instant. Il se la joue gars qui réagit au quart de tour et me lance des menaces de bandit en parlant avec les mains. Il me fait marrer wallah, c'est du cinéma, et je mate la scène la plus comique du monde ! Karim, c'est le mec qui parle toujours trop, mais qui n'a jamais agi, tafiole !

— Wallah wallah, fais attention à tes paroles You ! Wesh t'as cru ayé on a bicrave ensemble que tu pouvais péter ta bouche sans subir les conséquences ? J'suis pas ton pote, ni ta pute, mec !

— Ouais, j'avais bien tricare que tu faisais pas l'affaire, gros. En même temps, c'est toi tu m'dis tu tapes dans la bourgeoisie pour te faire entretenir. C'est pas des paroles de michtonneuse ? À l'époque où Elsa m'a tej'[64], c'est toi qui me disais : *« Ouais les meufs, elles cherchent que la caillasse, c'est toutes des michtonneuses, blablabla. »*. T'as pas fini plus haut, mec.

— Depuis que Pingouin s'est fait buter, tu fais le mec plein de valeurs. Tu nous snobes You, et tous les frères ils ont remarqué. Moi j'étais le seul à te défendre : *« You c'est un vrai, wallah les frères c'est qu'une période, faut qu'il se remette… »*. Comme un p'tit tahane[65], j'te soutenais et toi tu viens et tu m'parles comme une pute. C'est bien parce que j'ai du respect pour l'époque que je t'encastre pas dans le trottoir pour tes paroles. Wallah wallah oublie pas que maintenant t'es tout seul, donc amuse-toi pas à faire le fhel pour rien. Vas-y, tchô sale mouille !

---

63 *Plan.*
64 *« Jeter » en verlan.*
65 *Insulte en arabe.*

Il se tire avant que j'aie le temps de lui répondre. Je le laisse vaquer à ses puteries puisque j'viens de voir Aria qui sortait d'amphi. Entourée de ses copines, p'tit sourire aux lèvres, sur ma vie elle est trop cette meuf...

J'commence à avancer vers elle, mais elle tourne les talons et se dirige vers… un mec. Elle le prend dans ses bras, normal, devant tout le monde.

Ah ! mais d'accord, elle me la joue à la fou !

Wallah je n'aurais jamais cru que cette meuf puisse me faire ça. Ouais, d'accord, ça fait deux mois que je la connais, mais elle avait l'air d'être sincère dans tout ce qu'elle faisait, elle me prenait pas la tête comme les meufs d'ici, elle me laissait à mon rythme dans tout. J'sais pas wallah, elle avait l'air de m'accepter comme j'étais, sans chichi.

Mais là, c'est la sauterie[66] du siècle. Wallah j'ai envie de les cramer, elle et son tahane, tellement elle vient de m'arracher le cœur. C'est elle qui s'est imposée à moi, et maintenant elle me la fait à la fou ! Mais wallah elle ne sait pas qui je suis !

Elle a cru qu'elle était dans une série américaine : elle a deux gars en même temps, et la plus grosse bastringue des deux avoue son échec ; en bon perdant, il serre la main de l'autre et leur souhaite tout le bonheur du monde. *Wesh ici t'es dans la vraie vie et chez moi, on règle ça jusqu'à la mort*.

Elle me voit, me fait signe de venir. Elle a viré de la boule la meuf, elle me connaît vraiment mal wallah. Elle voit que je ne bouge pas, alors c'est elle qui vient avec l'autre tapette.

« You, j'm'attendais pas à te trouver ici vu comment ça s'est passé ce matin, et surtout vu comment tu m'as envoyée balader. »

C'est moi qui suis fou ou on est dans un univers parallèle dans lequel quand tu crames ta meuf en train de te tromper, c'est heja[67] normal ? Et le comble, c'est qu'elle se permet de te faire des reproches !

---

66 *Flagrant délit.*
67 *Quelque chose.*

« Bon je vois que tu fais encore la gueule, tant pis. Je te présente mon frère Désiré. Il est revenu de Guadeloupe ce matin. Désiré, voici Youssef, tu sais le garçon dont je t'ai longuement parlé dans mes mails… »

Elle commence un monologue avec son frère, mais je n'écoute déjà plus. *Mais quel con, wallah !* Pourquoi ça ne m'est pas venu une seule seconde à la tête que c'était son frère ? Wesh c'est un tiss-mé comme elle, ils ont la même race, les mêmes yeux… J'ai pensé tout de suite au pire alors qu'elle, elle doute sûrement pas de moi. J'l'ai condamnée sans savoir ce qu'il en était vraiment. Elle me l'a dit le premier soir où on s'est vu : *« Juge quelqu'un sur deux phrases et t'étonne pas après que les autres ne voient en toi qu'une caille. Moi, si je m'étais limitée à la première impression, je n'aurais même pas cherché à te parler au bus, j'aurais pu penser comme tout l'monde, laisser le habteu et sa habta en paix. »*. Elle vise souvent juste cette meuf, et moi c'est tout le contraire ; j'suis à la ramasse un truc de ouf.

« Hé, ho ! Redescends sur terre. La tess appelle son thug ! Youhouuu youhouuu ? »

Elle rit de sa blague retartouf[68] et je me tourne vers elle avec un sourire. C'est pas souvent que j'arrive à en sortir un, mais quand il sort wallah, il est sincère. Y a qu'elle qui peut se faire rire toute seule, et ça me fait planer de voir à quel point elle est dans un autre monde tellement elle ne gamberge pas comme les gens autour de nous.

Son frère commence à me faire la converse. Il me parle de lui tranquille, ça à l'air d'être quelqu'un de bien.

Mais voilà : c'est un peu fou les présentations à la famille alors que ça ne fait pas si longtemps que ça qu'on discute ensemble. Ils n'ont pas été élevés comme nous, mais chez moi, on présente la mherz à la famille un mois avant le mariage. C'est ça, des valeurs qui sont imprégnées en nous, on ne sait même pas pourquoi.

Comme si le temps allait déterminer la force d'une relation. Si elle est vouée à l'échec que ce soit au bout d'un mois ou d'un an, c'est la même.

---

68 *Pourrie.*

Chez eux, c'est heja normal. Son grand frère, c'est aussi son meilleur pote, elle lui parle de tout. Au début, quand elle m'a dit ça, j'en ai recraché mon « Coca » sur ses chaussures tellement j'étais choqué. Wesh c'est la folie ! Jamais de ma vie je l'avais entendue celle-là : *« Mon grand frère c'est ma meilleure pote. »*. Waaaaa ! Mort de rire, comme dit la génération d'Internet. Elle en a profité pour insulter tous les membres de mon corps pour avoir bousillé ses pompes.

En fait, c'est le décès de leur père qui les a gravement soudés tous les deux ; ils étaient les plus grands dans une famille de huit, fallait donc qu'ils se serrent les coudes vu que leur madré passait son *time* à chercher sur Internet le futur porte-monnaie qui allait entretenir la fratrie. Au bout de deux ans, ça a fini par payer, mais en attendant, c'était Aria et Désiré qui assuraient fi dar[69].

Ça fait qu'ils ont une relation pire que fusionnelle, et aujourd'hui je le vois : quand ils se parlent, le monde autour d'eux il n'existe plus. Moi, avec Salim, c'est tout le contraire.

J'ai été présenté à son grand frère : c'est qu'elle me prend pas pour de la merde. En une matinée, cette meuf m'a prouvé deux fois qu'elle tenait à moi alors que je n'arrête pas de douter d'elle.

On décide d'aller se poser dans son appart' et Désiré va nous faire un plat de Guadeloupe. Ça tombe bien, j'ai une sacrée faim. Malgré le petit-déj ', j'suis debout depuis trop longtemps et mon estomac est en manque de nourriture.

Je la chabe[70] parlant avec son frère, riant à ses blagues, et j'repense aux paroles de Karim : trouver une meuf de la fac de droit pour qu'elle crache la monnaie. Wesh, ce n'est pas parce que les petites meufs elles ont poursuivi des études qu'elles ont des thunes à gogo. Aria, elle travaille à côté pour financer sa vie ; elle se démerde seule, sans personne. On est qué-blo dans nos préjugés et c'est les autres qu'on traite de race-lar[71] !

---

69 *À la maison.*
70 *Regarde.*
71 *Raciste, dit de manière péjorative.*

Les khos pensent que tous ceux qui vivent en dehors de la tess ont de la thune et qu'il est donc légitime de les escroquer. Tandis que les gens ici, ils nous chabent comme si on allait faire des bracos[72] sur tout ce qui bouge ; alors il leur est légitime de nous détester. Wesh le monde il est fou et nous, on fait pas exception.

Son frérot cuisine gravement bien, mais malgré la bonne bouffe, je n'arrive pas en décoller une. Wesh en même temps, même à ma madré j'fais pas la converse, alors c'est pas avec son frère que ça va changer.

Aria m'a préparé un gâteau avec plein de bordels dessus, des trucs de môme : du « Nutella », des « Smarties », des morceaux de banane et un gros « vingt-six » en forme de Mickey. J'ai juré elle a cru j'fêtais mes six ans ! Dès qu'on sera un peu seuls, j'essayerai de... communiquer.

Au plus loin que remonte ma mémoire, j'ai jamais été capable de parler à une meuf en vrai de vrai du foutoir qui se déroulait sous ma poitrine.

Avec Elsa, j'la laissais blablater : elle parlait pour dix et moi j'écoutais ; c'était une présence rassurante, une façon de se dire qu'on n'était pas seul dans ce foutu merdier... Mais ça lui a pas suffi, Mademoiselle voulait du lourd, elle rêvait du *bad boy*, du pote et du bogoss...

Malheureusement pour elle, j'étais rien de tout ça. Ouais, de l'extérieur peut-être, mais dans le fond, j'suis juste qu'un pauvre mec qui avance de travers dans ce monde de barjots. J'suis pas fier du mal que j'ai fait et j'irai jamais crâner devant des meufs de mon côté illégal. Même si j'sais qu'aujourd'hui c'est ce qui les fait fondre, j'jouerai jamais de ça. C'est comme si une meuf elle cherchait à me plaire en me disant : « J'ai fait la tournée des caves pendant cinq piges, mais maintenant que j't'ai connu j'veux me poser. ». Wallah j'les comprends pas.

C'est pour ça qu'avec Aria c'est différent. Je lui parle pas souvent de ma vie de merde et elle, elle ne cherche pas trop à savoir. Elle me laisse le temps, elle me laisse le droit d'être autre chose qu'un mec

72 *Braquage.*

de cité, d'être juste You. C'est vrai, posé devant ce gâteau de gamin dans ce petit appart', entouré d'eux, j'ai l'impression d'être un « Christophe » d'une des séries retartoufs de France 2 qui fait un *before* avant de rejoindre sa bande de camarades pour une « super teuf *party* »... Nan j'abuse trop, mais ça fait du bien d'être posé tranquillement et de ne pas entendre parler d'embrouille, de drogue, d'argent, de mort, bref, de ces putains de sujets qu'on aborde plus que d'habitude dans nos quartiers.

Son frère doit voir ses potes, il nous laisse donc seuls dans l'appart'. C'est à ce moment-là qu'elle me tend un paquet doré...

Euh, mais c'est pas fini ? En plus du p'tit-déj ce matin, du gâteau, là elle m'offre un cadeau ? J'ouvre et je vois la montre sur laquelle j'avais kiffé une fois quand on se baladait en ville. Il y a un petit mot écrit à la main : *« C'est un peu tape-à-l'œil, mais j'ai vu que toi, elle t'avait plus que tapée dans l'œil. Joyeux anniversaire, You. »*.

Je la chabe droit dans les yeux : ils brillent comme des pierres précieuses... J'ai comme l'impression d'être habate, l'ivresse qui monte au cerveau, mais là c'est pas l'alcool qui me fait cet effet, c'est le trésor que j'ai en face de moi... La montre en soi, j'ai rien à foutre wallah, j'ai jamais cherché à flamber ou quoi. Ce qui m'émeut gravement, c'est ce geste, ce cadeau, le fait qu'elle ait vu, qu'elle m'ait regardé, qu'elle se soit penchée sur mes réactions pour essayer de comprendre ce que j'aurais pu souhaiter pour mon anniversaire. Elle aurait pu m'offrir un paquet de clopes, ça aurait été la même, parce qu'elle a juste pris du temps précieux de son quotidien pour moi. Elle s'est tracassée pour me faire plaisir... Alors que je ne le mérite pas forcément. Elle a agi juste dans le but de m'apporter un peu de bonheur, un peu de paix...

J'en reviens pas, j'suis pas habitué à tout ça. J'ai l'impression que c'est pas fait pour moi, qu'y a un piège derrière tout ça, qu'on va finir par me dire : « nan c'était belhani... ». Si j'avais pas autant de respect pour elle j'lui prendrais la main, mais j'repense à ce qu'elle m'a dit y a un moment de ça, une phrase qu'elle avait entendue dans une chanson et qui l'avait marquée :

« Adam, il a cogné avec ses coudes et ses poings, il a planté des coups de couteau dans des reins, il a tiré avec des balles réelles sur des mecs pour rien.. Mais Ève, il l'a jamais embrassée ; Ève, il ne l'a même

jamais touchée ; Ève, il lui a dit à l'ancienne : je le ferai quand tu seras mienne... ».

Alors je veux respecter ce rêve. J'l'ai trouvée trop tendre, trop pure à ce moment-là pour oser lui répondre quoi que ce soit ; j'me suis juste promis que je ferais honneur à cette phrase... J'aurais jamais cru être avec une meuf et ne pas la toucher, wesh c'est la folie en soit... Mais elle, elle n'a jamais jugé la noirceur de mon âme, alors comment pourrais-je condamner la blancheur de son cœur ? Et puis avec elle, tout se passe par le regard. Un moment de fusion intense, ni elle ni moi n'osons dire quoi que ce soit. Y a des milliers d'étoiles qui brillent dans ses yeux, et ils remettent de la vie, de l'éclat dans les miens. Shab j'suis pas le genre de mec à faire le *lover*, mais cette fille, cette fille dégage un truc de malade, comme si nos cœurs étaient liés et qu'on n'avait pas besoin de mots pour se comprendre.

Mon téléphone sonne. Bordel, c'est qui le bolosse qui cherche à me joindre maintenant ? Wallah les téléphones, c'est la pire invention de l'homme. J'veux pas répondre, mais Aria insiste. Si c'est encore la meuf de tout à l'heure, j'lui envoie des petites meufs du quartier pour qu'elles lui pètent la mâchoire et qu'elles lui passent l'envie de me harceler.

— Wesh c'est qui ?

— C'est moi gros, j'viens de sortir du comico[73].

— Wai et tu veux quoi ?

— J'veux qu'tu rentres à la maiz', j'ai à vous parler à toi et à la mama.

— T'as vraiment cru j'étais à ta disposition ? Parle à ta meuf s'te plaît, elle m'a harcelé. Moi j'en ai rien à foutre de ta vie.

— Vas-y, lâche-moi pas sur ce coup-là, wallah… J'ai besoin de toi mon frère.

Je reste sous le choc : ce bâtard, il sait que je ne peux pas refuser une demande pareille.

— C'est bon, j'arrive dans moins d'une heure. C'est bive[74] ?

---

73 *Commissariat.*
74 *Bon.*

— Wai c'est t'chi. Allez mon frère.

Je raccroche. Aria me demande ce qui se passe, inquiète de voir mon teint blafard. Alors, je me décide à lui raconter ma journée, lui expliquer pourquoi ce matin je l'ai envoyée balader, les bebs, ma mère, mon frère, Cécile l'éduc', sa meuf, et Karim, ses paroles, et puis Pingouin...

Je finis par me vider. Je crois que je ne lui ai jamais parlé ainsi. Je débite des paroles comme d'une source que l'on ne peut arrêter. J'en ai cruellement besoin, wallah, j'ai vingt-six ans à raconter. Vingt-six années de vie, cinquante ans de gamberge. C'est aç quand dans ton existence il n'y a que l'illicite. T'as le temps de penser à tout, t'as surtout le temps de devenir fou. Voilà pourquoi tant de nos frères ont fini en HP[75].

T'as le temps de perdre doucement la raison parce que tu finis par n'être qu'à travers tes pensées. Tu n'agis plus, tu ne vis plus, tu te perds dans des idées brumeuses, bancales et destructrices. Et les gens autour de toi ? Ils ont beau te parler, c'est trop tard : vous n'êtes plus sur le même monde, t'as franchi la limite et... tu t'es condamné toi-même.

Aria écoute mon flot de paroles et des perles d'eau éclatantes coulent de ses yeux. Elle reste muette face à mes peines, mais j'vois dans son regard toute la compassion et l'amour que j'ai toujours voulu avoir… Cette meuf me bouleverse grandement, j'ai l'impression qu'elle inverse la tendance de ma vie. J'allais droit au chaos, vers la mort, j'allais finir comme mon pote… Ou pire, par m'ôter la vie. Mais elle est arrivée, et c'est un ange qui m'a recouvert de ses ailes.

« You, y a un poids en moi qui pèse tellement lourd… Je ne sais pas comment te le dire, je sais pas par où commencer, j'ai peur de mal faire avec toi, ou de trop en faire, mais comme… comme tu t'es lancé, t'as osé, alors moi aussi je me lance… You, dans ce monde où les sentiments sont perçus comme une faiblesse, je me retrouve obligée de bâillonner les miens, car j'ai trop peur You, j'ai trop peur

75 *Hôpital psychiatrique.*

de ce boucan qui se passe dans ma poitrine. En moins de deux mois, t'es devenu tellement important pour moi. Je veux pas souffrir, je veux pas connaître la peine d'en avoir trop dit, d'avoir trop aimé, de *t'*avoir trop aimé… Mais aujourd'hui, avec tout ce que tu me dis, je ne peux pas tenir, moi aussi je dois t'avouer : You, j'ai mon cœur qui déborde d'amour pour toi, mais je n'ai pas su te le faire partager, ni te le montrer… Pourquoi ? Pourtant je suis une meuf, et les meufs elles disent tout le temps leurs sentiments. Mais You, avec toi, c'était différent, l'avenir me paraissait tellement incertain, je ne pensais pas qu'on allait autant se rapprocher, que le *feeling* serait passé, surtout que t'es comme le vent : j'ai l'impression qu'on ne peut pas t'attraper… Mais là, en un clin d'œil, je suis face à cette triste réalité : ton mal-être et mes silences qui n'apaisent rien. Vois au-delà de tout ça, You ; comprends que face à un homme comme toi, je n'arrive pas à me dévoiler, mais ça ne diminue en rien l'amour que je te porte. Je te vois, You et j'ai mon cœur qui enfle et qui se met à battre fort, très fort, trop fort… Et ça, ces papillons que j'ai dans le ventre qui se multiplient, fois dix, fois cent, fois mille, je te vois et je me dis que tu es tout ce que je veux. Cette carapace qui renferme un vrai trésor, un homme comme toi je n'en trouverai pas mille dans ma vie. Même tes fautes, même tes faux pas, ils me touchent, car je sais que dans ta petite tête y a des milliards de pensées qui se bousculent et que y a un combat perpétuel entre le bien et le mal et que tu fais tout pour que la lumière entre. Petit à petit You, tu vas irradier… J'ai confiance en toi, j'ai confiance en nous, et surtout j'ai confiance en Dieu. »

Je l'écoute. Je la fixe. J'aurais jamais cru qu'elle pensait autant de trucs sur moi, jamais cru que quelqu'un pouvait tenir à moi de cette façon. J'suis un rat, une vermine de tess, un mec qui n'a rien accompli, qui s'est contenté de survivre à ses propres tourments, et elle, elle voit autre chose en moi… Shab, j'sais pas si c'est vrai ce qu'elle me dit, mais elle a l'air sincère alors j'ai envie d'y croire... J'ai peur wallah, je haf[76] à l'idée de briser un truc en elle. C'est trop de responsabilités d'avoir une pierre précieuse pareille entre les mains... Je sais pas quoi lui dire parce que... parce que je doute tout le temps, mais wallah quand je la vois, je me dis qu'elle, elle arrivera à

76 *Peur.*

ce que personne n'a réussi à faire depuis le début : changer mon horizon.

Elle baisse ses yeux et se tait…

Mon téléphone sonne de nouveau. Bordel ! J'ai oublié mon frère. Je dois laisser notre conversation en suspens pour aller parler au frandjo… Elle m'accompagne jusqu'à la porte et j'sais pas quoi lui dire, j'ai la tête en vrac. C'est la première fois de ma vie que j'suis dans cet état-là…

« J'ai p't'être pas les mêmes mots que toi pour qualifier ce que je ressens, mais wallah Aria, écoute juste les battements de mon cœur et tu comprendras que c'est la même chose pour moi… »

Chapitre 3

Les histoires commencent

J'arrive à la casa en *speed* et mon reuf est posé sur la chaise de la cuisine. Il attend, le regard dans le vide. Quant à la madré, elle prépare un couscous pour le saddak[77], puisque mon frère a été relâché. Innocent, perquisition inutile. Enfin d'après ce qu'il nous dit ; je n'en crois pas un mot, mais bon.

Il me prend à part.

— *Que pasa, man ?*

— Wallah mon frère, c'est la de-mer là… Wallah… Y a Sarah qui m'a appelé dès que je suis sorti du comico.

— Sarah, c'est ta meuf ? Parce que y a une petite feumeu qui m'a appelé en pleurs ce matin.

— Ouais, sûrement elle. Pire que le FBI, cette go[78], pour dénicher les numéros.

— Bah, qu'est-ce qu'elle a ?

— Elle a un retard dans ses trucs de meuf, elle pense qu'elle est enceinte…

Il prend sa tête entre ses mains et laisse sa phrase en suspens. Je ne comprends pas. Wesh c'est pas la première meuf qu'il a dû mettre

77 *Faire un don.*
78 *Femme.*

en cloque, le pélo. Alors pourquoi il se prend la tête ? Y a autre chose dans cette histoire…

— Et c'est tout ?

— Mais non You, wallah... Le vrai problème, c'est son père. Il a cramé son test, sa mère ! Il a cherché à savoir qui j'étais et lui a clairement dit qu'on devait se marier… You, wallah j'suis dans la merde, son père va venir à la mais' dans la journée pour mettre la madré au courant. On fait comment ?

Comment ça « on fait comment ? » ? T'as pas été capable de cracher ta semence ailleurs que dans une gamine qui ne prend pas ses dispositions et tu penses que je vais te trouver une solution ? Ils sont tous oufs, ils pensent tous que c'est un jeu, que ces trucs-là n'ont pas de conséquences. Mais dans la vie, bouge un pion et c'est toute la donne qui change… Il voit bien que je ne réagis pas.

— Tu vas pas me laisser comme ça, mec ? Faut que tu m'aides à en parler à la madré.

Il m'annonce ça d'un air désespéré.

— J'peux rien faire pour toi mon frérot, wallah. T'as jamais fait attention avec ces trucs-là. C'est pas la première meuf que tu mets en cloque ; les autres elles avaient moins de scrupules, elles ont réussi à se les faire enlever. Mais là wallah, faut que t'assumes, surtout si les familles sont mêlées. Y a rien d'autre à faire.

— Ça je le sais, mais comment dire à Yemma que j'vais devoir me marier et qu'à la base c'est juste une histoire d'un soir ?

— Tu vas rien dire de tout, ça. Tu sais mentir ? Combien de fois tu lui as raconté de la merde ? Bah là, c'est la même. Tu vas lui dire que t'as trouvé la meuf de ta vie et que tu veux te poser, que son père est au courant et que vous allez vous marier devant l'Imam dans pas longtemps. Basta. Wesh tu vas pas la choquer sur la vie plus qu'elle ne l'est déjà ?

— Et son père à l'autre ?

— Tu vas aller lui parler comme un bonhomme. Rien à foutre, le mec il peut comprendre que la madré elle a d'autres soucis à se faire que de penser à tes histoires de hecheck t'sais.

— Ouais, t'as raison gros, mais wallah… You, je l'aime pas. Elle est pas intéressante. Ouais elle est bonne, mais You, elle n'a pas de gamberge, pas de conversation, c'est pas une vache t'as vu, mais… Putain nan, dis-moi pas j'vais finir ma vie avec cette meuf… Un môme avec elle… Zerh, j'suis au bout rien que d'y penser...

Je le laisse débiter son monologue, je ne l'interromps pas. Lui faire la morale ? À quoi bon ? Ce qui est fait est fait. La roue, elle a tourné pour lui, wallah c'est pour toutes ces meufs qu'il a laissées sur le carreau quand elles se sont retrouvées avec un nouvel habitant dans le kerch[79] et qu'elles ont dû affronter cette épreuve seules.

On repart voir la madré dans sa petite cuisine. Il commence à discuter du bled, en parlant d'une cousine qu'il l'a appelée hier soir et qui prenait des nouvelles de la madré. Yumi rougit de plaisir et acquiesce silencieusement.

Et puis comme ça, sans qu'on ne le sente venir, il parle de Sarah. La femme de sa vie, le coup de cœur, qu'ils veulent se marier au plus vite devant l'Imam. Wallah, à le voir, on croirait qu'il dit vrai... Elle l'écoute avec un sourire, mais ses yeux traduisent son inquiétude. Elle manque de confiance en nous et sait pertinemment qu'il y a quelque chose de louche, mais elle ne pose pas de question. Elle a appris au fil des années de hess que dans la vie, il y a des choses qu'il vaut mieux ne pas trop savoir.

L'ambiance dans la cuisine est pesante malgré la bonne nouvelle apparente. Salim se tire donc quelques secondes après son annonce, prétextant un rendez-vous avec sa bien-aimée.

Je reste seul avec ma petite madré sans oser la regarder droit dans les yeux. Une des choses qui me révulsent le plus dans la vie, c'est de devoir lui mentir, et Dieu seul sait combien de fois c'est arrivé. Alors aujourd'hui, je préfère garder le silence sur cette histoire.

Au bout de quelques minutes, Yemma me dit d'aller chercher un sac dans sa chambre. Je me dirige vers sa petite piaule. Je mate les murs jaunis par une tapisserie trop vieille et les meubles vieillots qui tombent en miettes les uns après les autres. Quelle honte de laisser sa mère dormir dans un endroit pareil ! Je trouve le sac plastique noir sur son lit deux places et le lui apporte.

---

79 *Ventre.*

Elle ne le prend pas et continue de rouler son couscous. Je l'interroge du regard et elle se contente de sourire. Je finis par l'ouvrir. Il y a un mot et un cadre : une photo d'elle avec Salim et moi quand on était petits. Je suis sous le choc. Hein ? Mais elle aussi elle a pensé à mon anniversaire ? Yemma, Yemma…

Sur la photo, elle nous tenait par la main en souriant à pleine bouche. Elle était magnifique la madré, wallah y a pas une femme plus belle qu'elle. Mon cœur se brise quand je lis son mot : *« Mon fils, je t'aime plus que ma propre vie, le temps passe si vite, mais tu restes mon petit, ma lumière. Que Dieu te guide et qu'Il te préserve, mon fils. »*.

Une orthographe approximative, une légère dyslexie, des mots difficilement trouvés. Mais bordel, y a trop d'amour, trop de pureté, trop de cœur dans cet écrit. Ça vaut tous les poèmes du monde. Je l'imagine assise à sa petite table de la cuisine, à hamème aux lettres qu'il faut mettre, s'appliquer à écrire ces sentiments que trop souvent, on a tus entre nous.

J'ai la gorge serrée et les yeux qui me piquent grave. Wesh c'est la folie, elle m'a fait monter des larmes. Je les essuie furtivement et… détourne le regard. Je ne veux pas qu'elle me voie comme ça. Mais j'ai envie de la remercier, de lui montrer…

Alors, j'fais un truc de ouf, un truc que je n'ai pas fait depuis des années : je la prends dans mes bras, la serre comme je ne l'ai jamais serrée. L'instant est fort et tendre à la fois... L'union de deux êtres que la pudeur a trop longtemps séparés... J'entends son cœur battre à mille à l'heure… Je sens sa respiration sur mon cou et j'en envie de chialer comme un môme.

Wallah Yemma… J'ai envie que ce moment ne s'arrête plus, je suis là, dans tes bras qui m'ont affreusement manqué, et je me rends compte que j'ai tellement besoin de toi... Yemma, Yemma, wallah je veux pas que ça s'arrête, c'est trop rare qu'on tombe les masques tous les deux et pourtant… j'meurs pour toi, Yemma, wallah « rhani moute ahrlik[80]. ». Les battements de ton cœur, ils me sont plus précieux que ma propre vie.

80 *« Je te jure, je meurs pour toi ».*

Elle essuie les larmes qui coulent de mes yeux et m'embrasse sur le front. Elle aussi est en pleurs ; ça doit faire cinq piges au moins qu'on ne s'est pas embrassés, cinq ans que j'ai pas senti ses petites mains sur moi, que j'ai pas senti son odeur… Wallah j'ai le cœur serré rien que de penser à quel point j'ai pas assez profité d'elle, à quel point je l'aime… Bordel, je l'aime, mais je lui montre pas.

C'est quoi ce monde de fils de pute où il nous est trop difficile de dire aux gens à quel point on les aime ? C'est quoi ces valeurs de merde ? Wesh ma mère c'est ma vie, et ça fait cinq ans que j'ai pas eu de contact avec elle, juste par pudeur ou je ne sais quoi. J'emmerde ces putains de conventions... Wallah son cœur c'est mon cœur, sa vie c'est ma vie... Mais bordel, j'ai peur de la perdre sans avoir assez profité d'elle.

Gênée par ses retrouvailles inhabituelles, la madré finit par m'envoyer acheter de la boisson chez le tunard d'en bas. Pour nous laisser le temps à nous deux de réaliser, mais aussi parce qu'il y a des voisines qui viennent manger ce soir à la maison. Je vais aller voir Aria, parce que paie ton repas, entouré de toutes les commères de la tess. Autour de leurs cafés, leurs langues s'aiguisent à coup de taillages plus crapuleux les uns que les autres. Ma mère n'est pas de ce genre, elle écoute silencieusement. Ses rares moments de répit sont aux côtés de vipères, j'ai la haine rien que d'y penser. Mais j'me sens incapable de faire quoi que ce soit pour changer la situation. C'est lâche, j'avoue, de se laisser emporter par des habitudes destructrices.

Je descends par l'ascenseur ; la flemme de prendre les escaliers, mais surtout de croiser les rats en pleine tarte. Les rageux dignes de Karim, wallah très peu pour moi. Je repense à ma mère et c'est avec le sourire aux lèvres que j'entre dans l'ascenseur.

Y a une femme en burqa dedans ; j'hésite à rester, mais elle me fait signe que y a pas de mal. J'ose pas la mater, donc je regarde le sol. L'ascenseur pue la pisse, y a des vieux journaux de partout… J'ai jamais compris les mecs qui kiffaient de faire ce genre de truc : ils salissent leur propre environnement. Va pisser dans l'ascenseur des comicos mec, pas là où tu vis !

Une voix me sort de mes pensées.

— You c'est toi ? Wesh tu m'as pas reconnue ?

Choqué. C'est la sœur qui me parle sous sa burqa. Elle s'adresse à moi comme un rat mais surtout, sa voix me dit quelque chose.

— Euh nan wallah je vois pas qui vous êtes, Madame. En même temps votre visage, il est caché...

Elle explose de rire. Ce n'était pourtant pas une blague, mais un constat ! Wesh la meuf, elle me demande si je la reconnais alors que je ne vois pas son visage...

— Youssef c'est moi, c'est Elsa ! Tu reconnais pas ma voix, ni mes yeux nan ?

Je reste muet. Mais nan, ce n'est pas possible, ce n'est pas elle. *Mais comment ça t'as mis la burqa alors que t'étais pas musulmane quand on était ensemble ? Et qu'est-ce que tu fais ici, dans mon allée, dans mon ascenseur ?* Nan c'est une blague, wallah on est filmés, y a des mecs ils vont sortir pour nous dire : « nan tranquille c'était pour la caméra cachée. ».

— T'as perdu ta langue, mec ?

— Ouais wallah, tu viens de me la couper, là.

— MachaAllah regarde : on se retrouve dans le même ascenseur. Si c'est pas un signe de Rabbi ça !

Ah ! nan, mais stahfAllah ! Comme si Dieu il faisait en sorte que deux ex se retrouvent exprès dans un ascenseur ! *Et de quel signe tu me parles ? J'habite ici !* Je préfère ne même pas répondre. C'est trop bizarre de la voir parler de Dieu, de la voir voilée, nan : burquinisée… Qu'est-ce qui s'est passé ces derniers mois dans sa vie pour qu'elle fasse ce grand pas ? Cette meuf de toute façon, elle fait tout à l'extrême. Mais là…

Elle voit que je ne réagis pas, donc comme d'habitude, elle prend la parole alors qu'on arrive au rez-de-chaussée. Si elle me laissait en placer une, je lui aurais dis normaval, mais je peux pas rester parler avec elle. Mais elle débite pour mille... En plus là, ça sent l'embravouille à l'ancienne.

« Il y a un mois de ça, j'ai embrassé l'Islam. You, c'est la plus belle chose que j'aie pu faire dans ma vie. J'ai latté[81] Ichem parce qu'il

81 *Quitté.*

comprenait pas que je voulais me voiler et prier. Pour lui c'était impensable et je voulais que rien ne se mette entre Dieu et moi. J'ai rencontré une sœur à la mosquée ; c'est ta voisine. D'ailleurs c'est pour ça que je suis ici, elle me donne des cours de jurisprudence. C'est super intéressant, j'ai l'impression de m'épanouir vraiment. Avant j'étais comme morte et là, je revis. C'est délicat à expliquer, mais wallah c'est comme toi quand tu me disais que tu vivais de nouveau à travers tes soirées louches à l'ancienne mec, tu te souviens ? »

Et hop, on y arrive. Elle pose le doigt sur un sujet sensible. Cette fille a toujours trouvé le moyen de me rappeler mes fautes passées avec une putain de désinvolture, comme si c'était rien, comme si tout passait crème.

J'ai juré, cette fille est folle. Elle peut te dire des trucs super sensés, te toucher au cœur et deux minutes après te le broyer en un instant. Elle ne se rend pas compte des sujets qu'elle aborde, elle manque gravement de… compassion. Voilà c'est le mot : se mettre à la place de l'autre. *Wesh t'évoques pas des braquages aussi naturellement et t'en fais pas la comparaison avec ta récente conversion à l'Islam.* Wallah elle me donne la preuve qu'un con, même avec l'Islam, il reste con.

— Nan c'est sûrement pas le bon exemple, mais voilà, enfin bon, mais t'as vu quand j'ai appris la mort de Pingouin, ça m'a fait tout drôle. C'était mon déclic un peu, lui qui était pourtant si vivant, se l'imaginer dans un cercueil vêtu d'un linceul….

— Vas-y vas-y, ferme ta bouche, wallah. T'es toujours aussi conne Elsa, t'as conscience une seule seconde des putains de mots que tu dis ?

— Toujours autant sur la défensive, You ? Après, tu t'étonnais que je t'aie latté... Pfff les mecs wallah !

— Allez, mais de quoi tu me parles ? Tu m'as jeté parce que j'avais plus un rond ! À partir du moment où j'ai arrêté le grand banditisme, ça te suffisait plus, tu voulais flamber. Donc, viens pas te la jouer sœur muzz' avec moi, alors que wallah je connais tes vices…

— Pff nan, mais heureusement que le jugement il est fait par Dieu ! On verra ça devant Dieu, mec. Mais tu sais, moi au moins, je me prétendais pas musulmane à l'époque, t'sais !

— Ah ! mais t'es sérieuse dans tes propos ? Shab on se retrouve au jour du jugement et on va témoigner l'un contre l'autre ? Mais t'as cru quoi, ma pauvre conne ? J'vais pas perdre mon temps avec toi, et surtout pas à ce moment-là, t'sais. J'en ai déjà assez perdu…

— C'est moi qui ai perdu mon temps. Pff regarde-toi, t'es qu'une épave ! Wesh t'as avancé depuis qu'on n'est plus ensemble ? T'as bougé de chez ta mère ? T'as un travail ? Rien, nada, alors fais pas genre mec. Te connaissant, t'as dû te morfondre pendant un mois au moins de la disparition de Pingouin en t'étonnant que tout le monde ait fait son deuil. Tu dois passer tes journées à penser, penser et penser sans en décoller une, ne serait-ce que pour dire « bonjour » à ta mère… T'es à la rue mec, c'est moi qui ai perdu mon temps avec toi.

— T'as de la chance de porter une burqa parce que sinon j'aurais pas hésité à t'exploser ta petite tête sur le sol pour ces paroles. Moi tu me fais planer, tu te la joues meuf qui se couvre comme si t'étais un top et surtout, tu fais ta pieuse. Mais écoute les paroles que tu débites : t'es un serpent et tu craches ton venin sur les autres ; revois tes priorités ma sœur. Allez tchô, tu mérites même pas un « salam ».

Je me tire de l'allée, la laissant là avec toutes ses putains de contradictions. Je pensais être un peu schizo sur les bords, mais alors elle… J'avance peut-être lentement, mais elle, elle roule à fond sur le périph' de la vie, mais wallah sans casque sans rien. Quand elle va finir par se cartonner, ça va faire mal. J'préfère mettre mes *warnings* et rouler à cinquante, et même si les gens autour de moi ils me dépassent, j'suis sûr de ne pas me fracasser la gueule inutilement.

Whaou ! Entre le frandjo qui va être papa, Elsa qui a mis la burqa et qui se trouve dans mon ascenseur, et moi qui me la joue cœur de mouille, wesh mes vingt-six ans m'auront rendu dingue.

Aujourd'hui, il ne tourne pas rond le monde. Il doit y avoir un délire avec l'alignement des planètes… J'ai un mal de crâne, il est fulgurant. À l'époque, ça me faisait toujours ça les discussions avec Elsa. Elle débite de ces conneries wallah, je la chabais, je comprenais rien et j'en avais rien à foutre. J'voulais juste un « Doliprane » et qu'elle arrête de me saouler. J'vais acheter la boiss' pour la madré et j'vais surtout aller dormir wallah, cette journée elle était trop longue, trop folle, trop d'événements de fils de pute et à la fois trop d'émotions.

J'entends la voix d'Elsa derrière moi, elle m'appelle… en larmes. Putain, elle est loin d'être finie cette journée ! Je ne vois que ses yeux rouges et elle débite des paroles incompréhensibles sous son voile. Je la calme en acceptant de parler avec elle. On se pose sur un banc.

— Wesh qu'est-ce qui se passe ? T'as besoin de discuter ? Je t'écoute, mais arrête de pleurer, explique ce que t'as.

Elle me regarde avec ses putains d'yeux verts. À l'époque, j'aurais tout fait pour ces yeux, je me serais relevé de tout juste pour la voir sourire. Même si elle me tendait, même si elle parlait trop, même si elle n'avait aucun tact, wallah elle avait un truc dans son regard qui me rendait ouf.

— Youssef, mon amour tu me manques, j'ai le cœur en lambeaux depuis que j'ai fait l'erreur de ma vie en te laissant…

Je la regarde, choqué. Nan, mais elle ne vient pas de me dire ça ? Pourquoi ? *Pourquoi tu reviens dans ma vie ? Quand je vais mieux, quand j'ose enfin me montrer à une fille, une fille qui vaut le coup, une fille bien, une fille qui essaie, qui me fait rire, qui m'apporte un peu de paix... Wallah t'as été un ouragan dans ma vie, et elle, un abri dans tout ça. Alors pourquoi t'es revenue, bordel ! Tu ne pouvais pas me laisser tranquille ? Nan, fallait que tu reviennes foutre ta merde comme d'hab, sans chercher à savoir si réellement t'étais voulue dans tout ça, hein Elsa ?*

— Je sais pas quoi te dire.

— Il s'est passé trop de choses dans ma tête, You, j'ai fait une erreur ; je pensais que si je te laissais, t'allais revenir vers moi ; je pensais que tu te rendrais compte que, dans le fond, je voulais juste que t'essaies de me reconquérir une deuxième fois. Tu ne me regardais plus, tu ne m'écoutais plus, wallah on devenait deux inconnus qui ne se voyaient pour que combler leur propres solitudes. Alors j'ai voulu pimenter tout ça, mais toi t'as lâché prise tout de suite. Par fierté, je suis pas revenue, je pouvais pas… Je ne pouvais plus. Après tout, c'était moi qui avais fait le choix de partir, fallait que j'assume. Alors je suis restée avec Ichem, mais je ne l'ai pas aimé, pas une seule fois j'ai éprouvé quelque chose pour lui ; tu m'obnubilais, t'étais dans toutes mes pensées, You. Mais j'étais fière et je pouvais pas revenir sur mes paroles. J'attendais juste que toi tu te battes pour moi, ce que tu n'as pas fait. T'as abandonné tout de suite. Puis j'ai rencontré l'Islam, ça a donné un peu de lumière dans les ténèbres de ma vie. J'ai voulu venir vers toi pour t'en parler. Mais on m'a dit que t'étais dans un sale état pour Pingouin, je savais que t'allais mettre du temps à t'en remettre et que moi j'allais en rien t'aider. J'ai préféré te laisser seul un moment, mais wallah You, en scred je veillais sur toi... J'ai fait des douhas[82] pour qu'un ange t'aide à t'en sortir… Et hier, tu étais dans mon rêve. Je me suis dit : *« C'est le moment ou jamais. C'est maintenant ou tu le regretteras toute ta vie. »*. Alors après mon cours de jurisprudence – qui se trouve vraiment dans ton immeuble – j'ai voulu descendre chez toi et je t'ai trouvé dans l'ascenseur. J'ai eu du mal à te reconnaître, j'en croyais pas mes yeux ; j'étais venue pour te voir et Dieu m'a facilité en t'approchant de moi. Et puis, c'est ton anniversaire… J'ai pensé que c'était un signe.

Je l'écoute, elle parle, elle parle, elle parle, et ma tête bouillonne, bouillonne, bouillonne tellement elle me dit des trucs de ouf. *T'es partie pour que de nouveau j'essaie de te conquérir ? Tu as fait des douhas pour qu'un ange veille sur moi ? Donc Aria, c'était toi qui me l'avait envoyée… Pour ensuite foutre le souk dans ma tête et dans mon cœur !* Mais non, ce n'est pas possible wallah c'est quoi ce bail ?

Je regarde cette femme voilée de la tête aux pieds, mon ex-femme… Bordel ! C'était pour elle que j'voulais m'en sortir ! Pour elle que petit à petit j'm'éloignais des mauvais délires ! Pour elle que tant de fois j'ai essayé d'apaiser le feu qui brûlait en moi. Et sur un coup de tête – parce que dans sa vie Elsa n'est régie que par des putains de coups de tête – elle s'est tirée comme ça sans réelle explication, elle m'a abandonné alors qu'elle avait juré qu'elle serait présente à mes côtés toute sa vie bordel, elle avait juré sur ce qu'elle

---

82 *Prières de demandes que l'on adresse à Dieu.*

avait de plus cher ici-bas… Comme j'lui en ai voulu, comme je l'ai haïe de m'avoir laissé-pour-compte. En gros, elle me la faisait à la fou : *« Démerde-toi dans toute cette merde… Moi, l'amour, j'vais le trouver ailleurs… »*.

Je n'arrive pas à lui parler. Wesh, elle a cru que comme ça elle allait revenir dans ma vie et que j'allais lui vider mon cœur… Mais de quel cœur je parle ? Wallah, c'est un trou que j'ai dans la poitrine ! J'essaie de le combler à coups d'émotions fortes avec Aria et la Mama, mais j'suis sûr de rien avec les femmes ! Nan, avec l'Homme en général. Wallah, ils finissent tous par t'abandonner : le padré, Elsa, Pingouin… Et des fois, ils reviennent comme des fleurs fraîches, quand eux ils en éprouvent le besoin… Les relations humaines sont purement égoïstes ; tant que la personne exerce une attraction positive sur toi, tu fais tout pour la garder, mais dès qu'elle t'a lassé, tu te gênes pas pour la latter !

— Wallah Elsa, j'sais pas ce que tu me veux ; t'as fait des douhas pour que je rencontre un ange et c'est fait. J'ai rencontré la meuf qu'il me faut. Sah[83], tu m'as jeté pour des salades wallah, alors t'as quand même pas cru qu'en revenant comme aç j'allais genre tout oublier ! Tu sais très bien comme je suis rancunier…

— Justement You, moi je te connais, je sais tout de toi : tes failles, tes faiblesses, tes aspirations... Cette meuf dont tu parles, elle a tout à apprendre de toi, alors que moi… Moi je suis là et je te connais. Si je reviens vers toi, c'est que sincèrement je t'aime You, c'est pas en six mois qu'on peut oublier quatre ans de nos vies. You, on aura tout connu ensemble, de la tristesse intense à la haine en passant par l'amour, le vrai… Je te connais, je sais qui tu es et je t'aime. Alors qu'elle, elle n'aime qu'une illusion. Les premiers mois, c'est toujours beau et rose, mais quand elle saura tout You, tu penses qu'elle t'acceptera ? Les meufs, elles assument pas certaines choses ; moi, pour toi, j'ai tout porté. Souviens-toi, wallah souviens-toi…

Toutes ses phrases sont ponctuées par des sanglots et ses yeux baignent dans les larmes ; j'pourrais limite essorer sa burqa tellement elle pleure. Je sais qu'elle est sincère : Elsa, elle n'a jamais pleuré pour rien… Mais nan wallah faut pas que je m'attendrisse, il y

83 *En vrai.*

a Aria dans tout ça, elle est là pour moi… Mais elle ne sait pas de quoi je suis capable ; Elsa, je ne lui ai jamais vraiment parlé, mais elle a vu de ses propres yeux des actions de ouf ; elle a des dossiers pour faire tomber au hebs moi et quinze de mes anciens soc'... Malgré ça, elle revient.

— Vas-y, vas-y Elsa wallah, laisse-moi tranquille, tire-toi de là ! En vrai, j'ai le cœur déjà occupé.

Je me lève et la laisse seule en larmes sur son banc, à éponger ses peines avec son voile. Dieu épongera le reste avec sa Miséricorde, si elle est sincère. Mais moi j'peux pas rester là à la regarder, cette folle !

J'retourne dans mon immeuble et regarde mon téléphone. Cinq appels en absence : deux du frandjo, un du fixe, deux d'Aria. La madré attend ses courses, le frérot veut sûrement vider son sac, et Aria… Aria ?

Quand j'y pense, j'suis un vrai bâtard. J'l'ai trahie par la pensée, wallah parce qu'Elsa, elle a aussi ranimé quelque chose dans mon putain de cœur. C'est pour ça d'ailleurs que je l'ai laissée sur le carreau, la meuf…

On fait comment maintenant ? Elsa, c'est l'or des souvenirs, la beauté du passé, un mélange des tourments d'avant, mais aussi de cette chose inqualifiable qui nous unissait elle et moi. Et Aria ?

Aria, c'est la fraîcheur de l'avenir, l'espoir d'une autre vie, d'aspirations plus tendres, plus douces. Avec une, c'est la braise du passé que renaît et qui fait vivre mon cœur. Avec l'autre, c'est la brise fraîche du futur qui apaise mes brûlures et me redonne de l'espoir en la vie… Wesh les meufs, elles vont finir par me rendre ouf.

J'annule le rendez-vous de ce soir avec Aria. J'ai pas le courage de la voir ni de lui parler pour l'instant. Wallah faut que je repose mon cerveau, parce qu'il va finir par bouillir de l'intérieur. Cette journée m'a mis K.O, j'en peux plus physiquement et moralement. Quand on a l'impression que les choses s'arrangent, y a toujours un truc qui t'arrive en pleine gueule pour te dire : « *T'es condamné à la hess mon frère, c'est ça ; pour toi les choses ne seront jamais simples.* ».

J'pète ma puce parce que ce n'est que des soucis. J'vais me prendre deux trois jours loin de tout ça.

À l'ancienne, à fond sur le périph', je prenais une destination au hasard. Plus de numéro, juste le plein, du bon son et ma tête qui se vidait au fur et à mesure que les kilomètres défilaient. Besoin de renouer avec le passé ; faut que mon cœur arrête de vibrer qu'au contact des meufs. Wallah, je deviens pire qu'une mouille. Qu'elles se tirent toutes loin de moi, c'est que des salades la gente féminine.

Je dépose la boiss' à la madré et je file en bas de chez Nadir, un pélo du quartier à qui j'avais refilé ma gov'[84] quand on m'avait fait sauter mon permis.

Je regarde au loin le banc où, dix minutes plutôt, j'étais calé avec Elsa. Elle n'y est plus, mais j'aperçois au loin une forme noire qui s'éloigne. Elle a mis la burqa… Elsa… Cette meuf est folle... Elle est inexplicable ; elle qui ne jurait que par Gucci ou Louis Vuitton se retrouve à n'adorer qu'un Dieu et à lui vouer sa vie et son corps...

J'aurais jamais cru que son cœur puisse accueillir un tel amour, parce que… parce qu'Elsa, c'était une amoureuse de l'amour, le genre de meuf qui se complaît dans des relations limite creuses juste pour le plaisir d'être en couple et par peur de la solitude…

J'me souviens d'la go : j'l'ai rencontrée dans l'appart' d'une de ses connaissances et elle faisait la meuf qui calcule personne. J'avais tout de suite flashé sur ses grands heynesses verts : ils étaient oufs, wallah. Elle chabait son tél et faisait la dépressive. Avec l'aide de l'alcool, j'ai fini par lui parler. Elle venait de se faire tej' par son mec et à la fin de la soirée on avait échangé nos nums… J'pensais qu'elle serait une meuf de passage, que j'étais juste un vieux rat de plus avec qui elle allait sécher les larmes de son dernier, mais on est resté quatre ans ensemble.

Bordel quatre ans ! C'était loin d'être la fiesta tous les jours. Trop de fois j'ai voulu la tej', mais elle m'a supporté, elle m'a soutenu dans les pires moments ; même pendant mes huit mois de hebs[85], elle

---

84 *Abréviation de « vago », « voiture ».*
85 *Prison.*

venait toutes les semaines au parloir, elle m'a pas laissé le temps de sentir une absence. Elle m'appelait, m'envoyait des lettres et ne vivait limite plus, juste pour me soutenir. Et comme ça, du jour au lendemain, elle s'est tirée… Pour me récupérer soi-disant, pour me faire ouvrir les yeux. Mais c'est la preuve qu'en quatre ans, elle ne me connaissait pas tant que ça la gonz'. Ce n'était pas en s'éloignant que je me rapprocherais... Voilà où nous en sommes aujourd'hui.

J'arrive au pied de l'immeuble de mon poto, le local à poubelles noirci par les tentatives d'incendies des p'tits de la tess, le hall d'entrée jonché de bouteilles de habtas en tout genre, et encore et toujours cette même odeur de pisse. Deux trois jeunes sont calés et discutent de manière animée. À l'ancienne...

Ça fait un bail que je ne me suis pas posé avec les khos à refaire le monde. Notre monde ? Combien de temps qu'un frère m'a pas appelé juste histoire de discuter, prendre un caf', savoir comment j'vais, comment j'me remets de tout ça… Zarma soit le gardien de ton frère… Tiiii c'est juste les shabs du bonheur : quand le cœur n'y est plus, les frères y se tirent.

Je ne trouve pas Nadir dans le hall, alors je décide de siffler en bas de la fenêtre de sa chambre. Mais c'est Karim qui sort sa tête de l'appart' du dessus. C'est toujours la même ici : t'appelles un mec et t'as tous les rats qui sortent leur tête de chez eux…

— Wesh qu'est-ça fout, ça t'a pas suffi t'à l'heure ?

— Vas-y, vas-y rentre ta tête mec, j'te sifflais pas toi.

Nadir m'a entendu et est sorti de suite. On se tire parce que ça pue les embrouilles. Il me dit que ma gov' est garée vers chez moi, pour pas que que je sois tricard au tier-quar… Il a pas tort wallah, ici tout se sait ; les gens ils te hayènent[86] pour tout et n'importe quoi.

On s'en grille une histoire de se mettre au jus sur nos vies, enfin ce qu'on ose en dire. Toujours à tourner autour du pot sans jamais vraiment avouer ce qu'on vit, ce qu'on endure ou ce qu'on subit… Une façon de se protéger, et surtout de garder la face quoi qu'il

86 *Porter la poisse.*

arrive. Un mec peut être ton frère aujourd'hui et se retourner contre toi le lendemain… Il me propose un hnav[87]. J'hésite. J'y touche plus depuis un moment, mais wallah mon cerveau il est fracassé par les soucis. *Vas- y, vas-y nique sa vie, c'est comme aç !* J'prends la roulée qu'il me tend.

Quelques minutes plus tard, Abdou, un ancien de la cité, nous rejoint avec de la habta.

— Wai les khos, on va se mettre mieux, wallah j'veux me démonter le cerveau. Ce soir j'veux être raide…

Il nous dit ça en écartant les bras, comme pour une accueillir une musique qu'il serait le seul à entendre... J'suis sur un autre plane et ça m'fait rigoler. Nadir reprend le flambeau de la parole.

— Wallah les frères ! Les meufs, c'est la banane du siècle : au début elles sont fraîches, tranquilles, tu les vois c'est pépère et dès que tu les as douillées, elles se prennent pour ta femme, elles t'harcèlent, c'est la merde…

De la brume blanche s'échappe de ses lèvres et ses pupilles sont dilatées ; il sourit en débitant ses paroles tellement élogieuses à l'égard des meufs. Sa voix apaise tout ce qui se trame en moi. À mesure que je fume, j'ai l'impression que les soucis, ils s'échappent de mon esprit comme la fumée de ma bouche.

Je n'écoute pas leurs paroles, mais plutôt cet espèce de ronronnement que leurs échanges incompréhensibles produisent. J'ai l'impression que leurs mots m'enveloppent d'une couverture imaginaire, j'commence à être complètement *stone*... Je les mate dans leurs discours de sourds.

C'est triste, chacun veut vider son sac, alors qu'aucun ne s'écoute ; ils parlent uniquement pour se défaire du fardeau qu'ils soulèvent toute la journée. Consterné par la chaotique scène qu'ils jouent, je détourne mon regard et pense à ces meufs avec qui on a tendance à toujours tout foirer, mais qui dans le fond veulent juste nous aider dans cette putain d'existence… J'fais comment wallah ? Comment... Deux femmes : j'suis perdu.

87 *Joint.*

Aria… Elsa… Wesh j'fais quoi ? Elsa, elle a tout donné pour moi, tout connu à cause de moi et elle revient. Même dans le dine, même couverte de la tête au pied, elle revient…

Et y a Aria aussi… Mais elle, elle est trop pour moi… J'suis en train de me défoncer le cerveau à coup de bédeau[88] alors qu'elle doit être dans sa p'tite chambre d'étudiante à taffer. Mais j'veux pas la perdre ; elle a découvert en moi un truc nouveau, elle a fait naître en moi des sentiments que, bordel ! jamais je n'aurais imaginé ressentir. Des trucs de tahane un peu, de mouille. Tah l'amour…

Mais en vrai de vrai, je ne veux pas de ça : wesh, si elle finit par me tej', j'finis comment moi ? Au bout du bout ? J'préfère en finir moi-même une bonne fois pour toutes ; c'est à moi de tout gâcher, je n'accepterais pas qu'elles me laissent tomber… ni l'une ni l'autre. Pas besoin de meufs.

Je garde tout ça pour moi, pas besoin d'être le troisième sourd dans cette conversation qui n'aboutit à rien... Je décide de les quitter. J'suis K.O, le hnav m'a calmé le cerveau ; j'vais avoir un sommeil comme j'en ai eu rarement ces derniers temps... Demain, j'aviserai sur ma vie, mais ce soir j'suis trop déchiré pour avoir une réflexion sensée.

Je m'éloigne, mais j'perçois encore leur conversation.

Abdou propose un plan foireux à Nadir :

— Mon frère, y a un filon ce soir. Une meuf de la ville qui a un p'tit appart' dans le centre, elle ramène ses copines wallah on peut pas laisser passer ça, y aura de la fraîche…

— Nique sa mère, ma meuf ! Ce soir, j'suis célibâtard !

J'me retourne et les mate avec leurs rires de crapules : ils sont sans scrupule…

Mais on est tous les mêmes dans le fond. On a tous tellement peur de se faire lâcher qu'on préfère tout gâcher nous-mêmes plutôt que d'être déçu des autres. On affronte des trucs de fou à longueur de journée, mais dans l'amour, on est des lâches. On s'esquive dès qu'on peut, on choisit de tout bousiller au lieu d'oser dire ce qu'on a sur le cœur réellement. Génération cœur cramé, langue coupée, on

---

88 *Joint.*

la joue à l'instinct dans la vie comme dans l'amour... Comme mon poto Luch[89] a dit : *« Nique le tact : ce qui compte chez nous, c'est l'impact ! »*.

89 *Luciano Le Rat, rappeur marseillais né en 1976 et membre du groupe « Fonky Family », plus connu sous le sigle « FF ».*

Chapitre 4

Quand tout bascule

Je me réveille difficilement. J'ai le cerveau calciné, la bouche pâteuse. Mes vingt-six ans se sont finis comme chaque année, calé à me niquer le cerveau en bas des tours et à mater le ciel comme si c'était mon unique espoir de répit.

Cinq heures du matin, tout le monde dort encore, toutes les pièces sont baignées dans une ambiance chelou, entre la nuit et le jour. À cette heure-ci, c'est comme si on atteignait un moment où même le temps, il ne saurait pas se situer…

Je prends une douche pour me remettre les idées en place, bien froide comme je les aime. À l'ancienne, quand j'étais petit, on ne connaissait que les douches froides : le chauffe-eau toujours pété, la mama nous disait que c'était bon pour la santé. On a chopé des putains de crèves, des trucs à nous clouer au lit pendant des semaines, mais à la fin, notre corps a fini par s'y faire parce que faut le reconnaître, on s'habitue à tout, même au pire…

Je sens l'eau couler sur toutes les parcelles de mon corps. Bordel, comme ça fait du bien de sentir mes muscles se détendre et de voir ma peau frissonner gravement comme si je me roulais dans la neige.

Je suis toujours bouillant, c'est comme si j'étais fiévreux toute l'année. D'après le toubib, c'est génétique, donc pas de quoi s'inquiéter. Alors ces moments de froid intense wallah, c'est l'extase.

Après une demi-heure, je sors de la salle de bain et vais à la cuisine me prendre un truc à bouffer : le froid, ça ouvre l'appétit.

Par la fenêtre, je vois une femme habillée de noir qui guette. Zerh, dis-moi pas que c'est Elsa ! Je m'approche et vois qu'elle porte un voile intégral. Si wallah, c'est elle… C'est le même noir qu'Elsa. Mais n'importe quoi ! Tous les noirs sont les mêmes… Deux minutes plus tard, elle s'en va rejoindre une fille avec un hijab bleu, et toutes les deux, elles se tirent vers la salle de prière pour femmes qui a été aménagée par les gars de la cité. Je suis ouf, je vois Elsa partout ; elle me rend paranoïaque c'te meuf.

Putain, mais pourquoi elle est revenue ? Wallah, j'étais bien sans elle. Avec Aria, tout roulait tranquille et maintenant, elle vient foutre le souk dans ma *life*.

Je retourne dans ma chambre pour m'habiller et je finis par m'étaler de nouveau dans mon lit. Plus aucune envie de bouger ; je reste là allongé sur mon pieu à penser à ma vie minable et au fait que j'ai introduit des meufs qui n'avaient rien demandé à personne dans ce quotidien de merde. J'rends fous tous les gens qui m'entourent par mes silences, mes distances… Juste par ma faute, ils finissent tous par péter un câble.

Pourquoi elles s'attachent aussi, hein ? Pourquoi elles ne vont pas voir tous ces mecs bien, prêts à aimer, prêts à franchir le pas, prêts à être des vrais bonshommes ? Nan elles, elles kiffent les défis shab. Mais wallah elles sont rares les meufs qui arrivent à relever les gars de cité sans se vautrer royalement, sans finir par devenir elles aussi des victimes de la rue au cœur carbonisé.

Quelqu'un frappe à la porte. Qui ça peut bien être à cette heure-ci ? J'ouvre. C'est la meuf en hijab bleu. Elle ne me regarde pas dans les yeux et me tend une lettre. Elle se tire très rapidement, je n'ai même pas le temps de relever la tête de la lettre qu'elle n'est déjà plus dans mon allée. Je n'étais pas parano, c'était bien Elsa tout à l'heure. Elle a passé la nuit en bas de chez moi ? Mais elle est complément cinglée cette meuf !

J'ouvre l'enveloppe et reconnais tout de suite l'écriture penchée d'Elsa. Je lui disais toujours que j'avais l'impression qu'elle cherchait à faire des tags… Je ne veux pas la lire ; ça va être encore des salades, wesh c'est bive, elle revient dans ma vie, elle s'incruste jusqu'à la moelle. *C'est bon arrête, meuf !* Je la mets dans ma poche et prends les clés de la gov'. Je veux me sortir ces histoires de la tête, faire le vide en moi.

Instinctivement, mes pas m'ont mené à la Roch'. Toujours la même vue sur nos cités, toujours les mêmes graviers, toujours les mêmes habtas qui parsèment le sol... Je regarde nos blases gravés sur la vieille murette. Je me souviens des heures qu'on a passées sur ces tags avec Pingouin, pour qu'ils restent à jamais gravés ici… comme si on avait peur d'être oubliés.

Poto je t'oublie pas, tu m'manques wallah, j'ai des larmes de fils de pute qui coulent de mes yeux, mais mon frère sans toi, c'est plus la même. J'ai essayé de combler le vide que t'as laissé avec Aria, mais c'est une meuf, et les meufs y a des trucs qu'elles ne comprennent pas. Elles ne voient pas qu'on n'en a rien à foutre si y a des blancs, tant qu'on est ensemble. Wallah, nous les rats on peut rester des heures postés les uns à côté des autres sans échanger un mot, parce que y a des choses qu'on fait passer au-delà de la parole…

Pingouin mon frère, t'avais tout compris, t'étais un vrai de vrai comme on n'en fait plus. Wallah ton absence, elle a créé un gouffre dans ma vie. Entre nous, c'était la sincérité a la vida a la muerte, honnêtes quoi qu'il arrive parce qu'on est des gens sincères dans nos mots comme dans nos actes, parce que même quand on faisait le mal mon frérot, c'était pour le bien.

J'suis sûr que dans cette histoire de meuf, toi tu m'aurais dit ce que j'ai à faire parce qu'à l'ancienne « je te dis la vérité même si ça te plaît pas, les vrais amigos, ils ne cherchent pas à te plaire, ils veulent juste le meilleur pour toi, même si tu veux pas l'entendre ».

Je me souviens de tout ça… Quand Elsa elle m'a quitté, tu me disais : « Elle va revenir, Elsa c'est une vraie, elle est chelou, mais wallah elle reviendra parce qu'elle t'aime, parce qu'y a que toi qui arrives à faire naître quelque chose de meilleur en elle. ». Tu l'aimais bien Elsa, car elle était vulnérable et sincère ; t'as toujours aimé t'occuper des autres, enfin ceux qui se laissaient approcher... Aria, tu l'aurais aimée aussi, je suis sûr tu l'aurais plus qu'aimée, parce que c'est une louve, comme nous. Elle cerne les gens à mille kilomètres... Mais le destin en a voulu autrement. Je crois que dans le fond, si je me suis autant attaché à cette p'tite meuf, c'est qu'elle me fait penser à toi.

Wouah mon frérot, c'est le waï dans ma tête ! Tu me disais : « Elsa c'est la femme de ta vie, quoi qu'il arrive elle sera là, c'est comme moi ou ta mère, c'est une valeur sûre. »... Mais je sais que si t'avais connu Aria, t'aurais compris que le vrai pilier, c'est elle... Vas-y, vas-y j'arrête avec ces histoires de meufs, mon frérot. Juste tu me manques. C'est tout ce qui compte à cette heure-ci.

Notre dernière soirée passée à la Roch' tous les deux, j'm'en souviens comme si c'était hier : t'avais des projets, la p'tite maison que t'avais trouvée loin de toute cette merde. Moi j'oublie pas, je n'oublie pas l'amour que t'avais pour ta madré, j'ai jamais vu un mec aimer autant sa mère que toi, wallah c'était tout pour toi, ta meilleure pote, ta femme, ta mère, ta vie, tout…

Je n'oublie pas tous ces projets et un jour, si Dieu le veut, si j'en ai la force, je prendrai la relève mon frère. Je m'occuperai de celles que t'as laissées.

Elles vont mal sans toi. Toutes. Ta mère, Fatim ta sœur, et Farah aussi. Wallah je les croise rarement, mon frère. Et je n'arrive pas à aller les voir, à franchir la barrière que je me suis moi-même imposée. Parce que quand je les vois, c'est toi que je vois. Ce sont toutes ces fois où tu m'as parlé d'elles, toutes ces fois où t'as souri grâce à elles. Tu les aimais bordel, toutes autant qu'elles étaient tu les aimais. Ta mère, la reine de ta vie, ta petite sœur la princesse... Et Farah, pfff Farah la femme que tu respectais le plus, même si elle t'esquivait gravement depuis que tu t'étais mis dans des sales biz, tu respectais tout d'elle… Depuis que t'es plus là, je n'arrive même pas à les regarder dans les yeux… Elles transpirent la souffrance de ta perte. Au final, on a tous le mal de toi, mon frère.

J'oublie pas tout ce que t'étais mon frérot. On a passé des heures à graver nos noms un peu de partout sans comprendre que c'était dans nos cœurs, réciproquement, que nous nous étions gravés.

Les années, la misère, les embrouilles, tout ça ça nous a unis, ça nous a forgé à vivre des relations humaines comme très peu en vivent. Wallah on allait dans le fond des choses, on vivait intensément. Sincères à la vie à la mort. Si j'avais pu mon frère, j'aurais pris cette balle pour toi… Si j'avais pu, je t'aurais donné ma vie.

J'm'effondre sur le sol, mon corps est déchiré par les sanglots. Y a cette tristesse qui s'abat sur moi et que j'arrive plus à porter. C'est trop lourd, wallah j'ai porté trop de trucs, mais d'être séparé de mon frère, j'arrive plus.

Une main se pose sur mon épaule. Je sursaute… Je ferme les yeux forts. *Pingouin, c'est toi ?*

Je me retourne. C'est Aria.

Elle me sourit, mais ne me dit rien, elle attend juste que je me calme. *J'ai cru le temps d'une seconde que t'étais là, mon frère…*

Ça m'a refroidi d'être dérangé dans des moments pareils, mais en même temps j'ai toujours cette impression que cette meuf est mon ange gardien wallah, toujours là dans les minutes de faille extrême.

— Comment tu m'as trouvé ?

— J'ai compris que quelque chose n'allait pas quand en vain j'ai cherché à te joindre. J'ai fait le rapprochement avec la Roch', donc j'ai prévu de passer ma journée là-bas, avec mes cours pour m'occuper, pour être sûre de t'y croiser.

Je n'ose pas lui répondre. Qu'est-ce que je vais lui dire ? Que son obstination me touche ? Mais comme là c'est le waï dans ma tête, que la meuf que je considérais comme la femme de ma vie est revenue… La lettre d'Elsa que j'ai dans la poche me brûle ; je culpabilise sans même l'avoir lue. J'arrive pas à soutenir le regard d'Aria. Je veux me tirer… Pourquoi ces meufs sont-elles autant obstinées ?

— J'ai l'impression de déranger, You. Je voulais juste que tu saches que je suis là. Hier, je ne voulais pas t'effrayer avec ce que je t'ai dit... Tu sais où j'habite : au besoin n'hésite pas.

Elle a l'air déçue et déstabilisée. Elle se retourne et s'en va. Je vois son corps s'éloigner.

J'aurais dû la rattraper. Mais je reste là muet, incapable de bouger, pétrifié par ses ultimes paroles qui reflètent toute son humanité. Cette meuf est définitivement trop bien pour moi, j'suis une mouille doublée d'un lâche. Qu'est-ce qu'elle me trouve à la fin ?

Je vais lire la lettre d'Elsa, puis je vais la brûler ; ensuite, j'irai lui insulter tous les membres de sa famille, de son chien Patrick à sa tante Huguette ! Wesh j'suis un rat, pas une girouette ! Si tu me dis « ciao » c'est pour la vie.

J'hésite à poser mes yeux sur ses écrits. Plus les minutes passent et plus j'ai de la haine contre elle. C'est avec toute l'amertume de m'être fait tej' que je commence ses mots :

« *Youssef,*

Mon unique amour… Tu viens de m'abandonner sur ce banc, où tant de fois on s'est retrouvés pour échanger simplement des sdales, à l'ancienne tu te souviens comme on galérait… Soit, je ne t'écris pas pour te parler du passé, mais pour envisager un avenir. Tu me laisses seule avec mes regrets, ma peine et ma peur de l'avenir. Sans toi Youssef, ma vie elle ne veut rien dire, sur Dieu tout puissant que j'aime tendrement Youssef, tu ne sais pas ce que je ressens pour toi. Je sais qu'il y a une autre fille, qui est magnifique, qui te rend ton sourire. Je sais que depuis un mois, vous ne vous lâchez pas, que chaque soir tu l'as au téléphone, que tu apprends à la connaître et que tu t'étonnes tous les jours d'avoir une fille comme elle en face de toi. Je sais tout ça mon Youssef, car à la tess tout se sait… Mais moi, ça ne m'empêche pas de t'aimer, de t'aimer de tout mon cœur, de toute mon âme, de t'aimer comme j'aime ma mère, ma tante, de t'aimer comme j'aime la vie. Youssef, je ne te demande pas de faire un choix, mais ne m'oublie pas et surtout, sache que Dieu a donné la possibilité à l'homme d'aimer plusieurs femmes. Je t'aime tellement que je serais prête à toutes les accepter si je continuais d'avoir une place dans ton cœur. Elsa. ».

Mais c'est quoi cette lettre ? Cette fille devrait être enfermée, attends wallah elle est vraiment pas nette, elle me parle de polygamie là ? Alors que je ne suis même pas fichu de gérer ma propre vie ? D'avoir une femme dans ma vie c'est épuisant, mais alors deux… Nan, mais c'est crapuleux, elle est complètement paumée Elsa. J'en ai de la peine pour elle… Pff elle vient de me convaincre à cent pour cent que je n'ai rien à faire avec elle : elle est trop folle pour moi. J'arrive pas à contrôler ma propre folie ; je ne vais pas fonder ma vie avec l'incarnation du déséquilibre mental.

Je pense l'avoir aimée sincèrement à l'époque ; elle m'a fait beaucoup de bien, m'a beaucoup donné, mais il faut savoir tourner la page et mettre des points aux histoires, même aux plus belles. Dans cette vie tout est éphémère, et moi et Elsa on ne fait pas exception.

Je rentre à la maiz', faut que je lui parle. Sur la route je repense à Aria, qui est venue jusqu'à la Roch' pour voir si j'allais bien… Et moi qui ne l'ai même pas retenue. Je prends le bigo du frandjo et compose le numéro d'Elsa. J'ai jamais réussi à l'oublier.

Une petite voix endormie me répond.

— Elsa ?

— Oui ?

— Ouais, ouais. J'viens de lire ta lettre Elsa…

— Attends You, attends. Je me monte le son du téléphone, je t'entends pas... Tu disais quoi ?

— J'ai lu ta lettre Elsa, je t'ai vue ce matin et j'ai lu tes mots, mais wallah, entre nous c'est fini. Quand on brise un miroir Elsa, on a beau essayer de recoller les morceaux, les fissures elles restent présentes.

Je l'entends renifler au téléphone. Elle ne répond rien.

— J'suis désolé, t'es une meuf bien, même plus ; j'ai pas besoin de te le dire Elsa, tu sais ce que tu vaux. Tu trouveras l'homme qui te… Tu trouveras, t'inquiète.

— You, tu peux pas m'abandonner ! Wallah You, je t'aime, je suis désolée de ces mois où je t'ai abandonné, mais avant, je n'avais jamais failli, j'étais là You, jamais je ne t'ai abandonné… You, s'il te pl…

— Arrête wallah, arrête, c'est bon Elsa, c'est fini ! C'est la fin, laisse-moi tranquille, c'est mieux pour nous deux. Désolé.

Je raccroche. Si je n'écourtais pas la converse, j'allais flancher. Je sais que je lui ai brisé son petit cœur, mais je n'allais pas m'en sortir avec elle ; c'est de l'histoire ancienne, faut que j'avance...

Je descends chez le tunard acheter deux trois « 16 ». J'vaux pas mieux qu'avant ; j'ai l'impression d'être retourné un mois plus tôt, calé en bas des tours à m'enivrer le cerveau pour tenter, en vain, d'oublier que je viens foutre en l'air le cœur de la femme que j'ai aimée pendant quatre piges…

Putain le pire, c'est pas les promesses que nous faisons aux autres. Non ce qui est le plus dur, c'est de ne pas réussir à tenir les promesses que l'on s'est faites à nous-mêmes, car la déception des autres est plus facile à accepter que la déception de soi-même.

La journée s'est écoulée en un instant. Je n'ai pas vu les minutes, les heures passer ; l'alcool y est pour beaucoup sah, mais ça n'a rien arrangé à mes problèmes. J'ai le cœur fracturé wallah, ça me tue d'avoir brisé Elsa, ça me tue de trahir la confiance d'Aria, ça me tue que des meufs puissent me trouver un quelconque intérêt. C'est sale de passer sa journée à boire, vomir, puis se saouler de nouveau…

Je retourne à la maison vers vingt-et-une heures et esquive la madré. Je ne veux pas la saluer par peur qu'elle sente l'odeur de la habta qui émane de moi. Elle sait que je nourris, nan starf, que je *pourris* mon corps à coup de choses illicites, mais elle n'a pas besoin d'en avoir la preuve tous les jours. Si je peux au moins la préserver de ça, autant de le faire.

J'entre dans la chambre ; Salim est au téléphone. Je mate les murs. Un vieux poster de Tony Montana, des sapes qui jonchent le sol, une console, des bouteilles vides, cendriers, mégots... Bref, une chambre qui ne donne pas forcement envie d'y rester.

Mes yeux se posent sur un trou dans le mur qui date de l'époque où le padré était encore à la maiz'. Le centre social avait appelé à cause d'un pari de merde avec Pingouin. Le dernier qui crame une poubelle de la cantine paie son grec. Je n'avais pas un franc à l'époque, donc fallait que je tâte sur ce coup. J'ai tellement assuré que j'ai cramé l'intégralité des dix poubelles du centre.

Je me rappelle Pingouin, ce haflite : il dansait autour du feu comme un apache. Je suis rentré ni vu ni connu à la maison. En pensant que personne ne m'avait tricard. Mais quelle a été ma surprise quand j'ai vu le padré assis sur mon tabouret, dans ma chambre. Il a d'abord tapé le mur pour passer ses nerfs et a fini par sortir la ceinture. Mille francs. Je me rappelle qu'il hurlait « Mille francs ! » à chaque coup.

Y a que les larmes de Yemma, ce jour-là, qui m'ont vraiment perturbé ; les coups, la haine sur le visage du padré, rien à balancer. C'est pour toutes les fois où t'as fait des économies sur nos mouilles. Mais Yemma anéantie, ça, ça m'a blessé. Aujourd'hui encore, j'me souviens de son visage déçu quand elle me regardait. Depuis, j'me suis juré de ne plus jamais la mêler à mes histoires. La habta me rend mélancolique à mort.

Je m'installe tranquillement sur mon lit et j'entends Salim qui débite en arabe. Il s'arrête net de parler quand il comprend que je ne suis plus perdu dans mes pensées... J'suis raide *man*, j'bougerai pas, donc raccroche c'est mieux pour toi.

J'ai l'impression qu'il a pris quinze piges en deux jours. Il est cerné à mort et son teint est blafard. Wallah il fait de la peine à voir. C'est qui le bolosse qui a dit que la plus belle chose dans la vie d'un homme était une femme ? Wesh ça se voit qu'il n'a pas connu les meufs de notre époque…

Il raccroche enfin et se vautre sur son lit.

— Wallah You, c'est la hess ? T'étais où ? Wesh tu m'as même pas soutenu. Y avait le padré à Sarah à la maison, c'était le chaos, la madré n'a presque pas sorti un mot…

Wouah j'ai raté ça, wallah. À cause de ces histoires de meufs, j'en oublie le plus important : la famille. Je me pose à côté de mon reuf. Et lui prend le cou. L'alcool me rend tactile à un point que même moi je ne soupçonnais pas.

— Désolé mon frère, j'étais plein de soucis, je pouvais pas rentrer habate à la caz', il aurait viré de la carafe l'ancien…

— Ouais, t'as raison… J'suis condamné avec eux. You, j'vais avoir un marmot qui braille, qui se tortille, qui rampe. Les gosses, ces choses bizarres qui pleurent tout le temps… Pourquoi moi wallah ?

Salim a une vision de la paternité qui fait peur, mais dans le fond, mieux vaut un mec qui dit clairement ce qu'il pense que les cas soc' de la tess qui se la jouent « super padré » dans les paroles, mais qui sont incapables d'assumer l'éducation d'un marmot. Si Dieu le veut, ce sont ceux qui parlent le moins qui en feront le plus.

— Tranquille mon frère ça va aller. De toute façon, y a la madré, y a Sarah, et même moi… Moi aussi je serai là wesh, t'as cru j'allais te laisser tout seul dans cette merde ?

Il lève sa tête vers moi, il a les yeux rougis… Wesh dis-moi pas que lui aussi il fait sa mouille à pleurer pour rien ! C'est le pollen, il doit être radioactif pour que des vieux lascars comme nous se retrouvent dans tous leurs états.

— Merci mon reuf, wallah, c'est la hess. Ça fait deux jours j'suis pas sorti, mais les rats ils en ont rien à foutre. Si t'as pas des plans pour les faire enquiller, ils ont pas d'intérêt à te voir.

— Ouais les vrais frères, de nos jours, ils se font rares… Vas-y vas-y, on a besoin de personne nous, wallah y a que la madré qui compte, le reste nique sa vie.

— T'as sacrément rai…

Mais son téléphone sonne et ne lui laisse pas le temps de finir sa phrase. C'est sa meuf qui le harcèle. Ah ! oui, il est mal avec cette meuf, c'est sûr. Mais pas besoin d'en rajouter, il a l'air déjà assez déprimé comme aç.

Il éteint son téléphone pour être un peu peinard et on décide de passer une soirée « PES » à l'ancienne. Des barres avec le frandjo, ça vaut toutes les meufs du monde… C'est dans ces moments-là qu'on se rend compte que la famille, elle n'a pas forcément les mots, ni même les gestes, mais rien que par sa présence, elle fait de la vie quelque chose d'incroyable... C'est dans les moments les plus sombres que j'ai vu que la famille était la lumière la plus éblouissante, dans les périodes les plus glaciales que la chaleur de la caz' était la plus apaisante…

La madré nous a apporté un peu de poulet avec un sourire sincère. Elle est heureuse de nous voir ensemble partager des rares moments de complicité.

Vers trois heures du matin, Salim rallume son téléphone. Cinq nouveaux messages vocaux. J'ai juré, sa femme c'est une psychopathe. Y a en effet trois messages de Sarah… Mais aussi deux d'Aria. Putain j'ai mon cœur qui bat à huit mille… Wesh et s'il lui était arrivé quelque chose ?

« Vous avez un nouveau message. Aujourd'hui à zéro heure vingt-et-une minutes : Salam Salim, c'est Aria, une amie à You… Je… Enfin si You est avec toi… Non laisse tomber, désolée du dérangement. ».

« Aujourd'hui à zéro heure vingt-huit minutes : Salam Salim c'est encore Aria, dis à You de me rappeler, en fait y a Elsa qui m'a appelée et puis bon, faut qu'on discute, je suis désolée de te faire passer ce message… Mais j'ai aucun autre moyen de le joindre. ».

Bordel ! C'est quoi encore cette histoire... Putain, les deux ont parlé ? Qu'est-ce qu'elle est partie lui raconter ?

Je décide d'appeler Elsa sur-le-champ. L'alcool s'est dissipé, je serai moins propice à dérailler.

Elle dormait et ne capte pas tout de suite que c'est moi. Je lui donne rendez-vous pas très loin de chez Aria, que j'irai voir après... Mais d'abord, je dois savoir ce que l'autre folle lui a dit. Rien à foutre qu'il soit trois heures wallah, elles veulent jouer avec des rats, elles ont encore rien vu.

Une demi-heure plus tard, je la vois arriver en voiture au coin de la rue. J'ai eu le temps de me faire mille fois le film dans ma tête, de me préparer à la revoir. Mais le choc est le même : j'ai le cœur qui s'emballe comme un fils de pute, il trahit tous les sentiments l'bâtard ! Son visage de poupée russe, wallah... Mais attends wesh la meuf elle n'a plus son voile intégral ? Waaah cette meuf est mille fois plus à la ramasse que moi.

— Wesh il est passé où ton voile sur le visage ?

— Parle pas des choses qui fâchent, je me suis pris une amende tout à l'heure. La loi vient de passer. J'ai du mal à payer mon loyer, donc cent cinquante euros d'amende, très peu pour moi.

— Ouais ton voile n'aura pas tenu longtemps...

— Hé ! ça va, j'ai toujours mon hijab, tu parles de quoi au juste ? T'es habate ?

Toujours cette franchise, toujours ces mots qui désarment. Je n'arrive pas à la regarder droit dans les yeux, c'est horrible. J'aurais dû lui parler par téléphone, tout compte fait... C'est vrai wallah pourquoi j'ai cherché à la voir ? Nan en fait, y a pas plus paumé que moi à cette heure-ci.

On reste silencieux plusieurs minutes, puis elle se décide à fracasser ce silence qui devenait plus pesant à mesure que les secondes passaient.

— J'étais obligée Youssef, d'appeler ta copine. Je pouvais pas rester impuissante dans cette histoire, y a pas que moi qui dois souffrir, c'est injuste.

— Mais vas-y Elsa, on t'a demandé quelque chose ? À la base c'est toi qui m'a tej', fallait y réfléchir à deux fois avant d'écouter tes copines les cas soc', t'sais. Maintenant c'est fini, comprends-le bordel ! Tu crois ça me fait pas de mal à moi ? Zarma t'as cru t'étais la seule à souffrir ? Wesh une rupture c'est à deux qu'on la vit. Mais j'ai fait mon deuil y a un moment, contrairement à toi. Donc laisse-moi tranquille parce que je vais finir par être méchant.

Elle me regarde toute tremblante, son corps secoué par les sanglots. C'est de sa faute si elle est maso, je lui ai rien demandé ! Ce matin j'ai été clair, pourquoi elle insiste ? Pourquoi elle est si déterminée ? Pourquoi elle est si triste ? Comme des coups de shlasse dans son petit cœur, j'suis en train de l'achever… Elle se calme, réfléchit la tête baissée. Au bout de quelques minutes, elle me lance un regard avec tant de haine !

— C'est bon, je viens de comprendre que le *nous* n'est plus, que j'avance seule dans ce putain de monde, que t'es incapable de voir à quel point t'es resté mon oxygène, mon amour, ma vie… Et tu me laisses là, comme ça, à bout de souffle, alors que je te hurle que je t'aime encore, que c'est avec toi que je veux faire ma vie… Tu ne dis rien, tu ne penses qu'à ta Aria. C'est facile d'aimer quelqu'un en un mois ; tu sais, les débuts sont toujours roses ; ce qui est plus dur, c'est de continuer malgré les années, malgré les épreuves, de continuer à aimer intensément une personne, l'accepter même avec le pire, de la prendre comme elle est. Wallah You, t'es en train de mettre mon cœur sous camisole… Mais comment je vais faire moi ? Hein, réponds-moi, comment ? L'homme pour qui j'aurais sacrifié ma propre vie sans réfléchir m'abandonne à la première embûche, alors que moi… je suis restée malgré tout, You. J'ai failli une fois, mais pour toi c'était la fois de trop…

Elle se tait, reprend son souffle, puis de nouveau vide son sac.

— Tu sais quoi ? Notre histoire on peut la résumer comme ça : moi qui t'aime aveuglément, moi qui me sacrifie jour et nuit pour que nos rêves puissent se réaliser, et toi qui restes passif, toi qui n'avances pas... À l'époque, je nous faisais avancer d'un pas et toi tu nous faisais retomber six pieds sous terre. Et pourtant, et pourtant You, je restais... Malgré ça j'endurais, car l'amour n'avait pas de prix. Pour qu'à la fin, quand une gamine vient te toucher au cœur, tu m'abandonnes. Ouais, t'as raison : laisse-moi, de toute façon t'es pas à la hauteur de l'amour que je te porte. On verra si Aria elle va supporter tout ce que j'ai connu. Et comme tu le dis si bien « ciao » mec !

Elle se retourne, monte dans la voiture, démarre en trombe et quitte lamentablement sa place pour prendre la route. J'ai la haine ! Wesh, elle fait sa victime… J'suis pas un bâtard comme ça, mais non wallah, je l'ai aimée cette femme ! Alors pourquoi elle me balance ces horreurs ? J'fais attention à tous les mots que j'emploie avec elle, mais elle ne se gêne pas pour me dire des trucs pareils… J'vais rentrer chez moi, j'irai voir Aria demain.

— Je suis désolée...

J'entends cette voix encore et toujours. Deux fois dans la journée qu'elle me prend par surprise. Cette femme, c'est une souris qui se faufile de partout. Je me retourne et la vois là, les yeux bouffis, la bouche barrée par un sourire qui retient toutes ses peines, le visage barbouillé par ses larmes, en pyjama.

— Je suis désolée, You. Je vous ai écoutés, j'ai tout entendu…

Elle trouve le moyen de s'excuser même dans ces moments-là.

— Mais tu racontes quoi au juste ? C'est pas à toi de faire la folle en t'excusant, c'est moi le bâtard. Putain, mais Aria, tu me veux quoi ? Pourquoi tu continues ? Y a rien qui marche avec moi… Tu ne vois pas ?

— Tais-toi, tais-toi ! C'est toi qui te voues à l'échec, You. T'as aucune confiance en toi, alors t'as pas confiance au monde qui t'entoure, mais arrête, ouvre les yeux ! Si c'est pas moi, ce sera Elsa, ou une autre... Les gens décèlent les cœurs purs et le tien l'est, You. Alors arrête.

— Mais Aria, sais-tu seulement ce que mes mains ont fait ? Tu viens, tu baragouines comme si tu savais. J'ai noirci mon cœur à coups de *deals*, de braquages, de taule ; j'ai fait du mal, j'ai troqué mon âme pour du sale… et tu viens me parler de pureté ? Mais bordel, nan Aria, j'suis pas pur, tu t'es trop fait une image idyllique de moi alors que c'est pas le cas. Ouais t'as le droit de voir au-delà, de regarder derrière les gestes, mais n'oublie pas les faits ; et moi en l'occurrence, j'ai jamais agi pour le bien, wallah, donc c'est toi qui arrêtes. Elsa avait raison, tu ne me connais pas. T'as vu le You posé, qui est *peace* dans sa vie et qui passe de bons moments avec toi, mais t'as aucune idée du mec que j'ai été. Un énervé de cité, le gars qui, pour se faire entendre, était près à tout cramer, même les cœurs qui l'entouraient Aria… Vois comment je me comporte avec ma mère, bordel ! Ouais je l'aime, plus que ma propre vie à vrai dire, mais regarde une seule seconde mon comportement avec elle : est-ce que je lui montre ? La dernière fois que je lui ai parlé dans le vrai ? Ça remonte à quand mon père s'est tiré. Alors cesse de me voir comme un ange ; j'ai brûlé mes ailes y a trop de temps. Je suis un homme, juste un homme.

Elle reste là, pétrifiée par les paroles que je lui débite. Je cherche quoi au juste ? À la faire fuir elle aussi ? À l'éloigner une fois pour toutes ? Ouais de toute façon, dans le fond, ni l'une ni l'autre ne me va, j'ai l'impression de n'être fait pour personne… Alors à quoi bon se voiler la face ?

Elle est toute déboussolée, je crois ne jamais l'avoir vue comme ça. Elle tripote sa poche comme si elle avait un *gun* caché dedans. Je suis en train de la rendre folle. Y a la culpabilité de la voir se détruire, l'amour que je peux lui porter, mais surtout, le mal que j'ai amené dans sa vie.

— Je… je ne sais… pas quoi te dire… Je vais pas te mentir en te disant que j'encaisserai tout, You. Mais moi je sais que mes sentiments sont réels, alors le reste je m'en fiche ; je m'en fiche de ton passé, du mal ou du bien que tu as pu faire, je m'en fiche que tu te sois perdu, car aujourd'hui grâce à ces choses-là, tu es l'homme que j'aime et c'est tout ce qui compte.

— T'as encore rien vu Aria, j'suis instable… Tu comprends pas ? Un jour ce sera le paradis, le lendemain tu vivras l'enfer ; j'ai toujours agi comme ça dans ma vie, et une femme ne me fera pas changer.

— Mais tu ne serais pas prêt à faire ça pour moi ?

Sa voix retient ses pleurs… Je n'arrive plus à la mater dans les yeux. Je chabe le sol d'un air lugubre et tape dans un caillou comme pour éloigner tout ce qui m'entoure… Elle attend une réponse, mais je ne peux pas lui mentir. Je peux pas lui dire que la vie sera simple ni que pour elle je changerai, car c'est faux. J'ai changé pour personne et l'amour d'une femme ne me fera pas devenir ce que je n'ai jamais été.

Elle est tremblante, elle continue de tripoter sa poche et attend que des mots sortent de ma bouche. J'ai la gorge sèche, j'arrive à rien dire bordel, aucun son ne peut sortir. Je sens la patate arriver, mais je me décide, en prenant mon courage à deux mains, à lui répondre clairement.

— Non Aria, je changerai pas, et si tu me demandes de le faire c'est qu'au fond on n'est pas faits pour être ensemble…

Et, en une seconde tout bascule. Elle sort de son pyjama une lame de rasoir et d'une petite voix tremblante, elle me dit :

— Si tu ne m'aimes pas, c'est que la vie n'en vaut pas le coup, You.

Tout se passe très vite. Elle rapproche la lame de son cou, mais bordel ! c'est quoi cette histoire ? Je me jette sur elle – réaction de trépané oblige – et la renverse par terre pour lui arracher sa putain de lame. Je suis sur elle et elle se débat comme une furie pour que je ne récupère pas son arme. Elle me hurle de la lâcher, que le mal est fait, que c'est fini, elle pleure, elle crie, elle griffe… Je ne l'ai jamais vue comme ça, et dans le feu de l'action, elle me fait deux entailles sur le bras et une vers l'arcade. Je finis par l'immobiliser et arrive enfin à récupérer cette connerie. Elle a réussi à se couper grave la main. La haine me monte et je la lui crache au visage.

— Mais bordel, tu joues à quoi ? T'es une folle ! Mais wallah t'as aucun cœur, aucun respect pour faire ça ! Et ta foi ? Et ton amour pour Dieu ? Le droit de vie ou mort, il n'appartient qu'à Dieu ! Wesh la meuf qui vit, qui respire, qui aime, elle fait quoi ? Elle finit par se taillader les veines pour un clodo de la rue... Mais bordel réveille-toi Aria ! La vie c'est pas un film, t'as pas de deuxième chance, wesh chaque battement de cœur compte… Tu ne penses pas à ta mère, à ton frère, tes petites sœurs nan ? Tu penses pas à tous tes potes ? À ta vie, à tes études, ton avenir ? Et wesh t'as pas pensé à moi ? T'en as rien à foutre en vrai, tu fais ta folle comme si j'avais jamais rien ressenti pour toi. Mon cœur il s'est fait manger par les vers après la mort de Pingouin, et c'est toi qui as réussi à me sortir de là, tu m'entends ? C'est toi qui m'as redonné goût à autre chose, et maintenant, haneni tu me tentes des actions de fou alors que j'essaie juste de te dire la vérité ! Mais wallah si c'était pour me faire ça, t'aurais jamais dû rentrer dans ma vie. Tu me remets d'aplomb pour me foutre encore plus bas après. Wesh tu comprends pas ? J'suis un rat Aria, y a des choses, j'arriverai jamais à te les dire, mais c'est à toi de comprendre que je peux les ressentir ! Y a deux jours tu me parlais de bâillonner les sentiments et là t'agis comme les oufs dans les films…

J'ai envie de crier, wallah j'ai la haine… Toujours assis sur elle, j'arrive pas à lâcher ses petits poignets, je n'arrive pas sortir mon regard du sien ; je me contente de sentir les pulsations accélérées de son cœur, la chaleur de sa peau.

Je commence à sentir des gouttes d'eau qui s'abattent sur ma tête : une averse de miséricorde en pleine nuit, comme pour nous purifier du sang et des tourments qui nous assaillent. En vrai, cette meuf elle est mille fois plus perdue que moi, wallah j'ai jamais tenté de mettre fin à mes jours ! Même dans le pire, y avait un espoir qui continuait de vivre en moi.

Je me relève et l'aide à se mettre debout par la même occasion. Je ne lâche pas sa main pour autant. C'est la première fois que je touche sa peau sciemment, la première fois que je me tiens aussi près d'elle. Je suis en train de trahir notre pacte mais elle, en agissant de la sorte, elle a trahi sa propre vie… Alors définitivement, ce soir, ni elle ni moi n'avons plus rien à perdre. Elle ne me regarde pas et garde la tête baissée. Je prends son petit visage dans mes mains pleines de sang. Un contraste des plus tourmentants me saute aux yeux : elle qui incarnait la vie et mes mains qui ne semaient que la mort… Et pourtant ce soir, les rôles se sont inversés.

Je veux voir, je veux comprendre bordel, je veux percevoir les méandres de son âme et saisir le pourquoi de son geste de détresse absolue. Ses grands yeux marron qui me regardent avec tant d'amertume et de tristesse, en deux jours, je leur ai fait perdre tout leur éclat. J'suis vraiment un bâtard ! Elle m'a avoué ses sentiments et en réponse à ça, je me tire et plus de nouvelles. Et puis quand elle me trouve enfin, je l'esquive… Elle endure en silence et finit par littéralement craquer.

J'ai l'impression d'être une malédiction pour elle. Son petit cœur battait au rythme de la vie et moi, avec mon égocentrisme, je lui ai confisqué sa joie de vivre. Elle m'a appris la vie, je lui ai appris la mort ; elle m'a inspiré la bataille de la survie, je lui ai insufflé le goût du suicide… Je m'approche d'elle lentement, sous la pluie battante, shab les actions comme dans les films... Elle me rend fou : tout en elle me coupe le souffle, de sa passion pour l'existence à sa démence qui a failli la conduire à la mort… Tout, tout.

Alors ce soir, je n'ai pas attendu qu'elle soit mienne pour oser poser mes lèvres sur les siennes.

Chapitre 5

L'amour peut conduire à la mort

Trois semaines après mon anniversaire, j'ai décidé de me reprendre en main. J'marche en direction d'une boite d'intérim. Aria m'a *boosté* pour que je trouve un job et me sortir de tout ce merdier. Plus facile à dire qu'à faire : on a assisté au phénomène du *curriculum vitae* blanc. Aucun diplôme, aucune qualification, même pas de « *hobbies* » comme ils disent. Rien de rien.

J'pourrais noircir dix C.V de bandit : expert en *car-jacking*, technicien du cambriolage, bac + 10 du grand hawel, ingénieur en *go fast...* Mais en ce qui concerne les us et coutumes de la vie dite « normale », wallah c'est la merde.

Donc Aria a enjolivé ma *life*. Limite y a que mon nom qui est vrai sur ce papier, au point que même ma photo, elle l'a retouchée pour que ça fasse moins tête cramée. Des barres, elle a essayé de me mettre des cheveux blonds la meuf, elle n'a pas compris que j'préfère mourir immolé que de devoir porter une coupe pareille. Cette haflita[90] m'a dit que je ressemblais à Steevy tah[91] « le Loft ».

Y a un truc qui a changé entre nous deux depuis le soir où toutes les limites ont été franchies. C'est comme si on comptait les minutes qui nous restaient à passer ensemble... Elle en a très bien

90 *Insulte affective.*
91 *Du.*

conscience, mais elle ne dit rien, je ne dis rien. On a bravé trop d'interdits pour oser mettre des mots dessus.

J'croise Hakim, un pélo de mon quartier, devant la boite d'intérim.

— Wesh You comment ça va la famille ? Bien ou quoi ?

— Ouais tranquille et toi ? La familia ?

— C'est la merde wallah, y a plus de thunes, plus de boulot... J'me retrouve chez ma daronne avec ma petite sœur qui sombre gravement. En plus, j'ai un jugement pour la garde de mes mômes dans moins de deux semaines et ces bâtards de l'intérim y m'rappellent pas !

Le gars vide son sac en trois secondes de conversation. Tellement submergé qu'il ne prend même pas la peine de mentir sur ce qu'il vit. Je reste choqué pour sa femme. Lui qui vivait avec elle depuis dix ans, pourquoi est-il retourné chez sa mère ? Je me contente de l'interroger sur ses enfants. Le reste ? Trop glauque.

— Dis wallah pour tes mômes ?

— Ah ! mais t'es plus au jus. L'autre folle veut me tej' pour un frère muzz' qu'elle a rencontré au Bourget ; elle a demandé le divorce, elle dit que shab, je l'emmène pas au dine… Wallah y a plus de confiance : dix piges qu'on est mariés et le premier barbu venu, elle me vire…

— Mais nan ? J'suis désolé pour toi mon frère.

— Tu peux pas l'être plus que moi, mais mahlish wallah la roue elle tourne. J'suis peut-être un habteu, mais j'ai toujours été droit avec elle, wallah. J'ai eu mille fois l'occasion, mais j'suis resté fidèle jusqu'au bout. Après, les pires te-pu cachent bien leur vice. Le soi-disant frère muzz', il est surtout blindé, donc la meuf c'est son moyen de se tirer de la tess… You, fais attention avec les meufs : quand elles sont jeunes, elles te disent qu'elles te suivront de partout, « que de toute façon on vient tous de la tess, les thunes ça vient ça part, mais l'amour reste » et d'autres paroles d'embourbeuses. Mais dès qu'elles vieillissent elles veulent la baraque, la gov', les vacances, pour l'équilibre des mômes genre… matérialistes jusqu'au bout.

Je hamème[92] à ses paroles en me contentant de hocher la tête. Il comprend qu'il en a trop dit et me salue en despi[93] pour rejoindre sa voiture. En même temps c'est un truc de fou : sa femme l'aimait trop, elle a tout supporté pour lui… Et d'un coup elle se tire pour un mec plus blindé, wesh c'est la mode ? Ce genre d'action a le don de te mettre le trac.

Je pose mes C.V dans toutes les intérims du coin et j'entends toujours la même chose : *« Pour le moment il n'y a pas de missions, mais dès qu'on a du nouveau on vous contacte. Gardez bien votre téléphone près de vous. »*. Y a intérêt : j'ai racheté un téléphone juste pour ce putain de boulot.

Une gov' me klaxonne et s'arrête. Une vieille « 106 », celle de Salim. Il l'a achetée pour pouvoir promener la *miss*… Paie ton radin, le mec il est archi plein, mais il a dû mettre genre six cents euros dans une voiture. Il y a des que-tru comme aç que je ne comprendrai jamais chez lui, il doit tenir ça du padré. Il est avec sa meuf, je grimpe à l'arrière en me cognant la tête contre le toit sa race, je l'avais pas déjà assez calcinée comme ça !

— Ça foutait quoi ici ?

— J'ai posé des C.V dans les boites d'exploitage.

Sarah entre dans la conversation.

— C'est quoi ça ?

— Les boites intérim, ils t'envoient au casse-pipe pour une misère, wallah c'est de l'esclavagisme.

— Ça reste quand même un moyen de vivre. De toute façon, on va tous finir par pointer là-bas…

Elle dit ça d'un air lugubre ; ça a dû péter entre eux avant que je monte parce qu'ils ont l'air tendu. En peu de temps, le frérot a claqué toute la thune qu'il s'était mise à gauche à entendre ses paroles. Y a une ambiance salace qui règne dans la voiture minable.

— Wesh et vous ? Ça zone en ville comme des mômes ?

---

92 *Réfléchis.*

93 *« Speed » en verlan, « vitesse ».*

— Nan j'l'ai emmenée chez le médecin tah la hachekalité vu qu'elle en est à deux mois de grossesse.

— Putain mais ça te fait quoi de dire « gynécologue », sérieux ?

— Vas-y, vas-y commence pas à me tendre wallah.

Elle tourne sa tête violemment vers moi pour me prendre à témoin.

— Nan, mais dis-lui You, il est où le problème d'appeler les choses par leur nom ? Toujours là à tout détourner comme si tout était une honte.

— Wawawa vous ne me prenez pas à partie dans vos histoires. D'ailleurs pose-moi là Salim, on vient de passer devant une agence.

Il se met en double file et me supplie du regard de rester dans la gov' avec lui… C'est vrai que sa meuf est déchaînée, mais il va se démerder tout seul : j'ai déjà assez de mal avec mes propres histoires.

Un numéro inconnu m'appelle ; c'est soit Aria, soit les agences d'intérim : personne d'autre n'a ce numéro.

Je prends ma voix de mec bien, genre *peace* dans sa vie, qui dit « bonjour » avant même de savoir qui c'est ; selon les conseils d'Aria ça fait toute la différence. J'avoue que mes « ouais » à chaque fois que je décroche, ça n'incite à aucune conversation, ni même proposition de boulot. Comme un môme, j'ai passé un après-midi entier à simuler des appels téléphoniques avec Aria pour être crédible. C'était à se tordre, même les conventions les plus simples on ne les a pas intériorisées ; normal alors qu'on soit marginalisés en tout point.

— Allô ? Bonjour.

— Youssef ?

— Allez tchô !

Mais nan elle fait partie du FBI la meuf, elle a trouvé le moyen de récupérer mon numéro alors que ça fait trois jours je l'ai. Bordel, trois jours ! Elle me veut quoi encore ? Putain, je croyais avoir été assez clair l'autre soir. Je n'ai pas eu de nouvelles depuis. Même si je culpabilisais à mort d'avoir fait le fou, j'peux pas lui mentir, j'peux pas revenir en arrière, j'aurais l'impression de reculer, déjà que je fais des pas de fourmi dans la vie.

Ça rappelle.

— Tu veux quoi au juste ?

— Faut qu'on parle You. D'un truc super important, mais pas par tél. T'es où là ?

— Nan nan, mais tu comprends pas quoi dans *« je veux plus te voir »* ?

— Mais t'as cru c'était un parterre de roses pour moi aussi ? Wesh écoute-moi, je te laisse pas le choix, dis-moi où t'es.

Elle est déterminée la meuf, mais y a un truc qui m'a l'air grave.

— Devant l'agence intérim du centre, à côté du sdale tandoori. Grouille-toi, j'ai pas mon après-midi.

Elle arrive dix minutes plus tard, cernée comme pas possible, vêtue d'un grand voile noir. On aurait dit « Batman » ; lui manque plus que sa « Batmobile » ! J'arrive à me faire rire tout seul, mais je ne tente pas de la sortir, elle va croire que je gratte l'amitié.

— C'est pas censé être interdit ?

— Mais tu suis les infos ? C'est la burqa qui est interdite, le djilbab j'ai encore le droit. Bref, viens on va se poser, j'préfère t'en parler à l'intérieur.

Elle n'attend aucune réponse et rentre dans le sdale. Elle commande ce que j'avais pour habitude de prendre, un « tchika tandoori, sauce pili-pili » avec une canette de « Coca Cherry ». Elle oublie rien la meuf. Et pour elle, juste une canette de « Minute-maid ».

— Pourquoi tu ne manges pas ?

— Je n'ai pas faim.

Elle ne se retourne même pas pour me répondre. Mais wesh elle veut quoi, zarma elle veut me voir et elle fait la meuf distante. Elle se pose au fond de la salle vers la fenêtre du côté droit. Elle garde les mêmes habitudes c'est fou, avec elle j'ai l'impression que rien ne change et que le temps ne s'écoule pas.

Deux minutes plus tard, on se retrouve l'un en face de l'autre. Elle ne parle pas et regarde par la fenêtre, alors je commence à gamèle[94] mon sdale[95], j'ai trop faim pour attendre quoi que ce soit. Quand je finis enfin, elle se décide à parler.

— Bon fallait que t'aies le ventre plein pour que tu puisses entendre ce que je vais te dire. Pour mon nouveau boulot, j'ai dû faire des examens sanguins généraux. Très intéressant. Enfin bref, il s'avère que… que j'ai… enfin j'suis atteinte…

— T'es enceinte ? Parce que ça fait dix mois au moins que je ne t'ai pas touchée, je jure que c'est pas moi le père !

— Ferme là You, ça n'a rien avoir…

— Bah alors quoi ?

— Tu fais honneur à ton tact légendaire.

— Bah ouais accouche Elsa, j'ai pas tout l'après-midi.

— Bordel You ! Je suis séropositive.

Le choc… Comment ? Quoi ? Qu'est-ce qu'elle baragouine ? Elle ment c'est pas possible. C'est sa manière de me récupérer.

— Elsa si tu crois que c'est une manière de me réc…

— Mais tu te fous de moi ? Tu penses que je m'amuserais à te mentir là-dessus ? Tu me crois assez folle pour faire ça ? Pendant que t'y es, pense que je vais me suicider pour tes beaux yeux, vieux névrosé va. C'est la réalité mec, c'est les premiers tests, je dois en faire des nouveaux dans trois mois pour vérifier…

— Mais va te faire foutre toi et tes histoires ! J'ai rien à voir avec ça moi. T'as cru quoi ? J'suis pas un pouilleux à me foutre de partout ! C'est pas de ma faute !

— Mais je t'ai pas dit ça ! À qui la faute aujourd'hui ? Mais wallah j'en suis pas là, je voulais juste te prévenir pour que tu fasses le test. J'ai appelé Mathieu et Ichem. Vous êtes les seuls avec qui j'ai eu des relations.

— Mais j'm'en bats les couilles de ta vie, tu viens comme une fleur fraîche me dire que t'es une crasseuse qui s'est fait lever par des

---

94 *Manger.*
95 *Sandwich.*

pouilleux et que tu m'as peut-être refilé ça ? Mais t'es vraiment qu'une…

— Quoi ? Nan, mais je rêve. T'as pas compris mec ? Je ne te permets pas de me parler comme ça. Je connais ma valeur et moi contrairement à toi, je n'ai jamais eu de rapport sexuel depuis que je me dis musulmane. Alors ne fais pas ton saint, et de toute façon, si c'est Mathieu qui me l'a refilé c'est que tu l'as aussi ! Si c'est Ichem, bah tant mieux pour toi, t'es sauvé. Moi je te préviens juste par pur et simple respect envers toi, et parce que j'veux pas que tu brises la vie d'une autre meuf comme on vient de briser la mienne… Mais ça t'en as rien à foutre, tu penses qu'à toi, ta petite vie de merde de mec de cité à la ramasse. Que Dieu te guide !

Elle me lance un regard – avec tellement de haine et de mépris que wallah, j'aurais pu me liquéfier sur place – et se tire. Elle a laissé un billet de dix euros et la carte du centre d'examen.

Mais nan, ce n'est pas possible… Le sida ? Mais c'est un truc ça arrive qu'aux toxicos, qu'aux oufs. Ça ne peut pas tomber sur elle. Elsa… Mais wallah c'est un cauchemar, j'vais me réveiller… Mon cœur vient de passer sous une remorque. J'ai le dass…

Oh ! bordel de merde ! Aria…

J'ai besoin de prendre l'air. Je sors du sdale. J'ai le ventre en bouillie. J'ai cette putain d'impression d'être en dehors de moi-même. C'est ça, je ne suis pas moi… Non, Elsa ne vient pas de m'annoncer qu'elle a chopé le pire virus qui existe sur Terre.

Bordel ouais, c'est le pire parce qu'il transmet la mort dans les moments les plus intenses en vitalité. Deux êtres qui s'unissent – bordel qui s'aiment ! – ne devraient pas avoir à craindre ça… En gros on en est où ? Mon ex est contaminée, je suis contaminé… et Aria l'est aussi. Je suis le pire enculé qui puisse exister : je lui ai pris son innocence, sa pureté, mais surtout je lui ai volé sa vie… Mais nan wallah c'est un cauchemar, ça peut pas nous tomber dessus comme ça ! Surtout elle… Une fois, juste une. La fois de trop.

Je peux pas lui dire, non c'est impossible, je ne peux pas lui dire, ni lui mentir. C'est cruel ce sentiment d'impuissance, de solitude. T'as beau être entouré de plein de monde dans ta vie, mais dans la mort t'es seul. Tristement seul.

Je rappelle Elsa.

— Oui Youssef.

— T'es où wallah ? Laisse-moi pas seul.

— Je suis derrière toi.

Bip. Je me retourne, elle est là, toujours avec ce même foulard noir, les mêmes cernes, les mêmes grands yeux verts qui reflètent tout le courage dont elle fait preuve. On avance longtemps côte à côte dans la ville sans se parler. Sa présence me rassure. Je n'ose pas lever les yeux vers elle, ni même prononcer un mot. On finit par se poser dans un café.

Il y a une demi-heure, l'ambiance était tendue, glauque. Je la toisais du regard, elle me méprisait intérieurement. Maintenant nous savons. Je l'ai haïe car elle m'a annoncé l'inavouable, wallah sur le coup j'étais près à la flinguer, mais maintenant… Maintenant que je prends en compte tous les éléments de l'histoire, j'ai juste peur. Wallah, j'ai peur...

— Je suis désolée d'avoir été aussi directe, mais tu ne me laissais pas le choix, t'étais tellement infect You… C'est chaud, cette histoire hein ?

Elle balance ça d'un ton léger, shab on parle des vieux plans foireux de l'époque. Sauf que là, c'est de notre avenir, notre santé, notre vie dont on parle.

— Tu parles wallah, mais Elsa, faut que je te dise… tu vois… Enfin bordel... Vas-y je me lance : tu vois, cette merde ne nous concerne pas que tous les deux. J'suis pas un fils de pute... j'vais pas te dire ce que tu ne dois pas savoir, mais… mais le soir où on s'est vus… Aria m'a rejoint… et…

— C'est bon You, je comprends, va pas plus loin. Protège son secret : si Dieu l'a recouvert d'un voile, montre-toi discret. Putain, putain You, j'veux pas que tu rentres dans les détails ça ne m'intéresse pas. Je dirai même plus, ça me brise le cœur d'en parler. Donc préserve-moi un peu et préserve-la aussi. Mais sérieux, ça t'es pas venu à l'idée de te protéger ? T'es un débile mental à ce point ?

— Wesh mais t'as cru c'était prémédité ? Ça fait presque un an j'ai pas touché une femme. Aria elle est pure, on s'était promis d'attendre ne serait-ce que pour se prendre la main, d'attendre Elsa ! Et ce soir-là elle a craqué, elle est devenue folle, elle a poussé les limites de la vie, moi j'ai poussé les limites de…

— De Dieu, You… Maintenant tout est fait, le mal est fait. Je prends un rendez-vous aujourd'hui au centre d'analyses. Rien n'est perdu You… Alors déstresse, ça va aller.

Pourquoi y a autant de tendresse dans sa voix ? Sur les yeux d'ma vie, j'ai jamais vu une femme aussi forte. Pourquoi elle me rassure alors qu'elle doit vivre un calvaire ?

— Dieu nous protégera tous les deux… Dans tes cours de fiqh' au bâtiment six, ils t'ont pas appris qu'Il éprouvait ceux qu'Il aimait ?

Elle esquisse un sourire et retire sa main. Je ne sais pas quoi lui dire. Mais que dire dans ces moments-là ?

— Merci d'essayer… Lorsque j'ai appris ça il y a quelques jours, j'ai cru que mon cœur allait s'arrêter. J'en dors pas You, j'en ferme plus yeux, mais je sais que Dieu sera mon ultime soutien, je sais tout ça… C'est le Seul qui ne m'abandonnera pas.

Je la regarde : c'est une nouvelle femme que j'ai en face de moi, wallah une vraie guerrière. Mais quelle vie de fils de pute ! Comment une personne aussi bonne peut-elle choper une merde pareille ?

J'ai mal fait les choses depuis toujours, ouais c'est vrai, ma vie n'est qu'une rature, j'ai blessé trop de monde, j'étais égoïste, j'pensais qu'à la thune… Mais elle, bordel, *elle* qu'a-t-elle fait ? Pendant qu'elle était le soutien de sa mère et des femmes de sa famille, moi je causais du souci à la mienne. Et même entre nous, quand j'lui ramenais les problèmes, elle me ramenait son sourire. Elle était chiante, des fois ses idées tenaient pas debout tout le temps, mais elle partageait son cœur, elle aurait donné sa vie pour moi.

Elsa préfère qu'on change de sujet. Bizarrement, cette épreuve nous a permis de parler sans cassage de tête. Ça fait tellement de temps que ça s'est pas passé comme ça avec elle, j'en profite, et le temps d'une heure, j'ai l'impression que ces huit derniers mois ne se sont pas écoulés.

Je suis en train de devenir fou ! J'ai chopé le dass wesh je croyais que ça n'arrivait qu'aux autres, mais je suis tombé dedans et j'ai emmené avec moi les femmes pour qui j'aurais tout donné, excepté ma madré.

— Le centre ouvre à quatorze heures. Pas besoin de rendez-vous ni de papiers particuliers et c'est gratuit, t'inquiète. Je t'accompagne. N'en parle pas à Aria, ça ne sert à rien d'alarmer la Terre entière peut-être pour rien, hein ? Peut-être que Dieu t'a protégé…

Ses yeux s'embrument, ses grands yeux verts pleins de larmes… Je lui prends la main.

Au centre d'analyses, on voit toutes sortes de spécimens : une jeune fille seule, sûrement trompée par son mec vu le mascara qui coule de ses yeux et les sanglots étouffés par sa main quand elle regarde son téléphone ; un mec complètement bourré qui empeste la rue, la misère ; une vieille dame qui doit s'offusquer d'être entourée de cas soc' comme nous... Mais faut reconnaître qu'Elsa et moi sommes le couple le plus improbable, et les autres ne font que nous bouffer du regard : une voilée en jilbab noir et un rat en mode raclure.

La prise de sang se passe bien, mais je vois qu'Elsa a le teint très pâle.

À la sortie, elle propose de me poser à la cité. J'accepte, même si ça me met mal à l'aise d'être seul avec elle dans un endroit clos. Wesh j'dis pas qu'elle va me sauter dessus, starh c'est une sœur muzz', mais voilà le problème quoi… J'hésite et puis j'me dis que dans le fond, ma vie est limite foutue alors j'ai plus rien à perdre.

Dans la voiture, Elsa tente de me réconforter comme elle peut et je vire sur sa capacité à penser aux autres même quand elle est dans la pire des merdes. « Mop deep » passe en boucle dans son poste.

— Sah t'es toujours une folle à écouter des sons de rat. T'as le hijab maintenant tu tournes comme aç.. Sale barjote !

— La musique n'a pas de limite, j't'avoue que je préférerais écouter du Coran, mais j'ai du mal sans la musique, elle m'emporte tellement loin. Et paie leur *flow* You, tu sais qu'ils sont incroyables.

Ouais elle a toujours kiffé le rap, comme une ancienne. On passait des soirées posés dans son appart' à savourer du bon son sans prise de tête, des heures et heures… Les meufs d'habitude elles se laminent aux musiques de *lovers*, alors que pour elle, c'était aux musiques de braqueurs.

On arrive en bas de chez moi. Les « au revoir » sont compliqués. En fait, on sait pas quoi se dire.

Elle finit par un « on s'appelle pour se tenir au jus. ». Je confirme, la *checke* de loin et me tire. Je monte à la mais', j'sais pas quoi faire, j'vais pas pouvoir appeler Aria. J'arriverai pas à lui mentir.

Je décide de me poser, j'ai besoin de fermer mon esprit à toutes ces pensées qui me gangrènent la tête. En entrant de la chambre, je tombe sur un C.V. et ça me fait penser à aller voir mes mails...

Peut-être que j'ai trouvé du boulot, ce serait au moins ça. Je me cale sur l'ordi que mon frère s'est payé avec son argent sale. Après dix minutes pour trouver le bouton de démarrage, je vais sur le Net. Genre Aria m'a crée une adresse mail pour mes futurs boulots, paraît que c'est plus crédible. J'galère avec la technologie, j'suis pas de la génération virtuelle moi.

Adresse : Youssef.bekri@hotmail.fr
Mot de passe : ********
Deux nouveaux mails.

Un de confirmation de l'ouverture du compte mail, et l'autre de Aria.Suri@hotmail.fr.

Je clique à droite à gauche pour essayer de l'ouvrir ; c'est pas de ma génération tout ça. Au bout d'un moment – un long moment – j'arrive enfin à l'ouvrir :

« *Youssef,*

Peut-être ne liras-tu jamais ce mail : toi et Internet ça fait trente-six. Je me lance pour mettre par écrit tout ce que je ne peux te dire en face. Ça fait maintenant trois semaines qu'on n'a pas parlé de nous… De ce qu'on a pu faire. J'en suis pas fière You, je culpabilise, je n'arrive plus à prier, ni même à parler à Dieu, mon unique confident. Pourtant You, sur le coup je savais ce que je voulais : c'était toi. J'ai tellement eu peur de te perdre que j'étais prête à tout pour que tu me serres dans tes bras. Je ne t'accuse pas, je suis juste un paradoxe à moi toute seule ; je ne me comprends plus, tu fais naître en moi des sentiments jamais soupçonnés auparavant. J'ai toujours mis assez de distance avec les mecs en général pour ne jamais avoir besoin d'eux.

Et pourtant aujourd'hui, je te le dis You : ne m'abandonne pas. Jacques Brel l'a si joliment dit : « ne me quitte pas ». Je ne survivrais pas à l'idée que tu me laisses. You, t'as plus le droit de partir, à jamais on est unis, promets-le moi, You, je t'en supplie tu ne peux pas me laisser. Je me sens bien à tes côtés, oui, mais dès que tu pars j'ai peur, peur que tu m'abandonnes, que tu retournes avec Elsa. Parce que je sais que c'est une fille bien, je sais que tu l'as aimée sincèrement, qu'elle a été présente dans le pire comme dans le meilleur… Je n'arrive pas à venir à bout de ces quatre ans qui miroitent dans ton regard. Je ne sais pas chasser les fantômes de ton passé… Je me sens impuissante face à toi… Alors j'ai tout donné, je t'ai tout donné…

La vie est magnifique You, ne la rendons pas horrible… On va lutter You, faut pas qu'on replonge, même si on s'aime, même si nos bras sont des lieux magnifiques pour s'y loger, faut qu'on lutte car Sheytan est fort, on a déjà perdu beaucoup de baraka… Beaucoup trop. Ce que je veux You aujourd'hui, c'est qu'ensemble on se repente et qu'ensemble on avance. Ma vie, je ne peux plus la concevoir autrement qu'avec toi…

Que Dieu me pardonne de t'aimer autant.

Aria. »

Son mail me rend ouf. Un autre coup à encaisser en silence. Bordel, si elle se rendait compte que plus que sa virginité, c'est sa vie qu'elle a donnée en offrande sur l'autel de l'amour…

J'éteins cet ordinateur et me pose sur mon lit. Si j'pouvais remonter le temps en *despi*, revenir quelques semaines plus tôt, le soir où elle a complètement déraillé et où on a tous les deux merdé ! Wallah attraper la mort c'est *hard corps*, mais la refiler à quelqu'un d'autre, c'est du domaine du chaos. Wallah, j'ai envie de me tirer une balle tellement j'm'en veux. Comment c'est possible ?

Des centaines d'idées toutes plus sombres les unes que les autres se bousculent dans ma tête. Mais la fatigue prend le dessus et en quelques minutes, je tombe « raide mort » dans les bras de Morphée.

Je me réveille en sursaut.

Sa race, j'ai fait un cauchemar tah les oufs.

Je me faisais courser par des chiens pleins de rage. Je courais comme un malade, snanant[96] de tous mes pores, essoufflé à en mourir, wallah ma respiration elle était sifflotante comme le daron à l'époque. Y en a un qui finit par me choper par la jambe ; la douleur était genre brûlante, je hurle, enfin je tente de hurler, mais aucun son ne sort de ma bouche ; puis j'me fais soulever par les hnens. Inculper pour meurtre avec préméditation. Ma peine c'est pas le

96 *Transpirant.*

hebs, mais voir les cadavres de mes victimes se faire bouffer par les asticots. Le hnen qui m'explique tout ça a une tête tah les gnomes, toute moche, toute bouffie, il fait halaye. Je me fais tirer par les deux chiens jusqu'aux cadavres, qui ne sont autres qu'Aria et Elsa. Blême, cadavérique, l'horreur de la scène me soulève le cœur ; j'essaie de fermer les yeux, mais les hnens me mettent des piques pour que je les garde ouverts. Et d'un coup, je vois les grands yeux d'Elsa s'ouvrir et du sang couler de ses paupières.

StahfaAllah, j'ai jamais fait un rêve aussi glauque. J'vais dans la salle de bain me laver le visage. Je passe de l'eau gelée sur ma peau et me masse les yeux. Puis pris de bouffées de chaleur, je plonge ma race sous le robinet. À mesure que l'eau s'abat sur ma nuque, mes pensées se calment. Je finis enfin par lever ma tête du lavabo et me regarde dans le miroir. J'me suis pas maté depuis le soir du resto avec Aria.

Y a des mecs, ils passent leur temps à se regarder, narcissisme oblige. Mais moi wallah mon reflet, je l'esquive. Car il me renvoie à la triste réalité de mon existence. J'pensais être cerné et gris à l'époque. Mais wallah c'était sans avoir vu le visage que j'ai aujourd'hui. L'arcade tailladée par la lame d'Aria, j'ai les yeux explosés comme si j'avais fumé vingt zdehs[97] en même temps. La bouche pendante, pas assez forte pour porter un sourire, le visage noirci par la succession de merdes qui m'assaille. Wesh, j'étais bogoss à l'époque, maintenant j'suis une épave. Mais à la limite rien à foutre si j'en ai l'allure, si seulement au fond c'était pas mille fois pire…

Je retourne dans mon lit. Salim ronfle comme un raptor, bouche ouverte, visage serein. Comment tu fais mon frère pour te sentir aussi bien alors qu'on vit comme des chiens ?

97 *Joints.*

Chapitre 6

L'avenir scellé dans une enveloppe

Je sors de cette putain d'usine qui me casse le dos. Une semaine que j'ai trouvé du taf, cinq jours que je me lève à six heures du mat' pour faire un travail de iench. Dire qu'y a trop de mères, trop de pères qui ont passé leur vie là-dedans pour ramener la caillasse à la maison. Chaque jour de leur existence, ils se sont levés en silence, sans aucune reconnaissance, juste pour nourrir leurs semences, pour assumer tant bien que mal ce que Dieu leur avait donné, sans jamais chercher le retour, sans jamais se plaindre… Ce sont les vrais guerriers de notre époque. Putain, mais quelle vie !

Physiquement c'est épuisant, mais c'est moralement que ça te tue : t'as plus le temps de penser, tu agis machinalement, pas le temps de réfléchir, pas le temps de rêver ; juste rentabiliser, et t'as ce fils de pute de contrôleur qui vient te dire d'accélérer la cadence. Et ouais j'ai trouvé une mission d'une semaine, on est sur le marché comme des esclaves et on se fait passer d'usine en usine. C'est la merde wallah, même quand tu veux prendre la sortie de secours tu t'fais écorcher par la porte bancale…

Je prends mon bigo. Aria qui m'a envoyé un message. Elle veut savoir si j'ai le moral. Elle sait que quelque chose se trame, puisque je n'ai pas rép' à son mail, je ne l'ai pas appelée depuis ma converse avec Elsa. J'me contente de répondre à ses textos sans trop d'enthousiasme.

Quant à elle, elle patiente sans rien dire, sans mettre la pression. Elle attend un signe, un putain de geste de ma part. Moi c'est le destin que j'attends ; j'attends de voir si j'ai scellé nos vies ou si on a le droit à une deuxième chance. J'arrive pas à lui parler, j'arrive pas à lui mentir, j'arrive pas à assumer.

Wallah, vis-à-vis d'elle, mais même vis-à-vis de moi. Wesh en vingt-six ans, j'ai jamais pris conscience de la valeur de ma vie. Comme si je comatais et que cette histoire me réveillait d'un long sommeil, d'une existence où j'me contentais d'être un mort-vivant…

Elsa m'a aussi envoyé un message. *« Courage, je t'attends aujourd'hui devant le centre d'analyses. »*. Elle vient avec moi, j'suis une mouille, je retaille grave, wallah j'aurai pas le cran d'ouvrir cette putain d'enveloppe.

Pas le temps de prendre une douche. Je file direct au rendez-vous. J'monte dans la vago, vieille odeur de tabac froid, Luciano débitant ses *lyrics* qui résonnent dans ma tête : *« pas le temps de rêver, faut tirer un max, préparer les packs, t'es seul contre tous et après ? »* et qui font vibrer chacun de mes membres. Trop sincère pour être numéro un. Il a su marquer ses textes de la triste réalité de nos vies. Il fait du bien là où ça fait mal.

En dix minutes, je me retrouve sur le parking du centre d'analyses. Elsa est dans sa voiture, et putain ! elle écoute la même musique que moi… La FF qui crache sa haine de la société, son incompréhension face au monde. J'baisse le son instinctivement, faut pas qu'elle capte qu'on était dans le même plane… Wallah c'est fou, on s'est construits ensemble elle et moi, alors aujourd'hui y a des trucs qui ne trompent pas, comme notre manière de nous enfermer dans un silence de mort quand ça va pas et d'écouter du gros son comme si on cherchait à se violenter les oreilles pour pas entendre le vacarme de nos cœurs.

En fait, j'ai l'impression qu'on a été élevés par la même mère, parce qu'on s'est rencontrés à un âge décisif de nos vies et qu'y a des trucs qui seront gravés en nous à jamais. Pff, quatre piges ensemble ça laisse forcément des séquelles. Et c'est loin d'être fini.

Elle m'aperçoit et sort de sa voiture. Elle avance vers moi tout sourire et me *checke* à l'ancienne. Elle a le visage tout sombre, mais son sourire lui redonne un peu de lumière. Ça m'apporte un peu de courage de la voir si forte. Wallah on aura beau dire ce qu'on veut des meufs, ouais c'est des angoisses, ouais c'est des slatas mechouia[98] à longueur de journée, mais par amour, elles peuvent porter tous les maux de la terre avec le sourire. On fait les *warriors*, les mecs de la tess bouillants, mais face aux problèmes de grande ampleur, on a tous besoin de l'épaule solide d'une femme, que ce soit la madré, la sœurette ou encore l'épouse. C'est avec leur soutien qu'on surmonte le pire.

— Ça roule Raoul ?

Je suis obligé de lui envoyer pour cette vieille approche.

— Hai aïe aïe comment t'es ringarde dans tes phrases wallah !

— Ouais j'assume, tu penses que ton habitude à ponctuer toutes tes phrases par des « wallah » elle est mieux peut-être ? T'es dépassé, t'es pas de la *new* génération. Le ringard c'est vintage, t'sais.

— Mais vas-y, toi t'as cru t'étais de cette génération avec ta tente « Quechua » ? Elle est imperméable ?

— Et toi tes blagues de sistes-ra tu les trouves dans les « Carambars » ? Change de refrain !

Elle me fait rire cette dinde ! Son visage se ferme d'un coup et elle chabe derrière moi d'un air lugubre. Je me retourne et vois Aria accompagnée de son frère. Et merde. Elle a l'air vénère.

— Elsa, ne parle pas des analyses, wallah !

— Mais t'as cru j'étais folle ? Démerde-toi avec tes histoires, moi je dis rien, parle de ce que tu veux j'm'en fiche, t'as vu.

Elle s'est tout de suite bloquée, plus aucune conversation n'est possible à cette heure-ci avec elle. L'atmosphère, qui était légère il y a quelques secondes, s'est alourdie un truc de ouf.

Aria arrive en mode furie et son frère reste en retrait genre « j'suis un mec baraque, donc si y a embrouille je bouge. ». *Mais t'as cru quoi, pélo ? Jamais je lèverai la main sur une meuf t'sais, et si y a embrouille entres les meufs, t'as zéro intérêt de bouger.* Je sors de la voiture en même temps qu'Elsa.

---

98 *Problèmes.*

— Je comprends pourquoi tu réponds pas à mes messages... Tu la revois ? Je t'ai vu : tu as chabé ton tél devant ton taf mais t'as pas rép, t'as préféré filer à ton rendez-vous avec ta chère et tendre !

— Mais vas-y, raconte pas n'importe quoi Aria, et d'où tu m'espionnes ? Hein, mais t'as pas confiance en moi ! Wallah si y a un truc que je déteste c'est bien ça ! Tu fais la folle à me filocher, avec ton refré en plus.

— J'ai pas le permis ! Fallait bien que quelqu'un m'escorte ! Et c'est pas moi la fautive dans cette histoire. Comment je peux avoir confiance en toi si tu vas revoir ton ex ? Comment tu peux me faire ça Youssef ?

Elle me mate les yeux pleins de larmes, comme si elle nous avait pétave en train de se bouffer. *Wesh déstresse !*

— Mais arrête ton mélodrame, tu sais rien de ce qui se passe, alors te fais pas de film ! Je te demande juste de me faire confiance, y a rien entre moi et Elsa, t'inquiète, mais wallah Aria, je déteste être filoché, ces actions-là tah les oufs zappe-les : avec moi ça marche pas.

Elsa intervient avec un p'tit air moqueur :

— Ça c'est sûr que pour cafouiller, elle a cafouillé.

— On t'a rien demandé toi.

— Écoute ma grande, j'en ai rien à faire de vos histoires t'as vu, arrête de croire tu sors avec T.I. Lui, c'est Youssef Bekri, donc te fais pas de film. Y a rien entre nous.

Ah ! mais dans quel merdier je me suis mis wallah, manquerait plus que la madré sorte du p'tit « Lidl » d'en face et j'aurai réuni les trois seules femmes de ma vie sur un même parking… Bref la question n'est pas là ; faut absolument que j'esquive Aria, elle ne comprend pas, elle est en train de se tourner un clip vidéo dans sa tête. Elle peut pas entendre la vérité… Nan.

— Ouais ouais, c'est ce que tu dis, mais vos yeux ils ne trompent pas, et y a trois semaines t'as pas cherché à le récupérer quoi qu'il arrive ? Alors fais-la-moi pas à l'envers : j'suis gentille, pas conne !

— Bon Aria, j'ai rien contre toi, mais arrête avec tes accusations. T'as cru on était devant un laboratoire pour quoi ? Paie ton rendez-vous amoureux, alors arrête de faire ta folle.

— Qu'est-ce qui se passe ? T'es enceinte ?

Je suis spectateur de leur altercation qui montre toute la rancune que chacune a accumulée pour l'autre. Mais là, Aria sort la phrase de trop. Le visage d'Elsa, déjà blême, perd toute forme de vie ; sa lèvre tremblote et elle se tire vers sa vago.

Aria me lance un regard genre : « quoi, elle est enceinte ? ». *Bordel, si tu savais !* Y a plus d'issue pour elle, plus rien. Son rêve de devenir maman parti en fumée… Ses simples rêves d'avenir qui ne se réaliseront pas. Wallah c'est trop.

— Mais vas-y Aria, c'est bon plaque ! Je te demande un service, fais-le pour moi : va voir ton refré et je t'appelle ce soir. Fais-moi confiance, wallah fais ça pour moi.

Je la supplie du regard, mais elle en a rien à foutre ; elle bouillonne de l'intérieur, y a que sa rage qui compte, rien d'autre.

— Tu sais quoi ? Vas te faire foutre, tu me rends fou wallah, dégage Aria, dégage de ma vie. J'ai pas le temps pour entendre parler de tes slatas, y a ma vie qui est scellée dans une enveloppe.

Je la laisse là sans un mot de plus et entre dans le labo. Wallah c'est bive. Comme une furie, je défonce la porte d'entrée, mais me calme *illico presto* quand je vois le regard à lunettes d'une vieille femme rousse à l'accueil : un regard de menace qui peut virer au drame. Wallah elle ne rigole pas, l'ancienne !

L'ambiance médicale m'apaise. Bizarrement, assis sur cette chaise à attendre le verdict, j'me sens serein… Enfin, c'est surtout loin du regard inquisiteur d'Aria et la peine sans mesure d'Elsa que je me sens mieux. Je regarde la femme de l'accueil : elle a des lunettes shab dans les films à l'époque, en forme de plume… J'ai remarqué que les secrétaires ont toujours des lunettes ; je crois que c'est obligatoire dans leur formation, sinon t'as pas la gueule de l'emploi.

Elle s'en va récupérer mon dossier. Pendant ce temps, je tourne en rond dans la salle d'attente. Je vois une gamine en mode survêt qui s'embrouille avec quelqu'un au téléphone. Zerh elle parle encore plus mal que moi. Pire qu'un rat, la meuf. Elle débite des paroles incompréhensibles et parle avec les mains : j'ai l'impression de voir un rappeur. Y a des p'tites nanas, elles ont vraiment perdu tout signe de féminité !

Elle tente une phrase de fou à son interlocuteur : *« wesh pourquoi tu weshes ? »* et j'explose de rire tellement j'en peux plus. Mais naaan jamais de la vie je l'ai entendue celle-là. Elle m'entend m'esclaffer, arrête sa conversation un instant puis tente alors le *« attends attends y a de la raclerie dans l'air là, vas-y je te rappelle, tchô. »*. Ah, mais zarma, la femme elle est limite prête à me boxer ! Elle se lève et improvise une démarche à la Keyser Söze. Mais nan je suis dans un film, cette meuf c'est une illusion, elle n'existe pas, wallah si je ferme les yeux c'est bive elle se tire. Et merde ! Raté, elle est toujours là.

— Tu veux quoi là mon reuf ?

— J'suis pas ton frère, mec ! Donc retourne à ta place tranquillement et va jouer avec ta « G*ameboy pocket* » au lieu de faire chier le monde.

— Mais tu m'as prise pour ta copine là ? T'as cru tu parlais à qui ? Wesh mon reuf, on n'est pas aux *States* ici t'as vu, donc tes blagues de tafiole tu les gardes pour toi. Évite juste de me chaber en rigolant t'as vu, après y aura pas d'histoire, wallah j'suis une feumeu *peace* dans ma *life*, t'inquiète *man*.

Je me retourne, regarde à gauche et à droite. C'est bive les frères sortez de là, j'ai compris c'était une bonne blague, maintenant on arrête. Nan nan nan : la meuf en face de moi, elle existe vraiment. Elle a une gueule à s'appeler Virginie et parle comme une Fatiha du ghetto.

« Mademoiselle Suzanne Planche, votre dossier est arrivé. »

La gamine se retourne vers la femme du bureau et la tchipe, genre c'est sa pote d'enfance. *Attends tu t'appelles Suzanne Planche ? Pouah et t'oses te la jouer pélo de vaux, mais wallah des barres !*

J'ai pas le temps pour ces salades. La secrétaire m'a aussi appelé.

Je regarde l'enveloppe. J'ai l'impression que mon cœur va s'arrêter wallah, il bat tellement fort que je l'entends frapper contre ma poitrine. Les mains moites, des sueurs froides dans le dos, je l'ouvre…

Négatif. Ce mot résonne dans ma tête. Ah ! bordel sa mère, je n'ai pas le dass ! Putain, putain, putain ! J'ai l'impression de m'envoler, mais nan wallah c'est magnifique, je plane à huit mille, mieux que cent habtas, mieux que deux cents rnoufs ! Oh bordel ! j'ai rien, rien du tout. J'ai encore le droit de vivre.

Je me retourne pour l'annoncer au monde et la version babtou[99] de Fatou-la-fâchée me saute dans les bras, genre j'suis son frère en vrai. Je suis tellement bien que wallah je la serre dans mes bras comme si c'était ma mherz[100]. À cette heure-ci rien à foutre de tout, même de prendre dans mes bras une inconnue, qui plus est une vénère de la tess.

« Ouais mon frère j'ai pas le dass ! C'est le plus beau jour de ma vie. »

Elle me hurle ça à l'oreille et se retire de mon étreinte. Nullement gênée de son action de folle, elle saute de partout dans la salle et va embrasser toutes les personnes présentes. Genre elle a été élue « Miss Univers », la meuf.

Elle aussi a affronté le tourment de sa vie, et elle aussi a été épargnée par Dieu. Je la laisse partager sa joie avec tous les gens du labo et sors de la pièce.

Le soleil tape à mort, le ciel est bleu, bordel ! la vie est belle. Je mate le parking et je les vois assises toutes les deux sur le trottoir, à guetter mon retour… Aria toujours autant vénère, Elsa toujours autant déprimée. L'une veut ma mort, l'autre redoute la sienne, et toutes les deux sont animées par ce putain d'amour que personne ne comprend, que personne ne gère…

Je m'approche et affiche un sourire triomphant. Aria fulmine de me voir heureux et Elsa comprend, me sourit, et se retourne pour partir.

Je la retiens.

— Nan wallah tu restes là.

Elle regarde la main que je lui tends, puis plonge ses grands yeux verts dans les miens.

— Je suis venue pour te soutenir jusqu'au bout. Tout est OK, You. Ne t'inquiète pas.

---

99 *« Toubab », tout blanc.*

100 *« chèvre » en arabe, mais ici « femme ».*

Ses paroles sont à l'antipode de ce qu'elle ressent. Transpercée par la joie que je sois épargné, mais surtout déchirée par la tournure de son avenir. Peut-être aurait-elle préféré que je l'aie avec elle. À deux, on aurait pu se soutenir, s'aider, se comprendre comme personne ne se serait compris, unis au-delà de la vie, unis au-delà de la mort. Comme ces quelques jours où nous étions liés par ce lourd secret, ce lourd fardeau, qui faisait malgré tout qu'on décelait à tour de rôle l'amour qui demeurait. Wallah je la mate et j'ai envie de chialer comme un môme. Bordel.

En arrière-fond j'entends la voix d'Aria mais j'arrive pas à détourner mon regard d'Elsa.

— Vous parlez de quoi à la fin ? You explique-moi, ta copine ne m'a pas sorti un mot…

— ...

— Pourquoi tu m'ignores à la fin, qu'est ce que vous avez ? Bordel répondez-moi ! C'est bon, je me tire.

Elle est encore plus blanche que d'habitude, *quasi* transparente ; son teint qui était rosé à l'époque est devenu blafard. Des cernes creusent son visage, mais ses yeux restent toujours aussi brillants, toujours aussi verts, toujours aussi grands. Wallah elle fait de la peine à voir, mais elle reste tellement digne, tellement forte dans la souffrance, qu'elle en devient… belle. Sa vie est condamnée et pourtant elle était là pour me soulever ; même plus bas que terre, elle est restée à mes côtés, elle m'a soutenu. C'est de la fidélité même dans la mort… Pingouin avait raison : c'est peut-être finalement elle, ma femme.

Après un temps indéfini où chacun était perdu dans ses propres pensées, Elsa finit par se tirer. Sans que je comprenne comment, je me retrouve sur ce parking seul, soleil qui m'encule ma race comme pour me féliciter d'avoir échappé à la mort. Y a pas de quoi être fier. Je suis bien parce qu'Aria est épargnée…

Enfin, j'arrête de me la jouer faux modeste. Je suis bien aussi parce que c'est de l'histoire ancienne, parce que de nouveau j'arrive à rêver, à espérer autre chose de ce monde, à espérer autre chose de moi-même. Mais au final, j'vais aussi assister à la mort lente et déplorable de la femme que j'ai aimée. C'est *trash*, on fume la vie, un oinj, mais la mort nous guette quoi qu'il arrive. Qu'on en soit conscient ou non, chaque seconde nous rapproche de la fin. Mais dans le cas d'Elsa, ces secondes ont le sale goût des médocs, de la souffrance physique et psychique. La santé, t'en connais la valeur que lorsque tu la perds.

Je rentre chez moi capuche sur la tête, démarche de travers, cœur bancal. Je bifurque un peu dans la cité, entre les blocs de ciment. Et je finis par atterrir à l'endroit du drame, la cave du bâtiment douze. C'était la planque de Pingouin à l'ancienne, car il s'y est passé des trucs tellement *hard* que personne n'osait y mettre les pieds. Ça empeste la mort et la détresse humaine. Cette cave, elle est maudite : d'abord le p'tit Elyad, le petit cousin d'Hakim – le gars de l'intérim – qui s'est suicidé y a un an. Et avant ça, des histoires de viols. Et enfin Pingouin… *Bordel mon reuf, tes dernières minutes, tu les as passées dans un endroit de désolation, le bas fond de l'échelle sociale, le jour de l'anniversaire de ta madré. Wallah ton tueur, ton tueur c'est un fils de catin, comment on peut préméditer une chose pareille ?* L'illicite peut te retirer toute once d'humanité.

Il y a un milliard de pensées qui se chevauchent, s'affrontent, se toisent, s'embrouillent. Et moi je reste là inactif, le cerveau en ébullition, les mains vides de gestes.

Chapitre 7

Explication et tension

Une heure qu'on est posés elle et moi sur ce banc au bord du fleuve sans oser échanger un mot. Par où commencer ? Aria ne dit rien, elle garde juste une profonde rancune depuis une semaine pour l'histoire du parking. Elle répondait plus aux messages, ni aux appels, et a fini par céder aujourd'hui.

Quand j'ai vu la première larme couler, je me suis lancé, je lui ai avoué tout ce qui s'est passé. Encore une fois, j'ai pris le temps de mettre des mots là où jamais j'aurais cru pouvoir en mettre. Sur le dass, sur tout ce qui me tracassait, sur Elsa, mais aussi sur tout ce qui s'est passé entre nous, sur ses regrets, sur ce qui se passe dans sa putain de petite tête.

J'lui ai fait à la fou, mais je lui ai dit que le passé, il pouvait resurgir, que j'étais perdu entre les deux, que dans le fond je n'avais pas fini mon deuil de ma relation avec Elsa… Même si elle était zehef au début, elle a su rester très digne. Même quand je lui ai dit les paroles les plus dures à entendre, elle n'a pas flanché ; elle m'a entendu calmement, le regard soucieux, mais l'air attentif. Cette meuf, elle cache des ressources insoupçonnées en patience, truc de ouf. Wallah, je sais que c'était violent ce que je lui disais, que d'autres filles m'auraient tout bonnement lynché à coup de mascara et autres instruments de torture qui leur servent à se maskiller, qu'elles m'auraient insulté salement, auraient pleuré à chaudes larmes.

Mais pas Aria. Elle, elle me regardait toujours avec le même regard qui laisse deviner toute la bonté de son cœur. Je ne suis pas fait pour un être aussi pur.

Elle ne m'a pas répondu tout de suite ; elle m'a laissé parler en m'encourageant avec des regards pour que j'aille au fond des choses, que je creuse au plus profond de moi et être le plus sincère. Puis elle a fini par m'expliquer ce qui se passait dans sa tête à elle.

« En trois mois, j'ai l'impression de te connaître depuis toujours, mais Youssef, je ne te connais pas. Si peu de temps s'est écoulé depuis notre rencontre à l'arrêt de bus. Y a quelque chose qui m'a poussée vers toi ce jour-là. Je pensais que c'était un signe du bien. Mais nan, nan et nan. C'était le Sheytan qui m'a poussée à la perdition. Avant de te connaître j'avais des valeurs, pendant vingt ans de ma vie j'suis restée digne Youssef : y a pas un mec qui avait posé la main sur moi, pas un seul. J'étais peut-être pas voilée comme ta Elsa, ça se voit peut-être pas sur moi dès le premier regard, mais ma plus belle histoire d'amour, je l'ai vécue avec Dieu…

Et toi, en même pas trois mois t'as tout décimé, t'as tout brisé. J'avais une flamme en moi, qui brûlait envers et contre tout : celle de la foi. T'as tout saccagé, t'as gelé mon cœur tu m'entends ? Parce qu'avec tous tes putains de tourments, t'as réussi à éteindre la flamme que j'avais mis tant de temps à alimenter ! Bordel Youssef, tu te rends compte ? Tu te rends compte que je t'ai donné ce que j'avais de plus cher en une nuit ? J'étais prête à m'ôter la vie pour toi et ton putain d'amour vénéneux... T'es un poison mec, un vrai poison et tu m'as contaminée. Puis, pour aller encore plus loin dans la perdition, je t'ai offert ma pureté… Sheytan il m'a bien eue : sous tes airs de dépressif au cœur d'or, tu restes qu'un mec qui m'a fait glisser sur les pentes sinueuses du hlam. Alors que j'ai respecté ce que t'étais, toi t'as bafoué ma plus belle réussite. Notre relation est un blasphème et je devrai répondre devant Dieu d'avoir succombé aux plaisirs de la chair avec un homme qui n'a même pas vu un tiers de ce que j'ai pu faire pour lui.

Tu vois ce que je veux dire ? Et pour combler le tout, j'ai failli choper le dass en une nuit, une nuit aux enfers. C'est ma vie que je condamnais. Je ne veux plus rien avoir à faire avec toi. Tu m'entends ? Oublie-moi, oublie mon numéro, oublie même que tu m'as connue. »

Et elle se tire comme si de rien n'était. Je la mate s'éloigner tandis que ses paroles tourbillonnent dans ma tête. Elles ont réveillé toute la haine qui sommeillait en moi. Y a rien, y a rien qui fonctionne. Nique sa mère la vie : t'essaie de te mettre bien, d'être sincère, d'agir pour le mieux, d'être fidèle à tes engagements pour qu'à la fin, tu reçoives une claque qui te brise la nuque et te laisse inerte.

Elle pensait que j'étais le Sheytan[101], mais elle a rien vu encore. Elle pense avoir vécu un enfer pour avoir passé trois nuits à chialer des larmes de crocodile ? J'vais lui faire pleurer des larmes de sang à cette p… Bordel ! elle me pousse à faire ressortir le pire en moi. Vas-y les meufs c'est toutes des slatas, à vie célibâtard wallah. Elles ont voulu me crever le cœur ? Moi j'vais piétiner leur amour-propre et elles vont en redemander. Wallah j'ai la haine, *la haine*. Elle me sort des bails de ouf tout ça parce que j'ai essayé d'être sincère. Les khos avaient raison : la mythomanie ça paie sec, quand t'es trop sincère elles crânent, elles font des manières. Toutes des putes !

Elle marche le long de la Nationale, j'lui fais des appels de phares. Elle fait la meuf qui ne calcule pas. Faut pas qu'elle la joue comme ça, parce que wallah cette histoire elle va partir loin.

Marre de subir leurs états d'âme ; tu veux leur faire à la bien, elles te la font à la fou. Mais wallah elle me connaît pas, Aria elle a toujours vu le gars tranquille posé, le thug endormi, mais là elle va hler[102].

Je baisse la vitre. Elle daigne enfin se tourner.

— Vas-y ramène ta carrière ici.

— Je t'ai dit ce que j'avais à te dire, laisse-moi tranquille maintenant Youssef.

— Arrête tes manières wallah, t'es en train de me monter le domar ! Monte tout de suite.

— Nan tu m'obligeras pas ! T'as cru quoi ?

---

101 *Diable.*
102 *Avoir peur.*

— Bon tu m'as trop pris pour un fils de pute, arrête de croire j'suis tes potes les gorets de la fac, monte ta grand-mère dans cette voiture.

J'ai jamais été méchant avec elle, mais là, elle me prend trop pour une mouille, va vite falloir remettre les choses en place.

— T'as cru que c'était en jouant ton vieux rat énervé que j'allais t'écouter, mais détrompe-toi mon grand.

J'sors de la voiture, déterminé ; je fais le tour, je la chope par le bras d'une main, ouvre la portière de l'autre et la jette dedans. Elle est tellement choquée qu'elle ne pense même pas à sortir ni s'enfuir.

J'retourne côté conducteur et redémarre la gov'. Personne ne parle. Je regarde la route qui défile à une vitesse folle. Je prends le périph, slalome entre les voitures et appuie sur l'accélérateur. Si je pouvais, je passerais une sixième et je nous fracasserais contre la barrière de sécurité. À côté, elle plane sous la vitesse ; elle n'a nullement confiance en mes réactions.

Au bout de dix minutes, elle se décide à parler.

— Tu m'veux quoi au juste ?

— Rien, tu m'parles comme un fils de pute, tu m'dis des trucs de ouf et tu te tires. T'as cru on était dans un film ? Nan, mais Aria, t'as vraiment cru tu pouvais me sortir ce genre de phrases sans payer les conséquences ?

— C'est quoi qui te gêne ? Que ce soit vrai ? Que j'aie mis des mots sur tes actions ? Que tu te retrouves face à tes actes, hein ?

Elle commence à hausser le ton et des larmes lui coulent des yeux. *Wesh ça m'atteint plus ces trucs ma grande.*

— Mais vas-y ferme ta bouche Aria, tu racontes que de la merde, tu fais tout un plat de rien, wallah tu dramatises tout, c'est lourd à la fin. Wesh t'es une grande fille ? Je t'ai pas violée à ce que je sache ? T'étais consentante ? Ouais et fais pas ton air choqué là, wallah on va parler dans le vif du sujet. On sait tous les deux quel est le vrai problème.

— Comment tu peux parler comme ça ?

— Dans la vie faut arrêter de tourner autour du pot, c'est clair. Aria, t'as cru quoi ? Que j'étais un bâtard ? Si je t'ai parlé d'Elsa tout à l'heure, que je t'ai expliqué tous ces putains de doutes, dans le vrai t'as cru c'était pour le plaisir ? Wallah j'ai jamais autant parlé que depuis que je suis avec toi, j'essaie de mettre des mots sur des trucs de fou et en retour je reçois les pires phrases qu'on puisse me sortir… Ouais t'es allé à l'encontre de tes valeurs ; ouais ensemble on a franchi les limites de Dieu ; mais tu penses pas sérieusement que Dieu est miséricorde et que nos actes étaient juste emprunts à un profond amour entre nous ? Nan, nan. Toi, tu vois que le côté sexuel mais bordel ! y a pas que ça. Dieu nous connaît mieux que nous-mêmes nous connaissons. Moi je ne prétends pas avoir une quelconque relation avec lui, mais je sais qu'Il est le Juste, et wallah Aria, même si c'était péché d'agir comme ça avec toi, y avait tellement de sentiments sincères derrière que Dieu… que nous… On doit être capable d'assumer. J'sais pas… Assume et repentis-toi, voilà. Mais arrête de tout dramatiser.

— C'est simple pour toi, c'est simple, t'es pas une femme. Tu ne sais pas c'est quoi d'aimer quelqu'un au point de vouloir mourir pour lui, de se dire « ouais, c'est la bonne personne » et de ne voir que par lui. Youssef, t'as cru quoi au juste ? Que pour moi t'étais un gars de passage, qu'un jour j'allais te dire « salam, heureuse d'avoir fait un bout de chemin avec toi » ? Depuis que je te connais tu me rends folle, j'suis plus la même en seulement quelques mois… Je sais pas, je sais plus. Bordel, laisse-moi tranquille c'est tout ; j'ai pas de réponse, j'ai pas de solution, tu me rends folle et tu me fends le cœur, mais je t'aime, je t'aime avec tout ça…

Je chabe sa p'tite race, ses lèvres qui tremblent quand elle me dit tout ça. Y a dix minutes, j'étais prêt à la poquer en voiture et là j'ai qu'une envie, c'est de la serrer dans mes bras. Bordel j'suis pas tendre avec elle, mais je le suis avec personne. J'y arrive pas.

On continue de rouler sans rien oser se dire, ni même échanger un regard. *À quoi tu penses Aria ? Tu dois regretter ce jour où tu t'es arrêtée pour me parler…*

Je finis par la poser chez elle.

— On réfléchit, on essaie de se trouver une issue dans tout ce merdier ?

— D'accord, mais laisse-moi du temps You, j'ai besoin de temps.

— Oui, moi aussi de toute manière. Fais attention à toi quand même.

— Salam.

Elle ferme la portière. C'est un truc de fou comme deux personnes qui éprouvent des choses l'une envers l'autre peuvent passer d'un extrême à l'autre.

Je roule sans trop savoir où je vais, histoire de sentir l'adrénaline monter. À l'ancienne, y avait plus de code de la route, juste notre envie de tout évacuer. J'entends un portable vibrer. Je regarde mon téléphone : rien.

Aria a oublié le sien dans ma voiture. Le nom « Alex – Abdel Krimou » s'affiche en appel… C'est quoi ce bail de fils de pute encore ?

En vrai j'suis un fils de pute. La meuf elle me sort tout son baratin de « j'ai besoin de temps, tu m'as fait glisser », la culpabilité, mais normaval un pélo lui envoie des textos. Mais vas-y je la zappe haneni, wallah c'est quoi ces trucs de fou ? J'ai même pas envie de lire les messages, elle mérite même pas ça. Wesh même Elsa elle me l'a pas fait haneni comme aç. Tout en scred, tout dans le vice… Mais nan hechem[103], pas Aria. Vas-y rien à foutre j'vais lire ce message :

« Ça va mieux ma sœur ? ».

Ça va mieux de quoi ? Elle lui raconte quoi à cet enfoiré ? Elle lui a dit qu'on s'était embrouillés ? Attends, haneni elle parle de nos histoires à un inconnu… Mais wallah les meufs, c'est toutes des balourdes ! C'est quoi ces délires ? Elles commentent en direct *live* leurs problèmes, obligées de tout raconter à leur shab… Mais à partir du moment où tu dévoiles les faiblesses de l'autre, ayé, wallah ayé t'as tout brisé : c'est que t'en as rien à foutre de lui.

Ça me démange, j'suis obligé de regarder les textos qu'ils se sont envoyés.

— Tu fais quoi ?

— J'attends You sur un parking.

— Il t'a encore laissée toute seule ?

103 *« Aie honte »*.

— Non tranquille t'inquiète pas.

— En tout cas n'hésite pas, au besoin je suis là. Te laisse pas faire, Aria.

— T'inquiète je t'ai dit. Merci Krimou.

— De rien ma douce sœur.

— Attention à tes mots mon frère. Merci.

— Droite et pure, machaAllah.

— Sois-le toi aussi mon frère, Dieu nous regarde.

— Je vais prier, je ferai des douhas pour toi, te laisse pas faire, dis-lui ce que tu as sur le cœur.

— Krim je suis grande, merci, mais je me débrouille.

— Alors ?

— ...

— Tu réponds pas ?

— ...

— Hé ho ! je m'inquiète, faut venir te chercher ?

— Laisse-moi Krim, j'ai besoin d'être seule. C'est pas contre toi, mais j'ai pas la tête à papoter.

— OK, dis-moi quand ça va mieux.

Et le dernier texto :

« Ça va mieux ma sœur ? ».

C'est qui ce mec ? Il cherche quoi au juste ? Pourquoi il a son numéro ? Pourquoi il lui dit de ne pas se laisser faire ? Wesh, comme elle lui a répondu, c'est une grande fille. Et ça veut dire qu'elle lui a parlé de nous, de moi, de ce qui se passait ? J'veux en avoir le cœur net, wallah on m'la fait pas à la fou… Mais d'un autre côté, elle est restée distante, elle a posé des limites à chaque fois. Cette histoire n'était pas claire, mais elle n'était pas aussi crade qu'elle en avait l'air… *Wesh Aria, tu vas finir par me rendre fou*.

« Rejoins-moi en bas de chez moi, Krimou, j'ai besoin de parler. »

Il répond au quart de tour le mec, complètement *love*, wallah ça a le don de me monter le domar[104] à un point il ne s'imagine même pas.

Je l'attends en bas de chez Aria caché à l'intérieur du bâtiment : il va virer de la carafe. Cinq minutes plus tard, un frère muzz' tout droit sorti d'un clip de *muslim* débarque. Il sent le musc à plein nez. Il a plus une tête à s'appeler Alex que Abdel Krim ; c'est un reconverti qui doit chercher sa perle rare, mais Aria, elle n'est pas libre. Quoique… Il est où mon droit dans cette histoire ?

Je hamème longuement. Elle m'appartient pas, j'suis même pas capable d'être là quand elle en a besoin. J'lui fais à la fou depuis que je la connais, peut-être que lui il la guidera vers Dieu ; elle mérite un frère de l'Islam gentil et pieux, pas un frère du hlam.

J'suis que des pépites pour elle, wallah j'la guide pas vers Dieu… J'pensais que c'était ma baraka à moi, un signe que Dieu m'aimait, mais wallah j'ai pas le droit de prendre une personne aussi pure ; j'me souviens qu'un frère qui faisait des rappels nous disait : *« Les femmes hnines aux hommes hnins, les mauvaises aux mauvais. »*. Elle a raison nous deux c'est du blasphème…

Toujours dans cette ruelle à chaber ce frère muzz' au sourire « Colgate », j'fais le choix de me priver moi-même de ma plus belle rencontre de ces dernières années. Wallah juste pour tout l'amour et le respect que j'ai pour elle, je dois la laisser tranquille. Pour une fois dans ma vie, j'agirai pour une autre personne que moi-même.

Je vais vers l'incarnation de Yussuf Islam[105] :

« Wesh mon reuf, tiens c'est le téléphone d'Aria, tu lui rendras mon frère, et tu feras attention à elle. Allez, salam. »

Je lui laisse pas le temps de répondre, monte dans ma gov' et me tire d'ici. Dans le rétro, je vois que le frérot il est qué-cho, wallah il en croit pas ses yeux ! Elle a dû lui parler de moi, il ne devait pas s'attendre à ça… *Ah ouais, mon pote, t'es tombé sur le fameux You, le*

---

104 *La tension.*

105 *Cat Stevens, pseudonyme de Steven Demetre Georgiou, né le 21 juillet 1948 à Londres, est un chanteur, musicien et auteur-compositeur britannique. Après avoir rencontré un grand succès dans les années 1970, Cat Stevens se convertit à l'islam en décembre 1977 et prend le nom de Yusuf Islam (source : Wikipedia).*

bâtard qui faisait du mal au cœur de ta sœur charmante. Tu t'attendais à l'incarnation de la violence, mais j'ai été peace avec toi wallah… J'vous laisse los amigos, wallah on n'est pas du même monde : j'ai grandi dans les ténèbres pendant que vous, vous cherchiez la lumière.

J'ai l'impression d'avoir un trou dans la poitrine, mais j'sais que c'était ce que j'avais de mieux à faire : mettre une croix sur elle et continuer mon chemin. J'ai agi comme une mouille, un peu comme les délires des films que je taillais… Wallah le monde il nous met sur des chemins qu'on ne se douterait jamais atteindre.

Je vois un appel d'Aria, je ne réponds pas et coupe mon téléphone.

Chapitre 8

Le repentir

Je chabe cette vue qui s'offre à moi : la Roch', le seul endroit où je trouve la sérénité.

Parce que j'ai l'impression que t'es avec moi mon frère. T'as vu mon frère, moi aussi je sais agir pour le bien, même si ça me charbonne le cœur, même si j'ai qu'une envie c'est de foncer dans un mur, même si j'vois tout sombre, que j'ai viré de ma vie l'une des seules sources de lumière, j'ai fait le bien pour le bien… Les gens que t'aimes, tu ne comptes pas pour eux hein, tu peux mourir pour eux. Je crois que sincèrement, cette femme, je l'ai aimée.

Des dizaines de bâtiments où des centaines et des centaines d'âmes s'enflamment, se brisent, se perdent, se déchirent… Bordel on se sent si petit face au monde qui nous entoure. Wallah à quoi bon agir pour le bien ? À quoi bon avoir des valeurs si je ne reconnais pas chaque jour que l'Unique n'est qu'Un ?

J'suis dans l'obscurité totale et je délaisse le Très Haut… Si j'étais amené à tout perdre demain, jusqu'à mes pulsations de vie, comment pourrais-je répondre de ça devant Dieu ? Depuis que je suis en âge de prier, je n'ai jamais posé mon front sur le sol. *Seigneur, suis-je damné ?* Wesh c'était donc ça la vie d'un rat ? Vivre tel un mort-vivant, agir pour la caillasse, donner un sens à sa vie à travers l'illicite sans jamais comprendre que chaque seconde nous rapproche de la fin ?

Mes yeux mi-clos, j'ouvre les bras comme pour accueillir la grandeur de l'Éternel. Je me sens seul face à tous les maux que j'ai causés, face à la vie que j'ai menée. J'ai honte car jamais, au grand jamais, je ne pourrai me tenir debout avec le poids de mes péchés… J'ai trop souvent délaissé Dieu pour les futilités de ce bas monde, sans jamais en tirer la même joie que les autres. J'ai réduit en cendres les parcelles de bonheur qui jonchaient mon cœur et aujourd'hui, je ne suis plus que le cimetière de mes meilleurs sentiments. Sauf que Dieu peut donner la vie et la reprendre. Il pourrait en faire de même pour ma foi, ou le semblant de croyance qu'il semble rester sous ma poitrine.

Pingouin, bordel ! Pingouin t'as pas eu le temps de passer par là, t'as pu eu la chance que j'ai de continuer à vivre et de me rendre compte que la tournure de nos vies atteignait le chaos… On était dans le speed à l'époque, donc pas le temps pour être spectateur du désastre qu'on causait. T'es parti trop vite… Beaucoup trop vite.

Je te dois ma rédemption. Que Dieu m'en soit témoin : si ma foi est sincère, c'est à toi que je la dédie mon frère.

J'ai le cœur qui palpite et les genoux posés à terre : les mains tendues vers le ciel, j'accomplis mes premières douhas. J'suis né dans un gouffre, mais j'veux atteindre la lumière du Très Haut, je veux la percevoir, je veux la sentir sur mon cœur, je veux, une fois dans ma vie, faire partie des amis de Dieu, pas de ceux dont Il a détourné Son regard. La vie est trop courte pour s'attarder sur nos états d'âme... Le temps qui passe ne laisse de traces qu'avec le pinceau de nos actes, et wallah, ma fresque de vie est bien triste à voir… *Ya Rabbi el Ralamine*[106]*, j'invoque ta Miséricorde pour égayer le brouillard de ma vie.*

Je rentre à la maiz'. J'ai l'impression d'avoir revêtu un nouvel habit : celui de la piété. Je ne suis plus prisonnier de mon corps. Une âme enfin libre ; wallah, ça fait un sacré bout de temps que je ne me suis pas senti aussi bien.

106*« ô Seigneur le Miséricordieux ».*

La madré est assise dans la cuisine en train de couper des haricots verts avec en fond l'air de la berceuse qu'elle avait inventée quand on était petits : la berceuse « des quatre ours ». Elle venait toujours nous la chanter pour nous endormir, et le chef lui disait d'arrêter par peur qu'on trouve vocation dans la musique plus tard. Quatre ours exilés qui affrontaient la vie, mais qui restaient liés par leur amour. J'ai jamais réussi à apprendre l'arabe, mais cette musique je la connais sur le bout des doigts ; c'est la chanson de l'amour qu'elle nous portait à nous, les trois hommes de son cœur.

Je pénètre dans son petit sanctuaire. La vision de son doux visage m'apaise d'autant plus. Je m'approche et d'un pas hésitant, je me penche pour l'embrasser sur le front… Elle est tout autant surprise que moi, mais un magnifique sourire se dessine sur ses lèvres et en un instant, elle perd dix ans de soucis et de tristesse.

— Ya ouldi[107], comment ça va ?

— Bien… El hamdoulilleh.

J'ai mis du temps avant de rajouter « grâce à Dieu ». Ce sont des habitudes qui se prennent avec le temps, qui ne s'intériorisent pas en une heure.

— Y a quelque chose qui a changé ouldi ? Pourquoi tu souris comme ça ? Toi aussi tu vas te marier ?

Yemma est heureuse et discute. Pour beaucoup, ces échanges sont anodins, mais tant qu'on n'a pas connu la lourdeur des silences, des regards gênés, on ne peut pas comprendre combien des sourires sincères et une simple conversation peuvent faire du bien. Le bonheur se trouve dans les choses simples, sans ça c'est la hess wallah.

— Nan Yemma, j'ai juste l'impression de me réveiller d'un long cauchemar.

— Oui j'me souviens quand t'étais petit, souvent tu faisais les cauchemars. Tu mouillais ton lit de transpiration, et toujours je te mettais les tleha parce que je croyais que tu faisais pipi. Tu me disais : *« non Yemma j'ai pas fait pipi ! »*.

---

107 *Mon fils.*

Elle a les yeux qui brillent en évoquant ce souvenir. Quand on y pense, l'époque c'était la crème malgré la merde niveau thunes, le padré qui se cassait le dos à l'usine, nos goûters pain – banane, nos vacances à la tess… Bah on était heureux tous les quatre réunis, wallah on était heureux... Grâce à elle, on était entourés d'amour, de respect et d'attention.

C'était un soleil, wallah un soleil qui illuminait nos journées ; elle a tout fait pour nous. Le padré manquait de générosité avec nous, il avait la main coupée quand il s'agissait du porte-monnaie. Alors pour qu'on puisse avoir quelques jouets, crâner avec des billes ou un ballon neuf, fallait qu'elle fasse des ménages par-ci, par-là. Elle oscillait entre ses p'tits boulots, la cuisine et notre chambre. Elle pouvait passer des nuits et des nuits à nous regarder dormir, à tâter notre température de feu… Bordel tout cet amour qu'elle nous a donné ! Même dans ses coups les plus durs y avait un putain d'amour, une putain de souffrance…

J'ai mal quand je vois ce que t'es devenue aujourd'hui Yemma, toi qui vivais, toi qui souriais, toi qui discutais, toi qui aimais... Même les larmes ne te suffisent plus à faire sortir toute la peine qu'il y a en toi. Alors t'espères en silence, t'espères que l'un de tes fils, gardien de tes maux, daigne t'accorder ne serait-ce qu'un sourire… Que Dieu nous pardonne de t'avoir fait vivre un enfer.

Il éprouve ceux qu'Il aime, mais c'est glauque de se dire que l'épreuve de ta madré, c'est toi.

Je passe la fin d'après-midi à ses côtés. L'un et l'autre on a perdu dix ans ; à cette heure-ci j'suis un môme et elle une jeune maman qui parle à son fils. Juste heureux d'être ensemble, sans avoir besoin de personne d'autre.

Elle prend des cours dans la salle de prière des femmes à l'heure du Maghreb, pour parler de Dieu, de son prophète, de sa famille, de leurs exploits, leurs sacrifices, de notre vie, nos failles. Je n'ose pas lui parler de l'Islam. Wesh c'est trop tôt pour oser dire quoi que ce soit… Y a quelques jours, je prenais encore des grosses habtas et là j'vais parler de salate[108], c'est quoi ces salades ? Personne ne va me prendre au sérieux. Je veux déjà vivre ça pour moi.

108 *Prière.*

Je l'accompagne jusqu'au gymnase où les femmes se réunissent pour prier, puis je retourne à la maiz'. Sur la route, je croise deux trois sœurettes en jilbab qui vont sûrement au même cours que la madré. C'est ouf, elles ressemblent toutes à Elsa… Ou je plane à huit mille ? Mais non ! Elles se ressemblent toutes entre elles truc de ouf. En même temps, on voit que les trois quarts de leur visage, donc normal qu'on les distingue pas.

J'pars dans un délire de ouf : à l'affiche, le dernier film de Hamid SpilBen « L'attaque des jilbabeuses ». Je suis « force bleue », je suis « force jaune », je suis « force rouge ». Par la puissance du Coran waaaaa, tu les vois elles prennent des kalachs', elles te tirent dessus, elles font des roulades parterre comme des ninjas de la nuit. Elles s'envolent grâce à la coupe aérodynamique de leurs jilbabs qui se transforment en parachute au besoin et en tente les jours de pluie. Payayay, j'suis sûr que ça déchirerait comme film !

Avant de partir, Yemma m'embrasse sur le front et m'a dit d'un air si doux :

« Tu sais mon fils, quand je te parle y a des fautes, mais mon amour pour toi il est sans faute, il est vrai. »

De retour à la maison, je vois que Salim et sa femme sont revenus de leur escapade de la journée. Calés dans le canapé à chaber « Pékin express » sans se parler, ils ont l'air d'avoir quarante piges. Sarah a l'air satisfaite et touche son ventre qui commence à sortir. Salim est perdu dans ses pensées. Son visage s'éclaire quand il me voit.

— Wesh la feumiiii ! Y a ta mherz qui t'a appelé tout à l'heure sur mon téléphone. Rappelle-la c'est urgent. Et y a aussi l'autre folle d'Elsa, j'étais choqué quand je l'ai eue. Toujours autant une dingue dans sa tête ! Y avait du gros son de la *west* derrière elle, wallah.

— Tu pourrais allumer ton téléphone Youssef, parce que voilà j'sais qu'y a rien entre eux, mais Salim il est à moi, j'veux pas qu'il parle à d'autres filles.

— Vas-y commence pas toi, c'est bive tu fais ta folle, parle avec d'autres gars moi j'm'en contrefiche ! Fais ta vie avec eux, t'sais. Mais casse-moi pas les…

Elle ne lui laisse pas le temps de finir sa phrase en lui mettant une gifle. On voit qu'on a affaire à une furie. C'était le truc à ne pas faire. Salim l'attrape par les cheveux et commence à l'insulter de tous les noms en la traînant dans le petit salon. Elle arrive à se défaire de son emprise et lui crache au visage.

J'interviens obligatoirement avant qu'il ne l'envoie à l'hosto. Je bloque le frérot tout de suite et elle, je la jette sur le canapé.

— Wesh vos embrouilles, vous me les faites ailleurs, arrêtez de croire qu'ici c'est un bordel ! Wallah Salim hechem c'est une femme tu lèves pas la main sur elle. Et toi Sarah, arrête de faire la folle, tu t'es crue dans un film ? Tu mets des tartes de *cowboy* normaval aux gens ? Aujourd'hui j'suis là, mais crois pas t'auras quelqu'un pour l'arrêter plus tard. Vous êtes des sauvages ; apprenez à vous comporter correctement parce que vous allez avoir un gamin ensemble, et y a pas moyen que mon neveu ou ma nièce grandisse avec des fous comme ça.

— Wesh commence pas ta morale mon frère, wallah j'suis pas d'humeur. Toi rentre chez ta mère ; sur la vie de la mienne j'vais te balafrer la gueule si tu restes devant moi.

— Tu crois j'ai peur de toi ? Tu crois tu m'fais peur ? Vas-y viens je t'attends !

Elle se met en position de combat ; c'est pathétique et burlesque à la fois. Je la chope par le bras et la sors. J'vais la ramener chez elle avant que ça finisse en meurtre. Elle se débat cinq minutes puis explose en sanglots quand je referme la porte. On entend mon frère lui vomir des insultes de l'autre côté.

— Youssef, dans quelle merde on s'est mis tous les deux ? On n'est pas faits pour s'entendre ! Ça va mal se finir un jour.

— Sarah j't'aime bien t'as vu, mais j'ai aucune solution pour toi si ce n'est d'être patiente. Vas-y j'vais trouver une p'tite du quartier elle va te ramener chez toi, c'est de la… Bref j'ai pas le temps.

Arrivés en bas de l'immeuble, on tombe sur Farah. Je reste sous le choc ; je ne l'avais pas revue depuis l'aéroport, quand ils ont envoyé le corps de Pingouin au bled.

— Salam You.

Elle me dit ça avec un sourire gêné.

— Salam Farah, comment tu vas ?

— Bien merci. Et toi ?

— Ça va, ça va, toujours la même routine.

— Tu fais quoi ?

— J'dois ramener la femme à mon frère dans son quartier. D'ailleurs Sarah, je te présente Farah...

Sarah, le visage brouillé par les larmes, se contente d'un « salam » de loin. Quant à Farah, elle se propose de la déposer. J'accepte derechef. Wallah toujours autant serviable la meuf. Je vois qu'elle a sur les épaules la veste à Pingouin. J'ai la boule au ventre en la voyant. Une vague de souvenirs s'abat sur moi. J'ai le cafard.

Hind, sa copine, arrive et me sort de mes pensées. Elle me lance un regard froid et distant. C'est la petite sœur d'Hakim, la bipolaire... Sa présence me met mal à l'aise et je m'éclipse en laissant les filles partir ensemble.

Je remonte à la maison. Salim écoute du Despo Rutt à fond en faisant des pompes.

— Tu devrais faire des pompes sur ton tapis de salate mon frère.

— Quoi, tu te la joues frère muzz' maintenant ? T'es plus un frère qui s'amuse ouais. Bref, t'as giclé l'autre chez elle ?

— Non, je l'ai envoyée avec Farah. Elle s'est proposée de la jeter.

— Ah ouais ? T'façon j'en ai rien à foutre de cette femme. Wallah si elle portait pas mon gosse, ça n'aurait jamais duré plus de deux semaines.

— Oui j'comprends, mais Salim soit pas violent avec elle ; comme ça, ça va vous mener nulle part.

— Ouais *man* c'est bon, j'ai compris. Appelle tes meufs au lieu de me donner des conseils.

J'prends son bigo et vois que les derniers nums composés sont des numéros du bled. J'étais sûr qu'il avait collé avec une cousine là-bas. Bref, je vois que l'histoire de Sarah ne lui a pas servi de leçon et que la tendance à la polygamie, c'est de famille.

Wesh je rappelle laquelle ? Aria, faut que je tire un trait dessus, elle a son Abd' Krim', il est criminel lui. Wa j'arrive à me faire rire tout seul. Et Elsa, zarma j'vais lui dire quoi ? Au moment où je referme la porte de la maison, le téléphone vibre. C'est le numéro d'Elsa.

— Allô, Salim ?

— Nan c'est moi.

— Ah ! Ton frère t'a dit que je t'avais appelé ?

— Ouais ouais.

— J'suis en bas de ton immeuble You, tu descends un peu ?

— Vas-y j'étais en train de le faire.

Je retourne sur mes pas, pose le bigo au frandjo et descends rejoindre… Elsa.

Je monte dans sa voiture : y a une odeur de monoï, c'était son parfum à l'époque.

— Oh ! t'rappelles sale barj', quand tu me disais *« le parfum c'est révélateur d'une femme »* ?

— Bah ouais tranquille c'est vrai, là t'as vu j'ai retrouvé mon vieux monoï, ça veut dire que j'suis en mode estival, j'ai fait péter le jilbab d'été.

— Ah ouais, c'est vrai que le bleu marine c'est vachement estival !

— Ça change du noir t'sais. Bref, ça te dit un Libanais ? Mais avant faut que j'aille faire mes salates, tu m'attends ?

— Ouais bah viens, on va la mosquée du centre-ville, au moins j'pourrais voir si y a des frères de là-bas, j'ai un *biz* avec eux.

Elle démarre la voiture et me lance un regard plein de reproches.

— Tu fais du *biz* avec des frères muzz' ?

C'est faux, mais je ne peux pas lui dire la vérité.

— Ne cherche pas à savoir.

Elle fixe la route et ne parle plus. Elle a toujours détesté quand je lui disais ça, parce que c'était synonyme de très grosses histoires qu'elle finissait toujours par découvrir, surtout quand j'tentais d'utiliser son appart' comme planque pour mes slatas.

On arrive à la mosquée. Elle se dirige vers l'entrée des femmes et moi j'hésite à entrer… Je regarde le modeste bâtiment en face de moi, qui se distingue des autres par la beauté des actes qui s'y déroulent. Y a des ondes qui s'en échappent ; on le fixe et on sent toute l'adoration des gens qui s'en émane.

Ça fait combien de temps que je n'ai pas été invité dans la maison du Très-Haut ? Je ne m'en souviens même pas tellement ça date. J'ai le cœur qui bat la chamade, comme ils disent dans les films, et les genoux en coton. J'ouvre la porte et du pied droit, j'entre dans la demeure de Dieu.

J'entends une récitation du Coran au loin et une odeur de musc vient ravir mon odorat. SubhanAllah, est-ce que tous ces croyants qui viennent chaque jour se prosterner devant la grandeur du Très-Haut apprécient chaque parcelle de ces moments intenses ? *Dieu, si je suis amené à vivre dans ton chemin, fais en sorte que je sente chaque saveur de Ton adoration… Que jamais je ne me lasse de m'émerveiller devant la grandeur de ta création. J'ai passé vingt-six ans enfermé dans ma cité, enfermé dans ma tête, à ne penser qu'aux méandres de mon existence sans jamais méditer sur la Vie en elle-même. Alors quand j'ouvre enfin les yeux, Seigneur, ne me permets pas de les refermer de nouveau.*

Petit, la madré nous avait appris la salate, à Salim et à moi, mais depuis je ne l'ai jamais reproduite. Après mon odo[109], je monte dans la salle des hommes où chacun se concentre sur ses actes spirituels.

AllahouAkbar, je récite ce que ma mémoire me dicte… Mais c'est seulement mon front sur le sol que j'ai l'impression de renaître, de revivre. Je lui parle, je m'adresse à Lui, je suis au plus proche de Lui, dans ses mains. SubhanAllah… Je pense à Pingouin au moment même où je commence mes douhas[110] ; si je dois demander quelque chose, c'est pour lui en premier. *Accorde-lui Ta miséricorde Seigneur, recouvre-le de Ta bienfaisance et accorde-lui les mérites de cette prière. Apaise son âme, apaise celle de ma mère, de mon frère, d'Elsa, d'Aria… Apaise les âmes du monde, de tous ces gens tourmentés comme je l'ai été, les malheureux, les miséreux, les déchus de l'espoir, donne-leur la chance d'exister dans ton chemin… Pardonne-nous, pardonne-moi de t'avoir délaissé…*

---

109 *Ablutions.*
110 *Invocations.*

Des larmes coulent sur mon visage et humidifient le tapis. Petit à petit, je me vide de tous mes péchés ; j'avais mal, mon cœur agonisait et cette prière l'a apaisé… Je me relève et sors de la mosquée tel un nouveau-né. J'étais mort et Dieu m'a ramené à la vie.

Je marche jusqu'à la voiture d'Elsa, où elle m'attend en lisant un livre, quand une autre voiture s'arrête devant moi comme pour me bloquer la route.

C'est Aria, accompagnée de son Krimou.

Wesh elle fait partie d'Interpol ? La meuf elle me trouve de partout, j'ai juré elle a mis des espav' à ma poursuite. Elle sort de la voiture, parle à son acolyte *muslim*. Il acquiesce et s'en va se garer genre il l'attend. Ayé c'est sûr : en deux heures, ils se sont mis ensemble, ont fait les présentations à la familia et ont posé une date de mariage.

Elle s'approche de moi et je sens son parfum à la cerise ; c'est ouf comment les odeurs de meufs te font tourner la tête. Bordel, faut que je reprenne mes esprits, wesh je viens de sortir de la mosquée et j'vire sur les parfums des meufs ! J'vais bientôt finir avec les sonaks du bled sur la place à sentir tout ce qui bouge, même ce qui ne bouge pas d'ailleurs.

Aria me regarde puis fixe la voiture d'Elsa ; enfin, elle lève les yeux au ciel. Blasée, elle va s'asseoir sur le trottoir là où est garée la voiture. Les jambes repliées sur elles-mêmes, la tête posée dans ses bras, elle me lance un regard plein de fatigue et d'incompréhension.

« Arrête avec tes regards Aria, je suis fatigué moi aussi de tout ça wallah. Wallah, j'me suis jamais autant pris la tête que ces derniers mois, j'ai jamais autant hamème à la vie, j'suis fatigué. »

Elsa écoute ce que je dis, la tête posée sur fenêtre. Je lis cette même lassitude, mais surtout cette impression de déjà-vu. Je vois ces deux filles qui m'aiment sincèrement, qui m'aiment bancalement, qui font de leur mieux pour me ravir alors qu'elles devraient se préoccuper de leur foi, de leur cœur.

— Alors qu'est-ce qu'on fait ? C'est quoi ce trio insolite qu'on incarne là, au sortir de la mosquée ? La jilbabeuse dépressive, la métisse en larme et le vieux rat cerné par la vie...

— J'suis venue pour des explications You, j'comprends rien à vos histoires… Y a quelques heures on était posés ensemble prêts à réfléchir sur nous deux, toi tu voulais pas me lâcher. Et là, Alex me dit pour le téléphone, puis je tombe sur toi à la mosquée… Wesh comme tu dis, il se passe quoi ?

— Wallah écoutez-moi toutes les deux. C'est trop un truc de malade de vous avoir là comme ça devant moi. Wallah wallah y a très peu de personnes dans mon cœur, très peu de personnes que j'aime sincèrement. J'sais pas pourquoi, j'sais pas comment, mais toutes les deux vous y êtes. Chacune à votre manière vous avez marqué ma vie, mais wallah les filles j'peux pas, aujourd'hui j'en suis pas là, j'en suis pas à me poser, me mettre sérieux avec une femme tout ça… J'suis perdu, sincèrement j'suis perdu ; j'ai besoin de me retrouver, j'suis qu'au début du chemin wallah il me reste trop d'étapes à franchir avant d'arriver au point que je souhaite. C'est un truc de ouf ce que j'vous demande, je sais, mais wallah, mais là, Aria, Elsa, laissez-moi tranquille. Faites votre vie, prenez soin de vos cœurs respectifs ; faut pas que vos p'tits cœurs de p'tites sœurs s'enrhument, wallah ils sont trop tendres, trop hnins, trop grands pour que vous n'en preniez pas soin, et la meilleure des couvertures pour lutter contre le froid du monde qui nous entoure wallah c'est celle de Dieu... Aria t'as Abdel Krim qui ne demande qu'une seule chose : que tu daignes poser un regard sur lui. T'es une femme bien wallah même plus que bien, tu sais très bien, mais moi j'mérite pas ça… Elsa c'est la même, on a vécu des choses pfff, toi-même tu sais ; mais aujourd'hui nous deux c'est pas possible. T'es ma sœur, on l'sait tous les deux. Wallah les filles c'est pas des paroles d'embourbeur, c'est des paroles d'un mec qui sait plus où il en est niveau cœur. Wallah je préfère être sincère, Pingouin disait toujours : *« les gens du cœur ils te disent le vrai, même si c'est dur à entendre, ils ne cherchent pas à te plaire. »*.

J'arrive pas à les mater dans les yeux, je sais que c'est un truc de malade ce que je leur dis, la situation, le fait d'être entouré des deux, de leur parler comme ça l'une devant l'autre, mais wallah, je tiens plus.

— Y a quelque chose qui a changé en toi. J'ai l'impression d'avoir compris ; Dieu est grand, et jamais j'assumerai devant Dieu d'avoir été une embûche à ça. J'te laisse tranquille ; avance, fais ton chemin, et à l'occase, si un « Coca Cherry » ça te dit, on avisera. Salam Ahleykoum[111].

Elle me dit ça d'une traite. Un « tchô » de loin, elle démarre son moteur et s'en va comme une furie. Elsa, elle a tout compris : la mosquée, mes paroles, mon changement de comportement. Elle me connaît trop bien.

— J'avais aussi besoin de temps Youssef, je te l'ai dit tout à l'heure, mais je voulais que ce soit clair : entre Alex et moi, il n'y a rien.

— C'est qui Alex déjà ?

— Abdel Krim, le frère à qui tu as rendu mon téléphone.

Ah ! ouais c'est vrai : j'avais zappé qu'il avait deux blases. Ça doit grave développer la schizophrénie ça.

— Bah il a l'air sincère avec toi, vas-y fonce, l'important wallah wallah c'est que tu sois heureuse.

— Tu sais qu'on est liés à vie tous les deux ; ouais j'ai besoin de temps, mais Youssef, c'est loin d'être fini, tu peux pas mettre des points finaux comme ça. Faut mettre trop de choses au clair. Pour le moment, fais comme tu le sens ; chacun de notre côté on va avancer et on se donnera des *news* quand ça ira mieux dans nos cœurs respectivement. Lui, c'est juste un frère que j'ai rencontré dans l'association alternative dont je t'avais parlé ; y a vraiment rien.

Je ne sais pas quoi lui dire, j'ai l'impression ne pas la reconnaître ; la Aria pleine de compassion et douce des débuts se transforme en femme fière qui ne dévoile rien, qui se contente de constater. C'est peut-être pas plus mal qu'on s'éloigne… Pour de bon.

— Attention à toi Aria. Et tu le sais : si y a un grave problème, je suis là.

— De même mec. Allez, salam.

Elle se lève, dépoussière sa robe et va en direction de la voiture de son frère muzz', qui l'avait attendue livre en main. D'ici un mois, ils sont mariés tous les deux ; elle ne résistera pas à son insistance, il a

111 « *Que la paix soit sur toi* ».

l'air déter' et elle complètement perdue. C'est peut-être ce qu'il lui faut : du soleil après la pluie, un cœur tendre après la raclure…

Chapitre 9

Le passé aide à surmonter le présent

Les semaines passent, puis ce sont les mois que je vois défiler et wallah j'suis toujours autant perdu. La salate m'aide à tenir le coup, mais j'oscille dangereusement entre l' illicite et la piété, le cul entre deux chaises.

Ma première rechute s'est passée quand, posé à la Roch', j'suis tombé sur une phrase de Pingouin : *« Poto de galère a la vida, a la... Ah ! non : a la muerte, c'est chacun sa tombe mon frère ! »*.

Bordel je n'ai pas dormi de la nuit à cause de cette phrase. À l'époque, quand Pingouin l'avait taguée, c'était de la raclerie ; je n'avais pas conscience de la vérité de ses mots, de la teneur de la phrase. J'me contentais de rire à ses blagues en roulant mon hnav. Mais wallah, d'être tombé dessus, j'ai hler toute la nuit, j'en étais malade : vomissements, fièvre, maux de tête… D'avoir imaginé mon frandjo calé à la Roch' à graver cette connerie habta à la main, il savait de quoi il parlait… Comme l'a dit Luciano : *« cinq six pétards et le fou rire vient tout comme le cafard. »*. Moi, je planais, mais lui était conscient. Littéralement, je croyais que ce soir-là j'allais finir par faire une crise cardiaque tellement mon guelb[112] il s'en remettait pas truc de ouf. Et le matin au lieu de me tourner vers Dieu, j'ai pris une habta tah l'mout[113].

---

112 *Cœur.*

113 *Bourré à mort.*

J'avais connu l'épanouissement, l'enrichissement et je retombais dans la mort de l'âme. L'estomac noirci par l'alcool, les poumons étouffés par le *shit*, j'ai passé la journée posté à la Roch' à fixer cette phrase comme un autiste, à ne plus distinguer la réalité de mes pensées.

Puis quand l'effet de toutes ces merdes a commencé à se dissiper, j'suis alors rentré chez moi et sans un mot, après mon grand lavement, j'ai prié. J'ai passé ma nuit à prier en gardant une phrase en tête : *« Même si le temps bousille les cœurs, je ne t'oublierai pas mon frère... »*. Le front sur le sol, je L'ai invoqué en sachant pertinemment tout le mal que j'avais causé la veille, mais en me vidant quand même de tout le hlam que j'avais ingurgité...

Bordel, comment puis-je prétendre à être un proche de Dieu si à la moindre épreuve je faiblis ? Wallah j'ai toujours cru que j'étais un loup, mais j'suis qu'une gazelle sans volonté, sans déterminisme ; j'ai pas su tenir mes objectifs ; même animé par la foi, j'me suis fait casser le dos par Sheytan.

Après cet incident, j'ai eu le droit au harcèlement d'Aria. Elle a peut-être eu le temps de réfléchir en deux ou trois mois, mais moi non. Wallah j'suis pas prêt à reparler avec elle. J'ai coupé le contact avec la gente féminine, donc – pour le moment – elle ne fait pas exception.

Elle m'envoyait des messages tous les jours. Il y a eu les citations d'auteurs de fils de pute qui te font culpabiliser à mort, du genre : *« Quelle tristesse de constater que le choix n'était pas le bon ou encore que son caractère n'est pas à la hauteur d'une ambition aussi simple que de garder deux âmes liées. »*.

Après ce message, j'étais prêt à faire une descente chez elle, à séquestrer son p'tit corps et à la gifler comme un homme pour lui montrer qu'il n'y avait pas qu'elle qui souffrait.

La femme, elle croit peut-être que ma vie était facile ? *Wesh viens vivre dans un asile à ciel ouvert où la seule étape que tu franchis, c'est celle de la folie, que le seul papier qui révèle tes compétences, c'est ton casier judiciaire, qu'en faisant une rétrospective sur toi-même, à part avoir cumulé les échecs, bah wallah t'as rien accompli et que même en amour, t'es pas fichu de te poser tranquillou.*

Elle qui était une meuf grave compréhensive se transforme en vrai « Terminator », prête à tout pour me renvoyer en pleine gueule tout le mal que je lui ai fait. Mais j'sais pas j'l'avais prévenue : *« Cherche pas à danser avec les tigres si t'es cul-de-jatte, ma grande ! »*.

Il y a aussi eu les messages plus violents où elle me crachait la haine qu'elle avait concrètement. Je les trouvais plus sincères, donc automatiquement plus acceptables. Elle m'a achevé en m'envoyant, pour terminer : *« Je t'attendrai. »*.

J'ai fini par ne plus lui répondre en prétextant que mon temps de réflexion n'incluait pas une communication avec elle. Elle m'a incendié ma famille, puis a finalement accepté. En même temps, je lui laissais pas trop le choix.

Ajoutez à ça la déprime du frandjo avec l'arrivée du p'tit bébé, la routine de l'usine, les problèmes de thune de la madré, mon incapacité à aller voir la famille de Pingouin, ma culpabilité par rapport à eux… Je me suis retrouvé à craquer toutes les semaines, et je suis, à l'heure d'aujourd'hui, victime d'un nouveau sentiment ; je crois que c'est le pire qui puisse exister : celui de la honte devant Rabbi. Et ça se traduit par une phase de dépression primaire, à laquelle succèdent des vraies volontés de tout plaquer et de retourner à l'époque de la bicrave puis, enfin, par la peur… La peur sincère d'un autre monde, du jugement et du mal que j'ai causé.

Mais je n'arrive pas à porter sur mes épaules le poids de ma vie ; j'suis débordé, j'essaie de le faire bien et y a rien qui marche. Au moins dans l'illicite ça fonctionnait ; on prenait des risques le temps d'une soirée, mais après on était bien pendant de longs mois. Là, chaque jour c'est un risque, chaque jour c'est un braquage wallah, une pression juste pour exister. Normal que je craque wesh.

« Il était évident que comme des milliers de jeunes de cité, en passant ainsi d'un extrême à l'autre, il ne faisait qu'exprimer sa détresse existentielle, son incapacité à trouver sa place dans un monde qu'il ne comprenait pas et qui semblait ne pas vouloir de lui. Que cherchait-il ? Que cherchent tous ces jeunes à la dérive qui se suicident à l'aide d'un Islam extrême ou à coup de canettes de bière ?». Abd Al Malik.

La seule exception féminine que j'ai vue au cours de ces quatre derniers mois, c'est Farah.

Elle me parle en sirotant son verre de « Coca ». Nous sommes assis à la terrasse d'un café en ville. Je lui avais promis qu'on irait manger un truc, et il s'avère qu'elle a taffé dans la même usine que moi. On a décidé d'aller boire un verre après le boulot, en mode grosse virante ; on a des grosses pompes de sécurité et des pulls en laine alors qu'il fait au moins vingt-cinq degrés. Mais elle, c'est pire que moi : elle tente le bonnet d'hiver. Hé ! oui, elle a osé sortir comme ça ; pour elle c'est heja normal. Elle m'a dit qu'elle avait une grosse cavoupe, et qu'elle ne préférait pas la montrer. On aurait dit deux clochards qui auraient eu assez de thunes pour se payer une bière dans un bar.

Les gens nous matent gravement. Mais elle s'en fiche : « s'ils ne sont pas contents, qu'ils ne nous regardent pas ! ». C'est la première fois que je vois une meuf qui s'en contrefiche de l'allure qu'elle a.

Avec Farah c'est différent. Elle connaissait Pingouin aussi bien que moi, on a grandi ensemble, on est comme des cousins, y a plein de pudeur et de respect entre nous. Wallah ça fait chaud au cœur, c'est une meuf différente dans ses relations humaines. Et elle me comprend, elle comprend la putain de douleur que j'ai ressentie avec l'absence de mon frère. Perdre l'amour de sa vie, ça laisse de lourdes séquelles, et je vois que même si un beau sourire s'affiche sur ses lèvres, ses yeux eux restent tristes. Ça me fait hler wallah j'arrive pas à la regarder dans les yeux car j'ai l'impression de voir les miens.

« Tu t'rappelles ce qu'il disait Pingouin ? J'l'ai écrit dans un cahier avec toutes les phrases de fou qu'il a pu me sortir. Il nous disait – attends je le cite avec sa voix de shooté : *« Au début, on ne sait pas quoi dire. Ensuite, on se dit tout. Enfin, on se dit... qu'on n'a plus rien à se dire. Alors, moi, je me dis qu'il ne faut jamais trop en dire, c'est la seule solution pour garder ses proches si proche wallah Farah, tu m'as compris ? »*. Ah là là ! Sofiane, Sofiane t'étais tellement sage, comment t'as pu… »

Elle finit sa phrase en ravalant ses larmes, elle voit que je la mate. Alors elle se lève et se dirige à l'intérieur du café. Sûrement pour se vider de ses larmes. *Ouais mon frère, Pingouin, Sofiane, t'étais sage, wallah t'étais notre maître Yoda. Toujours les mots qu'il faut, toujours les conseils avisés…*

Elle revient, les yeux rouges. Avec son p'tit bonnet et ses grosses chaussures on aurait dit un nain de jardin. Elle me fait planer cette meuf. On décide de rentrer au quartier.

C'est une folle, elle a une répartie de dingue et envoie *punchline* sur *punchline*. Sur le chemin du métro, on a croisé une petite vieille avec son chien attaché dans une poussette. Farah lui a alors demandé comment s'appelait son joli bébé. La femme nous a regardés, offusquée que de tels personnages osent s'adresser à elle, et c'est sans une réponse qu'elle a pressé le pas.

Arrivés au métro, une voix m'interpelle.

— Oh pélo ! Oh oh pélo !

Je me retourne et vois la p'tite meuf tah le centre d'analyses. Solange ? Francia ? J'me souviens plus de son blase, mais elle a troqué son survêt rouge « Lacoste » contre un jaune canari. J'ai jamais vu une meuf qui osait porter cette couleur. Qu'est-ce qu'elle me veut encore celle-là ? Farah esquisse un sourire en matant la dégaine et la démarche de la meuf.

— Wesh tu te souviens de moi ? On s'est vus au centre tah le dass ?

Bordel ! Je regarde Farah ; elle fait comme si de rien n'était, mais j'ai bien vu qu'elle a été choquée par ça. Allez c'est sûr, elle doit penser que j'ai le dass.

— Ouais comment t'oublier avec ton *« wesh pourquoi tu weshes ? »* !

— Ah ouais ! Tu t'souviens pélo, t'es pas une virante avec une barrette de *shit* à la place du cerveau. Si si la feumi ça fait plaisir de te croiser ici. Au fait, moi c'est Suzanne t'as vu, mais tout l'monde m'appelle Halima.

Je cherche pas à comprendre comment la meuf est passée de Suzanne à Halima, mais bon.

— OK Halima.

— Wesh et toi tu donnes pas ton blase ? Arrête de croire j'fais partie de la BAC t'sais !

Farah se décide à intervenir dans la conversation.

— Lui c'est Yves, mais tout l'monde l'appelle Roger.

— Ah, mais haneni[114] ta meuf elle se la racle sur ma mouille[115] pélo, dis-lui elle se calme vite avant j'fais un arraché de bonnet.

— Tu peux me parler, t'sais t'es pas obligée de passer par lui ! J'suis pas sa meuf et un conseil : amuse-toi pas à toucher à mon bonnet. T'as dû racketter deux gamines de maternelle et tu viens faire la *gangsta youth* avec moi ?

Médusé par la tournure de la conversation, je me décide à intervenir pour la clore.

— Wawawa allez, stop les embrouilles. Halima, ça m'a fait plaisir de te voir. À l'occase challah hin ?

Je lui laisse pas le temps de répondre que je tire Farah à l'intérieur de la bouche de métro. On l'entend beugler :

— Oh p'tite meuf t'as de la chance j'aime bien ton pélo t'as vu, parce que je t'aurais saignée sur le ter-ter, mais on va se revoir t'inquiète et…

Puis le métro s'en est allé sans que l'on ait eu la suite des menaces de l'incroyable Suzanne. C'est une virante cette meuf. Même pas une planète non, mais une galaxie à part entière. Wallah j'ai passé une journée de boulot, j'suis fatigué ; j'voulais pas que ça finisse au poste, ça va j'ai assez donné niveau gardav'.

Farah me chabe avec un regard amusé. Je sais qu'elle vire sur mes connaissances. Si je commence à lui expliquer, c'est que j'ai quelque chose à me reprocher ; je préfère ignorer. Wesh, si elle veut savoir quoi que ce soit, elle parlera. Les meufs ça ne tient jamais, elles se sentent toujours obligées de tout savoir.

— Au fait, la meuf à Salim, c'est une chtarbée[116], wallah j'ai juré Youssef, dis-toi elle est monté dans la voiture, elle s'est mise à chialer comme une gosse, on n'a pas pu s'en débarrasser avant onze heures du soir.

— T'es pas sérieuse ? Mais qu'est-ce qu'elle veut celle-là ?

114 *Normal.*
115 *Tête.*
116 *Folle.*

— Nan, mais miskina[117], ton frère il est pas *cool* avec elle, elle est au bout. D'un côté y a le padré qui lui met la pression et de l'autre, c'est Salim. Ensuite le bébé qui la fatigue, wallah personne la ménage la p'tite. Mais bon elle a tenté de parler de suicide, Hind l'a calmée sec. Tu sais, depuis qu'on a retrouvé son cousin, faut pas lui parler de suicide…

Hind. Son cousin. La cave au fou. La même cave où Pingouin s'est fait buter. Farah aussi a dû faire le rapprochement, car elle avait la lèvre tremblante en me parlant.

Tout le quartier en deuil pour le petit Elyad. Personne n'a compris ce qui l'a poussé à mettre fin à ses jours ; son grand frère il a fini en HP après ça. Il arrivait pas à y croire : que son p'tit protégé, son p'tit bonhomme, « sa relève » comme il disait, puisse en arriver là. La vie de quartier c'est *hard*, tellement *hard* que wallah y en a qui finissent par céder. Wesh comment ça à dix-sept ans on n'a plus d'espoir en la vie ? Le monde il est tellement noir que même les âmes les plus jeunes elles veulent en finir avec leur existence. C'est sordide cette histoire. Hind aussi elle a failli virer de la carafe. Elle était somnambule ; pendant huit mois au moins, les rats faisaient des rondes devant chez elle car plusieurs fois elle s'est retrouvée dans la cave où son cousin a mis fin à ses jours. Depuis, quand je la croise, elle me lance des regards noirs, comme si j'y étais pour quelque chose. J'suis mal à l'aise en sa présence.

Les drames du ghetto, mais on ne peut rien faire pour une âme à bout de souffle. Puis faut le reconnaître, les gens qui vont le plus mal, ça ne se voit malheureusement pas : ce sont ceux qui ont le masque le plus épais. Personne ne se doutait que ce petit n'avait ne serait-ce que l'ombre d'un problème… Et pourtant, ce funeste soir de décembre, il a préféré mettre un point final à l'histoire de sa vie.

— Elle est chelou Hind quand même.

— Comprends-la You, elle a eu du mal à s'en remettre. Au final, on ne se remet jamais de ce genre de chose...

Elle laisse sa phrase en suspens, comme pour faire le parallèle entre son histoire et la nôtre.

---

117 *La pauvre.*

— Elle s'est fait tatouer tout autour du poignet la célèbre citation de Maupassant, je sais pas si tu connais : *« Le suicide, c'est la force de ceux qui n'en ont plus, c'est l'espoir de ceux qui ne croient plus, c'est le sublime courage des vaincus. »*. Comme elle m'a dit, c'est pour ne jamais oublier. Je trouve ça beau.

— Ouais enfin, c'est super glauque surtout.

— Il faudrait que tu la rencontres, c'est une fille bien. Elle sait juste pas s'y prendre avec les autres. Un peu comme toi au final…

Elle me lance ça sur le ton de la rigolade, mais elle n'a pas tort. J'me suis enfermé dans la même haine à l'égard de l'autre quand Pingouin est parti… Faut que j'apprenne à avoir plus de compassion pour les autres.

— Donc quand Sarah s'est mise à parler de ça, Hind l'a vite stoppée en lui disant que si elle avait vraiment envie de le faire elle ne chercherait pas à en parler et aurait agi. Bref, j'espère qu'elle l'a pas poussée au suicide.

— Nan nan, j'pense pas. Je l'ai vue chez moi y a deux jours, ça avait l'air d'aller. Il suffit qu'avec Salim ils ne s'embrouillent pas pour qu'elle soit au top de sa forme. Je jetterai un coup d'œil sur elle, parce que ça craint un peu.

On sort du métro. Y a un silence un peu pesant qui nous entoure à la sortie : on est tombé sur un *tag* de Pingouin, comme s'il était là et nous rappelait sa présence.

Chapitre 10

Et si ta vie n'était que mensonge ?

Je la laisse devant le tunard[118] et j'vais faire deux trois courses pour la maison.

Y a les neveux à Sarah qui squattent la caz' ces derniers temps, et ce malgré les embrouilles à répétition avec Salim. Certes, ça donne de la vie entre les murs jaunis de la casa, mais wallah ils tombent les placards de sgatas[119] en deux minutes chrono. Y a même plus de chips au paprika alors que la madré fait des stocks de dix paquets au moins. J'ai dû hypothéquer l'appart' qui nous appartient pas pour acheter trois paquets de chips et de la « Vache qui rit » pour la madré. Wesh les tunards ils abusent grave niveau prix, wallah j'ai l'impression y a des lingots d'or dans leur bouffe tellement c'est cher !

J'arrive en bas de l'immeuble et je vois les pompiers. Bordel, il n'y a pas un jour où le SAMU ne vient pas au quartier ; les gens y tombent comme des mouches. L'ascenseur est bloqué, obligé de monter les huit étages à pied, ça fout le seum.

Essoufflé, j'arrive enfin chez moi et je vois la porte grande ouverte, avec des hommes en uniforme. Qu'est-ce qui se passe ? Nan Yemma !

---

118 *Épicerie tenue par un Tunisien.*

119 *Sucreries.*

J'bouscule le gars devant la porte et aperçois trois pompiers en train de mettre ma p'tite Yemma sur le brancard. *Ya Rabbi, c'est un cauchemar !*

— Qu'est-ce qui se passe avec Yemma ? Répondez-moi !

— Calmez-vous Monsieur, asseyez-vous, on vous ex....

— Nan nan, je m'assois pas, touche-moi pas toi, dis-moi ce qu'elle a !

Je m'approche d'elle ; elle est blanche comme un linceul. Elle a les yeux fermés et ne bouge pas. J'me perds dans la contemplation du corps affaibli de la madré. Plus personne n'existe, plus rien n'a de sens si elle n'est plus. *Yemma je t'interdis de partir, tu n'as pas le droit de m'abandonner*. Au loin, j'entends la voix de l'ambulancier.

— Monsieur, on va tout vous expliquer, mais il faut d'abord que vous vous calmiez.

Il y a des personnes tout autour de moi, mais c'est comme si j'étais seul avec la madré, que la Terre s'était arrêtée de tourner, que le monde était en suspens. Juste moi et ma peine.

— Votre mère a seulement fait un malaise ; son taux d'insuline était beaucoup trop bas. On l'emmène en observation, mais il n'y a normalement aucun problème. Votre sœur m'a dit que lorsqu'elle lui a ouvert la porte, elle s'est évanouie dans ses bras. Monsieur, vous m'entendez ?

Il me tire définitivement de mes pensées.

— Quoi ?

— Oui c'est l'arrivée de votre sœur qui a provoqué un choc.

— Mais vous parlez de qui au juste ? J'ai pas de sœur.

— Je ne sais pas. La demoiselle là-bas m'a dit que c'était sa maman. En ce qui concerne son diabète…

Je ne l'écoute déjà plus. C'est quoi cette histoire de sœur ? Dis-moi pas que les deux folles ont tenté de venir à la maison !

J'arrive dans le salon. Une gamine est posée avec un pompier, en train de parler de l'état de santé de ma mère. Elle lève ses yeux vers moi et esquisse un énorme sourire. C'est qui cette folle ?

— Wesh t'es qui ?

Elle ne me répond pas, mais me touche la main en avançant vers l'autre pièce, où se trouve la madré. J'suis sous le choc. Wallah qui est cette meuf ? Et pourquoi son visage me dit quelque chose ?

— Oh ! réponds-moi, tu fous quoi là ? T'es qui ?

— Je t'expliquerai ça à l'hôpital. Tu as une voiture, tu nous suis ?

— Nan, mais c'est moi qui monte dans l'ambulance, c'est quoi ça ? Wesh c'est ma mère qui est sur ce brancard et tu ne la touches pas.

Elle me lance un regard triste et me montre la main de ma mère qui tient fermement la sienne. Wallah j'y crois pas, la madré elle délire, elle doit penser que c'est moi.

— Yemma t'inquiète pas ça va aller ; lâche sa main, je suis là.

Elle ne m'écoute pas et continue de serrer la main de l'autre folle.

— M'en bats les couilles, je monte avec vous dans l'ambulance !

Un pompier tente de me contredire, mais je l'envoie balader vite fait bien fait. L'ascenseur n'était pas bloqué, mais retenu par les pompiers. On galère à tous à rentrer dedans, mais on finit par arriver au rez-de-chaussée.

Et notre groupe insolite monte dans l'ambulance : Yemma, les yeux mi-clos, qui récite ses prières ; cette folle furieuse inconnue qui tient ma mère comme si c'était la sienne ; le pompier vénère de s'être fait insulter, et moi qui mate cette scène comme un fou.

J'en ai rien à foutre de ces inconnus, y a que Yemma qui compte à cette heure-ci. Et si ça avait été la fin, aurais-je assez profité de son étreinte ?

Yemma, wallah je me bute pour toi, j'arrache mes organes vitaux et je te les offre sur un plateau. T'es ma vie, ma vie, Yemma. Tout ce mal que je t'ai causé, jamais je ne pourrai me le pardonner. Tu es restée près de moi, toujours là, silencieuse et fiable. À mes côtés. T'as enduré tous nos tourments sans escorte, sans soutien. T'as supporté tous nos méfaits, toutes nos merdes, t'es restée digne, forte et aimante. Tu nous as donné des décennies d'amour sans qu'on prenne conscience de la chance que nous avions d'avoir une mère comme toi. Bordel comme j'ai honte. Seigneur comme j'ai peur, peur de te perdre.

La route défile sous mes yeux et après les tours de bétons, nous voilà entrés dans un autre monde : la ville. Le contraste est frappant. Et pourtant une ressemblance l'est encore plus : les regards sont tout aussi vides de vie ici que là-bas. Comme si une malédiction avait touché les hommes. On est censés être les plus heureux, car bénéficiaires du meilleur des conforts, et pourtant on passe nos journées à se plaindre comme des bâtards. Chaque souci de la taille d'un atome pèse sur nos vies comme si on en portait des tonnes ! Les sourires sont factices, les visages sont tristes ; à coup d'individualisme, on a construit nos propres prisons, la solitude se lit dans chacun des cœurs : seul dans la vie, seul dans notre tête, seul dans nos tourments et surtout, seul dans la tombe. Bordel, on perd notre temps à attendre que le temps passe alors que chaque seconde nous rapproche de la fin, l'Ultime fin. Se rend-on compte que l'on devra témoigner de chaque minute qui s'est écoulée vainement à ne penser qu'à la hess, qu'à nos pseudos vies de merde, qu'à nos tourments imaginaires ? Non, on ouvre les yeux que quand la mort referme ceux d'un proche... On est tellement loin de la vérité.

On arrive enfin à l'hôpital. J'embrasse la madré sur le front et la laisse partir avec les médecins. Je me retourne et vois l'autre folle avec deux cafés à la main. Mais ma vie c'est un film wallah, ça peut arriver qu'à moi ces histoires de ouf. Je la mate ; sa tête me dit quelque chose, mais tellement vaguement que je serais incapable de dire d'où me vient ce souvenir.

— Tiens, Youssef. Ça va prendre du temps, on va se poser sur un banc dehors.

J'aurais voulu rechigner, mais j'suis fatigué. J'me suis déjà embrouillé avec le pompier, je n'ai pas envie de m'user la santé avec elle. Je la suis d'un pas las.

— Tu me veux quoi ? Tu *nous* veux quoi ? T'es qui au juste ?

— C'est une longue histoire Youssef, je sais que ça va être dur à entendre... Je me lance. Je m'appelle Salima : je suis ta sœur et la jumelle de Salim.

— Mais vas-y, qu'est-ce que tu m'racontes ?

— Non, non Youssef, je sais que c'est dur à entendre, mais il faut que tu m'écoutes. Ne les juge pas et essaie de les comprendre…

— Mais j'ai rien à entendre venant de toi, sale virante. On est dans un hôpital ; si t'es à la recherche d'une famille en galère, vas-y fonce ! Laisse-nous tranquilles !

— Écoute-moi, je te dis que c'est important. De toute façon, je serai là que tu le veuilles ou non.

— Tu me menaces là ?

— Mais pas du tout ! Salim avait raison ; tu es sur la défensive tout de suite en pensant que tout l'monde te veut du mal. Mais moi c'est pas le cas.

Pas besoin d'entendre plus de sornettes, je me tire de cet endroit. À mesure que j'avance, je l'entends chanter... Mais j'ai juré c'est une virante. Elle finit par crier pour que je l'entende. Je me retourne d'une traite pour empêcher cette humiliation en public et capte la mélodie qui sort de sa bouche. Cet air m'est familier... Mais non.

C'est la chanson que Yemma nous chantait quand on était petits, la chanson « des quatre ours ». Un coup de shlasse dans ma vie. Comment est-ce qu'elle peut connaître cette musique tout droit sortie de l'imaginaire de Yemma ? Elle arrive vers moi avec un sourire.

— Comment je la connais ? C'est moi le quatrième ours qui est parti, Youssef. T'es prêt à m'écouter maintenant ?

Je ne peux rien lui dire. Je suis sous le choc. Les mots ont du mal à franchir le cap de mes lèvres. Je me tais et l'écoute.

— Maman n'avait pas le choix, c'est le chef qui l'a obligée. Alors Tata Aïcha a accepté de me prendre au bled avec elle. Je sais que c'est une histoire digne d'Hollywood, mais tu n'as pas le choix : faut me croire, c'est la simple vérité… Elle ne vous en a jamais parlé parce que c'est une blessure à vif dans son cœur. Elle saigne chaque jour d'avoir été séparée de son unique fille ; et quand le chef s'est tiré avec l'autre sorcière, elle a pas osé me ramener à la maison. Elle a toujours caché mon existence et comme ça, du jour au lendemain, me voici me voilà… Youssef ça va ? T'es tout pâle ?

Je ne peux pas lui répondre. Je la regarde et à vrai dire, elle ressemble comment deux gouttes d'eau à Salim... Il suffirait de lui raser ses longs cheveux noirs pour qu'elle ait la même race que lui. Mais non wallah c'est pas possible, elle a la même fossette vers l'œil que lui… On ne peut pas te mentir pendant vingt-six ans.

— Je sais que c'est dur à entendre, surtout pour vous qui n'avez jamais su la vérité, qui avez vécu dans la misère ici. Parle, dis quelque chose... T'es toujours là ?

— Tu veux dire quoi ? Tu veux que je te dise quoi ? Y a rien à dire.

— En tout cas, sache que Salim est au courant. J'ai eu un problème de santé y a trois ans, et il a fallu qu'il me donne un peu de sa moelle épinière pour que je m'en sorte. Bref Youssef, je sais que ç'a été dur pour lui aussi. Au début il n'y croyait pas, il a insulté toute la famille du bled, il était déterminé à revenir en France pour tuer le chef. Puis on a passé des heures et des heures à se parler, à se découvrir, à se connaître… Et il a fini par comprendre et surtout accepter. Et regarde aujourd'hui, y a pas une journée où il ne m'appelle pas.

C'était elle la cousine du bled dont Yemma s'inquiétait tant de savoir si elle avait eu ou non ses examens ? Et encore elle avec qui Salim passait des soirées au tél à tchatcher en rebeu ? Mais non, c'est juste impossible. Je ne peux pas avoir de petite sœur.

— Je sais que c'est fou à entendre ; je ne suis pas à votre place car je connais l'histoire depuis toute petite ; Halti m'a tout expliqué et maman souffrait tellement du vide qui existait entre elle et vous que jamais elle aurait pu vous en parler. Même après le départ du chef, elle gardait cette cicatrice, cette fracture dans sa vie, boitant silencieusement sans jamais se plaindre. Elle est forte notre maman…

Elle lève son *tee-shirt*. Qu'est-ce qu'elle fout cette folle ? Je détourne le regard ; elle veut quoi celle-là à me montrer son kelsh ?

— Je te montre juste un truc. Regarde mon nombril : Salim et moi on a le même ; nos cordons ombilicaux étaient étrangement gros à la naissance, maman nous a trop donné à manger dans son ventre.

C'est vrai, elle a le même gros nombril que Salim. Quand on était petits, on s'amusait à mettre de la bouffe dedans tellement il était grand…

— J'prends des douches gelées pour refroidir mon corps… On a le corps en feu comme il me disait Salim.

Je lui touche l'avant-bras : elle fait la même température que moi. À côté de moi, d'habitude, tout l'monde est froid : c'est ouf, j'suis tellement fiévreux que tout l'monde est froid comparé à moi. La musique, le nombril, la température...

— Et si tu savais ça, pourquoi depuis le temps t'es jamais venue nous voir ?

Mille pensées me viennent en tête, s'entrechoquent : j'ai une petite sœur… Les rats m'ont toujours dit : *« Mec t'as une chance de malade de pas avoir de petite frangine : aucune réputation à tenir, y a rien, elle ne peut pas salir le nom de ta famille. »*.

Malheureusement dans nos cités c'est comme aç ; une fille, c'est l'honneur de la famille, et au moindre pas de travers le monde entier la condamne et même après sa rédemption, les mauvais continuent de jacter. Alors qu'on s'émerveille tous du repentir d'un ex-bandit, une ex-VV [120]reste une VV à vie… Une petite sœur, mais wallah je vire, c'est pas possible… C'est comme si j'étais dans un film à cette heure-ci, shab « Plus belle la vie ». Elle arrive toute pimpante et on va se boire une caf' avec la madré…

— J'respectais le choix de maman de vous préserver de tout ça. Elle a tenu de longues années par amour pour son mari. Et quand il s'est tiré, il ne lui restait plus que ses yeux pour pleurer, car le mensonge était trop lourd pour qu'elle ose vous en parler. Comment vous auriez réagi, hein ? Quand Salim est parti au bled, elle a eu peur qu'il apprenne tout vu qu'il se rapprochait de nous. Et puis il y a eu ma maladie ; peut-être que Dieu voulait qu'on se retrouve tous… Je sais pas Youssef, elle était une victime dans cette histoire, comme nous tous d'ailleurs.

Et l'autre qui n'a pas assumé d'avoir une fille, mais wallah c'est quoi ce père que j'ai eu ? Il a brisé ma mère pour finir par la laisser

---

120 *Vache, en référence à une fille facile.*

seule dans sa merde, il l'a privée de son unique rêve pour l'abandonner après… Wallah, heureusement qu'il y a une justice et qu'il va bien payer le mal qu'il a commis.

Salim et Salima : ils se sont vraiment pas foulés pour les prénoms, sérieux. Aucune originalité les rebeux, truc de fou…

En parlant du loup, Salim m'appelle et me tire du brouhaha de mon cerveau. Il s'inquiète de pas voir la madré à la maison et je lui explique en deux-deux la situation avant de raccrocher. Wesh lui aussi c'est un bâtard, même pas il me parle de ça. En même temps est-ce que je l'aurais cru ? Jamais ! Si je ne l'avais pas en face de moi cette meuf, j'y croirais pas…

La madré est tirée d'affaire. Salim nous a rejoints et on s'est retrouvés tous les quatre, incapables de parler.

La madré regarde par la fenêtre, mais garde un sourire qui ne se décroche pas de ses lèvres… Elle doit être apaisée que la vérité ait enfin éclaté. Libérée de son lourd fardeau, elle savoure ce moment assez louche avec ses trois enfants.

« Les quatre ours enfin réunis », doit-elle se dire dans sa petite tête. Je la mate et vire sur la vie qu'elle a menée. Comment une femme aussi bonne a pu tomber sur un homme pareil ? Un homme qui l'a privée de la plus belle chose qu'une mère puisse rêver : une fille.

Yemma t'es une guerrière, wallah que Dieu t'offre une demeure grandiose au paradis pour avoir encaissé autant ici-bas. Salim et Salima sont côte à côte et matent la télé. C'est la folie, ils ont la même manie de chaber la télé la bouche ouverte.

Après de longues minutes, la madré a fini par briser ce silence en nous expliquant avec ses mots ce qu'elle a vécu. On l'écoute tous les trois le regard baissé, les yeux remplis de larmes d'entendre la femme la plus importante de nos vies s'exprimer ainsi sur la sienne. Le déchirement d'abandonner sa princesse, de mentir à ses princes, de vivre seule sans soutien et de finir complètement délaissée, abandonnée par son mari. Elle ne le blâme pas, elle se contente de constater ; Yemma ne se plaint jamais. Tout le long de son monologue, elle tient la main de sa fille.

Non vraiment, je n'arrive pas à m'y faire. Sa fille ? Elle ? Cette inconnue ? Ma sœur, mon sang… Je les regarde toutes les deux et mon cœur se fêle de voir autant d'amour dans leurs yeux, wallah y a aucun doute : y a qu'une mère et une fille qui pourraient échanger de tels regards, avec tant de douceur et de passion à la fois. La vie nous réserve bien des surprises des fois, et on est à des années-lumière de s'en douter. Mais j'ai juré, l'autre ne va pas s'en tirer comme ça. Il nous a brisés tous autant qu'on est dans cette pièce. *Tu vas le payer, wallah, si t'étais pas mon père, je serais venu chez toi cagoulé pour te buter*.

Au bout de trois semaines, elle a fini par venir tous les jours à la maison. Jusqu'à ce que son manège fonctionne et que la madré décide qu'elle vive avec nous. Ce n'est pas en trois semaines qu'elle reviendra sur vingt-six années. Je vois ses slatas de meuf du bled ; elle parle avec la madré, s'inquiète de sa santé, lui fait ses petits plats préférés ; elle parle avec le frérot, Sarah et ses p'tits neveux, elle s'occupe d'elle, va même jusqu'à lui masser les pieds… Elle prend ses repères grave. Tout l'monde la kiffe à mort parce qu'elle est serviable et souriante. Mais personne ne discerne le vrai du faux. La meuf, elle veut juste qu'on l'héberge, elle doit plus avoir de thunes pour se payer l'hôtel, j'en suis sûr !

Wesh t'es pas ma sœur. Je te connais pas ; t'as été élevée dans un autre univers que le nôtre, tu ne fais pas partie du « nous ». T'es une étrangère. Les liens du sang ne valent rien face aux liens du temps ! Je suis le dernier au jus, donc normal. T'as jamais été là et j'veux pas que tu sois là à l'avenir… Mais shab c'est de la comédie, j'ai l'impression d'être dans un rêve tout bizarre où y a des bédeaux qui volent… Elle a bien compris qu'avec moi, son manège ne marchait pas. Je la sens pas et c'est pas avec ses célébrations que ça va changer, ni avec ses plats de bledarde. *Zarma t'as cru que c'était des barres de chocolat et du couscous qui allaient te faire rentrer dans mon cœur ? Essaie les barrettes avec Salim, mais moi ces trucs-là, ça marche pas.*

La madré est toute fière, tout heureuse de l'avoir auprès d'elle tous les jours. Je l'ai jamais entendue parler autant, comme si elle cherchait à lui raconter toutes ces années sans elle, comme si nous n'avions pas existé avec Salim et qu'elle était seule. *Je sais que j'ai pas été un fils exemplaire, que pendant de longues années on échangeait que très peu, mais wesh Yemma tu ne vois pas dans mon regard tout l'amour que j'ai pour toi ? Je suis incapable de te dire que je t'aime, mais wallah tous mes membres ils vibrent au rythme de mon cœur quand je te vois tellement t'es ma vie. Ouais j'ai pas eu la facilité de parler comme elle, ouais j'ai pas été une oreille attentive à tous tes maux, mais Yemma j'étais là malgré tout, non ?*

J'suis pas jaloux, j'en ai rien à foutre. Nan, elles font ce qu'elles veulent, des trucs de filles, rien à foutre, mais voilà, je la sens pas… Elle m'inspire pas confiance. Déjà, pourquoi elle sourit à longueur de journée ? C'est louche ça, les gens qui sourient tous les temps quoi.

Tu penses qu'avec ton sourire t'arriveras à masquer notre peine ? Allez c'est bive.

Posé dans la cuisine, je finis mon assiette en assistant à leur échange trop mielleux. Je détourne le regard et mate mon tél pour m'occuper.

J'ai reçu un texto d'Elsa. Elle a contacté une association pour sa maladie. Elle m'a appelé y a quelque jours au bout du bout, en larmes. Je l'ai rejointe vers chez elle et on a passé la nuit à papoter. Wallah on était mal en point tous les deux… Moi avec mes sales histoires de famille, elle avec sa maladie.

Elle m'a fait hamème la haflita quand elle m'a dit : *« Tu nous aurais imaginés avec cette vie y a deux ans ? Quand on était encore amoureux ? Ouais on ne rêvait peut-être plus, mais on avait l'espoir d'un avenir meilleur. Pudique même dans nos espérances, on se battait quand même pour continuer d'exister, et aujourd'hui où on en est ? Assis ce sur trottoir à trois heures du matin, séparés, brisés, à se lamenter sur la tournure tragique de nos vies. »*.

Et puis elle s'est tournée vers moi et m'a regardé avec un trop-plein d'amertume, de regrets. J'ai eu froid dans le dos et j'ai senti une boule dans ma gorge. Bordel, à l'époque elle me parlait du nombre d'enfants qu'on aurait ! Je l'écoutais sans vraiment l'entendre, mais je me souviens de ces putains de heynesses qui brillaient à l'entente du mot « bébé ». Ce soir-là, elle a réalisé qu'elle n'aurait jamais la chance d'être maman.

Quand le soleil s'est levé, on a prié chacun de notre côté. Je l'ai vue en sanglot dans sa prosternation, et wallah j'ai eu l'impression de sentir toute sa douleur sur moi. Je sais que notre seul réconfort on le trouvera auprès du Tout Généreux… Alors j'essaie tant bien que mal de m'y accrocher ; c'est pas facile tous les jours, mais wallah si je la lâche je tiendrai pas le coup longtemps.

Depuis ce soir, j'essaie de prendre des *news ;* Elsa, c'est la famille. Wallah quand ton cœur il a aimé une personne sincèrement, c'est impossible de tirer un trait définitif sur elle. Un poète *muslim* disait : *« Essayer d'oublier quelqu'un qu'on a aimé, c'est comme essayer de se rappeler d'une personne qu'on n'a jamais connue : c'est impossible. »*. Il a tout dit en une phrase. On a vécu tellement de choses, on s'est construits ensemble, on s'est détruits mutuellement ; alors c'est ensemble qu'on se soignera.

Je sors de la cuisine et j'entends Salim dans la chambre. Je lui demande ce qu'il veut, mais il me dit qu'il appelait Salima. Salima par-ci, Salima par-là, c'est bon, vous ne pouvez pas vivre sans elle ? Je finis par laisser la nouvelle *family perfect* ensemble. Je gâche peut-être le tableau avec mon air maussade, mais wallah j'y arrive pas.

Elsa m'attend dans sa gov' en bas de chez moi. En ouvrant la portière je vois un sac plein de bonbons. Elle a acheté toutes les conneries qu'on kiffait à l'époque : « Coca Cherry », « Mm's », minis fourrés, langues de chats. Toujours autant attentionnée ! Je souris, décale le sac et monte dans sa voiture. On prend la direction de la Roch', pour se caler et discuter avec nos victuailles. Elle est de bonne humeur, ça fait plaisir de la voir sourire. Elle voit que je hamème, alors pour m'emmerder elle met le son à fond.

— T'as pas compris encore que quand le son me pète les oreilles j'm'enferme encore plus dans mes pensées ?

— Justement restes-y dans tes pensées, moi j'veux juste kiffer. Muhahahaha !

Elle fait son rire démoniaque, genre elle ouvre grand les yeux et désarticule sa mâchoire ; on aurait dit la poupée de « Chuky ». C'est une dingue cette meuf. Même wallah que des fois, déchiré au hnav, elle a réussi à me faire peur.

— Je voulais te parler d'un truc Elsa…

Elle se tourne vers moi et se met à hurler. Moi aussi, je sais lui faire peur : j'arrive à tourner mes paupières et lui montrer le blanc des yeux en même temps. À chaque fois c'est la même : elle hurle de peur, genre elle vient de se faire percuter par un camion. J'explose de rire et elle aussi. Elle a des larmes qui coulent… Je sais que c'est une manière pour elle de se vider. Je ne dis rien.

On arrive à la Roch' et on sort de la gov'. Son p'tit coup de déprime est passé ; elle a le sourire quand elle sort le sac de nourriture. Elle trébuche sur une pierre et s'écrase sur le sol. L'action est tellement drôle ! Avec son jilbab j'ai cru qu'elle allait s'envoler. Je me calme sec quand je vois qu'elle regarde devant elle d'un air effrayé. Je me retourne et vois une bande de vieux rats en train de rire de sa chute et qui me donne l'impression de nous attendre. Elsa se relève et me tire par le bras. Je l'entends murmurer une sourate. Wesh c'est qui ces mecs ?

— Merde, c'est Ichem ! You, il a le seum contre moi, c'est ce dont je voulais te parler dans la gov'…

— Attends, l'autre pouilleux qui t'a refile le dass ? Pourquoi il a le seum ?

Une voix de vermine se mêle à notre conversation.

— C'est de moi dont tu parles ?

— Vas-y Ichem barre-toi de là. Tu me veux quoi au juste ?

— Ferme ta gueule ma belle, tu sais ce qu'on fait d'une vieille sale dans ton genre, qui donne son cul à n'importe qui ? C'est pour ce pouilleux que tu m'as jeté ? L'Islam, le voile, mais tout ça ça sert à rien quand tu vas te faire fourrer par des anciens du quartier.

— Mais tu parles comment pélo ? Fils de pute d'où tu jactes sur elle comme ça ? !

— Nous voilà devant le fameux Youssef Bekri zarma, l'ancien qui est devenu fou depuis que son frérot s'est fait descendre. Si tu veux pas finir comme lui mec, parle correctement avec ta bouche.

Ses trois acolytes se postent à ses côtés, genre « regarde, mon *crew* et moi on va te défoncer ! ». Mais guerh, le mec il vient de sortir du collège et il fait le mignon. J'vais vite le calmer.

— Écoute-moi bien petite salope, parle de mon frère avec respect et tente pas les menaces de fou quand tu sais même pas tenir un *gun*. J'ai déjà eu affaire à tes grands frères : c'est des mecs réglos, donc j'ai pas envie d'avoir à te dégommer, juste par respect pour eux. Mais si tu continues à parler à Elsa comme ça, tu m'entends p'tite pute ? j'vais être dans l'obligation de t'envoyer sur le brancard et même ta mère elle n'arrivera pas à te reconnaître.

— Ah, mais les khos c'est qu'on a affaire à une mouille qui sait parler. T'es vraiment un sacré boloss mec : ma femme elle t'a tej' parce que t'avais plus un rond, et michetonneuse qu'elle est, elle est venue vers moi, et maintenant tu la défends ? Wesh t'as dû bien la baiser pour l'aimer autant…

Le premier coup est parti tout seul ; il allait trop loin dans ses paroles cette petite merde. Le mec tombe au sol, j'me retourne et me baisse pour esquiver un coup que l'autre colosse a tenté de me mettre.

« Elsa nique ta vie de là ! Prends ta gov' et dégage ! »

Je l'entends pleurer, crier, hurler. Je me tourne pour la regarder et je reçois un coup en pleine face. J'essaie de me relever, mais un des bâtards vient de me planter sa lame dans le bras. Argh bordel, je pisse le sang ! J'utilise ma main pour arrêter l'hémorragie. J'ai baissé ma garde et les coups viennent de tous les côtés. Je tente quelques derniers coups, mais plus les secondes passent moins j'ai de force pour lutter. Ma vue se trouble. J'ai juste le temps d'apercevoir l'autre connard d'Ichem s'approcher d'Elsa, et puis le noir total.

Chapitre 11

La descente aux enfers

« Bon allez Monsieur Bekri, on finit par les mêmes gestes qu'hier. On va avancer tous les deux sur le tapis. »

Je me sors difficilement de cette chaise morbide. J'ai l'impression que mes genoux sont aussi fragiles que du coton. J'arrive pas à mettre tout mon poids sur elles… La toubib m'encourage, mais je galère toujours autant. C'est comme si on m'enfonçait des centaines de coups de couteau dans les jambes dès que je tente de les poser au sol. Ces fils de pute... Et quand je pense à eux, c'est dans le cœur que je sens les centaines de couteaux. Bande d'enculés, bande de bâtards, bande de... j'ai pas les mots pour exprimer ma haine. Je détourne ma pensée sur mes exercices pour ne pas avoir à hamème à…

« Vous m'avez l'air bien soucieux Monsieur Bekri. Préférez-vous qu'on fasse une pause ? »

Son téléphone sonne. Ça m'évite de parler. Dès que des sons sortent de ma bouche, je sens ma voix chavirer comme une mouille, comme si chaque mot allait se transformer en sanglot. Alors à quoi bon parler ?

« Monsieur Bekri, c'est votre frère qui vous attend devant la clinique. Les souffrances sont finies pour aujourd'hui ; j'espère que demain vous nous reviendrez en plus grande forme. Pensez à vos exercices avant de dormir. »

Je hoche la tête silencieusement. J'arrive pas à la mater dans les yeux. Son air condescendant, sa voix enjouée, tout chez elle m'horripile. Wesh comme si mon malheur la rendait plus forte, plus heureuse.

J'suis un miksin pour toi, c'est ça hein madame ? Tu dois mater ça de loin, te dire : « Pauvre petit gars, il n'a pas l'air méchant. ». Remercier le Seigneur de t'avoir épargnée d'une vie comme la nôtre, hein ? Et puis tu dois aussi te dire : « Ah ! c'est ça de les enfermer ensemble, ça finit toujours en bain de sang ! ». Ce soir quand tu rentreras chez toi, tu verras tes p'tits marmots blonds qui parleront de leur journée d'école avec leur père. Et même si ton mari ne te regarde plus, que votre seul lien c'est ces p'tits gosses, toi tu te diras : « J'ai été gâtée dans la vie malgré tout. ». T'oublieras tes petits soucis de bourgeoise, tu repenseras à mon air lugubre, à mes soucis, à mon état de santé, à toutes les choses sordides auxquelles je te renvoie, et ton cœur s'enflera d'un plaisir sadique : celui de ne pas être à ma place.

Les murs blancs de la clinique défilent sous mes yeux. Ils n'ont aucun éclat. Bordel, même le blanc n'est plus pur, même à cette couleur immaculée, on a réussi à lui retirer sa pureté. La vie est crade, les hommes le sont aussi… Il existe quelques exceptions qui viennent adoucir les tourments de nos *lifes*, mais ils ne sont que passagers… « Les meilleurs partent les premiers. » ; cette phase n'a jamais été aussi vraie qu'aujourd'hui.

Salim est dans sa petite vago avec sa petite femme et... l'autre. Il sort de la voiture, salue la toubib qui m'a escorté, ouvre sa portière et me déplace jusqu'à l'intérieur de la voiture. Il n'ose pas me parler, n'ose même pas me regarder ; il se contente de me sourire, de discuter d'un air léger avec les meufs. Pourquoi les gens se sentent-il obligés de parler quand ils sont mal à l'aise ? Pourquoi cherchent-ils à être heureux quand le monde sombre autour d'eux ? J'ai l'impression que tout l'monde tire un plaisir à exprimer sa joie quand je suis dans les parages. Pour me montrer qu'un mur épais et transparent nous sépare. Wallah l'humanité est laide. J'ai envie de vomir quand je pense à l'homme. Comment ?

Des trucs de fou, j'en ai fait. Le mal je l'ai fréquenté, mais wallah jamais de la vie j'aurais cru tomber aussi bas. Les paysages défilent sous mes yeux, et tout comme les murs de la clinique, ils ont perdu de leur éclat, de leur beauté.

Wesh le bonheur, il vient flirter avec toi pour mieux te larguer après… Il est traître et lâche, parce qu'il se tire quand on en a le plus besoin. Je remontais la pente doucement, mais sûrement, je trouvais une stabilité dans le déséquilibre de ma vie… Et on vient une fois de plus de me bousiller, on vient de m'achever.

Je ne réalise toujours pas. J'ai l'impression que c'est un cauchemar douceâtre, écœurant, qui enveloppe mon sommeil. Mais que je vais finir par me réveiller d'un coup, prendre ma douche gelée et de nouveau vivre. Ou bien je finirai par morfler.

Salima me fixe. Je sens son regard me brûler la nuque. Wesh qu'est-ce qu'elle me veut celle-là ? C'est un oiseau de mauvais augure. Elle arrive dans notre vie et BAM ! la misère revient. Petit à petit, elle empiète sur ma vie et les autres n'y voient que du feu. Même dans ces moments lugubres, elle se les accapare… Je ne la sens pas, je ne l'ai jamais sentie et maintenant, elle empeste juste les embrouilles à plein nez. Je tourne la tête pour lui montrer « j'suis pas ton frère, j'suis pas ton pote ».

On arrive en bas des blocs. Salim me sort de la voiture et me pousse jusqu'au bâtiment. Je vois la silhouette d'une femme qui se dessine au loin. Elle s'approche... C'est Aria.

Elle parle avec Salim et ne me jette aucun regard ; elle m'esquive sûrement. *Quoi, t'as peur ? Tu n'oses pas affronter ma peine ?* Ils sont dans mon dos et agissent comme si je n'étais pas là. Ouais ils ont peut-être pas tort, je tiendrai pas longtemps de toute façon. La vie vient de brûler le lambeau de cœur qui me restait.

Je vois la *happy family* s'éloigner de moi. Alors c'est comme aç, on me laisse plus le choix de rien. On ne s'adresse plus à moi. En fait, c'est tout l'monde pareil : quand t'es seul dans le gouffre, le monde entier t'abandonne ; y a personne qui peut supporter la vérité tranchante.

Aria me pousse jusqu'à un banc en bas de chez moi, près du local à poubelles. Elle aurait pu trouver mieux, ça pue le mort…

Elle me tourne face au banc et s'assoit en face de moi. Elle me regarde et explose en sanglots. Mais moi je devrais dire quoi ? « Wesh t'as pas le droit ! » ? ou « T'as pas le droit, Aria, de chialer comme une madeleine en face de moi ! » ? *Ferme ta gueule bordel, ferme-la !*

« Je suis désolée, ça fait des jours… que j'aurais voulu… Et puis… »

Elle me tend un papier noirci par son écriture, ses larmes et ses ratures. Wesh elle croit qu'à cette heure-ci j'ai envie de lire ses mots ? Elle insiste. De toute façon plus personne me laisse le choix.

« *Ta souffrance, je l'entends dans ton silence, dans tes gestes, dans tes yeux. Tu te rends compte que même tes yeux ils expriment ta souffrance, y m'montrent combien ça va pas ? Une fois d'plus t'as pris une gifle et putain, celle-ci, qu'est-ce qu'elle est dure à recevoir !*

Mais j'ai confiance en toi You ! T'es fort mon frère, très fort. Cette épreuve tu vas la passer dignement, comme t'as toujours agi dans ta vie ! Maintenant on va relever la tête, parce qu'elle aurait voulu te voir sourire, te voir t'esclaffer avec ton rire de crapule ! Et en te regardant être heureux, elle explosera de rire avec les anges Inch'Allah ! Avec la volonté divine Inch'Allah, avec nos douhas pour elle Inch'Allah. Dieu est amour, Dieu est miséricorde, Dieu est justice, Dieu est miséricorde, Dieu est vérité ! Dieu il prendra soin d'elle inch'Allah ! Dieu est là pour nous Inch'Allah ! Dieu il nous aime, Dieu il t'aime ! Dieu, il va te soutenir Dieu Dieu Dieu ! Y a qu'ça ! Que Dieu, uniquement Dieu ! Faut pas chercher à comprendre pourquoi. Y a des questions qui sont inutiles, des questions qui mènent à la perdition, You. Des questions qu'on ne se pose pas ni en dehors, ni à l'intérieur.

Rappelle-toi juste de tout ce qui vous unissait l'un à l'autre, tout ce que vous avez vécu, cet amour inconditionnel qu'elle t'a donné, toujours, quoi qu'il arrive, elle t'a aimée sincèrement, c'était une vraie…

Un ange trop grand pour ce monde-là, You… Inch'Allah, vous vous retrouverez au paradis ! Au paradis, vous pourrez de nouveau vous aimer, vous écouterez des musiques du paradis, dans des vago du paradis, hein You ? Tu m'entends ? Vous serez ensemble dans la volonté de Dieu ! Pour ça, faut que toi tu tiennes le coup, que tu t'en sortes, que tu laisses Dieu faire justice.

Au paradis, vous aurez des poulets qui volent ; tu les chopes, ils sont tous cuits dans ta main avec de la sauce algérienne intégrée, tu les manges et quand tu vas pour jeter la carcasse, ils s'envolent dans les airs ! Un poulet qui vole, t'as déjà vu ça You ?

Nan, mais t'inquiète, au paradis oui ! Inch'Allah avec la volonté divine, c'est là-bas que vous êtes amenés à vous retrouver ! Par Dieu ce n'est que le début ! Que le début mon frère, il reste des choses à vivre certes, mais ce n'est rien face à l'éternité ! Alors d'ici là, œuvrons pour remonter la tête, œuvrons pour qu'on soit dignes de Dieu, œuvrons aussi pour Elle. Elle a besoin de nos sourires, de nos partages, besoin de nos prières, de nous !

Alors je veux pas te voir lâcher prise, je veux pas te voir sombrer ; t'es une éponge, t'as un cœur d'éponge ; tu prends toute la souffrance, tu la gardes en toi et tu te détruis. Alors vide ton sac, vide-toi, je serai là, wallah je t'abandonnerai pas... Parce que t'as un truc en toi qui fait que t'es amené à faire de grandes choses. Quand on aime quelqu'un, c'est au-delà de la vie, c'est au-delà de la mort ! Toi t'en es capable, j'y crois !

Les mots « gants de boxe » j'suis loin de les avoir, mais ce sont des mots qui viennent du cœur. Entièrement.

Courage mon frère. T'as une détermination à vivre, t'as le courage, la dignité, l'amour et la sincérité à la fois ; t'es tout ça et tout ça réuni ! Alors tu vas te relever doucement, mais sûrement, tu vas laisser Dieu lui rendre justice, et tu vas œuvrer pour la retrouver au paradis. ».

J'ai des larmes de bâtard qui coulent de mes joues. Je lève les yeux et je la vois en larmes. Encore et toujours, elle partage ma peine, même dans le pire elle essaie d'être là... Mais à quoi bon ? J'suis foutu, j'ai plus rien, ils m'ont tout enlevé. Ils me l'ont arrachée...

Elle me serre fort dans ses bras. J'ai l'impression que le sol se dérobe sous mes jambes... Elle sent tout bizarre, wallah, c'est pas son odeur, c'est comme si c'était pas elle. Je plane à cent mille. Je n'arrive pas à lui rendre son geste. J'ai le cœur qui enfle ; bordel, j'ai mal.

« You, parle-moi... Ça va ? »

Tu veux que je te réponde quoi Aria ? Wallah j'ai plus les mots, j'ai plus envie de partager quoi que ce soit. Je touche ma poche, il est là... Il m'attend... Froid, dur comme le marbre, il va m'emmener au septième ciel... *Laisse-moi Aria, laisse-moi.*

— T'es injuste, You... Nous, on se dévoile face à toi et tu ne dis rien.

C'est trop. J'inspire un grand coup, wallah je peux pas la laisser parler d'injustice.

— Injuste ? Moi ? Mais nan tu mens, t'as pas osé ? Wallah t'es ouf dans ta tête ? C'est moi qui suis injuste, Aria ? Aria, ils l'ont torturée sans pitié, sans aucune compassion, sans rien, et c'est moi qui suis injuste ? Ils l'ont tuée Aria, tu m'entends ils l'ont tuée ! Elle est morte dans la souffrance, la haine, les insultes bordel ! C'est inhumain ! Et t'oses venir me parler d'injustice ? Mais c'est ce monde de fils de pute qui est injuste, c'est les hommes qui sont injustes ! C'est l'univers en entier qui est injuste ! Comment ? Comment, Aria ? Comment ils ont pu lui faire ça ? C'était un ange cette femme, elle allait devenir une vraie dame, une de celles qui ne courbent l'échine que devant le Très Haut, une battante qui soutient, qui aide, qui donne, qui *se* donne pour le monde ! Ils l'ont butée ces enculés, ils l'ont tuée ces chiens ! Aria, tu veux que je te dise quoi ? Que j'ai mal ? Que j'ai jamais ressenti quelque chose d'aussi dévastateur qu'aujourd'hui ? Que j'ai qu'une envie, c'est dans leur maison d'arrêt de les torturer, les pendre par leurs couilles, de les brûler, les dépecer ? Et que la torture dure, qu'ils ne meurent jamais ? Tu veux entendre de la violence, c'est ça que tu veux ?

Ma voix est un bourdonnement dans mes oreilles : je ne me reconnais pas, ni même les sons qui sortent de ma bouche. Wallah j'ai l'impression d'être complètement drogué… Drogué à la tristesse, ouais. J'vais finir par le sortir : elle veut voir de la souffrance ? Elle va assister au summum de la haine…

— Nan, mais You, je sais, je sais que t'as mal, mais ce n'est pas bon de garder tout ça pour toi. You, depuis qu'on t'a annoncé sa mort, tu ne parles plus. Je ne te connaissais pas quand Pingouin est mort, mais tu t'enfermes dans un mutisme et nous, on reste là à te regarder souffrir… Je lâcherai pas prise, je veux que ça sorte.

— Mais Aria, t'as cru quoi ? Que c'est parce que j'allais chialer des rivières qu'elle allait revenir ? Elle est partie, elle a rejoint Pingouin, elle m'a laissé elle aussi bordel ! Et en parler, ça ne sert à rien ! J'suis pas une meuf, j'ai pas besoin d'avoir mille copines qui pleurent avec moi ; à cette heure-ci, je veux juste leur rendre le mal qu'ils lui ont fait. J'aurais voulu ne jamais me réveiller ! Wallah j'aurais dû les rejoindre tous les deux… À quoi bon ? Même quand tu te déchires à la faire bien avec les gens, ils restent des fils de pute. Ramène-moi chez moi Aria, j'ai besoin d'être seul.

— Je suis venue aussi pour ça You ; tu galères avec ton fauteuil, et ta rééducation se fait loin de chez toi. Donc tiens, prends mes clés, je te laisse mon appart', j'vais vivre chez mon frère.

— Nan nan ça va merci, je me débrouille, j'suis pas un miskin !

— Allez, arrête You, t'habites au huitième étage, je suis au rez-de-chaussée juste à côté de ton médecin. Ça va arranger tout l'monde comme ça.

— Ouais en gros, j'suis un fardeau pour tout le monde ! Allez tous vous charcler wallah, laissez-moi tranquille, j'ai besoin de personne.

Je me déplace difficilement avec mon fauteuil. Elle s'est dit quoi au juste la femme ? *« J'vais faire ma bonne action de la journée, aller voir un miskin parce qu'il est handicapé maintenant, et puis il vient de perdre sa… »* ? Je sais même plus qui elle était pour moi. Une sœur, une amie, une femme ? Elle était juste Elsa, bordel ! Elsa.

« Il » est froid, « il » va enfin me sortir de là… Ce soir ? Nan hechem, y a la mama... Wallah je deviens fou avec le monde. Nique sa mère, j'vais me prendre une habta tah le mout, wallah ce soir j'vais me mettre raide !

On verra le reste après.

Ya Rabbi, c'est quoi cette épreuve ? Comment ? J'ai pas les épaules assez larges pour ça ! Je lève les yeux vers le ciel : il est sombre, des teintes de gris, noir et vert se mélangent. Comme dans mes cauchemars, j'aperçois des nuages en forme d'oiseau… J'ai l'impression que mes yeux ne voient en ce monde que des horreurs… Même le ciel m'inspire à en finir.

Mon chariot se bloque. Bordel ! Ce n'est pas possible d'être dépendant d'un truc pareil. Je vois les mains d'Aria qui le retiennent. *Ya Rabbi, cesse tout ça ! Je ne vais pas tenir, Seigneur !*

— Tu m'as jamais vu méchant, Aria c'est pour ça tu fais ta « Z » avec moi, mais wallah j'vais te séquestrer dans une gov' si tu continues, tu feras moins la maligne.

— Allez, arrête tes menaces. À cette heure-ci You, tu peux même pas te déplacer tout seul, donc on en reparle quand tu pourras marcher, hein ?

— Bah nique ta mère de là ! Allez hop ! Wesh tu m'as pris pour une mouille ?

— J'sais que t'as la haine You, mais arrête de croire que le monde est contre toi. On sait plus comment te parler, comment t'aider… Parle, parle !

Je la mate et son visage est déformé par la colère. Je l'ai jamais vue ainsi : elle a ses grands yeux marron qui me matent avec des larmes, mais sa bouche est énorme… Dix fois trop grande… Je détourne les yeux. Wallah même Aria est devenue laide, même elle a perdu de sa beauté… Je veux plus l'entendre, je veux plus la voir. Elle me lève la tête avec sa main, d'un air brusque. Le contact de sa peau sur la mienne me brûle la joue.

Et le coup part tout seul. *Wesh, qu'est-ce t'as fait, t'as trop cru j'étais ton pote ?*

Je l'ai séchée en une gifle… Elle est tombée au sol, ses cheveux bruns lui recouvrent le visage. Elle ne bouge plus.

— Aria, allez lève-toi ! C'est bive c'est une gifle, mais wallah tu fais trop la folle avec moi, tu viens de me brûler la joue…

Elle ne me répond pas et ma joue est en sang.

— Aria, tu m'as fait quoi ? Wallah j'pisse le sang… Lève-toi bordel !

Elle reste immobile. Putain, dis-moi pas que je viens de la sécher en vrai ! Je m'entends hurler son nom d'un air lointain. Ma joue toujours en sang, je crie, je crie, mais personne ne m'entend. Elle reste étendue sur le sol sans bouger, sans respirer…

— Bordel nan ! Aria ? Aria, réponds-moi ! C'est pas possible je t'ai juste giflée...

Le sang coule, coule encore… J'en ai partout, wallah c'est crade, ça me brûle, je crie, j'ai mal, Aria est au sol, le ciel se déforme, ma tête tourne… Et j'entends ma mère hurler. Je mate les fenêtres des tours, mais rien, elles sont toutes fermées ; les stores sont baissés, les rideaux tirés, le monde se ferme à ma souffrance… Ma joue continue de saigner bordel, je fais une hémorragie…

À l'aide ! Wallah à l'aide, Aria est à terre et moi je me vide de mon sang… Seigneur ! Seigneur, je deviens fou qu'est-ce qui se passe ? J'ai chaud, j'ai froid, j'halète, essoufflé par ma propre souffrance, j'ai des sueurs froides, chaudes… Des perles d'eau me coulent sur les yeux… Au point de brumer la vue.

J'ai franchi la limite, ça y est je deviens fou… Je vois une ombre noire s'approcher de moi… Une femme voilée… Et ces yeux verts que je reconnaîtrais parmi mille… *Elsa ? Mais nan t'es morte, ayé c'est fini, je ne te verrai plus… Je ferme les yeux, je ne veux pas te voir...* Même les yeux fermés, je continue de voir des visages tourbillonnant en moi : Yemma, Pingouin, Elsa, Farah, Salim, Hind, Halti Hmida la mère de Pingouin, le petit Elyad pendu, encore Pingouin, Fatim sa sœur, Zehef, Yemma en larmes, Nadir, les hnouchs, tous ces gens qui gravitent autour de moi de près comme de loin, et qui viennent hanter mon esprit avant la fin, l'ultime fin.

J'ouvre les yeux et me focalise sur ma poche. Je la sens toujours, cette présence rassurante : « il » est là… J'ai bien fait de le prendre vers Zehef. *Tu vas me faire quitter ma folie cérébrale… parce que le Seigneur il m'a abandonné, je sombre.* Je deviens fou. Je regarde une dernière fois le ciel et je laisse le *gun* embrasser mon front… Un doigt sur la détente…

C'est la fin. Je ferme les yeux pour ne plus voir le corps inerte d'Aria sur le sol, pour ne plus voir cette prison de béton, ce caddie dans lequel on me transporte, pour ne plus voir la silhouette d'Elsa se rapprocher, pour ne plus voir le désastre de ma vie…

J'appuie sur la gâchette.

Chapitre 12

Les temps qui changent

— Yemma, il a ouvert les yeux ! Yemma appelle les médecins il a ouvert les yeux !

— Oui oui maman, il nous regarde, il nous voit. Reste avec lui, je vais chercher les médecins.

— Youssef, Youssef, mon fils.

— Yemma, j'pense pas qu'il ait la force de parler, mais chabe il a souri en entendant ta voix…

— Youssef ya habib, mon fils, el hamdoulilleh… C'est fini, t'es avec nous.

J'ouvre les yeux… Où suis-je ? Dans un lit ou... ? La tombe est si confortable que ça ? Une lumière m'aveugle, je ne vois rien, si ce n'est des ombres qui remuent autour de moi.

Je les entends parler, mais ne les vois pas. Je ne suis pas mort. Même me suicider, j'en suis incapable…

Les minutes passent et la lumière s'adoucit. Je vois le beau visage de la madré qui sourit à pleine bouche, celui de Salim, la mine fatiguée, et celui de Salima. Il y a aussi Sarah, assise sur une chaise dans le coin de la chambre et qui caresse inlassablement son ventre. Elle doit être à huit, voire neuf mois de grossesse.

J'essaie de parler, mais ma gorge est sèche, comme si je n'avais pas parlé ni bu depuis un moment. Ma mère comprend sur-le-champ et m'apporte un grand verre d'eau. C'est ouf une madré : elle nous comprend avant même qu'on sache parler, et même à vingt-six piges c'est la première qui capte tout. Des intuitions de maman.

Le breuvage rafraîchit ma gorge, c'est limite une bénédiction… Dieu… J'ai voulu tout abandonner. Il m'a ramené ici. Aurais-je le droit à une fin plus élogieuse ? Et Aria, où est-elle ? Je tire le bras de Salim pour qu'il approche sa grosse race.

— Aria ?

— Tranquille mec, la mama l'a vue, elle est venue te voir tous les jours, wesh tu peux parler devant elle…

Hein ? Quoi ? Mais qu'est-ce qu'il me raconte ? Wesh Aria et la madré dans une même pièce, mais ça n'existe pas ! C'est quoi ces vieux planes, là ? Il voit que je gigote dans mon lit, je n'ai pas assez de force pour parler, mais il lit dans mon regard que j'ai la haine. Alors il se rapproche de moi. La madré voit qu'on veut être seuls, alors elle prétexte qu'elle a une petite faim et va au distributeur pour nous laisser. J'ai juré ma mère, c'est la femme de ma vie.

— Ouais je sais c'est ouf mon refrè. Au début je voulais pas les laisser rentrer, mais wallah You, les jours ils passaient et tu te réveillais pas… Les médecins avaient peur pour ton état. Wesh je pouvais pas les laisser devant l'hôpital. Surtout Aria wallah, c'est elle qui a appelé l'hôpital et Elsa, elle nous a tout expliqué…

— Quoi Elsa ? D'où tu parles d'elle ? Hechem wallah Salim t'as vraiment aucun cœur ? Wesh respect les morts.

D'entendre le nom d'Elsa ça réveille en moi tous les souvenirs. Cette douleur aiguë dans la poitrine. Le bâtard, il explose de rire pendant au moins cinq bonnes minutes durant lesquelles la haine me monte au cerveau. Si j'avais eu plus de force, je lui aurais défoncé sa race. *Wesh, t'as fait la même avec Pingouin, wallah t'es un fou mon frère, on ne rigole pas avec la mort.*

— Attends, attends mec, refais-la moi. Elsa morte ? T'as cru que l'autre tafiole d'Ichem il allait lui faire quoi ? Il est amoureux d'elle ce bâtard, c'est pour ça il t'a allumé. D'où tu me sors ces histoires ?

Je ferme les yeux. Les idées fusent de partout, j'ai le tournis… Qu'est-ce qu'il me baragouine le bougre ? Wallah, c'est un monde parallèle ou l'enfer ? Un rêve ou un cauchemar ?

— Wesh mec, c'est pas de la morphine qu'ils t'ont mis c'est de la *coke* wallah, t'es shooté là ! Wallah, ton traumatisme crânien il t'a achevé. J'fais le point kho parce que t'as dû avoir des sacrées hallucinations dans ton coma. Sale merde, tu nous as tous fait peur pour qu'à la fin tu reviennes encore plus ouf que tu l'étais déjà ?

— Salim, j'ai mal au crâne, dis-moi ce qui se passe… c'est le waï dans ma tête à cette heure-ci.

— Bah les bâtards ils t'ont achevé au sol à la Roch', t'as perdu connaissance. Ils t'ont laissé là comme une merde, et c'est l'autre tiss-mée, la petite Aria, qui venait rôder dans les parages qui t'a trouvé genre une heure plus tard. Bref après tout le tintamarre quoi, ils nous ont appelés tout ça ; Yemma a failli faire une crise cardiaque en apprenant que t'étais dans le coma. On était tous au bout, t'as vu. Wallah j'ai jamais vu Yemma pleurer autant… En plus à la base, on savait pas pourquoi, ni comment c'était arrivé, jusqu'au moment où Elsa est venue à l'hôpital pour savoir comment t'allais. En gros, le mec il avait le seum contre elle parce qu'elle l'a latté. Il se la jouait mec vénère, mais quand ils se sont retrouvés que tous les deux, il lui a rien fait. Il s'est juste défoulé contre toi, l'enfoiré. Mais t'inquiète wallah, j'ai monté une équipe avec des Bosniaques de la cité, ils ont fait une descente dans son quartier juste avant les hnouchs, donc le kho avant de payer au hebs, il a eu droit à la correction du cartel wallah !

— Fais pas de conneries Salim, tu vas bientôt être père.

— Je sais, mais c'est maintenant ou jamais. T'inquiète *man,* ça ira...

Il me raconte ça avec une désinvolture tah les fous. Wallah j'suis dans un asile ce n'est pas possible ! Donc tout ça n'était qu'un rêve… Un long rêve qui paraissait tellement vrai, wallah cette souffrance je l'ai vécue, la peur, la haine, la crainte. Tout ça je l'ai senti… Je ne comprends pas… Ma tête, elle chauffe… Elsa est en vie, je ne suis pas paralysé, Aria ne m'a pas charclé la joue, elle aussi elle vit, et je ne me suis pas buté… Mais c'est pas anodin de rêver à des choses pareilles, wallah c'est soit je sombre dans la folie pure et dure soit… ce rêve a une signification. La lettre d'Aria qui avait l'air tellement réelle, et puis ce *gun* que j'avais dans la poche… Wallah ma volonté d'en finir avec ma peine, le trou dans la poitrine… Tout était tellement… vrai.

Salim me mate avec un sourire. Wahou il est à des années-lumière d'imaginer ce qui se trame dans mon cerveau de schizophrène… En même temps même si je lui expliquais, il se contenterait de se la racler.

La madré revient avec plein de sdales, elle a cru que le distributeur de l'hôpital, c'était « Lidl ». J'ai l'impression que ça fait mille piges je ne l'ai pas vue. Son regard rempli d'amour, ses petites rides qui se dessinent joliment sur son doux visage. *Wallah Yemma, t'es la plus belle femme du monde…*

Elle est accompagnée de Salima et Sarah. À ce que je vois, elles sont devenues inséparables les deux… Aucun commentaire wallah j'ai pas la tête à tailler qui que ce soit.

— Y a ton harem qui t'attend devant la chambre. Maman voulait te poser un peu de nourriture et on revient après.

Je ne prends même pas la peine de lui répondre. *D'où tu parles comme ça devant la madré, wesh t'as été élevée où ? « Ton harem », mais wallah vas te faire foutre, sale merde !* Elle ne m'inspire aucun bon sentiment. Avec son sourire éclatant genre « je-sors-tout-droit-de-la pub-Colgate », je ne sais pas ; elles sont louches, elle et son histoire.

Yemma pose toute la nourriture sur la table, s'approche de moi et doucement, elle m'embrasse sur le front. J'sens tout mon être vibrer quand elle fait ça.

Ils sortent un à un de la pièce pour laisser entrer mon soi-disant harem. Aria la première, tête baissée, joues empourprées. Elle a l'air inoffensive, pas comme dans mes souvenirs wallah, elle ressemblait à un monstre. Elle est suivie de Farah, bête de sourire aux lèvres, qui me fait un coucou de la main… Et enfin Elsa. Mon cœur il s'arrête, wallah, je n'arrivais pas à croire Salim tant que je ne l'avais pas vue. Elle est bel et bien vivante, fidèle à son jilbab, ses grands yeux rieurs qui me matent comme si j'étais un débile mental… Wallah j'ai tellement eu mal dans ce putain de coma, j'ai tellement cru qu'elle s'était fait tuée que... Que de la voir comme ça, j'ai l'impression de rêver.

Dans les films, les gens se seraient embrassés, serrés fort dans les bras, accolades, bises et compagnie… Dans ma vie, on échange des regards pudiques sans oser se dire ce qu'on a ressenti, sans oser mettre des mots en public sur le vacarme de nos cœurs.

Aria, Farah et Elsa se décident à me parler à tour de rôle.

— On est tellement soulagées, t'imagines même pas.

— Ouais mon frère, t'as eu ce que tu voulais, t'étais sous les feux de la rampe pendant une semaine, tout l'monde n'avait que ton nom à la bouche. You, la star de la tess !

— Ça lui va tellement bien, il a déjà les chicots de star et le teint ! T'as meilleure mine maintenant que d'habitude. T'es moins gris.

Elles se la raclent sur ma mouille, j'esquisse un sourire... Mais wallah je sais pas quoi leur dire à toutes les trois réunies. C'est la hess niveau communication, elles le sentent bien. Wesh, Aria, j'ai cru que je l'avais butée, qu'Elsa était morte torturée... Et là, elles sont en face de moi avec la petite Farah, à discutailler comme si c'était heja banal. Au bout de dix minutes, elles finissent par partir, me promettant de revenir plus tard, mais pas ensemble. Elles ont compris que déjà j'hamème grave quand je suis seul avec l'une d'entre elles, alors les trois réunies, laisse béton !

De toute façon, j'ai pas la tête aux papotages, wallah j'suis *dead* j'en peux plus. Les médecins ont dit que j'en avais pour une semaine pour me remettre. Ces bâtards ils m'ont peut-être pas paralysé, mais m'ont bien amoché. J'suis orange tellement j'ai pris des coups. Mais wallah c'est mon rêve qui m'a séché le cerveau…

Y a aussi des khos qui viennent me rendre visite, mais comme avec tout l'monde on n'a pas grand-chose à se dire, si ce n'est les futilités et insulter proprement Ichem et son vieux *crew.* Alors je me rends compte que les vrais se font rares... Et que mis à part Pingouin, j'ai pas eu de frères. J'ai des petites sœurettes qui gravitent autour de moi, mais wallah c'est auch les slatas avec la gente féminine, y en a toujours un des deux qui pète un câble avec l'amour.

Wesh tu t'rends compte Pingouin, depuis toi, je ne connais plus l'amitié. Wallah peut-être des potes d'un instant, des barres de rires, deux trois confidences quand la habta prend le dessus, mais plus des liens qui transcendent la maladie, les embrouilles, la distance, la vie…

Nous deux c'était l'amour sans frontière ; ils ne connaissent pas eux, wallah mon frère. Ils ne sont pas assez sincères. Ils aiment que quand y a moyen de tirer quelque chose. Moi j't'aimais sans chichi, l'amour des démunis. Pour tes qualités comme pour tes défauts, avec ou sans thune, en merko ou en vieille « Twingo », en hess au ter-ter ou dans des hôtels de luxe, wallah t'étais mon frère, deux putains de cœurs de mouilles entourés de marbre qui squattaient les blocs de béton. Même après ta mort, tu continues de m'éclairer par ton souvenir, wallah mon frère, tu restes une étoile dans ma vie... Comme tu manques frérot… C'est seulement là-bas qu'on sera amenés à se retrouver. Si j'pète pas les plombs avant.

Jour de sortie. Après un mois de galère à l'hôpital, je vais retrouver mon ter-ter. J'attends devant le bâtiment qu'on vienne me chercher. Je regarde passer les ambulances, les familles inquiètes, les malades… Bordel, on a beau avoir toutes les richesses du monde, la santé ça ne s'achète pas.

Je sors une feuille et ma came. Besoin d'être *stone* pour supporter la douleur. Une gamine me chabe[121] alors que je suis en train de rouler ; instinctivement je me tourne. Montrer la décadence humaine à un être innocent, wallah je ne peux pas, c'est trop glauque.

J'ai le cœur qui palpite tandis que je tire ma première barre. Je m'enfume le cerveau comme pour enfumer mes problèmes. Béquille à la main, j'avance en boitant vers l'arrêt de bus. J'crois qu'ils m'ont zappé. Mahlish, un malade devient vite un fardeau pour les faux.

— Wesh la feumi ! *Que pasa man* ?

Je me retourne et me retrouve nez à nez avec Suzanne, ou Huguette je sais plus… Survêt lakdar retroussé sur ses genoux, « Air max » trouées aux ieps, casquette mal posée sur sa coupe de petite raclure, si elle n'avait pas ces pneus accrochés aux oreilles, on aurait pu la confondre largement avec un mec. Pourquoi les meufs se font pendre des que-tru super lourds sur les oreilles ? Wallah j'ai

121 *Regarde.*

jamais compris : à part s'écorcher la peau et ressembler à un sapin tah Noël, je vois pas l'intérêt.

— Wesh… toi ! Rien wallah tranquille, et toi ? Qu'est-ce tu fiches là ?

— Bah j'suis venue faire le test de confirmation, t'sais pour le dass. Ils ont cramé le laboratoire y a une semaine t'as vu, donc tous les examens ça se fait ici maintenant. Tu l'as fait toi ?

Elle me frappe l'épaule en signe affectif. J'ai juré c'est un golgoth cette meuf, elle tente de me faire mal. J'explose de rire, wallah c'est une parodie cette go.

— Hein ? Wallah j'avais zappé ces slatas. Bah tranquille, j'irai un autre jour.

— Ouais c'est des procédures de routine, normalement y a pas de souci à avoir, t'as vu mec. Y a moyen tu m'expliques pourquoi t'as des montagnes russes sur ton visage ? Wallah on dirait qu'un raptor t'as roulé dessus.

J'essaye d'esquive la réponse. Elle est gentille, mais voilà, *gratte pas l'amitié, j'préfère éviter tout ce qui est féminin ces derniers temps.*

— Accident t'as vu, mais je ne préfère pas en parler.

— Tu fais grave le mec mystérieux, wallah dégonfle un peu mec. Bref tranquille, j'voulais te demander : tu connais Hako ? Un ancien son frère il est tombé au hebs pour le braco de la bijouterie du centre.

— Ouais je vois, c'est un mec de mon quartier. Pourquoi ?

— Nan, mais voilà j'me renseigne sur lui t'as vu, on a un filon, mais voilà moi j'fais pas confiance à n'importe qui, si t'as des doss' déclare mon frère.

Je retiens un fou rire. Nan, mais j'parle à un mec ou une meuf ? Wallah combien de fois j'ai vu des mecs me parler de petites go pour savoir si elles avaient des dossiers, etc., mais c'est la première fois que je vois la situation inverse. C'est une planète cette femme wallah. Elle est chère sérieuse dans son délire et je crois que c'est ça le plus fou. Je vois qu'Hakim a fini par se remettre de la séparation avec sa femme… Mais quelle remise ?

— Bah c'est un grand du quartier t'as vu, c'est tout ce que je peux te dire.

— T'as quel âge toi d'ailleurs ?

— Vingt-six ans pourquoi ?

— Ah, mais t'es un môme, sur la tête de ma mère, je croyais t'étais un ancien !

— Mais zarma t'as quel âge toi ?

— J'ai vingt piges, mais voilà c'est pas la même pour les meufs t'as vu.

— Ouais ouais j'ai vu, j'dois y aller y a mon bus. Tchô.

Je n'attends pas sa réponse et grimpe dans le bus difficilement. Wallah c'est une folle, elle parle de gamin et elle a vingt piges, la môme. Hako il en a trente-cinq, des gosses, des soucis, sans emploi, habteux à ses heures perdues qui s'est fait plaquer par sa meuf pour une histoire de thunes.

Je m'assois sur le premier siège devant moi, et au fond du bus, j'aperçois Salima. Shab elle faisait la meuf qui vient me voir au début, et au bout de quatre jours, elle a vite arrêté.

Elle est calée avec un grand renoi. Wesh c'est son rajel ? Allez, allez, qu'est-ce j'en ai à foutre de ses histoires de cul, wallah c'est pas ma sœur cette femme.

Elle est tout droit sortie de son bled, avec son histoire bizarre, son sourire de faux-cul et ses putains de manières de te-pu. Wallah j'y arrive pas, mais je me tais pour la mama ; depuis qu'elle est là, elle redécouvre le bonheur de vivre. Je ne peux pas lui enlever ça, même si je la sens pas.

Mon téléphone sonne. C'est Elsa.

— T'es où ? Je t'attends devant l'hôpital.

— J'ai pris le bus.

— T'es vraiment une vermine ! Descends au prochain arrêt, Monsieur l'impatient. J'arrive.

Elle raccroche. J'pensais qu'elle avait zappé. Je déteste dépendre des gens, je préfère galérer seul que de devoir quoi que ce soit aux autres. Je me lève et Salima me tricare. Bordel, je ne veux pas lui parler, je tourne la tête pour lui montrer clairement que je l'esquive. Elle est déterminée la meuf : elle vient vers moi.

— Ah ! Youssef, tu sortais aujourd'hui ? Maman m'a rien dit pourtant, t'as besoin d'aide, attends laisse…

— Nan y a moyen tu retournes à ta place ?

Elle commençait à s'agiter autour de moi, wallah fallait que je la stoppe. Elle s'arrête net et me lance un regard plein de reproches. *Garde-les tes regards de miskina, ça marche pas avec moi.*

— On se voit ce soir à la maison, y aura tout l'monde parce que le petit va pas tarder à sortir le bout de son nez.

— Ouais.

Bordel, j'avais oublié qu'elle avait emménagé à la maison. Elle gratte, elle gratte la bougresse. Notre maison c'est devenu le refuge des meufs chelou : entre elle et Sarah, on a une sacrée paire.

Je descends et vois la gov' d'Elsa derrière le bus. Elle secoue la tête d'un air de dire : « Mais quel con, quel con ! ». Je monte à l'avant. Ça sent la bouffe.

— Tiens, prends dans le sac : je t'ai acheté un sdale au tandoori. T'as cher maigri You, on va remédier à ça.

Je la mate. Elle c'est la même : elle a fondu littéralement. Déjà qu'à la base c'était un poids plume, mais là c'est *hard corps*.

— Tu parles de moi ? Mais wallah on dirait t'es une anorexique Elsa.

— Zarma, tu peux voir quoi ? Je tourne avec un paravent sur moi. Dis pas des bêtises. Pourquoi tu m'as pas attendue ? Y avait juste des bouchons ; t'as cru j'avais pas de parole ?

— T'es sacrément forte pour détourner la conversation. Même avec ta burqa on peut voir que t'as maigri. Wesh t'as des soucis ?

— Dis pas n'importe quoi, ça va.

On entend les ondes sur son poste, un téléphone va sonner. C'est le sien. Elle décroche. Une voix de meuf sort de sa cabine téléphonique.

Elle répond un « oui » pincé et me tend le téléphone.

— C'est pour toi.

Je la mate, genre « c'est qui qui appelle sur ton tél pour me parler ? ».

Elle insiste. Je prends donc le téléphone.

— Ça va Youssef ?

— C'est qui ?

— Aria.

— Ah…

— Pas content de m'entendre ?

— Pourquoi t'appelles sur ce num' ?

— Parce que t'as bloqué mon num' sur ton tél, You. Faut qu'on discute.

— Je pense qu'on s'est déjà tout dit, tu veux quoi ?

— Nan, mais je te laisse pas le choix. Je t'attends en bas de chez toi. À tout de suite.

Je ne réponds rien et je coupe le téléphone.

Elsa me lance un regard inquiet. Elle sait que j'ai le seum contre Aria… En fait, nan c'est pas le seum, wallah j'en ai rien à foutre, c'est juste que ça me déçoit. C'était la première à faire des déclarations de fou, à me parler de sincérité, d'amour et toute la confiture qui va avec…

— Elle veut te parler en face à face ?

— Ouais…

— Tu veux en parler ?

— Nan…

Je tourne mon regard vers elle, mais elle fixe la route. Je vois bien que je l'ai vexée, mais wallah laissez-moi tranquille avec toutes vos attentions, tout votre amour. Ce n'est pas moi que vous aimez, c'est vous-mêmes. Vous donnez pour recevoir et si vous ne recevez pas, vous abandonnez. Amoureuses de l'amour toutes autant que vous êtes, incapables de prendre le brut, le pur, le sincère, il vous faut le prince charmant. J'en ai ni le charme, ni le statut.

Elle attend en bas de bloc, assise sur le trottoir avec un livre. Pourquoi elle vient ? *T'as quoi encore à me dire ? Wallah t'as été assez claire pourtant, nan ?*

Elsa me dépose vers le trottoir et sans un mot, elle tape une marche arrière et s'en va.

— Salam

— Wesh.

— You, écoute-moi…

— Qu'est-ce que je suis en train de faire là ?

— Nan, mais je veux dire braque-toi pas, c'est autant difficile pour moi que pour toi.

— Ah mais t'es sérieuse, tu te fais passer pour une victime ? J'suis à l'hôpital, je me réveille d'un putain de coma à cause de vieux pélos, toi tu viens deux jours et le troisième, tu m'annonces que tu te maries dans un mois. Et c'est difficile pour *toi* ?

— Ouais mais tu m'as pas laissée m'expliquer, You tu m'as virée de la chambre sans scrupule, sans chercher à comprendre. Il fallait que je t'en parle. J'étais venue à la Roch' le jour de la bagarre pour t'en parler, et j'ai gardé ça en moi… Il fallait que tu le saches de moi-même, avant que les gens commencent à parler.

— Vas-y, vas-y j'en ai rien à foutre ! Laisse-moi tranquille, wallah, félicitations pour toi. Pourquoi t'es venue ? T'es venue enfoncer le couteau dans la plaie ? Pour que je te fasse les youyous ?

— Nan, mais je voulais que tu comprennes, je voulais répondre à tes questions, pour que tu saches…

— Mais savoir quoi ? Bordel, savoir quoi ? Tu veux me dire ? J'en ai rien à foutre wallah, t'es une sacrée virante c'est tout, je t'aurais jamais crue capable de ça, mais à trop espérer des autres on est souvent déçu...

— Mais t'oses dire ça ? You, ça fait combien de temps que cette situation elle dure ? Je t'ai donné ce que j'avais de plus cher, t'en as pas été digne… J'allais pas t'attendre éternellement ! Le mariage c'est la moitié de la religion et celui qui t'emmène à autre chose que le mariage t'emmène à autre chose que l'Islam. Pas une seule fois tu m'as parlé sérieux, pas une seule fois t'as essayé de comprendre. On a glissé ensemble, mais tu t'es relevé seul. Tu m'as abandonnée, tu oscillais entre elle et moi et maintenant, y a aussi cette Farah. Si ça te plaît d'avoir un troupeau de femmes, moi, je ne veux plus en faire partie ; j'ai besoin de me consacrer à mon dine et j'ai trouvé un homme qui me poussait dans ça. Alors oui, j'ai trahi ma promesse, oui je t'ai aimé, mais t'as pas su voir à quel point. C'est toi qui m'as perdue You…

— Barre-toi Aria, barre-toi, wallah j'en ai rien à foutre de tes slatas ! Fais-toi pas passer pour ce que t'es pas. Tire-toi de ma vue, tire-toi de ma vie.

Elle me tend un morceau de papier et s'en va sans un regard.

Il y a écrit dessus : *« Je t'ai laissé mon cœur car sincèrement je pensais que tu allais en prendre soin. Mais on prend soin d'un cœur uniquement quand on a réussi à rendre le cœur de cette autre que l'on a aimée, quand on ne voit que ce cœur-là et qu'on n'essaie pas, tant bien que mal, de conquérir celui d'une autre. On prend soin d'un seul cœur à la fois, mais ça en étais-tu capable ? »*.

Elle tente les reproches en douceur, la culpabilité avec des mots mielleux. Mais qu'elle aille au diable. La meuf elle vient m'annoncer qu'elle va se marier et c'est moi le bâtard dans l'histoire ? Dès le début, je le sentais que ce Alex Abdel Krim était louche. Mais vas-y tant mieux pour elle, qu'est-ce j'en ai à faire heychek[122], qu'elle se marie, qu'elle se pacse même, si ça lui fait plaisir…

Je regarde une dernière fois le mot qu'elle m'a écrit… *« Mais ça en étais-tu capable ? »*. Je sors mon briquet et le crame sans vergogne. Que faire d'autre wallah ? Il ne fallait pas s'attendre à ce que je le garde précieusement près de mon cœur. Mais allez ! Qu'elle atterrisse la fillette, on n'est pas dans le monde des Bisounours. Elle a de la chance que j'aie trop de respect pour sa personne pour l'insulter violemment.

J'veux flirter avec l'amnésie et y a que la habta qui peut m'apporter ce semblant de paix auquel je tente en vain de m'accrocher. Un jour l'Islam, le jour d'après le hlam… J'vais finir par me noyer dans la mer de mes péchés à force de laisser ma foi se dégonfler comme aç.

L'ivresse monte au cerveau au rythme de mes pensées les plus sombres. *« Prends soin d'un cœur à la fois. »*. Wesh, j'prends soin du cœur de personne moi, j'arrive pas à prendre soin du mien… C'est quoi ce délire, comment donner de l'amour aux autres quand même

122 *S'il te plaît.*

avec soi-même on est pudique ? Une pudeur qui nous mange, wallah elle nous ronge, mais wesh c'est comme ça qu'on a été élevés.

Elle peut pas comprendre, cette femme elle n'a pas grandi comme nous. Le quartier forge les gens, y aura toujours un fossé entre nous et eux, à moins que quelqu'un renie ce qu'il est. Il me faut une femme qui vient de là où j'viens, qui comprend nos modes de vie, nos balafres, notre mal-être, une petite meuf du cartel, à l'ancienne. Pas les kaderas de la ville qui squattent les chichas, les te-boi, les ambiances nocturnes pleines de hechek, nan ; une femme déterminée qui connaît les codes de la rue, là pour la maman, là pour la familia de manière générale, une petite meuf qui se respectera quoi qu'il arrive… Une meuf qui sait, point.

J'me suis vautré avec ces filles parce qu'elles n'ont jamais compris mes silences, ces silences qui veulent tout dire pour ceux qui savent écouter.

J'pars me poser à la Roch' avec mes bouteilles. L'alcool, cette compagne qui va me trahir au même titre que les autres. Besoin d'mon refrè, *wallah Sofiane, j'crois j'ai jamais eu autant besoin de toi que depuis que t'es parti.*

C'est le regard rempli de ces putains de perles d'eau que j'avale des torrents d'alcool pour noyer tout ce qu'il y a au fond de moi, noyer mon propre cœur. Aimer, c'est s'exposer au plus grand bien comme au plus grand mal, c'est planer dans les airs, mais c'est aussi s'arracher sa race sur le sol, et quand tu manges la poussière mon frère, t'as plus aucune envie de te relever.

Je ferme les yeux. Une brise fraîche me caresse le visage, comme si Pingouin cherchait à me rassurer… Peu à peu les traits de mon refrè s'effacent dans ma mémoire. *J'arrive plus à me souvenir du putain de contour de ton visage, t'es une ombre informe mon frère… Tu t'échappes un peu de moi chaque jour qui passe, moi qui pensais qu'à vie, ton visage serait imprimé en moi… L'alcool ou ma mémoire, va savoir, mais wallah je veux pas t'oublier, je t'oublierai pas.*

Je me relève d'un bond ; j'ai la démarche branlante et c'est aidé de ma béquille que je me dirige vers le tier-quar. Je galère à avancer, j'tiens grave pas le pav' face au whisky. Le monde il est tout flou, mais wallah il faut que je rentre, je dois retrouver une photo de mon frère. Wesh qu'est-ce qu'ils ont tous à me mater ? J'vous emmerde j'ai pris une habta solo à seize heures de l'après-midi, j'me cache de personne moi ! J'm'entends insulter les gens autour de moi, mais j'contrôle plus rien. Ces fils de... *Réjouissez-vous de me voir plus bas que terre : quand un frère s'en sort, on le jalouse ; quand il sombre, on le méprise. Rien à foutre de vous…*

J'arrive en bas de mon bâtiment : une meuf me chabe. Je crois que c'est Farah. Je mets ma capuche et je trace. J'esquive aussi salement la madré. J'empeste l'alcool et ma démarche ne trompe personne. Il faut que je retrouve cette putain de photo… Je mets la pièce qui nous sert de chambre sens dessus dessous. En vain. Pas une photo de Pingouin, ni de moi d'ailleurs ; c'est comme s'il n'avait jamais existé, comme si on n'avait jamais peuplé cette Terre… Wesh sur une amitié de vingt piges y a pas une photo rescapée ? *Mon frère je m'étais juré de ne pas t'oublier… Pin... Pingouin.* J'ai la tête qui tourne fort, fort trop fort… C'est le bordel foutu que j'm'endors, alcoolique et cruellement mélancolique.

Chapitre 13

Révélation et culpabilité

Des hurlements me tirent de mon sommeil.

— Ya Ouldi calme toi !

La madré en sanglots, qui crie… Je me lève d'un bond : qu'est-ce qu'il est en train de lui faire ? Le crâne fissuré par la douleur, j'arrive dans la cuisine. Mon frère fulmine de rage en faisant les quatre cents pas et en insultant tout sur son passage, la madré en pleurs assise à la table…

— Wesh qu'est-ce qui se passe Yemma ?

Elle m'ignore. Plongée dans ses pensées et ses pleurs, elle n'a pas entendu ma question. Salim lui m'a très bien entendu, mais ne me répond pas.

— Vas-y, dis-moi pourquoi elle est dans cet état ?

Il lève le visage vers moi et c'est avec un regard plein de haine qu'il me dit :

— Parce que ma femme est une pute !

Il sort ce mot comme on crache un mollard gluant. Qu'est-ce qui s'est encore passé entre eux ? Ça doit être grave pour que Yemma soit dans cet état.

Je prends une chaise et m'assois à côté d'elle.

— Ya Rabbi, aide-nous dans ces épreuves, apaise mes fils, enlève leur la haine, éloigne-les des vicieux…

Elle récite des douhas pour nous… Salim, en l'écoutant, finit par lui aussi éclater en sanglots et s'assoit par terre, la tête dans les mains.

— J'vais la buter cette pute, je vais le tuer…

Je les regarde, impuissant. Mais qu'est-ce qu'elle a bien pu faire ?

— Youssef, c'était censé être le plus beau jour de ma vie, je devais être papa bordel, *papa*… Mais cette pute, cette grosse catin…

— Quoi, qu'est-ce qui se passe ? Ton fils est mort ?

— C'est pas mon fils…

— Wesh qu'est-ce tu racontes ?

— C'est pas mon fils, je suis pas le père…

— Mais vas-y Salim arrête ton délire, comment tu sais ça ?

Il remet sa tête dans ses mains et se masse les tempes. Comme il parait vieux et fatigué ! Wallah cette grossesse lui aura infligé un coup…

— Youssef, le p'tit il est noir.

Je rêve, je n'en crois pas mes oreilles ! Je lance un regard furtif à la madré : elle hoche la tête silencieusement, les yeux fermés pour ne plus avoir à pleurer… Je mate de nouveau mon refré et je vois dans ses yeux une putain de lueur triste, une déception qui a ouvert un gouffre en lui… Le visage amaigri, les yeux ternes, la mine sombre. Le bébé est noir…

— Hein t'es sérieux là ?

— You, j'ai l'air de me la racler ?

Wallah l'Humanité elle est folle en vrai de vrai, j'ai juré on est dans un asile à ciel ouvert.

L'ambiance est glauque dans le salon. Trois semaines après l'accouchement, y a toute la fratrie de Sarah qui s'est pointée à la caz'. Réunion extraordinaire de famille. J'finissais de me préparer pour partir au Pôle Emploi quand ils ont frappé à la porte la mine sombre, avec le bébé dans un berceau. Noir. Il n'est pas si noir que ça… Peut-être que Sarah a de la famille gawada et que c'est bien le fils de Salim ?

J'ai repoussé ma recherche d'emploi. Et on s'est tous posés dans le salon. Ça fait une heure et... rien.

On se mate tous sans rien dire. Sarah et sa sœur sont en larmes, sous le regard noir de leur padré. Leur mère se cache le visage dans les mains. Salim fulmine, genre « je vais les cogner dans cinq secondes si elles n'arrêtent pas leurs jérémiades ! ». La madré regarde par la fenêtre : elle doit sûrement rêver d'être ailleurs… dans son p'tit village d'enfance où ce genre d'histoire était tellement rare qu'on oubliait même que ça puisse exister. Y a l'autre aussi, qui mate son téléphone ; j'préfère même pas imaginer les conversations qu'elle a. *Wallah dans des moments pareils, t'oses mater ton tél ? Mais t'es une gue-din ma grande !* Je détourne mon regard d'elle, sinon j'vais finir par la goumer.

Y a que le petit bout qui a l'air à l'aise ; il est posé dans sa panière — j'crois que c'est aç qu'on dit – et il mate la scène. La folie des adultes, il doit rien y comprendre le p'tit gosse et il n'a pas demandé à être là… Mais au final, c'est lui qui va le plus payer de la connerie de son soi-disant père et de la michtonnerie de sa mère.

Les minutes passent, mais personne n'est décidé à parler. Je finis par briser ce silence oppressant.

« On fait quoi, là ? »

C'est comme si je les avais tous sortis de leurs putains de tourments et ils lèvent tous les yeux vers moi. Y a quelque chose de déchirant dans leur regard à tous, un espoir… Comme si moi, Youssef Bekri, je pouvais être à l'origine d'une solution.

Leur padré finit par me répondre.

— On est venus ici pour présenter nos excuses à ta famille, la honte s'abat sur la nôtre. Faites des filles, faites kah…

— Papaaa ! Dis pas trucs pareils, le coupe sa plus jeune fille.

— Ferme ta goule toi ! Ferme-la !

— Ya hedj[123] arrête la houchma ! dit la mère d'un ton pinçant.

— Tu veux quoi toi aussi ? Toujours tu les défends, t'as vu où ça nous mène ? C'est de ta faute à toi aussi !

123 *Pèlerin, marque de respect adressée à une personne âgée.*

La gamine de nouveau explose en sanglots ; la mère baisse la tête, le père se gonfle de rage. Le petit aussi se met à pleurer par peur des pleurs de sa mère. Je vois Salim qui lui lance un regard à moitié peiné, à moitié de dégoût… Comment réagir face à ce genre d'action ? Ce gosse, il l'a aimé, il a passé des heures à le regarder pousser le ventre de sa mère, à penser à lui, chercher un prénom, des affaires… et au final, ce n'est pas le sien.

Salima intervient. Moi qui pensais qu'elle n'écoutait même pas la conversation !

— Hedj ça sert rien de se rejeter la faute, les erreurs sont déjà commises. Je parle au nom de mon frère, et je pense de toute ma famille ; nous ne sommes pas prêts à reconnaître l'enfant et encore moins votre fille ; Salim ne veut plus rien avoir à faire avec elle. Elle lui a volé sa paternité vous comprenez, et sa réputation aussi. Le mieux à faire, c'est que l'enfant fasse un test de paternité avec l'un des ex de votre fille et que vous alliez voir une autre famille. La nôtre a déjà assez de soucis à régler comme ça, ma mère est fatiguée de tout ça, et mon frère, sauf votre respect, a des envies de meurtre sur Sarah, donc basta. Courage pour la suite mais nous, cette histoire ne nous regarde plus.

Tout le monde la dévisage, choqué. Sauf Salim. Je crois que c'est lui qui lui a demandé de parler en son nom… Ouais sa jumelle qui l'aide. Salima, elle sait parler elle. Et c'est quoi ces airs d'assistante sociale qu'elle prend ? Ce ton détaché qui se veut rassurant ? *Wesh tu parles à une famille de arboushs bouillants qui ont la haine d'avoir été déshonorés, pas à des babtous qui souhaitent acheter un appart, t'sais.*

Salim et Sarah ne lèvent pas les yeux. Wallah c'est glauque de les laisser dans la même pièce, faut en finir. J'interviens.

— Elle a raison Khali[124], nous on peut plus rien pour vous. Que Dieu vous aide pour la suite.

Le père comprend qu'on ne lâchera pas prise. Il se lève donc et les filles font de même. Ils prennent le petit et sans un « salam », se tirent de la maison. Ma mère ne les retient pas. Elle n'a pas bougé,

124 *Tonton.*

elle reste assise sur son petit canapé, le regard perdu dans le vide. Salim non plus ne bouge pas ; il n'y a que Salima qui les raccompagne à la porte. Satisfaite d'elle-même, cette pauvre conne elle revient tout sourire dans le salon.

— On fait une bonne équipe tous les deux, me dit-elle d'un air complice, la pauvre.

— Mais tu me parles de quoi, toi ?

J'suis pas d'humeur à faire semblant. Ma mère sort de sa rêverie pour défendre sa fille.

— Youssef mon fils, parle correctement ! Y a déjà assez de tension aujourd'hui pour que t'en rajoutes pas.

Salim aussi se décide à parler :

— Ouais en plus t'abuses, wesh elle a assuré Salima sur le coup, wallah j'étais prêt à la défoncer cette grosse. Vas-y vas-y, même pas je parle. C'est bive, c'est fini. Merci t'as assuré sœurette wallah.

Je les mate, choqué, et me tire. Wallah faut pas que je reste ici parce que sinon, je vais la claquer. Wesh ça veut pas de moi, bah tranquille rien à foutre. On verra quand elle vous fera la même si vous serez aussi fière d'elle.

Je descends les escaliers ; la flemme d'attendre l'ascenseur.

Je vois un message d'Elsa : *« La jalousie pourrit le cœur du croyant. »*. Je ne prends pas le temps de lire la suite que je l'appelle.

— Wesh poto You !

— Pourquoi tu m'as envoyé ça ?

— Qu'est-ce t'as *man*, tu m'agresses ?

— Réponds moi, wesh pourquoi tu m'as envoyé ce message ?

— C'est un rappel mec, c'est tout, monte pas sur tes grands chevaux, t'sais. Qu'est-ce t'as à m'agresser ?

— Vas-y plaque désolé, y a rien…

— Si j'vois ça va pas. Dis, t'es où là ?

— Mais nan ça va, wesh arrête de me prendre pour un môme Elsa.

— C'est bon You, c'est bon, j'en peux plus de toi, wallah, arrête de croire t'es un prince ou je sais pas quoi ! Wallah je supporte ta mauvaise humeur, tes réflexions, ton « je-m'en-foutisme », même tes ex stahfAllah ! sans me plaindre. Mais c'est bon stop, reviens me parler quand tu seras plus respectueux, et moins focalisé sur toi-même. Et au final, étonne-toi pas que tu sois seul *man*.

Elle raccroche. Elle m'envoie ça en pleine gueule comme si c'était normal. C'est une virante cette femme wallah, j'ai rien fait, je lui ai dit de me laisser tranquille ! Ça lui plaît pas ? *Bah vas-y toi aussi va te faire foutre. Qu'est-ce tu veux que je te dise meuf ?* Crevez tous, wallah, c'est quoi ces gens !

Je finis ma descente des escaliers et je croise Farah en bas du bâtiment.

Toujours souriante. On discute de tout de rien en attendant sa copine qui arrive. Elle pose jamais trop de questions, jamais intrusive, jamais un reproche. Au contraire, wallah cette fille, elle sait comment se comporter, c'est tout. Y a des gens comme ça, ils te percutent par autant de dignité. En plus, elle me fait rire cette dingue, wallah, une meuf qui sait taper de bons délires, qui ne cherche pas à te séduire, c'est elle qui finit par te rendre fou…

— Farah, sah dès que j'ai trouvé une meuf, je l'envoie chez toi faire un stage, pour qu'elle sache…

— Qu'elle sache quoi You ?

— Qu'elle sache c'est tout, wallah t'es trop...

— Zarma si tu trouves une meuf, tu l'acceptes comme elle est, basta.

— Ouais t'as peut être pas tort mais….

— Bon You, moi j'y *go*, ma poto elle m'a mis un vent, j'vais pas rester éternellement dehors.

— Ouais t'as raison, salam la famille.

— Salam, You.

La conversation s'est finie en deux-deux. En même temps, qu'est-ce qui m'a pris ? C'est la première fois que j'tente ces trucs de bâtard tah drague de ouf-dingue… Sheytan s'engouffre dans nos failles les plus infimes.

Mais nan j'arrive pas à croire que j'ai tenté de la draguer comme aç. Mais c'est *dead* là wallah, c'est quoi ces actions de tahane que je fais ? On aurait dit les p'tits merdeux de la cité qui essaient de balargue[125] des disquettes à toutes les petites meufs qu'ils rencontrent.

Deux trois jours après ma technique de drague foireuse, Farah m'a recontacté pour qu'on puisse papoter. Alors, je suis à l'arrêt de bus en train d'attendre, tel un boloss. Salim, après avoir cartonné sa voiture, s'est approprié la mienne pour une virée en Suisse. Depuis qu'il n'y a plus de Sarah, plus de bébé dans sa vie, il est retourné dans les sales planes d'avant.

J'monte dans le bus quasiment vide et j'ai l'impression de voir Sarah. Je paranoïse avec ces histoires, j'ai l'impression de la voir partout cette folle.

Quand j'y pense, mon frérot c'est un débile mental ; il a dilapidé toutes les thunes qu'il s'était faites au bled à coup de soirav' de ouf avec Sarah, des escapades je ne sais où, des restos tah les oufs, les vêtements... que pour espérer les avoir, tu dois y investir ton loyer. Wallah il a jeté trop de sous par la fenêtre sans aider une seule fois la madré. Tout ça pour une vieille meuf qui, au final, lui a fait un gamin dans le dos. Il s'est remis difficilement de cette histoire, alors il a décidé de se refaire une place dans le cartel. Il a donc monté un plan à l'arrache avec Souris en Suisse.

Je sens la patate mais le kho il ne voulait rien entendre. J'en ai marre de me la jouer mère-poule avec lui. *Tu veux te cramer mon grand ? Bah vas-y fonce dans le feu.* Il croit que les bracos c'est aussi facile que de bicrave… J'ai vu des anciens vomir leurs tripes avant de rentrer en scène, des mecs bouillants dans la vie, mais qui explosaient en pensant à ce qu'ils risquaient. Wesh quinze piges, tu dis adieu à ta vie mec... C'est qu'un môme qui va se vautrer durement.

Je sors du bus, j'ai le cœur qui palpite telle une mouille et j'avance avec un p'tit sourire de vermine jusqu'à mon rendez-vous. Elle est posée sur la terrasse d'un parc, dans une ville pas très loin du quartier. Elle regarde le ciel d'un air sombre. Elle hamème à quoi

125 *Envoyer.*

dans sa petite tête ? Wallah je la reconnais pas, elle qui a toujours le sourire, elle a l'air profondément mal.

J'espère que… Non moi non plus je ne veux pas y penser. *Mon frérot… On ne fait rien de mal… Et puis au final, t'es plus là… Enfin... Wallah mon frérot ce n'est pas contre toi… Je sais pas ce que tu dois penser de là où tu es. Mais je lui ferais jamais de mal wallah, y a juste des trucs que tu contrôles pas.*

Et c'est maintenant le cœur serré par la pensée de mon frérot que je me pose en face d'elle. Son visage se métamorphose : y a une seconde c'était la meuf la plus malheureuse du monde et là, ça redevient celle que j'ai toujours connue, la p'tite Farah au sourire éclatant tah la pub « émail diamant ».

— Bien ou bien Faruss ?

— Tu penses que j'ai le choix avec ta question ?

Elle éclate de rire, le rire tah les crapules. C'est ce qui me tue chez elle : elle a les manières du cartel en mode meuf, mais jamais à la sauce Kadera, c'est toujours hnine ce qu'elle fait. Parce qu'elle agit de la même manière que Pingouin.

— Wesh tu pensais à quoi ?

— Nan rien *man*. Alors t'as des *news* de ton refré ?

— Non sah, « pas de nouvelles, bonnes nouvelles » comme on dit dans le jargon, n'est-ce pas ?

— Qu'est ce t'as ? Tu prends des airs de « *Michelle passe-moi le sel » ?*

— L'humour tu connais ? Ou dans ton trou à rat on vous nourrit qu'à l'harissa et au tleha ?

— Sale merde !

Farah, c'est mon sauce. J'arrive cher à planer avec elle, wallah c'est des barres de rire dans chaque conversation, c'est une virante, et elle fait ressortir ce côté en moi.

Je me sens sincèrement bien avec elle. J'ai l'impression de retrouver un bout de Pingouin à ses côtés. Aria, elle me flattait par tant d'amour. J'ai beau dire ce que je veux, même si elle a fini avec son frère muzz', cette femme quand elle aime, elle ne fait pas semblant. Elle était pure, innocente mais trop… trop, c'est tout.

Elsa c'est le contraire… On est passé par tellement de trucs ensemble qu'au final c'est comme si quelque chose s'était barré avec le temps. Avec Farah bah, y a rien de tout ça ; elle arrive à faire en sorte que mon intérêt il se focalise sur autre chose que moi-même.

Insaisissable, la meuf elle m'intrigue trop. Parce que d'une seconde sur l'autre, c'est plus la même. Elle sait qu'au final, une femme elle doit garder un jardin secret, quelque chose à elle, quelque chose d'inavouable qui fait que les gens, les hommes bah, ils cherchent à découvrir, une femme qui donne son cœur trop vite… est trop vite oubliée. C'est elle-même qui me l'a dit.

Elle m'a expliqué qu'un jour on lui avait offert une rose sans épine. En début de soirée, elle était flattée par le geste ; toute fière de ce joli cadeau, elle l'a gardé dans sa main. Et puis, à la fin de la soirée, elle l'a oubliée sur la table. Si la rose avait eu des épines elle ne l'aurait pas oubliée… En conclusion, il faut blesser pour marquer les esprits.

Moi, de manière moins poétique j'lui ai dit : « Sur vingt-quatre heures, fait vingt-trois heures cinquante-neuf de bien et une minute de mal : c'est de la seule minute de mal qu'on se souviendra… ». C'est juste humain.

On a passé l'après-midi à s'envoyer niveau taillage. Et à un moment, comme une folle, elle me mate genre « j'ai une mortelle idée ! ». Elle se lève d'un coup, prend mon portefeuille posé sur la table, joue avec deux secondes, chabe autour d'elle et finit par se tirer en courant. Je reste là comme une shlague[126] sans comprendre ce qui vient de se passer… Et finalement, en un éclair, j'ai tilté et je me suis retrouvé à courir avec elle sur la route. Comme deux débiles, on était morts de rire.

Ouais j'avoue c'est des délires de boloss, de merdeux, mais wallah comme ça fait du bien ! C'est ça avec cette meuf : j'ai l'impression d'avoir douze piges, de retourner à l'époque où y avait pas de conséquences, dis ce que tu veux, fais ce que tu veux et au final, avec un peu de jugeote, tu t'en sortiras. Avec cette meuf, j'ai l'impression de découvrir c'est quoi l'amour sauvage, instable, passionnel…

---

126 *Camé.*

On s'arrête essoufflés vers les quais près du quartier.

— Wesh pourquoi t'as fait ça, sale débile mentale ?

— Parce que.

— Ouais bah embarque-moi pas dans tes slatas, moi j'suis un mec *clean* t'as vu, j'aime pas la violence, les histoires, j'ai peur de la police.

Je lui sors ça d'un ton innocent et elle pète des barres[127] sur ma phrase.

— Pauvre petit chou, il a peur de la police. Allez casse-toi de là, vieille merde !

Elle me met une claque derrière la tête ; pas les petites claques innocentes non, une de celles des madrés reubeux qui font bien mal. Action, réaction et en deux-deux, avec une clé de bras, elle se retrouve serrée dans les miens.

— C'est bon lâche-moi là.

Elle se débat sous mon emprise et je la laisse partir. Wesh qu'est-ce qu'elle a cette bouffonne ? Je la mate plein de haine, elle en fait de même.

— Tu joues à quoi là ? Tu m'as prise pour qui au juste ? Garde tes mains tranquilles s'te plaît.

J'ai en face de moi un mini bonhomme. Elle est toute rouge, toute vénère. J'ai la haine car elle m'a traité comme si j'étais un pointeur[128], et en même temps ça me fait rire ses réactions de trépanée[129]. Je savais que ça allait créer cette situation, mais peut-être pas à ce point… Elle me choque, elle me surprend… Je m'attends plus à rien avec elle.

— Je t'ai pris pour une meuf qui se barre haneni d'une terrasse sans payer quoi…

Je dis ça d'un ton désinvolte genre « ce n'est pas la mort », histoire de bien la rendre folle.

127 *Exploser de rire.*
128 *Violeur.*
129 *Folle.*

— Pff, mais qu'est-ce que tu me racontes ? C'est un délire mec, t'as cru quoi ? J'ai payé quand je suis revenue des toilettes, c'était pour pimenter l'après-midi, mais je vois que toi tu joues trop avec le felfel[130]... Vas-y Youssef j'aime pas ces délires. D'abord Pingouin, après toi...

C'est bive, j'ai compris... Au final c'est la même que moi : Pingouin.

— Mais c'est ça ? Tu culpabilises par rapport à lui ?

— Pff vas-y t'as rien compris, c'est wallah.

Elle commence à partir alors j'essaie de la retenir. Elle se met à crier.

— Wallah You laisse-moi tranquille, lâche-moi ! Lâche-moi je t'ai dit, lâche-moi !

C'est le genre de phrase qu'il ne faut pas me dire. Je l'attrape par les deux bras pour la calmer. Elle finit par faire un truc encore plus fou : elle explose en sanglots. Je vire des larmes de bébé, elle pleure tout ce qu'elle au fond d'elle. Alors je lui lâche les bras et je la mate tel un hagoune.

— Tu me veux quoi au juste ? Tu veux tester ma fidélité envers Pingouin ?

— Tu parles de quoi Farah ? Wesh redescends c'est moi, tranquille wallah, je suis pas là pour te faire du mal... Arrête de pleurer comme ça.

Tu pleures Pingouin ? Tu pleures tes regrets ? Toi aussi t'as l'impression de le trahir en étant avec moi ? Hein c'est ça ? Toi aussi t'as cette envie irrésistible de rester près de moi, mais dans le fond t'as envie de mourir quand tu penses à ce qu'il dirait ?

— On n'a pas le droit de faire ça... Tu comprends pas ? Laisse-moi tranquille, wallah on n'est pas faits pour être ensemble. Sors de ma vie.

— OK, OK bah, bonne route la *miss*, qu'est-ce que tu veux que je te dise ?

130 *Piment.*

Je ne lui lance pas un regard et me tire. *Ouais je suis gentil, ouais tu me plais, ouais j'vire sur ton côté insaisissable, ta folie, ta gentillesse, ce que t'as dans le bide, tes valeurs... OK, mais wallah rejette-moi et je te dis « salam » ma grande.*

Je l'entends pleurer dans mon dos. Cette femme, il lui manque une case. Je l'ai remarqué depuis un moment par sa désinvolture, et puis ses passages à l'extrême, extrême joie, extrême tristesse. Mais là c'est ouf. Dans le fond, c'est pour ça que Pingouin il virait sur elle, c'était un extrémiste comme elle, comme moi au final. Farah, t'essaies de la choper elle s'envole… Putain mais pourquoi ? Pourquoi j'ai commencé à parler avec elle ? Wallah je suis en train de trahir mon frère après sa mort. *Pingouin… Je suis perdu. La culpabilité c'est un virus qui te ronge l'âme. Y a des trucs qu'on ne contrôle pas mon frère, je fais comment moi maintenant ?*

Chapitre 14

Action, réaction

« Si vos jambes ne peuvent pas vous mener à la prière, comment vous attendez-vous à ce qu'elles vous portent au Paradis ? ».

Cette phrase me hante. Taggée vulgairement sur l'ancien local de la MJC, elle a eu un effet électrochoc sur mon âme. C'est comme si, une seconde fois, on m'avait ouvert les yeux. Je me réveillais du long sommeil de l'égarement. Un frère qui souhaitait ouvrir les yeux aux rats du quartier venait de m'ôter les voiles qui encombraient tant ma vue ces derniers mois.

Obsédé par mes putains de soucis d'ici-bas, j'en avais encore une fois délaissé l'Éternel et la vie prochaine.

Cette phrase se heurte à toutes les parois de mon corps. Elle résonne dans ma tête. Elle vibre en moi. Le chemin jusqu'au tapis de prière n'est pas sans embûches. Sheytan nous murmure à l'oreille nos tracas pour qu'on délaisse nos rendez-vous quotidiens avec Dieu. Et nous, comme des mouilles, on se laisse faire, incapables de se battre pour prier. Comment aurons-nous la force de traverser le pont de Sirât[131] pour accéder au paradis ? Zerh, faire cinq pas vers le lavabo pour l'odo et deux pour rejoindre le tapis, on en est incapables ; on repousse à plus tard, puis à demain, puis au mois qui

131 *Dans la religion musulmane, le pont de Sirât surplombe l'enfer et conduit au paradis.*

suit, puis un jour… on oublie presque entièrement qu'on a été créé uniquement pour L'adorer.

J'ai passé le plus clair de ma vie dans l'ignorance, puis lorsque je me suis enfin réveillé, Sheytan m'a de nouveau filé des somnifères que j'ai pris comme un môme, sans me battre. Plus tu montes, plus la chute t'anéantit. Ma vie était rythmée par les mherz, moi qui depuis gamin m'étais juré que ça n'arriverait pas. C'est à vingt-six ans passés que je suis tombé gravement dans ces slatas. À me prendre la tête sur ce qu'elles vont penser, ce qu'elles vont dire, ressentir… Tout en délaissant la seule chose dont je suis censé prendre soin : ma foi.

Je ne suis pas *fan* des grands changements, j'ai une tendance à m'enliser dans des habitudes qui, à mon propre détriment, me paralysent dans la vie. Mais wallah faut que je me *booste*, c'est plus possible.

À la squé-mo, je suis tombé sur Jilali. C'est un poto à l'ancienne, on faisait du foot ensemble. Cette époque, elle remonte loin, super loin. Nos après-midi interminables sous le cagnard, à se prendre pour Maradona. Quand les autres se tiraient en vacances, chez nous c'était la hess ; nos daronnes galéraient sec à nous nourrir, alors même le bled, on pouvait tirer un trait dessus. On passait donc des journées entières à s'entraîner au foot, notre seule échappatoire. Avec Salim, Pingouin, Jilali et d'autres khos, on se faisait des vrais camps d'entraînement.

Le midi, on allait chourave du thon et shab des petites bouteilles d'eau à « ED » et on se faisait des bêtes de sdales avec le hobz[132] de la mère à Jilali. Le soleil nous faisait tourner la tête, y avait pas un été où on ne chopait pas une insolation, mais wallah, ça valait le coup : on était heureux malgré tout à l'époque. À la rentrée, on déchirait tous sur le terrain. Le seul endroit où on a pu briller… Puis avec le temps, la fumette, la habta, on tenait plus le pav'. On a fini par délaisser les terrains de foot pour nos vieux trafics de mômes.

Bref, ça faisait bien un an que je l'avais pas vu, wallah ça faisait auch au cœur de le croiser à la mosquée. De toute façon, il a toujours été réglo le *man*. Pas un pas travers, c'est un des rares spécimens de

132 *Pain.*

la tess à s'en être sorti : médecine et tout. C'est à force de détermination qu'il a fini par y arriver. On est des égocentriques refoulés, wallah. On pense qu'à nos soucis, alors on finit par virer de la carafe sec. Mais on ne peut s'en prendre qu'à nous-mêmes.

Fallait oser regarder l'horizon et comprendre que la réussite, elle n'est pas matérielle, mais entièrement spirituelle, et si t'as compris ça, *man*, si t'as compris que ce monde-là n'est que jouissance éphémère et trompeuse, wallah t'as tout gagné.

Pingouin avait beaucoup de respect pour Jilali, car le *man* il était toujours opé pour sa familia, seul homme de la mifa, mais à sa charge il avait six sœurettes et pas qu'une, contrairement à Pingouin. Ouais mon frère le respectait et il avait pas tort.

Je dois le contacter pour qu'il me filone un p'tit *job* tranquille à l'hôpital. Shab médecin tah la folie vu que j'en connais un rayon. Nan sah, c'est un truc de transporteur de produits, un truc pépère, solo j'fais mon taf et je me tire. Pas besoin de contact humain… Je tente peut-être de mettre bien, mais j'arrive pas à me forcer à aimer les rapports avec les autres.

Je pense encore à cette phrase et je me dirige vers la mosquée du centre-ville. J'y vais en galérien, à pied : y paraît que chaque pas que tu fais pour aller à la mosquée, c'est des hassanettes pour toi. Et si ça avait été le cas contraire pour l'illicite ? C'est ouf tout le mal qu'on commet sans même s'en rendre compte. Chaque acte – pire –, chaque pensée nous seront présentés le Grand Jour… Quand je hamème à ces choses-là, je tente limite des crises d'angoisses. Mais Dieu est miséricordieux. Chaque verset de son noble livre nous rappelle aussi sa miséricorde… J'espère.

Je me faufile entre les timides ruelles de la ville. Tant de fois j'ai marché sur ces pavés salis par le temps et l'homme. Je sens mon portable vibrer : c'est Jilali qui me confirme qu'il y a bien une place pour moi. J'irai lui imprimer des CV qu'on avait faits avec Aria, avec ma photo retouchée. Elle a bien fini par me zapper la petite. Mahlish, c'est qu'on n'était pas faits pour être ensemble. Je ne sais même pas si son mariage est passé… Je prends un raccourci pour rejoindre la mosquée avant l'heure du Maghreb. J'ai l'impression qu'une voiture noire me suit. Peut-être la BAC[133] ? J'fais plus de *biz* bizarres depuis un moment, alors je ne vois pas qui ça peut bien être…

Au loin, je vois un couple en train de s'embrouiller. C'est une petite sœur en hijab et zarma un frère muzz'… Il lui hurle dessus des trucs que je ne capte pas et elle, elle reste muette, le regard rivé sur le sol. C'est ça les musulmans d'aujourd'hui ? Ils s'affichent dans la rue haneni ? En plus miskina, la meuf elle ramasse… C'est la virante, il prétend suivre la sunnah[134] du prophète en tentant de se saper comme lui, mais quand il s'agit du bon comportement que le prophète avait envers les femmes, ça il oublie. La tension monte alors je m'approche, plus par inquiétude que par curiosité.

« … D'où il vient te parler comme ça en sortant de la mosquée, tu m'as pris pour quoi au juste ? Je t'ai ramassée tel un déchet… »

Et là, il tente le truc de trop : c'est une vraie patate qu'il donne à la femme.

Je cours pour l'arrêter, mais le soi-disant frère est déjà à genoux sur sa femme pour la gifler au sol. Puis, je stoppe d'un coup : le couple n'est autre qu'Aria et sa vieille chose. Je l'entends crier.

Ni une, ni deux je saute sur ce vieux bâtard et je l'enchaîne au sol. Il hurle, il crie, il ne comprend pas ce qui se passe. Je vide toute la rage qu'il a fait monter en moi en voyant l'horreur de cette scène. Il ne fait pas le poids, le *man. Pour fracasser une femme qui n'a pas ta force, tu fais l'homme, mais maintenant que t'es au sol, tu te bats comme une fillette.*

Je l'ai mis K.O. tandis qu'Aria est recroquevillée sur elle-même. Des frères s'inquiétant du bruit causé par l'autre débile mental accourent vers nous. Zarma ils ne s'inquiétaient pas quand ils entendaient une meuf hurler… Pff allez, je les renvoie à leurs tapis de salate en deux-deux. *Bougez quand il y a une réelle raison de bouger, sinon demandez à Dieu de vous pardonner de rester passifs face à la détresse des faibles.*

Je la regarde. Elle est toute chiffonnée et a un sale œil au beurre noir qui ne date pas d'aujourd'hui. *Wesh ton frère charmant y s'est*

133 *Brigade Anti Criminalité.*
134 *Tradition prophétique.*

transformé en chameau là… Elle sèche ses larmes, mais n'ose pas me regarder. *Tu veux pas parler, t'as fait tes choix t'assumes*. Je lui lance un bref « salam » et m'en vais vers la mosquée.

Je supporte pas les femmes qui se terrent dans des relations où leur mari est plus un bourreau qu'un amoureux. Faut faire des choix dans la vie, surtout celui de savoir dire « non ». Wesh Aria était une fille qui ne se laissait pas marcher dessus, sûre d'elle, de ses choix, une fille qui vivait, indépendante ; elle a fini avec un vieux mec qui la tape comme un bonhomme mais qui ne tient pas le pav' face à un mec… Si on m'avait dit ça il y a un an, jamais je n'y aurais cru.

Je me retourne pour lui lancer un bref regard et je la vois dernière moi, qui trottine en boitant pour me rattraper.

— Merci You, t'es vraiment tombé à pic.

Elle a sa voix toute brisée et elle tente un petit rire pour détendre l'atmosphère. Ça rend la situation encore plus gênante qu'elle ne l'est déjà. J'acquiesce en silence. J'ai du mal à lui parler. Je continue de lui en vouloir de ce choix de merde qu'elle a fait.

— Tu m'en veux toujours c'est ça ? L'avenir t'a donné raison hein ?

Wesh comme toujours, elle lit dans mes pensées, c'est la virante. Elle continue d'avoir ce sourire navré. Comme si elle cherchait à s'excuser elle-même de l'erreur qu'elle avait commise.

— Non tranquille, tu fais ta vie. Vous avez fait le hlel quand ?

— Y a une semaine même pas. Mais on n'a toujours pas… enfin... consommé le mariage.

Je la mate, choqué. *Wesh je ne t'ai pas demandé de me parler de ta vie privée. T'es une dingue wallah, pourquoi tu me dis ça ? Ça ne me regarde pas !*

Elle me regarde. Elle voit que je suis choqué puis, dans un rire nerveux, elle me dit :

— J'ai peur qu'il me tue s'il savait… Alors je repousse l'échéance avec des prétextes typiquement féminins. Mais You, je te fais confiance, ne parle jamais de nous deux… À *personne*.

Elle me dit ça sur un ton de menace. J'ai envie de lui insulter toute sa famille, mais je m'abstiens. *Tu m'as pris pour qui au juste ? Zarma tu me connais si mal que ça pour que je m'amuse à parler de ma vie privée aux gens ? Wesh déjà, je ne parle à personne. En plus, c'est pas quelque chose dont on se vante ; j'ai déjà assez culpabilisé d'en être arrivé là avec toi. Tu penses que j'vais en rajouter en parlant à qui veut l'entendre ? Mais vas-y j'suis pas une mouille, meuf !*

— Tu me connais mal Aria, même à toi j'ai jamais parlé de ma vie tah la hachekalité. Alors aux gens, nan, mais franchement, t'es une ouf ou quoi ?

— Oui bah c'était pour être sûre. Qu'est-ce j'en sais moi ? Un jour, tu prends la grena tu vas peut-être en parler à tout l'monde histoire de salir ma réputation…

— Allez, allez ! Casse-toi de là. Prend-moi pas pour ce que je suis pas, arrête de me faire passer pour un bâtard ! J'ai des défauts certes, mais j'ai aussi des valeurs et ça, tu peux pas me le reprocher. OK ?

Elle sourit, d'un sourire comme elle en a le secret cette petite race, un sourire sincère et communicatif, un sourire pour lequel t'as envie de te battre, t'as envie d'aller loin, un sourire qui doit se faire rare en ce moment.

— Dommage qu'on s'est vautré dans le hlam, parce que je suis sûre qu'on aurait pu assurer tous les deux. Bon je vais aller le voir avant qu'il se réveille, surtout qu'il va être vénère… Salam, Youssef.

Je la regarde partir au combat. C'est une médaille de mutilée de guerre qu'on devrait remettre à ces femmes qui encaissent par amour. *Et toi, est-ce que tu l'aimes ce gars ? Pourquoi, pourquoi tu l'as choisi ? Des petites feumeu perdues, en manque d'amour je veux bien… Mais wesh pas toi ! Toi t'étais destinée à mieux que moi, mieux que ce vieux mec… T'avais le cœur pour briller auprès d'un gars qui te mérite. Et là, tu pars en parfaite femme soumise vers ta prison en réveillant tendrement ton maton. Je te reconnais plus. Pourquoi je n'essaie pas de te convaincre, de t'aider ? Pourquoi je reste passif face à la cruelle vie que tu mènes ?* Je suis incapable de comprendre.

Après ma prière, je vais rendre visite à Elsa. Sa daronne m'a appelée en début de semaine et elle va très mal. C'était ouf de parler avec elle, depuis le temps. Au début, mon cœur s'est arrêté : j'ai cru elle était morte et que sa daronne m'appelait pour me mettre au jus…. Mais elle m'a juste dit que ça n'allait vraiment pas. La mort elle rôde autour de nous tous, malades ou pas, mais pour ceux dont la santé est fragile, on a tendance à plus la craindre.

Ça faisait un long moment j'avais pas de *news ;* moi qui pensais qu'elle boudait… Wallah je suis à la ramasse et j'ai honte parce qu'au final, si sa daronne ne m'avait pas appelé, j'aurais même pas pensé que sa santé s'était dégradée. Pourtant je sais, je connais son état de santé. J'm'auto-heyef[135] des fois, c'est *hard*.

J'arrive en bas de chez elle et je passe par la fenêtre. Elle habite au rez-de-chaussée. Pas besoin de la déranger pour qu'elle se lève. Je plane où la voiture de tout à l'heure qui me suivait est garée en face de chez elle ? Nan, je deviens complètement parano.

Elle sursaute en me voyant dans sa chambre. StahfAllah ! elle ressemble à un cadavre. Elle a juste assez de force pour lever son drap et cacher sa tête.

D'une toute petite voix inaudible elle me dit :

— You j'ai pas mon hijab, jette-le moi, il est sur la chaise près de la fenêtre.

Et merde ! J'avais complètement zappé. Je bégaie des excuses et lui envoie son hijab. MachAllah, autant j'ai eu de gros doutes sur sa foi quand elle est revenue dans ma vie, autant aujourd'hui je suis sûr qu'elle fait partie des gens les plus pieux de mon entourage.

Au bout de multiples efforts pour se voiler sous ses draps, elle ressort sa petite tête fatiguée. Et c'est à ce moment-là que je tilte : j'aurais pu sortir de la chambre pour l'empêcher de galérer comme ça… Je la mate et wallah je vire : elle a dû perdre au moins vingt kilos.

— Wesh t'as arrêté de te nourrir ?

Je m'approche et me pose sur le bord de son lit. J'ai l'impression de veiller un mort. Malgré la maladie, malgré la maigreur, la fatigue, ses yeux ont gardé le même éclat. Wesh la même petite lueur de malice qui me rendait ouf à l'époque. Mais le reste de son visage me montre que chaque jour qui passe, je la perds.

---

135 *Dégoûte.*

— La maladie te donne pas forcement envie de manger. Mais toi sers-toi, j'ai des cookies dans le pl…

Je la coupe avec un signe de la main. Notre conversation va lui prendre toutes ses forces si elle continue.

— Je veux pas que ton infirmière m'attaque en justice parce que je t'aurais volé toute ton énergie ! T'as pas besoin de parler.

Elle murmure un remerciement et me regarde droit dans les yeux. Comme si elle cherchait à me montrer toute la joie que ma visite lui prodigue. Wallah j'ai pas été *cool* avec elle, malgré sa maladie je lui en ai fait voir de toutes les couleurs. Alors qu'elle était là, elle, quand j'étais au bout du bout enfermé dans neuf mètres carrés... Elle était là. Ses yeux s'emplissent de larmes.

— J'ai peur You. J'ai peur d'arriver devant Lui les mains vides d'actions…

Elle n'a pas assez de force pour sangloter, juste celle de laisser ses larmes glisser le long de ses joues creuses et s'abattre sur l'oreiller. Ses paroles me percutent. *Elsa, on est tous les mêmes, wallah, indignes de la vie qu'Il nous a offerte…*

— Chut, chaque seconde qui nous reste pèsera sur la balance si on s'accroche. Ne t'inquiète pas : Il t'éprouve, mais si t'as la foi malgré ça, Il s'en souviendra. C'est le seul qui tienne ses promesses, n'oublie pas.

Elle me sourit et ferme les yeux. J'arrive pas à croire que j'ai en face de moi Elsa. Cette femme pleine de vie, de rires, d'action, une pile électrique, un moulin à paroles est aujourd'hui inerte, allongée sur son lit les yeux clos, n'ayant même pas assez de force pour porter un sourire… À Lui nous appartenons, à Lui nous retournerons.

Moi aussi j'ai peur. Wallah je hler à l'idée que tu puisses partir. Wesh c'est pas possible. En fait, vous allez tous me quitter c'est ça ? Pingouin, puis toi, et qui d'autre ? Ma mère ? Mon frère ? Wallah j'accepte pas la vie parce que j'arrive pas à accepter la mort. Je suis dans la négation totale du but logique de nos vies…

Je passe l'après-midi à la regarder dormir et à hamème sur nos vies. Je tente de lui lire un peu le Coran, puis je finis par plaquer l'affaire. Je mets en route une de ses cassettes où la voix du frère qui récite te transporte loin des choses matérielles… Wallah quand t'écoutes du Coran t'as l'impression de ne plus être un corps, mais uniquement une âme qui survole le monde portée par la force des paroles de l'Éternel.

J'aurais jamais cru un jour être assis à écouter du Coran tout en matant Elsa dormir dans sa chambre… Le monde il est fou.

Vers six heures, je reçois un appel inconnu. Je sors pour ne pas la réveiller.

— Ouais allô.

— Tu vas y passer la journée ?

— C'est qui là ?

— Regarde dans la voiture dehors.

Je tourne la tête vers la fenêtre : la gov' de toute à l'heure est toujours garée là. Donc je ne suis officiellement pas fou, on a bien tenté de me filocher. Je m'approche et vois Farah calée au volant.

— Tu fais quoi ici ?

— T'as pas l'air content de me voir.

— Nan pas vraiment...

Elle me mate quée-cho, en mode « je-veux-me-faire-désirer-et-je-me-prends-une bavelle[136] ». *Bah ouais ma grande, tu veux jouer la feumeu qui se tire, balka[137] c'est bon, ça me gave ces slatas mechouia.*

— Wesh qu'est-ce t'as ?

— C'est pas à moi qu'il faut demander ça.

— T'es au courant ?

— Tu parles de quoi ?

C'est un langage de sourd. Au courant de quoi au juste ? Elle plane cette femme wallah.

— Nan nan oublie. Comment elle va ton ex ?

— Elle a un blase, Farah.

---

136 *Prendre un vent.*
137 *Doucement.*

— Ouais ta babtou, ça va tu crois que je retiens tous les noms de tes prétendantes ?

BAM ! dans les dents ; elle est jalouse et agressive. Elle a la réaction typique des meufs jalouses, elle cherche à savoir si les autres sont toujours dans ma vie en les dénigrant de manière outrancière, avec un ton détaché. Shab elles ont pas compris les meufs elles étaient tricardes à mille kilomètres. *Tu viens pour quoi au juste ? Wallah j'ai d'autres soucis en tête.*

J'entends au loin la voix d'Elsa. Sans faire attention à Farah, je repasse de nouveau par la fenêtre pour la rejoindre.

— Je pensais que tu étais parti.

— Nan t'inquiète je suis là, ça a l'air d'aller mieux.

— Oui merci d'avoir passé l'après-midi ici. Mais You, va voir ta maman, je ne sais pas pourquoi je sens qu'il se passe quelque chose.

— Hein ? Tu parles de quoi ? Comment ça « tu sens » ?

— Dans mes rêves j'ai vu ta maman en pleurs. Vas-y You.

Elle a l'air inquiète et très sérieuse. Wallah elle ne sait pas qu'elle vient de déclencher un système d'alarme en moi. La madré ? J'appelle de suite sur le fixe.

C'est Salima qui décroche.

— Passe-moi la madré.

— Elle est allongée You, j'ai essayé de t'appeler tout l'après-midi.

— Quoi ? Qu'est-ce qui se passe ? J'ai reçu aucun appel.

— Bah oui ça me disait que le numéro demandé n'était pas attribué, pourtant j'ai bien noté celui que tu m'avais passé.

— Qu'est-ce qu'elle a la madré ? Réponds !

— Déjà, tu me parles autrement You.

— Vas-y vas-y dis-moi c'qui se passe au lieu de me faire passer tes états d'âme !

— Tu parles vraiment trop mal ! Rentre. De toute façon, je peux pas en parler au tél.

Elle raccroche. Je mate Elsa, choqué. Elle a des visions ? C'est sa maladie qui lui donne des intuitions ? Je la remercie en lui prenant doucement la main. Elle me presse de partir et de la tenir au jus.

Je sors par la fenêtre et repense à cette vieille meuf de Salima. Wesh elle a jamais essayé de m'appeler cette mythomane, j'suis sûr qu'elle veut m'éloigner des histoires de la familia. Elle fait genre.

Et puis je me souviens... Je ne lui ai pas donné le bon numéro exprès la dernière fois. Wesh je ne voulais pas qu'elle m'appelle pour des vieilles slatas. C'est de sa faute : si elle m'inspirait confiance peut-être que je lui aurais donné le bon num'.

Farah est toujours devant chez Elsa, en mode vénère sur son téléphone. Je monte devant. Elle me mate genre : « *Tu joues à quoi là ?* ».

— Ramène-moi au quartier Farah.

Elle rigole d'un rire de crapule.

— Mais t'es sérieux ? Pas un « s'il te plaît » ni « merde » ? Franchement crève.

— Je rigole pas Farah, wallah emmène-moi au quartier.

Elle me mate et comprend la gravité de la situation. En deux-deux, elle est face à son volant et tape une première. Sur la route, je suis perdu dans mes pensées, mais je garde une once de gratitude pour Farah qui a accepté, malgré les tensions apparentes entre nous, de me ramener. Elle sait qu'il y a des regards qui ne trompent pas, des situations avec lesquelles on ne rigole pas.

Arrivés en bas de chez moi, je la remercie en *speed* et monte jusqu'à la maison. L'ascenseur met mille ans pour arriver au huitième étage. J'ouvre la porte. Et je vois Salima en *bad trip,* assise sur le canapé du salon en solo.

Elle me voit, se lève et me calme sec.

— Maman est fatiguée You, commence pas. Elle se repose dans sa chambre. Donc viens par-là, j'vais t'expliquer ce qui s'est passé.

— Nan je veux la voir.

— Mais t'es si égoïste que ça ? Ça fait deux heures qu'elle est en stress ! Elle vient de s'endormir You, laissez-la en paix tous les deux, wallah vous allez la rendre folle à la fin.

Elle hausse légèrement la voix en me disant ça. Comme exaspérée par l'attitude de Salim et la mienne. Je décide de la suivre dans le salon.

— Ouais je m'inquiète pour ma mère. Moi contrairement à toi, j'ai toujours été là.

— Tu me regardes avec tout le mépris du monde comme si j'étais une sous-merde You ; je te comprends pas. Qu'est-ce que je t'ai fait ? On est tous des victimes dans cette histoire et pourtant tu veux me faire porter le chapeau.

Elle a les larmes aux yeux. Je ne m'attendris pas face à ce genre de phrase. Même si ça fait mal au cœur qu'elle l'ait ressenti à ce point. *Wesh tu m'inspires pas confiance, tu viens comme ça du jour au lendemain dans une famille déjà déchirée, tu nous apprends que... Tu m'apprends – vu que j'étais le seul à ne pas savoir – que t'existes.*

J'ai toujours voulu avoir une petite sœur, une petite protégée dont je serais fier, que je défendrais dans la vie, que je goumerais pour avoir donné son cœur à p'tit lascar mais pour qui je serais là envers et contre tous. Wallah y a toujours eu un manque dans ma vie, comme si depuis toujours je te connaissais et qu'on t'avait retiré de ma vie... Mais nan je t'ai jamais connue, t'es une étrangère pour moi, alors quoi ? Maintenant tu te pointes à vingt-deux piges tranquillement, comme si de rien n'était et « salut je suis ta sœur. » ? Nan Salima wallah ça marche pas comme aç.

Je la mate. Je ne sais pas quoi lui dire, j'attends qu'elle enchaîne sur l'état de la mama, mais surtout les causes.

Elle comprend que je ne dirai rien donc, au bout de quelques secondes, elle se lance dans le récit.

— C'est à cause de Salim. Souris nous a appelées pour nous dire qu'il était coincé dans un hôpital en Suisse : il s'est fait tirer dessus après leur vieux plan qui a mal tourné. Souris est en cavale et Salim est à l'hôpital... sous ton identité. C'est maman qui a eu Souris au téléphone et tu connais le gars : il n'a pas lésiné sur les détails. Il lui parlait genre en arabe, mais le pauvre mec, il a compris le principe de « *on est sur écoute* » et que donc toutes nos conversations sont enregistrées et réécoutables... Bref, je sortais de la douche et quand je l'ai vue en pleurs au téléphone, j'ai directement pensé à toi. Ça a fini par couper et maman a fait une crise d'angoisse.

Je la mate, consterné par l'ampleur de cette histoire. Souris, ce fils de chien, il parle haneni à ma mère de ces slatas. Et en plus le débile mental, il lui raconte les détails… Si cette petite frappe n'était pas en cavale, je lui aurais écrasé sa race contre le bitume pour cette action.

Putain c'est vrai que je retrouvais plus ma carte d'identité, mais qu'est-ce qui lui a pris au frandjo wallah ? Il souhaitait me faire porter le chapeau ? J'suis pas assez dans la merde, faut qu'il en rajoute.

— Il a quoi au juste ? Il s'est fait tirer dessus ?

— Oui je crois qu'il a un des muscles du bras perforé et l'oreille dégommée aussi.

— Et ils ne veulent pas le transférer en France ?

— Nan son cas est trop critique. Pour le moment ils le gardent là-bas. Je sais pas quoi faire You, j'me sens désabusée. Je savais ces histoires au bled, mais c'était toujours de la drogue donc au final, il suffisait de quelques pots-de-vin pour qu'il s'en sorte. Ici c'est tellement plus compliqué ! Et maman qui est au courant de tout. Il n'assure pas...

Elle est totalement à la ramasse la gosse. Je suis choqué, je m'attendais pas à ce que notre vie puisse la toucher ainsi. Mais au final je comprends, elle n'en reste pas moins un membre de la famille. Que je le veuille ou non, Salim reste son frère, son jumeau.

Je réfléchis en *despi* pour une solution ; de toute façon y a pas le choix, faut qu'on trouve. Dans les situations d'urgence, mon cerveau réfléchit plus vite que la moyenne ; alors que les gens sont là à se questionner, j'ai déjà trente-six solutions en tête. Dommage que ce soit que dans les situations extrêmes.

— Bon, ce soir je décolle pour la Suisse voir son état. Toi tu vas rester avec la madré. S'il y a perquisition, dites que vous ne parlez pas français et tu montres ta carte d'identité du bled. Le temps qu'ils trouvent un interprète, je serai revenu avec Salim et là, on avisera.

— Tu penses qu'ils vont venir ici ?

— Oui y a moyen. Vu que l'autre tapette de Souris a appelé, ils vont chercher à comprendre. Mais tout dépend de ce qu'ils ont réussi à faire là-bas. Ils se sont fait sauter quand ? Avant ou après le braco ?

— Je crois que c'est avant par des gars de la sécurité...

— Ouais je verrai ça sur le tas. Je reviens. J'vais régler un truc pour nous dénicher des puces du bled. Comme ça tu me diras où ça en est. T'inquiète, ça va aller.

Elle me regarde, médusée. Je crois que c'est la première fois que je suis gentil avec elle. Enfin, que je tente une phrase où je ne suis pas en train de la questionner ou de l'agresser.

Faut se serrer les coudes : le frérot il est dans un sale état et la madré va mal ; si on n'essaye pas de s'aider, on va pas s'en sortir.

Je bigotel à Farid. Il va me dénicher des puces du bled. Puis c'est Farah qui me phone. Je ne lui explique rien, mais lui demande quand même sa gov' pour plusieurs jours. Elle accepte sans rien demander. Wallah ça me va droit au cœur. C'est une vraie ; une folle certes, mais une vraie quand même.

Dix minutes plus tard, elle se ramène avec sa gov'.

— Je viens avec toi, You.

— Tu sais même pas où je vais Farah, arrête de faire la folle.

— Non, mais je viens quand même. J'ai prévenu ma mère que je partais quelques jours — pas avec toi rassure-toi –, pris quelques affaires et des sgatas, un plein et du bon son. J'suis opérationnelle et je sais que c'est grave, donc je viens avec toi : t'as pas le choix.

Elle est déterminée et me regarde droit dans les yeux. Je reste bouche bée, wallah j'en crois pas mes oreilles ! On aurait dit l'incarnation de Pingouin. Avenante, présente même quand on lui demande pas, toujours des attentions, une détermination à aider ceux qu'elle aime, l'or du partage dans les mains, un petit cœur de mouille qui ne demande rien. C'est un bout de Pingouin que j'ai à travers elle. Je finis par accepter en prétextant qu'y avait que du rap qui allait tourner dans le poste, tss-tss ! ces musiques de tunardes !

En attendant que Farid nous apporte la commande, je repasse voir Elsa. Elle est seule dans sa chambre en direction de la qibla[138], les bras levés vers les cieux, des larmes plein les yeux… Cette image

---

138 *Sens de prière, vers La Mecque.*

me fend le cœur. Quelle tristesse la maladie ! Quand l'amour apporte la mort, c'est un truc de dingue. Mais malgré ça, la petite femme que j'ai aimée s'en sort dignement, comme une princesse wallah, elle a la classe la vraie, la piété même dans les pires moments.

Je patiente pendant qu'elle finit sa salate. Je gâcherai pas les précieux moments entre la créature et son Créateur.

Elle dit mon prénom en se levant de son lit, sans même m'avoir vu.

— You, je savais que tu allais revenir.

— Ah ouais ? T'as encore eu des visions, sale barjote ?

— Non You, c'est pas des visions, juste qu'il fallait que tu saches.

Elle me parle d'une toute petite voix douce et fragile. Elle est tellement faible que j'ai peur de la briser juste en lui parlant. Je lui explique en bref ce qui s'est passé et ce que je vais faire.

— Tu sais pertinemment que je serais venue avec toi si j'avais pu.

— Oui t'inquiète Elsa, merci pour tout et fais attention à toi. Tiens, appelle ma sœur au besoin.

Elle sourit car c'est la seule à savoir à quel point j'avais du mal avec Salima. Cette phrase veut tout dire pour ceux qui me comprennent. Et mis à part Pingouin, y en a très peu qui savent lire entre mes lignes.

Chapitre 15

Comprendre un malaise le temps d'un week-end

On décolle après avoir déposé une des puces à la maiz'. L'ambiance est tranquille. J'ai limite l'impression de partir en vacances. Farah conduit, du gros son dans le poste, des chips au paprika posées sur les genoux ; manque plus que la bouteille de *« Jack's »* et la *vita e bella*. Je me la racle : moins y a de hlam mieux on se porte.

Les kilomètres défilent et les conversations passent du tout au rien avec Farah. On finit par parler du hijab.

— C'est pas que je ne veux pas le mettre, mais tu comprends c'est le choix d'une vie. Et puis à vrai dire, je kiffe mes chahrles[139].

— Ouais après, moi je ne prétends pas savoir l'impact que ça peut avoir sur ta vie, vu que je suis un mec. Mais voilà, malgré tout c'est écrit noir sur blanc, tu te dois de le porter. Après, je suis mal placé pour te dire ce que tu dois faire ou non, wallah un jour ma vie est hlel, le lendemain j'suis dans le hlam le plus total.

— Oui, mais sur ça j'aurais besoin de conseils. J'suis perdue. Pourtant avec la mort de Pingouin, j'aurais dû me mettre dans le dine, commencer mes salates, faire quelque chose de ma vie… Mais je sais pas, y a un blocage. Sheytan il est fort… Et pourtant Dieu seul sait quand est-ce qu'on va partir.

---

139 *Cheveux, en arabe.*

— Mais surtout l'état dans lequel on va partir. Imagine Farah, ça aurait été l'autre débile mental.

— Qui ça ? Salim ?

— Ouais, si la balle l'avait touché au cœur, ayé ! plus de Salim. Wallah c'est dingue, mais il aurait perdu sa vie dans un braquage foireux, tu te rends compte ? Moi je hamème à ça. Dans quel état on va quitter ce monde ? Avec le hlam qui nous entoure à longueur de journée, on distingue ni le bien ni le mal. Tout est heja banal à notre époque.

Elle continue de fixer le pare-brise d'un air absent en écoutant mes paroles. *Toi aussi tu penses à Pingouin ? Toi aussi tu hamèmes à ce qu'il a fait dans sa vie ? Toi aussi t'as le cœur en lambeaux à l'idée que Pingouin n'est pas eu le temps de… Bordel, dans quel état t'es parti mon refré ? Dans quel état t'as rejoint le Très Haut ? En plein dans tes histoires d'héro… Tu vendais la mort pour sortir ta vie de la merde. Mais au final, est-ce que tu seras capable d'assumer ça le jour du jugement ? As-tu eu le temps de demander pardon ? Et moi dans tout ça, j'ai la chance d'être toujours ici, mais est-ce que je la saisis cette chance ? Ou bien je continue de jouer l'aveugle et le sourd, voire même le manchot quand je néglige ma salate ? Qu'est-ce qui nous attend là-haut ?*

— Tu penses des fois à celui qui l'a tué ?

Elle brise le silence pesant qui s'était installé.

— Y a pas une nuit où je ne me refais pas le film de sa mort pour savoir qui est-ce… J'me censure car j'vais être trop violent pour rien... Ouais j'y pense. Et toi ?

— Oui moi aussi, You. Dans ma tête, j'ai pensé à tout l'monde. Tu vas me prendre pour une folle, mais je t'ai soupçonné toi, ses potos en affaires, tout le quartier sans exception ! Même le tunard à qui il devait mille bouteilles de habta, même mes amis à moi, ma poto Hind, toute sa famille de trépanés... Même sa petite sœur pour te dire. J'voulais trouver les alibis de tout l'monde. Mais y a rien de valable sur personne.

— Ah ouais carrément... T'as pu imaginer que c'était moi ?

J'suis pas vexé, ni même choqué. Elle ne dit rien, se contente de hocher la tête. J'me dis juste que moi j'soupçonnais que ceux qui en apparence pouvaient être capables de ce genre de chose : les *decks* et les mecs de l'héroïne. Pourtant elle n'a pas tort : tout l'monde est susceptible de ça. Dans ce monde de fous, au final, qui n'est pas un potentiel meurtrier ?

— Par contre, t'as abusé sur Fatim ! Tu l'imagines la petite wallah, elle est trop hnina... Ça fait des mois que je ne l'ai pas vue, dix mois je crois. Depuis l'aéroport pour le départ du corps de Pingouin.

— Moi non plus... On n'assure pas, You.

— Je sais que Pingouin aurait squatté avec ma famille pour les consoler, pour les aider. Mais j'ai pas la force d'affronter leur peine. Je me contente de leur faire passer deux trois billets par semaine dans leur boîte aux lettres, histoire de me donner bonne conscience. J'y arrive pas. Je suis pas à sa hauteur.

Sept heures qu'on roule. J'ai fini par prendre le volant et Farah par dormir à côté, blottie contre sa grosse veste de thugette du dimanche. Le soleil se lève au loin, au même rythme que mon cœur qui se serre. J'ai un sale pressentiment... Les doutes m'assaillent à cette heure stagnante de la journée. J'ai tendance à les tempérer d'habitude, mais là, wallah de me retrouver seul dans cette voiture, à jeun surtout, bah ça fou la hess. Je mords dans un gâteau que Farah a fait comme pour étouffer mon angoisse tout en ralentissant la cadence. Le GPS à l'accent québécois de Farah me somme de le faire : *« Arrête-toi, arrête-toi. »*. Je sais pas qui des Québécois ou du GPS a pris de la confiance, mais voilà c'est violent, il me tutoie haneni le *man ! Wesh t'as cru j'étais ton pote d'aventure ?* Et puis quelle idée d'avoir quelqu'un qui te donne des ordres avec un accent aussi glauque ! J'ai l'impression qu'un rat lui a brûlé la bouche avec des boulettes de oinj.

— Hum arrête-toi ou éteins cette angoisse.

— Mais vas-y, c'est *ton* GPS meuf, moi je cherche une place dans ce bordel pour me garer.

Elle entrouvre les yeux et tend difficilement une main préalablement planquée dans son cardigan pour taper maladroitement sur le GPS. Elle n'aboutit à rien… Nan pire ! La cas soc' elle a réussi à augmenter le son. La voix stridente du machin me tend truc de ouf, mais pour la voir galérer comme aç, j'écouterais gémir ce robot québécois des heures durant.

Après cinq minutes de vains essais, elle finit par envoyer sa veste balader. Elle tente ensuite de se lever comme une furie en oubliant qu'elle est retenue par la ceinture. J'peux pas me retenir de rire crapuleusement. Elle pousse alors un cri de *hooligan* enragé, décroche sa ceinture, se jette sur le GPS, l'arrache brutalement du pare-brise – toujours en criant – et le tej' par la fenêtre. L'objet atterrit sur le sol en mille morceaux.

Le tout en moins d'une minute. On aurait dit un sketch, wallah je suis plié en quatre dans ma gov', j'en ai même mal aux abdos de cette scène. C'est une sanguine la cousine, elle se la joue *peace* mais wallah elle ne blague pas. Le pire c'est qu'aussitôt après cet excédent de folie, elle se remet sous sa veste et ferme les yeux comme si de rien n'était. Je la mate qué-cho sa race.

— Wesh ma cousine qu'est-ce qui t'arrive ? Tu vas finir en HP à cette allure.

— C'est bive, il se la raclait sur moi. Donc c'est une bonne leçon pour lui. Wesh j'en pouvais plus de sa voix.

— C'est ça d'acheter son GPS au ché-mar clocharde ! On fait comment pour rentrer maintenant ?

— Vas-y vas-y, casse pas la tête maintenant. Déjà on sort ton reuf sans se faire peta[140] et après on pensera à comment on rentre.

J'ai l'impression d'avoir un rat en face de moi... Nan pire : de voir Pingouin. L'odeur qui se dégage de sa veste, c'est celle du parfum de Pingouin... La vague de souvenirs qui s'abat sur moi me contracte la poitrine.

Pingouin, Elsa et moi marchant dans la galerie marchande le jour de l'anniv' de Pingouin. Ce dernier qui part acheter de la habta pour se mettre bien. Elsa qui me tire dans une parfumerie et qui prend le parfum le plus cher du mago pour les vingt-quatre piges du frérot. Embrouille à la caisse pour savoir qui paye. Moi qui finis par sortir

140 *Attraper.*

une liasse planquée dans mes chaussettes. Pingouin qui est falhan du cadeau. Son sourire cramé qui se dessine sur ses lèvres noircies par la fumette. Lui qui me *checke* à l'ancienne, une poignée de main sincère que très peu connaissent… Finalement Pingouin qui tape la bise à Elsa pour l'occasion. C'est tellement mon frère que y a pas de soucis. J'sais que jamais il dérapera avec ma femme. Et moi, je regarde Farah posée à côté de moi... *Qu'est ce que tu dirais si tu étais là, mon frère ?* Je respire difficilement. Farah ouvre les yeux et me regarde d'un air inquiet. Je détourne le regard tout en fouillant dans ma poche. J'en extrais une roulée. Faut que j'enfume mes idées parce que j'vais pas m'en sortir. Je vois le regard noir de Farah. *Vas-y casse-moi pas la tête, mon frérot il dealait de l'héro tu disais rien, tu ne vas pas m'la faire !*

La flamme furtive de mon briquet vient éclairer mon visage et allumer ma clope... Comme l'odeur de Pingouin a éclairé mon esprit puis rallumé ma culpabilité.

J'essaie de ne pas me demander ce qu'il dirait s'il nous voyait, j'essaie de ne pas penser à sa mine triste, à sa déception, à sa haine beleck ? Et ses regrets, ses regrets d'avoir trop donné, d'avoir été si bon, si vrai, si hnine avec des gens incapables d'honorer sa mémoire, ne serait-ce qu'une année après sa fin...

Le temps de sécher nos larmes qu'on jurait éternelles, le temps de panser nos balafres devenues de fines cicatrices, le temps pour notre déchirement intérieur de devenir simple picotement, le temps de... Le temps tout simplement que sa note ne devienne plus indispensable à la mélodie de nos vies. Que la cacophonie devienne de nouveau symphonie.

« L'hôpital est par là, y a un panneau qui l'indique. »

Farah me tire de ma rêverie ou de ma cauchemarderie. Nous marchons la mine plus basse que terre. Je crois qu'elle a senti le sujet qui me tracassait. Soit, mais j'veux pas en jacter[141] : mettre des mots dessus ce serait matérialiser ma trahison.

Quelques mètres plus tard, on arrive devant un petit bâtiment blanc avec des camions de secours garés devant. On aurait plus dit

141 *Parler.*

une maisonnette de vacances qu'un hôpital. Les Suisses ont la folie des petites choses, tout le contraire de nous.

À l'accueil, une vieille à l'allure de Père Castor est postée. Farah demande à voir « Youssef Bekri ». Je mets dix secondes à atterrir : j'avais zappé que le frandjo était sous mon identité.

Après nous avoir toisés du regard, elle nous indique la chambre « salamandre ». Ils peuvent pas faire comme tout le monde et donner des chiffres aux salles d'hôpital ? On tape une accélération vers ladite salle, car d'après Père Castor les visites ne vont pas tarder à finir et l'après-midi, c'est le moment des soins. Wesh la Suisse, c'est le monde à l'envers ?

Trois infirmières sont dans la chambre de Salim. Il se fait choyer comme un roi : une qui lui masse la tête, l'autre la main et l'autre les ieps… Aya j'ai juré c'est une dingue la dernière ! Wallah ça me dégoûte ses vieux ieps tous pourris, on dirait que son petit orteil c'est le jumeau du gros tellement ils sont difformes ! Comment elle fait pour toucher ces choses ? Starf j'ai l'impression de mater un film de paf[142] ! Même Farah a détourné son regard de cette scène à caractère plus qu'érotique.

— Wesh ! T'en as pas marre mec ?

Les infirmières, qui ne nous avaient pas vus, deviennent rouge cramoisi. Gênées, elles se lèvent de leurs places respectives. Salim, tel un mac, fait un signe de tête et ni une ni deux, elles sortent.

— Marre de quoi zarma ? Faut bien passer le temps. Et quand t'as des vaches pareilles, bah t'as qu'une chose à faire : c'est foncer !

— Respecte un peu ! Comment tu parles ?

— Allez arrête de faire l'ancien, elle a dû voir pire dans sa vie, la meuf.

Puis il marmonne un truc dans sa barbe.

— T'as dit quoi mec ?

— Rien plaque. Bon, on se tire de là ?

142 *Film porno.*

— Nan ça bouge pas tant que tu ne présenteras pas tes excuses ! Que tu fasses le pélo bouillantesque avec moi passe encore, mais wallah manque pas de respect frère.

— Mais vas-y viens pas me bassiner avec tes valeurs. T'es venu me chercher avec qui au juste ? Mère Térésa ? La madré ? Nan nan c'est la meuf de ton pote, ton frère qui s'est fait buté y a moins d'un an. Donc tes valeurs, applique-les un minimum avant de m'casser la te-té !

J'vais lui niquer sa race à ce petit tahane. *Comment tu parles avec ta bouche petite pute ?* La haine elle monte en moi. Wallah j'vais lui exploser la gueule. Mais avant que j'aie pu faire quoi que ce soit, j'entends Farah lui répondre.

— Ça ne me fait ni chaud ni froid venant d'un mec qui, pour occuper sa minable vie et parer à tous ses échecs cuisants, organise des gangs-bangs dans un hôpital. C'est pas parce que t'arrives pas à la cheville de ton frère que tu peux manquer de respect comme ça, surtout quand on vient pour te sortir de tes merdes.

— Ferme ta petite bouche ! D'où tu te mêles ? T'as cru on était dans un de tes films de from ? You, tu la laisses parler, t'es une...

— Mais c'est quoi ton problème ? Pourquoi tu remets tout sur lui ? C'est parce que ta femme t'a fait un môme dans le dos ? Ou bien parce que le seul plan d'envergure que t'as osé mener dans ta minable existence n'a jamais abouti ? Ou bien encore que…

— C'est bon Farah, stoppe-toi là. D'accord, le bâtard, il a touché au sujet sensible, mais toi mets jamais le doigt où ça fait mal à la vie, surtout pas avec la famille. Calme tes ardeurs cousine, tu tacles la famille, c'est moi qui m'écrase sur le ciment. Tu comprends ?

Elle me regarde choquée, puis elle me fait un signe de la main et sort de la chambre en claquant la porte. Je sais que c'était pour moi qu'elle faisait ça et que ses paroles étaient juste véridiques, mais la famille reste la famille, et même si c'est les pires, tu les respectes. Je sais pas c'est comme aç ; y a des trucs avec lesquels ont rigole pas. Salim me lance un sourire victorieux. J'ai toujours envie de lui en poser une.

— Elle a raison dans ses paroles et tu le sais mieux que moi *man*, mais elle avait pas à le dire. T'en restes pas moins une vieille merde ! Tu mérites que je t'étrangle avec ta perfusion. Wallah Salim, fais gaffe aux mots, parce qu'aujourd'hui c'est Farah que t'as blessée, mais demain ça va être un gue-din et ça se réglera avec le fer.

Avec toutes ces slatas, j'en avais presque oublié son état. Il a le bras et l'oreille sous pansement. Et pas trop mauvaise mine. D'après lui, l'infection est soignée, donc il ne risque pratiquement plus rien.

L'heure de la fin des visites va sonner. Je mets toutes ses affaires dans son sac de sport, range en deux-deux le merdier qu'il a foutu et finis par le faire passer par la fenêtre. Il a failli se gueleb[143] le bougre, ce qui détend un peu l'atmosphère. Farah n'est pas revenue ; elle doit nous attendre à la voiture. Je la comprends, wallah c'est normal. Y a des trucs pas faciles à accepter, mais elle, dans ma situation, elle aurait réagi pareil.

Fuguer d'un hôpital, y a qu'à nous que ça peut arriver. Heureusement, il est au rez-de-chaussée. Un dernier coup d'œil à la chambre et je sors enfin comme si de rien était. Père Castor, à l'entrée, me lance un regard réprobateur. Elle a dû voir Farah sortir vexée. Et doit sûrement m'accuser intérieurement.

Avec son allure de mutilé de guerre, Salim se la racle. Le chemin qu'on a fait en cinq minutes avec Farah s'est transformé en épopée de la drague d'une heure. Wesh il a un sérieux problème avec la gente féminine, c'est vrai. Il est plein de disquettes, de phrases bateaux de *lover* douteux et avec son corps tout gonflé par la prot'[144], bah bizarrement, ça marche. J'suis sûr que si un petit gars à lunettes et boutons avait sorti le même baratin, les meufs elles l'auraient pris en boule tellement c'est ridicule.

On finit par reprendre la route. Farah nous attendait au volant de sa « Clio », les yeux rivés devant elle, encore très largement tendue. Ça fait une heure qu'on roule et elle n'en a pas sorti une. Le frérot est déjà au téléphone avec une de ses conquêtes. Ça ne lui a pas servi l'histoire de Sarah... Le jour où il tombera amoureux, il va tomber de haut. Tous ses espoirs qui vont se bousculer dans son cœur de lascar, qui vont l'illuminer un peu et qui vont finir par le brûler. Mais d'ici là...

---

143 *Tomber.*
144 *Protéine.*

J'ai envoyé un message à Salima pour lui dire que tout s'était bien passé et qu'on était en train de partir. Elle ne m'a pas répondu. Chelou.

Sur la route du retour, y a trois cœurs tout bancals qui avancent vers leur avenir tout aussi bancal qu'eux.

Un *man* qui compense le mensonge de sa vie par les bas plaisirs de la chair, une feumeu perdue entre ses promesses passées et son amour présent, perdue entre sa fierté démesurée et sa faible considération d'elle-même, perdue entre les contradictions mêmes de son être. Puis y a moi... Un vieux mec digne de pas grand-chose, tiraillé entre le bien et le mal, entre ses valeurs et ses envies, capable d'invoquer le Très Haut uniquement quand tout va très bas. Comme si son amour pour toute chose devait avoir des conditions.

Sur la route du retour, y a trois âmes tourmentées qui masquent le tout par des sourires tristement faux, des sourires qui aspirent à tellement plus de choses que ces faux-semblants assommants.

On aperçoit au loin les contours de la tess qui se dessinent. Farah n'a pas accepté de me laisser le volant. Des cernes noirs sont apparus sur son visage. Je l'ai sérieusement blessée ; c'est bive j'm'excuserai plus tard... Là, j'ai pas la tête à ce qu'elle me la casse. Elle nous laisse, l'infirme et moi, devant le bâtiment. Salim la remercie chaleureusement. Ça fait plaiz' de voir qu'il a compris, le bougre.

Puis il s'en va le pas claudiquant, nous laissant seuls à seuls dans le froid de l'hiver. L'expression du visage de Farah change d'un coup. La glace fond petit à petit sous la chaleur de ses tourments.

Wesh qu'est-ce t'as petite tête ? Pourquoi ça peut jamais aller bien ? Pourquoi y a toujours un « hic » entre nous ? Des gouttes de l'océan de sa peine roulent le long de ses joues pour s'écraser sur le sol, des larmes tout aussi éphémères que nous ; elles ne brillent que le temps d'une peine.... Guerh, telle une mouille, je reste là à la mater sans savoir quoi dire. Je suis pétrifié, je sais pas quoi dire dans ces moments. Wesh les meufs elles pleurent à longueur de journée : elles pleurent de joie, elles pleurent de peine, elles pleurent de rage, elles pleurent d'amour. Bordel, on a d'autres moyens de montrer ses sentiments, d'exprimer ce qu'on ressent, j'sais pas moi ! Prenez un vla, ça défonce tout autant les yeuzes et le cerveau que les pleurs, mais au moins le temps d'une bouffée que t'expires, ce sont tes problèmes qui se tirent aussi.

J'essaie de rassembler le peu de force qu'il me reste pour lui sortir des mots pansements, mais je vois une tignasse brune la tirer par le bras violemment.

« Wesh t'étais où ? »

C'est sa copine Hind qui l'agresse comme un bicraveur accoste son client. Il lui manque une case à la go, j'arrive pas à comprendre ce qui les unit, ces deux-là.

Déjà, elle mate de trav' à longueur de journée wallah on a l'impression elle est myope tellement c'est de l'abus, ses regards. Je peux comprendre que la mort de son cousin lui a fait perdre toute joie de vivre, mais je ne comprends pas pourquoi elle est déterminée à l'enlever à toutes les personnes qui l'entourent. Elle m'inspire pas confiance, wallah wallah tous ses gestes trahissent de la pure folie... La folie qui te fait basculer de l'autre côté.

Hind se tourne alors brusquement vers moi et me regarde comme si elle avait entendu mes pensées. J'ai juré son regard il ferait fuir le plus thug de la tess, comme si... je sais pas... comme si elle savait ce que c'était l'enfer... Y a des gens, dans leur regard, tu sais qu'ils savent, tu lis une profonde tristesse, une profonde peine ou une profonde joie de vivre qui fait vibrer leur regard ; mais elle, quand tu la mates, c'est des flammes qui sortent de ses yeux en mode Sheytan. J'suis sûr qu'elle a un jnoune ou heja comme aç, c'est pas possible...

Elle insiste pour qu'elle la suive. Alors Farah se tourne vers moi et tout en suivant sa copine, elle pointe son doigt au ciel et murmure « Pingouin » du bout des lèvres. En une seconde, j'ai compris ce qui se passait dans son p'tit guelb. Pingouin...

Je les vois s'éloigner et mes pensées ont suivi son doigt pour rejoindre mon poto... Enfin pouvais-je l'appeler ainsi ? Lui qui aurait tout sacrifié pour elle et moi, on a fini par le sacrifier pour un « nous » qui a très peu de chance de se conjuguer au futur. Y a des gens, ils te donnent de l'amour tellement pur qu'il n'y a qu'eux, des êtres aussi purs, qui en sont réellement dignes. On va finir par mourir étouffés par nos remords elle et moi, wallah. *Wallah, Pingouin tu hantes nos vies, bordel, j'ai jamais autant pensé à toi que depuis que t'es plus là, j'suis perdu, j'sais plus comment agir avec toi, avec ta mémoire, avec ton passé... T'avais la sagesse de toujours suivre tes valeurs, t'avais la sagesse de connaître ton cœur ; nous on n'a rien de tout ça, on s'est laissés berner par iblis et ses complices et aujourd'hui, j'ai juré on n'assume pas !*

Ça nous ronge de l'intérieur, tu sais pas toi ; on sent la brûlure de ton regard déçu porté sur nous deux ; ça chauffe, ça chauffe, ça chauffe, la peau se barre, puis c'est la chair à vif qui subit. Ça brûle ça brûle, ça brûle, notre cœur il hurle, wallah il hurle à la mort, jusqu'à ce que les flammes anéantissent tout, même notre dignité... Puis tout se reforme : une nouvelle peau, une nouvelle chair, pour que ce soit perpétuel, pour que ton regard, pour toujours, nous brûle de n'avoir pas été dignes de l'amour qu'il nous a tant de fois donné.

Je rentre dans l'immeuble et vois des formes noires capuchées contraster avec la fumée blanche qui se dégage d'eux. Fanta, Check et tous les p'tits de la tess ont décidé d'élire domicile le temps d'une journée dans mon bâtiment pour parler et se marrer du braquage raté du refré. Tout se sait dans la cité. À l'époque, je les aurais tous goumés d'avoir osé profaner l'escalier où la daronne passait. À l'heure actuelle, *profanez ce que vous voulez les frères, c'est vos âmes qui en paieront les frais. Moi, je porte déjà le lourd fardeau de mes propres fautes.*

Chapitre 16

Les peines qui dévastent

Je rentre du taf, fatigué d'être levé depuis l'aube mais heureux d'être la caz'. Je me pose dans le salon, mes pompes de sécu toujours aux ieps.

Yemma me lance un regard réprobateur. Ni une, ni deux, je les retire et les dépose dans le petit placard de l'entrée. Elle est allongée devant sa petite télé sans vraiment la regarder ; son regard est scotché à la fenêtre et c'est uniquement pour voir qui traverse le salon qu'elle le détourne de son horizon. *Yemma qu'est-ce qui se trame dans ta petite tête ? Les tours de béton deviennent-elles des dattiers à perte de vue se prélassant sous le soleil du bled ? Les teneurs de murs se transforment-ils en petits enfants aux pieds nus riant aux éclats et courant sur le sable chaud de ta terre natale ? Parle-moi Yemma, dis-moi tout ce qui se passe dans ce cœur si tendre qui a subi des coups si durs...*

Salim est sous la douche, Salima prépare une que-tru à gamelle et moi je suis là, posé seul avec l'unique être sur Terre qui m'aimera sans condition, mais dont je suis incapable de déchiffrer la peine, les pensées.

Je vois son corps se soulever à chaque respiration, lentement, puis s'ensuit une toux grasse qui vient lui anéantir la gorge. Mon cœur se serre tellement fort, comme s'il refusait de me laisser inspirer à l'idée qu'elle avait du mal à expirer ! Yemma est asthmatique et y a des crises qui peuvent la cloîtrer au lit durant des jours. C'est les vieilles slatas de Salim qui l'ont mise dans cet état depuis maintenant une semaine, le jour de notre retour de Suisse.

Je sais pas... La maladie emportait petit à petit Elsa, mais elle n'avait jamais été aussi heureuse et épanouie qu'à cet instant. C'est là que j'ai compris : Dieu est immensément Grand et sa guidance dépasse toute chose. Il a réalisé la douha la plus chère d'Elsa : la conversion de sa maman. Elle voulait partager ça avec moi et me remercier d'avoir été son premier contact à l'Islam et de ce fait, le premier contact pour sa maman aussi. Paie ton contact, je l'ai emmenée dans la perdition la plus grande et elle tente de me remercier...

Sa mère a trouvé réconfort de la maladie de sa fille à travers la béquille qui faisait qu'elle était encore en vie : l'Islam.

Je suis resté coi, wallah, j'ai pas su quoi dire ; je l'ai juste écoutée parler de son bonheur. Plus je la matais, plus je me rendais compte que son regard c'est une lahma[145] et que sa vie c'était un signe de la Grandeur de Dieu. Quand j'y pense j'suis honoré de l'avoir connue, y a très peu d'êtres sur Terre qui sont dotés d'un tel destin et de telles qualités : la patience, la piété, la sagesse, l'amour... Y a tout ça qui se lit sur son visage.

J'ai fini par les laisser profiter de ce moment intense pour retourner à mes slatas habituelles tout en gardant en tête ce qu'elle m'a dit avant que je parte : *« Dans chaque épreuve il y a un kheir[146] : si ma maladie était le prix à payer pour que ma mère puisse renaître à travers sa foi, j'attraperais tous les maux de la Terre, wallah Youssef, regarde à quel point rien n'est fait au hasard. Chaque instant de ton existence compte pour l'Humanité entière. Ne néglige aucune de ces secondes. »*.

Alors même si mon cœur s'est troué quand mon frère s'est fait buté, même si le padré nous a lâchement abandonnés et a saboté nos vies, même si les factures s'entassent sur la tajine à l'entrée, même si on bouffe des pâtes à longueur de journée, même si le taf me nique

145 *« Clémence divine » en arabe.*
146 *Bien.*

ma santé et ruine celle de la madré, même si la vie de château nous esquive, mahlish, patience... Y a un bien dans chaque chose. La maladie, la mort, les épreuves ne sont que des rappels de Dieu pour nous montrer « l'éphémérité » de cette vie et l'importance de celle qui suit. Les cités sont des usines à galères, mais wallah, quand on y pense, c'est sûrement la meilleure manière pour Dieu de nous montrer combien il nous aime.

Ouais, pour tout le monde c'est la misère sec ; ouais tous les jours ce n'est pas la grande joie ; ouais on trime ; ouais on rame ; ouais on avance à pas de fourmi... mais bordel, on sait ! On sait qu'on n'est pas seuls, qu'Il est toujours là, qu'Il nous accompagne dans chacun de nos gestes. Même si des fois on se trompe, même si des fois on fait du mal, même si des fois on se perd, il suffit de se rappeler qu'Il est là et tout s'apaise. Lui-même nous l'a dit : *« Pensez à moi et Je penserai à vous*[147]*. »*. Et comme Elsa me l'a rappelé, si c'est le prix à payer pour se rapprocher de lui, on le paiera... S'Il le veut.

Après deux longues heures de sieste, mon réveil sonne. Je sursaute et réveille par la même occasion Yemma, qui dormait elle aussi sur le canapé d'à côté. Je m'excuse en l'embrassant sur le front et la laisse se rendormir tranquillement. J'ai un rendez-vous important.

Depuis cette virée, plus trop de nouvelles de Farah ; c'est pas plus mal. Wallah sa vue me donne la gerbe. J'vomis toute la trahison que je fais subir à mon reuf en glissant avec sa femme. Donc ses distances me vont.

Je regarde mon téléphone et vois un appel d'Elsa. Je la rappellerai plus tard.

Il y a deux jours, sa tante m'a appelé pour me dire que l'imam venait de sortir de chez elle et qu'il fallait que je vienne. Sur le coup, j'ai cru qu'elle était partie, que ayé c'était fini wallah. Wallah, j'ai ressenti un trou dans la poitrine, j'ai chialé comme un môme dans ma gov', j'y croyais pas. J'avais l'impression de ressentir puissance mille

147 *Coran, verset 152, sourate 2.*

ce que j'avais vécu dans le coma, zerh comme si c'était juste un avant-goût et que la réalité était mille fois plus *trash*, plus glauque, plus saignante que les rêves, enfin les cauchemars. Puis, quand j'ai franchi le seuil de la porte de chez elle, son appart' était embaumé d'une douce odeur de musc. Je sentais qu'il y avait eu quelque chose de grand qui venait de se dérouler, mais ce n'était pas la présence de la mort, non. Au contraire.

J'ai vu Elsa plus mince et malade que jamais, vêtue de blanc, avec ses grands, ses très grands yeux verts remplis de larmes, blottie contre sa mère qui était habillée de la même manière qu'elle. On aurait dit deux anges, deux anges tout droit sortis du paradis. Je me suis rendu compte que j'avais été très peu touché dans ma vie par de belles visions. Je crois même que c'est la première fois que mon cœur s'est soulevé en voyant un truc aussi beau.

Calé à deux pas de cette faculté où je n'ai jamais mis les pieds, temple du savoir auquel je n'aurai jamais accès, j'attends Aria comme à l'ancienne. Je pensais être en retard, mais c'est elle qui l'est au final.

L'erreur de sa vie, elle l'a faite en voulant la partager avec l'image d'un *muslim*, en blottissant son p'tit cœur meurtri dans les bras du premier venu. C'était l'espérance d'un avenir quelconque – et même trouble – qui lui permettait de sortir du cercle vicieux dans lequel nous étions tombés, elle et moi. Au final, j'ai cette terrible impression d'être responsable de sa perte... Moi, prêt à me mettre la corde au cou tellement y avait plus rien dans mon cœur et elle, rayonnante, magnifiquement pure – un p'tit ange –, elle qui me pousse à aller mieux, elle qui m'insuffle sa foi, son énergie, son amour, elle qui me donne tout au point de se vider, au point à son tour de glisser sur les pentes sinueuses de la souffrance. Mettez un trésor entre les mains des hommes, ils l'usurpent, le dilapident, incapables d'en prendre soin, incapables de l'estimer à sa juste valeur.

Faut que je me rattrape wallah je n'ai pas le choix, comment pourrais-je assumer devant Dieu d'avoir brisé une de ses barakas[148],

148 *Cadeaux de Dieu.*

d'avoir anéanti la plus belle chose qu'un homme puisse recevoir : une femme qui l'aime sincèrement ? Comment ?

Elle sort de sa fac en tentant les lunettes noires. Sûr dans son amphi, ils ont dû croire qu'elle se la raclait en mode starlette qui se la joue ricaine pour mettre des lunettes au début du mois de décembre ! Zerh s'ils savaient ! Certaines femmes soulignent leur regard avec du mascara, du crayon noir ; Aria, c'est des hématomes bleus qui viennent donner de l'allure à ses petits marrons.

Wallah wallah, j'ai juré son tahane de mari, j'vais lui envoyer des p'tits de la cité ils vont lui péter les deux genoux pour avoir osé s'en prendre à une femme. *Wesh t'as pas de fierté mon frère ; non t'es pas mon frère, t'es un chien ! Wallah t'es qu'un vendu, une pourriture...*

Elle regarde autour d'elle, l'air agité, puis avance vers moi d'un pas vif et pressé. Elle murmure un « viens » angoissé et se dirige dans une ruelle peu fréquentée, presque déserte. Ma vie c'est un film français retartouf.

— Wesh t'as rien à craindre Aria, t'as cru qu'il allait oser te faire un truc alors que je suis dans les parages ?

— On sait jamais Youssef...

Elle parle à voix tellement basse que ses mots sont presque inaudibles. Elle qui me regardait toujours fermement dans les yeux, elle baisse instinctivement la tête. Je constate avec effroi — nan pire, avec horreur – à quel point il l'a traumatisée. Et moi comme un deb je l'ai laissée se perdre, wallah c'est moi le traître...

— Bon calme-toi, il fait pas partie d'Interpol ce vieux pélo ! Wallah wallah, Aria sur la vie de ma mère – et tu sais combien y a rien de plus cher à mes yeux – il ne te touchera plus ce fils de... ! T'en es où dans les procédures de divorce religieux ?

— J'ai un rendez-vous la semaine prochaine, dis-toi on aura divorcé un mois exactement après notre mariage. Je crois qu'on ne peut pas faire pire que nous.

— Pense même pas à ça ! C'est un p'tit fils de chien ! On va rien lui faire avant le divorce pour pas que l'imam soit choqué, mais wallah à partir du moment où c'est fini, je vais le défigurer. Sous tes lunettes c'est si moche que ça ?

— Tu peux même pas imaginer, je suis monstrueuse.

Elle sourit et je vois qu'elle a perdu une canine. Le sang me monte au cerveau. Je ne peux rien faire tant que je ne constate pas l'ampleur des dégâts. Je décide de me calmer sec pour qu'elle me laisse voir ses blessures. Je la joue mec drôle qui est capable d'en rire.

— Si si t'inquiète j'peux imaginer ! Combien de fois, dans des sales histoires avec les hnens, j'suis rentré chez moi avec les couleurs de l'arc-en-ciel sur le visage, orange, bleu, violet... Ils ont même découvert des teintes inconnues jusqu'à présent !

Elle rit à voix basse, réfléchit un moment pour se décide à retirer ses lunettes. Je suis choqué.

Son œil gauche est à moitié fermé et recouvert par du sang qui a séché et qui forme une espèce de croûte visqueuse. Elle lui recouvre presque la moitié de la joue. Le droit quant à lui est entouré par un hématome presque noir et parsemé de petites taches jaunes et violettes. Elle a aussi des plaies à moitié saignantes à la place de ses sourcils.

— Je t'avais dit que j'étais monstrueuse, Youssef.

Sa lèvre tremblote, puis elle se met à pleurer tout doucement. Je garde mon sang-froid tout en la calmant dans mes bras.

— Chut, doucement. Ça va s'arranger, je suis là...

Un flot de paroles apaisantes sort instinctivement de ma bouche mais dans ma tête, y a une alerte rouge qui s'est déclenchée. Je vais buter ce mec. Je vais lui ôter sa vie et j'emmerde toutes les justices au monde ; qu'ils me mettent au hebs, même sur la chaise électrique, wallah je vais lui faire subir ce qu'il a fait subir à ma... à Aria. Je vais le dépecer, le torturer s'il faut, lui recouvrir son corps d'acide, puis le laisser se faire bouffer par des rats. Wallah il veut faire le mec violent, il va découvrir le *hard corps*. Je la dirige doucement vers ma voiture.

— Youssef, s'il te plaît pas l'hôpital. Je ne veux pas, je veux plus.

— D'accord. T'inquiète pas.

Je réfléchis à une solution. Je ne peux pas l'emmener à la maison, wallah, la madré a déjà assez de soucis comme ça pour pas lui en rajouter. Je pense à la seule personne de confiance qui pourrait l'héberger, mais c'est aussi la plus improbable.

Je l'appelle. Elle accepte sans hésiter.

En trente minutes, on se retrouve là-bas. Le temps du trajet, Aria s'est endormie comme un bébé côté passager. Sur la route, j'ai compris la vulnérabilité de cette fille. J'étais sa faiblesse et je lui ai fait tout perdre. Mais j'ai juré je ferai tout pour qu'elle aille mieux. J'suis pas un fils de pute, au contraire, et même si je dois y passer ma vie entière, j'vais la remettre sur les rails. Je l'ai fait passer du côté obscur de la vie. À moi de changer la donne. J'ai envie de vomir mes tripes tellement c'est dingue ce qui s'est passé dans sa vie. Wallah j'ai la tête qui tourne et le cerveau qui fume, mais faut déjà que je la mette à l'abri. Après, moi, on verra.

Je la porte jusqu'à la porte d'entrée, l'ouvre sans frapper et la dépose sur le canapé. On me tend une couverture. Je me retourne et vois Elsa difficilement debout, le plaid toujours tendu vers moi, un faible sourire dessiné sur ses lèvres blanches et les yeux pleins de lumières.

Je récupère la couverture, en recouvre Aria et suis Elsa dans sa chambre. Elle se rassoit sur son lit. Quant à moi, je me pose sur le bord de la fenêtre.

— Regarde le voile que j'ai commandé à ma mère sur le Net, pour fêter sa première semaine dans l'Islam.

Elle me montre un joli tissu blanc, toute fière d'elle, pour détourner la conversation de l'acte de malade qu'elle vient d'accomplir une fois de plus pour moi. Je fais un signe de tête et prends la conversation là où elle devrait en être.

— Merci Elsa. Y a pas d'autres mots, t'es un ange.

— T'as pas à me dire merci. Remercie Dieu qu'elle soit encore en vie. Comment t'as pu la laisser comme ça, You ?

— Je sais wallah, tu sais pas comment je m'en veux. Mais t'inquiète, il va le payer.

— Si ta solution c'est d'aller torturer ce mec You, c'est que tu n'as rien compris de tout ce qui se passe autour de toi. Tu vois pas que c'est un signe ? Éloigne-la de lui, aide-la à se relever comme elle t'a aidé à te relever et fonce You, n'attends pas une seule seconde, fonce. J'suis la preuve que la vie peut basculer n'importe quand.

Je sens mes joues rosir : elle est sérieuse là ? Elle me dit des trucs pareils, mais dans quelle dimension on est là ? Je suis mal à l'aise de parler d'elle avec Elsa, mal à l'aise de lui demander de l'accueillir chez elle...

— Tu parles de quoi ?

— Allez arrête de tourner autour du pot You, je te connais. Y a rien qui est fait au hasard. Si elle est passée par l'horreur, c'est pour mieux te retrouver ; c'est formateur ce genre de chose et tu sais, ne cherche pas à faire justice toi-même, You. T'oserais te mettre au-dessus de Dieu ?

— Nan hechem Elsa, wallah j'ai jamais dit ça ! Mais faut qu'il paie ! Tu sais comment c'est chez...

— Mais arrête Youssef Bekri ! Y a pas de chez vous, y a pas de cartel, y a pas de rats, de thugs, de ghetto... tout ça c'est des machinations de votre cerveau. Tu as tes propres règles, tes propres limites et tu as le choix de les respecter ou non ! Or avant tout, tu es humain, donc créature de Dieu, alors arrête cette mascarade de soldat du bitume : ça prend plus avec moi. Sois un soldat de Dieu, à la limite, en t'efforçant de respecter ses commandements.

Elle me dit ça mi-amusée, mi-sérieuse. Je sais pas quoi dire. Elle vient de me mettre une frappe. Y a une telle éloquence dans ses phrases, une telle vérité dans ses mots que wallah, bah j'suis incapable de lui répondre quelque chose de crédible.

— Wesh ça veut dire j'suis une mouille ? Il la défigure et on le laisse s'en tirer comme ça ?

— *« Quiconque fait un bien, fût-ce du poids d'un atome, le verra, et quiconque fait un mal, fût-ce du poids d'un atome, le verra. »*. La patience You, la patience c'est la clé de tout. Ne fais pas quelque chose que tu ne seras pas prêt à assumer devant Dieu. Fais-Lui confiance. Protège-la elle, fais en sorte que cette justice humaine qui t'a toujours fait défaut vous serve à tous les deux mais toi, ne te mets pas dans la merde : tu ne pourras pas l'aider. Pense à ta mère, pense à ta famille, à elle... Pense à moi aussi.

Elle me sourit et puis ferme les yeux. Son visage se crispe de douleur. Je me lève, mais elle tend la main pour me stopper.

— Laisse-moi s'il te plaît, ferme la porte.

Je ne sais pas quoi faire, je continue d'avancer vers elle.

— S'il te plaît, Youssef.

Elle me dit ça d'un ton ferme et doux à la fois, ferme dans sa décision d'être seule pour souffrir, doux dans sa volonté de ne pas me blesser. Alors je la laisse là, gisante, dans sa chambre. En refermant la porte, je l'entends gémir de douleur dans son coussin. Je me laisse glisser le long du mur, la tête dans les mains.

J'suis fatigué de ne pas pouvoir agir, de devoir être un spectateur passif de la souffrance de ces guerrières. Leur vie c'est un drame et moi je suis ici à les regarder souffrir sans pouvoir agir, comme une mouille, à me morfondre... Je ne peux pas wallah, je peux pas, faut que j'agisse. *Rabbi, c'est pas que je ne crois pas en ta justice, mais il faut qu'il paie, j'ai pas le choix, il doit morfler le fils de... !*

Première, deuxième, troisième... J'appuie sur l'accélérateur et l'embrayage en même temps, de manière à faire rugir le moteur. Faut que ça sorte, faut que j'extériorise tout ce qui se trame en moi, et ce fils de chien est la meilleure des cibles : il a brisé Aria, il l'a détruite moralement et physiquement alors il va payer ; il va aussi payer pour la souffrance d'Elsa. Comment des bâtards comme lui peuvent-ils être en bonne santé tandis que des anges comme elle endurent le martyre ? C'est quoi ce monde de tarés ?

J'voulais appeler les khos : ils auraient été partants pour bouger je le sais, mais wallah j'suis pas une mouille. Contrairement à ce tahane qui agit en bande, moi j'vais comme un caillou, tout seul. Il fait le pélo bouillantesque[149] qui se déchaîne sur une feumeu, mais wallah il a rien vu, il ne connaît pas la violence, la vraie ; il va finir dans une cave, découpé, et je porterai ses organes en guise de bracelet ! Nous, contrairement à lui, on est pas fiers d'avoir fait des trucs de ouf, jamais on s'en vantera ouvertement, mais le pélo ne ne sait pas à qui il a affaire. Il croit nos cernes ils sont dus à quoi ? On a tellement fait

149 *Bouillant.*

des trucs de sheytan, on est allé tellement loin dans la jnounitude que wallah wallah on n'en dort plus la nuit ; y a des visages, des scènes qui nous hantent matin et soir. J'ai vu des anciens vomir leurs tripes dans ce genre de situation ; gorge nouée, visage blême, les yeux assombris par le hlam, on allait au charbon ; on a flirté avec la mort, pactisé avec Iblis pour des histoires de came, de trafic, de thunes, mais jamais, *jamais* on s'en est pris à des innocents, encore moins à une femme. Ce genre de rajels, si on peut les appeler ainsi, ils tentent de se donner une pseudo virilité en testant leur soi-disant force sur la créature la plus vulnérable qui soit : une femme amoureuse.

Je mate le sinistre décor de la tess. Tout est fait pour nous faire péter un câble : la hauteur de nos bâtiments qui nous coupe l'horizon de manière qu'on nous coupe nos rêves chaque jour ; les couleurs ternes de ces allées qui nous font broyer du noir ; très peu de verdure où seules nos immondices fleurissent ; les voitures cramées ; les caddies abandonnés ; les camps de Roms délabrés... Wesh y a rien, y a rien de beau à voir dans nos cités.

Je fais un détour dans un des lieux maudits de notre quartier : la cave au fou, là où on a enlevé la vie à Pingouin. C'est là-bas qu'on planque tout le matos pour les vieilles slatas, le genre d'outils que personne veut avoir chez soi tellement ils ont servi pour des trucs *hard corps*.

Ce bâtard d'Alex va ramasser juste pour m'avoir obligé à revenir ici. Cet endroit me donne la chair de poule wallah wallah. Je descends les marches où sont parsemées des vieilles capotes usagées hachek, des seringues, des vieilles habtas, des morceaux de verre, des clous rouillés. Wallah j'ai l'impression de prendre les marches de l'enfer. C'est là que mon reuf a expiré son dernier souffle. Des frissons parcourent mon corps.

À mesure que je m'enfonce dans les entrailles de la tess, j'entends des pleurs de plus en plus forts. Le genre de sanglots qui t'écorchent la gorge tellement ils font mal, qui ne sortent que de la bouche de ceux qui ont connu les ghettos-drames, les vrais. Mon estomac se noue. Et si c'était Farah qui était en virante en train de pleurer ici ?

Mais non elle a pas le droit de prendre cet endroit pour se souvenir de Pingouin ; il valait tellement mieux que cet endroit miteux et sombre. Pingouin, il touchait les nuages ; la Roch', ça lui allait bien car elle domine la tess, elle domine *notre* monde tout comme Pingouin, par ses pensées, il nous dominait tous. Elle a pas à venir pleurer dans ce bordel. Wallah mon frère c'était un sage, un sage de la rue, pas une vermine des bas-fonds !

J'avance dans les sous-sols et mes yeux s'habituent enfin à l'obscurité. J'esquive un vieux vélo posé en plein milieu puis me dirige dans le sens inverse du local où se trouve le matos. Faut que je sache qui est cette personne.

L'endroit pue le moisi, l'humidité, la pisse et bordel ! plus j'avance, plus j'ai mal... *Pingouin, Pingouin, Pingouin, bordel Sofiane ! Ce lieu immonde c'était ta demeure finale !* Je ravale toute ma peine, essaie de chasser ces idées nauséabondes de mon cerveau et accélère le pas jusqu'à l'origine des pleurs.

Adossé contre le mur, je distingue un petit corps de meuf secoué par la force de ses larmes. Ce n'est pas Farah, la feumeu a les cheveux plus clairs. Une babtou ? Entre ses sanglots, elle murmure des trucs inaudibles. J'essaie de faire le moins de bruit possible, mais je trébuche sur une vieille bouteille de habta vide. Dérangée par le bruit, la meuf lève sa race : ce n'est autre que la pote à Farah, Hind.

— Tu veux quoi toi ?

On aurait dit un jnoune qui s'adressait à moi. Wallah tout est oppressant dans cet endroit et elle, elle l'est encore plus. Je commence à m'approcher pour la calmer, la meuf se met à m'aboyer dessus !

— Dégage ! Dégage d'ici bordel !

— Wesh calme-toi, qu'est-ce t'as ?

Je n'ai pas le temps de finir ma phrase qu'elle me saute dessus tel un chien enragé et me fait tomber par terre. Argh ! sa race, je tombe sur une bouteille de habta qui me perce le dos tandis que la furie continue de gesticuler. Elle tente de m'étrangler en me hurlant des trucs de barje au visage. J'ai juré cette femme est possédée. Je lui décolle une patate à lui arracher la tête à cette folle, et elle tombe sur le côté totalement sonnée.

Sa mère ! la bouteille m'a presque perforé l'abdomen, je pisse le sang ! C'est un coup j'ai chopé le tétanos dans cette cave de merde. Je me lève, j'essaie de retirer la bouteille, mais wallah elle est québlo. Mahlish je mate l'autre folle au sol. Elle mériterait je la laisse haneni inconsciente ici, mais je peux pas, ce n'est qu'une merdeuse. J'hésite une seconde puis la mets sur mon épaule, et c'est la démarche bancale que je sors de ce trou maudit.

De ma vie entière, je n'ai jamais vécu une scène aussi folle. Je porte une petite de la tess qui vient de m'agresser gratuitement dans la cave au fou, avec une bouteille de habta coincée dans le bas du dos qui me fait pisser le sang. Wallah ma vie c'est un film dramatique, voire pathétique dans ces moments. Je galère à monter les escaliers ; en plus l'autre folle elle n'est pas si légère que ça. Putain je l'ai sonnée, elle ne réagit à rien. En sortant, essoufflé, je croise Alain, un pote au frère à Hind. Il me mate choqué et me demande ce qui se passe. Je lui explique en deux-deux la slata pendant qu'il m'aide à retirer la bouteille.

— Nan, mais c'est une virante, vas-y poto va à l'hôpital, j'appelle son reuf. Wallah c'est grave tu pisses le sang.

— Ouais sa race, la plaie est grave profonde dis-toi. Dis bien à son frère qu'elle a eu de la chance de tomber sur moi, parce que wallah je connais des rats ils auraient été sans pitié avec elle, p'tite sœur ou pas p'tite sœur.

— Ouais j'sais You, t'es un bon. Mais wallah elle a vrillé, elle se remet pas de la mort d'Elyad ; c'est pas la première fois qu'on la retrouve dans la cave où il s'est pendu, tu sais très bien.

Je percute ! Zerh ça n'a rien avoir avec Pingouin ! Si elle était là, c'était pour son cousin. J'avais zappé sur le moment. Chacun est pris par les souvenirs qui le marquent personnellement. Elle reprend peu à peu connaissance, mais wallah je peux pas rester, le sang coule à flot. Je stoppe l'hémorragie avec mon pull et monte dans ma vago.

Je roule jusqu'à l'hôpital. En temps normal, quand j'y vais pour le taf le trajet est super court, mais là wallah je sens les minutes passer.

J'ai niqué les sièges de la gov' avec mon sang et j'entre aux Urgences en mode virante tah le mout, torse nu et ensanglanté. La secrétaire de l'accueil, toujours parée d'une paire de lunettes, me fait passer en priorité vu mon état et ne me demande même pas mes papiers. Tant mieux wallah parce que là j'ai vraiment rien sur moi.

Au bout deux heures de soins intensifs et une radio, je peux enfin repartir avec un pneumopéritoine. Quand le médecin m'a dit ce mot, j'ai cru qu'il avait éternué. Ça a beau faire un mois que je travaille là-bas, wallah j'm'y fais pas au langage des médecins. En gros j'ai de l'air dans l'abdomen à cause d'un trou dans l'estomac, ou un délire dans le genre. À vrai dire j'ai rien compris ; tout ce que j'sais c'est que j'ai eu de la chance que ce ne soit pas plus grave : à quelques centimètres près, c'était la fin pour moi.

Au final, j'ai même pas pu aller voir l'autre vieille salope d'Abdel Krim ! Je sais pas si c'est le hasard ou Dieu qui a souhaité l'épargner en mettant l'autre folle sur mon chemin ! Mais c'est que partie remise. J'ai juré je vais lui faire payer dès que ça ira mieux.

Mon téléphone sonne, un numéro inconnu s'affiche.

— Wai.

— C'est You là ?

— Pourquoi ?

— C'est Hakim le frère d'Hind. You, t'es dans les parages ?

— Ouais j'viens de sortir de l'hôpital là.

— Vas-y bouge pas wallah frère, j'arrive.

Posté sur le capot de ma voiture en attendant que Hakim arrive, je fume une roulée sans filtre. Wallah c'est dégueulasse, ça me nique la gorge, mais j'ai que ça à cette heure-ci.

J'aperçois une grosse bagnole dans l'entrée du parking : c'est sûrement lui.

Il sort et vient vers moi d'un air inquiet et désolé.

« Wallah Youssef, désolé. Ma sœurette elle va mal, mais elle a jamais tenté des trucs de fou comme ça, je ne comprends pas. Wallah toi ça va ? Ils t'ont dit quoi les toubibs ? Tu peux conduire ? Vas-y monte, je te ramène à la cité et je viendrai avec Alain récupérer ta gov'. »

Il me laisse pas en placer une, mais mahlish les cachets m'ont *shooté*, ma roulée m'a tué, wallah j'veux qu'une seule chose à cette heure-ci, c'est me vautrer dans mon pieu. Il s'excuse un milliard de fois, tente de m'expliquer le comportement de sa sœur, son incapacité à faire face, la merde dans laquelle il est depuis. J'sais que ça va pas ni pour lui, ni pour sa sœur. Mais wallah mon frère on a tous nos maux. Je lui en veux pas à la gosse si elle est fêlée, ni à lui s'il n'arrive pas à gérer ses histoires : entre ses gosses, le jugement, sa madré, son ex-femme et elle, y a de quoi comprendre. Mais j'arrive pas à l'écouter, j'arrive pas à me focaliser sur ses paroles, mon esprit divague. J'ai failli y passer parce que je souhaitais buter un mec. J'allais partir les mains pleines de sang dans la cave où mon reuf s'est fait tué comme si sa mort ne m'avait pas servi de leçon, comme si nos vies n'étaient qu'un perpétuel recommencement où les seuls sentiments qui survivent sont la haine, la vengeance. En début de journée, je ne jurais que par la justice divine ; il a suffi que la rage revienne et j'étais prêt à sombrer une nouvelle fois. Une seconde le paradis, la seconde d'après c'est l'enfer. J'ai le cul entre deux chaises, le cœur entre deux mondes ; si je ne fais pas un choix définitif, je m'en sortirai pas.

Chapitre 17

11.43

Triste jour. En me levant ce matin, j'ai maté le ciel : il avait la même humeur que moi, sombre et maussade. J'ai cherché tant bien que mal à trouver un signe de toi mon frère. Alors j'ai fouillé ma piaule comme si ma vie en dépendait et j'suis tombé sur une vieille boite à chaussure avec les petites bafouilles que vous m'avez envoyées à l'époque du hebs. Je mate ton écriture de môme qui jure tellement avec la personne que t'étais. Je te revois tirer la langue en remplissant les papiers pour ta madré.

«Wesh mon refré. Comment ça va la famille ? Wallah du calme avec le maton, ça mène à rien les embrouilles ; faut que tu sortes au plus vite, tu dois être irréprochable, wallah wallah t'as pas le choix, on t'attend tous dehors.

Y a Farah qui te passe la paix, je la vois pas souvent ces derniers temps parce qu'elle squatte à la clinique de la ville pour voir sa poto, tu sais la cousine du p'tit Elyad, allah ya lahmou. J'hamème à ce petit souvent, comment il en est arrivé là ? Wallah j'l'ai fourni deux trois fois et je me demande, enfin j'sais pas man, il me trotte dans la tête. Bon vas-y kho t'es pas ma meuf, mais tranquille bientôt on repapotera comme à l'ancienne. D'ici là reste calme, évite le mitard même si le maton y mériterait que tu l'achèves à coups de bâton. Pense à ta madré, pense à Elsa, pense à nous, à moi man, sors le plus vite possible.

Sache qu'ici c'est toujours la même merde. Une petite s'est faite fauchée par une patrouille de police y a quelques jours, la sœurette des frères Bakari, je sais pas si tu vois. Une môme incroyable, elle connaissait le Coran par cœur à son âge. Que Dieu lui fasse miséricorde, mais je m'inquiète pas pour elle, c'était un ange ; c'est pour nous les jnounes que ça craint wallah. Bref les khos ont violenté toutes les institutions pour montrer la rage, mais y a rien qui est mis en place, puisqu'ils étaient en course-poursuite dans la tess pour une histoire de came. Les frères ne se remettent pas de ce départ. Wallah refré j'ai cette putain d'impression que la hess elle est collée à nous comme une mouche qui rôde autour de la merde, comme si le noyau de nos vies n'avait en attraction que des électrons de galères, wesh jamais ça finira ces slatas ?

Shab les coups de chance, on connaît pas nous ; les coups de pelle par contre, pour nous creuser encore plus bas qu'on ne l'est déjà, ça y va wallah.

Tu nous manques man, wallah wallah, la Roch' c'est pas la même sans toi, les habtas non plus, même le fric il réussit pas à remplacer un frère. En parlant de ça, j'ai posé cinq cents euros à ta petite madré, histoire qu'elle finisse le mois tranquillou. J'ai pas eu le temps de lui faire les courses, mais t'inquiète toujours un bouquet de roses pour jumuha, j'oublie pas.

Ton reuf, l'ancienneté.

Pingouin. ».

Des frissons sur toutes les parcelles de mon corps, je range la lettre dans ma poche intérieure gauche, près de mon cœur. Putain, le *man* il allait voir ma mère tous les vendredis quand j'étais au placard, et j'ai pas mis le pied chez lui depuis près d'un an.

Faut que je montre la lettre à Farah. Je l'appelle, mais en guise de réponse, je n'entends que des longs « bips » qui s'éternisent. Elle fait la morte. Putain la feumeu elle ose ne pas répondre un jour pareil, je ne sais pas *man* même si t'as la haine, fais la dingue ce jour-ci...

Je sors de ma chambre et sens l'odeur des msemens[150] de la madré dans la cuisine, mon ventre se tord rien qu'à l'idée de sentir sous le palais ses mythiques plats. Elle est posée sur son petit tabouret près de sa tabouna, avec pour compagnie sa fille qui la mate avec attention. J'esquisse un sourire en entrant et c'est sans hésitation

150 *Plat arabe.*

que je me penche pour l'embrasser sur le front. Ma petite vie. Elle n'est plus surprise maintenant, c'est comme si notre relation avait changé du tout au tout.

T'aurais dû avoir vingt-cinq piges man, t'aurais dû fêter un quart de siècle sur Terre. Faut que j'aille faire une mission qui me pèse depuis un moment. Ça fait presque un an que je ne me suis pas présenté chez toi. Wallah je ne pouvais pas c'était psychique, j'y serais allé en sanglotant comme une mouille alors que ma peine face à la leur c'est comparable au néant.

Mais aujourd'hui je peux pas esquive, je sais que tu aurais limite déménagé à la maiz' pour soutenir ma mère, que t'aurais été un fils mille fois plus digne que ce que j'ai pu être. Mais face à toi, je n'étais pas à la hauteur mon frère, et je te l'ai montré une énième fois en délaissant ta familia. Mais wallah mon frère je pouvais, j'y arrivais pas, j'aurais jamais pu supporter le regard de ta mère rempli de larmes d'avoir perdu son fils chéri, d'être seul face à la vie sans ton rempart ! Wallah Pingouin j'suis qu'un lâche, mais j'vais être digne de toi. Il est jamais trop tard pour changer.

J'arrive en bas de ton bâtiment et ma gorge se serre. J'ai des sueurs froides, mais je monte quand même dans les escaliers où de multiples messages ont été mis en ta mémoire. Tu sais Pingouin, ces gens qui prennent le temps de venir taguer tes escaliers pour te dire qu'ils ne t'oublieront jamais, ils n'ont pensé à toi qu'à la seconde où leur marqueur s'est posé sur le mur. Moi j'ai pas besoin d'aller gribouiller ton blase sur les murs sales de la tess pour me prouver à moi-même que tu me manques. Wallah frère même si j'ai bafouillé pendant un an, wallah wallah ton absence, elle continue de me lacérer le cœur.

Je mets ma capuche et ne prête pas attention à ces *graffs*.

Troisième étage, Chafihi Hmida. Je reste planté là devant la porte, à regarder le judas sans oser faire un geste. Les secondes passent puis les minutes et je n'y arrive pas ; je reste là comme un hmar[151] à attendre un miracle. *La dernière fois que j'ai franchi cette porte, t'étais encore en vie mon frère. Y a tant de choses qui se sont passées depuis, tant de peines que les femmes de ta vie ont dû vivre seules tandis que*

151 *Âne.*

moi je restais tapi dans la mienne. Et puis en ce malheureux jour, je me pointe chez toi, comme aç... Je vois ton sourire de crapule dans ma tête. Et je me décide enfin à frapper.

J'entends une voix faible demander « Qui est-ce ? ». Je préfère ne pas répondre. *La porte s'entrouvre et je vois ta petite sœur me mater avec ses grands yeux bleus. On s'est toujours demandé où elle les avait chinés ses heynesses, wallah personne dans ta famille n'en avait des comme aç.* Elle met du temps à me reconnaître, puis ouvre la porte en plus grand et me dit d'entrer avec un sourire timide.

« Youssef... Ça fait... Ouais. »

Elle dit quelques mots sans que je les entende pour cacher sa surprise et sa gêne tandis que j'émerge dans ton chez-toi. La tapisserie a jauni, est décollée à moitié et toutes les portes sont ouvertes, sauf celle de ta chambre. Y a ton odeur partout ; ta mère elle faisait des mélanges incongrus de lessive, ce qui fait que dans toute la tess y avait que toi qui pouvais avoir cette odeur.

Y a rien de pire que l'odeur des souvenirs, j'ai l'impression que tu vas sortir de ta minuscule chambre en calbute[152]*, tout keuss*[153]*, le corps séché par le hnav, te diriger vers la salle de bain, en deux-deux douché, paré en jeans survêt, capuché, « Air max » aux pieds, le visage bouffi par le sommeil et te raclant la gorge comme un ogre. Je te vois refaire en long et en large ton p'tit chez toi, embrasser ta madré, embrouille la petite sœurette, poser ta thune, poser les courses, faire la popote pour toute la familia. Je te revois posé dans ta cuisine à mater ta madré des heures durant, rire avec elle, l'aider, la soutenir, la chatouiller. Un loup dans la tess, un agneau chez lui : un vrai bonhomme, Pingouin.*

Fatim prévient votre mère pour qu'elle mette son hijab puis elle m'emmène dans la cuisine. Je la regarde s'agiter dans la cuisine sans oser lever ses grands yeux vers moi. Tu deviendrais fou si tu voyais ta sœur à cette heure-ci. Ta petite batata chérie est devenue cadavérique elle aussi, comme Elsa, on pourrait la briser en un instant. Elle est où la chahma[154] *que tu pinçais sur le ventre de ta soeurette ? Ses joues que tu mordais ? Ce visage poupin et souriant n'existe plus, y a plus rien si*

---

152 *Caleçon.*
153 *Maigre.*
154 *Graisse.*

ce n'est ses yeux bleus remplis de peine, comme si l'océan de ses tourments se logeait dans son regard. Son visage est blafard et creusé. Elle me prépare un café et ta mère arrive enfin dans la cuisine. Si je pensais que ta sœur était mal en point c'était sans avoir vu l'état de ta maman.

Elle entre faiblement dans la cuisine, s'approche de moi, et explose en sanglots dans mes bras. Je la serre et je retiens difficilement les miens. Elle pleure en me serrant fort comme si j'étais toi, comme si elle me voyait en toi, et moi je laisse couler mes larmes comme si je t'avais dans les bras.

Au bout de quelques longues minutes, on s'assoit tous autour de la table et la conversation peine à commencer. Que dire ? M'excuser ? Pleurer ? Prendre des nouvelles ? Y a des silences qui communiquent plus que les mots. C'est Fatim qui se décide à parler :

— Tu taffes à l'hôpital à ce qui paraît ?

— Oui, je transporte des produits, c'est tranquille.

— Tu as raison mon fils, il faut se poser et pas causer de soucis à ta maman. Elle va bien ?

— Son asthme la rend un peu faible, mais ça va el hamdoulilèh... Et toi Tata ?

Fatim regarde sa mère l'air inquiète. Tata Hmida parle :

— C'est dur mon fils, très dur. Sofiane c'était l'unique homme chez moi, c'était mon mari, mon fils, ma copine, ma sœur, tout. Tout Youssef. C'est très dur. J'ai perdu un peu comme un morceau de mon cœur. Mais j'ai ma fille qui m'aide, ma princesse, et Dieu. Dieu est grand mon fils.

Elle respire fort en se massant le visage comme les madrés rebeux ont le don de le faire. Fatim continue de me mater de loin. Elle a la même race qu'Elsa, des grands yeux bleus qui écrasent le reste de son visage ; on ne voit qu'eux, des yeux qui souffrent, des yeux qui sont seuls, des yeux en deuil.

Sa souffrance, je l'entends dans ses silences ; ils me murmurent des lamentations... Et pourtant sa mère, moi, le monde, restons spectateurs impuissants du calvaire de son existence, de l'incendie de son âme depuis que sa raison de vivre s'en est allée. On peut rien faire face à un cœur calciné : ça relève pas de l'humain, mais du divin.

On discute pendant une heure, elle me remercie pour les sous que j'ai envoyés toutes les semaines en *scred* dans sa boîte aux lettres. Pas un reproche, pas une once de rancœur, alors que depuis une dizaine de mois je ne suis pas venu les voir. À l'image de son fils, Tata Hmida était un exemple de compassion et d'amour. En partant, elle m'embrasse longuement et promet de venir voir ma mère au plus vite.

J'entre dans la cage d'escalier le cœur lourd d'avoir vu leur souffrance. J'entends alors une petite voix derrière moi. Je me retourne et vois Fatima qui s'est précipitée après moi. Des larmes plein les yeux et la voix tremblante, elle me dit :

— Youssef, je sais qui a tué mon frère.

Je stoppe net, mon sang se glace : c'est comme si elle venait de me jeter une boule de *bowling* sur le ventre.

— T'es sérieuse Fatim là ?

— Tu sais Youssef, j'ai l'impression d'être morte. Y a plus aucun plaisir dans cette vie depuis que mon frère est parti. J'ai juré Youssef, Sofiane il s'est tiré avec mon cœur. Je sens un gouffre dans ma poitrine, un trou noir qui aspire tout sur son passage : plus de sourire, plus de joie, plus de délire. Je ne mange plus, je ne dors que très peu, même le soleil sur ma peau ne me réchauffe plus. J'ai l'impression d'avoir été enterrée y a un an, quand il est parti. Même ma voix elle s'est tirée, même ma voix elle n'osait plus faire de bruit. Alors j'ai cherché You, j'ai voulu comprendre qui avait bien pu me subtiliser ma raison de vivre. J'ai fouillé sa chambre, ses affaires, même notre cave pour te dire. Et puis je suis tombée sur son téléphone. J'ai pleuré des heures durant devant, comme si de lire ses derniers textos allait le faire revivre. « Paix ». Tu te rends compte qu'il souhaitait la paix à tout le monde ? Dans chaque texto qu'il envoyait, il mettait « paix » parce qu'il la recherchait désespérément cette paix, mais que malheureusement personne ne la lui donnait.

Elle fait les cent pas durant toute son explication, mais finit enfin par faire une pause et oser lever ses grands yeux bleus vers moi. Elle se touche le front, puis met les mains dans les poches de sa veste et les ressort finalement pour se masser les tempes. J'ai l'impression que plus elle parle, plus elle perd de l'énergie. Elle a mal, bordel. Un an après elle est dans cet état et moi je n'étais pas là. Je me demande douloureusement comment un si petit corps peu contenir autant de peine. Wallah à chacun de ses sons, mon cœur se serre.

Elle a mal la gosse. Elle finit par plonger son regard dans le mien et me dit mot pour mot :

— C'est toi qui as tué mon frère.

Le choc.

Je la regarde sans trop réagir et le temps que l'information me monte au cerveau, elle a déjà sorti de sa veste un 11.43 et le pointe vers moi. Instinctivement, j'explose de rire. La petite Pingouin vient de me braquer une arme dessus en m'accusant d'avoir tué son frère, *mon* frère.

— Ça te fait rire d'être de l'autre côté du calibre ?

— Mais tu joues à quoi là Fatim ? C'est quoi ces slatas ? Pose ton jouet là, on va discuter tranquille. Je comprends.

— FERME TA BOUCHE *MAN*, c'est moi qui parle !

Elle me hurle ça avec la même hargne, la même crapulerie que son frère. En une seconde, j'ai l'impression d'avoir quinze piges et de faire mon premier braco avec Pingouin au tabac du coin. Elle ne tremble pas la gosse, comme si elle avait fait ça toute sa vie ; elle respire fort et me mate avec tout le dégoût du monde. Elle est persuadée que *moi* j'ai tué Pingouin ?

Elle commence son explication tout en braquant son arme sur moi, des gouttes de sueur perlent de son visage, des larmes coulent de ses yeux.

— Ça fait des mois que je cherche à savoir qui a bien pu nous l'enlever. Des mois que je ne dors plus, que tout me trotte en tête. Et aujourd'hui, le jour le plus triste de cette saloperie d'année, tu te présentes à moi sur un plateau d'argent. J'en avais pas la certitude avant que tu viennes. Tiens d'ailleurs : ton vieux bigo. C'est lui qui t'a trahi, enfin qui a confirmé mes doutes.

Elle fait une autre pause pour récupérer mon bigo dans sa veste. Mais qu'est-ce qu'elle baragouine la gosse ? Wallah je reste perplexe, j'arrive pas à comprendre ce qui se passe. Comment elle a eu mon tél ? Elle continue.

— *« Dernier appel émis : Farah »*. Donc t'es vraiment qu'un sale iench de la casse c'est ça ? D'où tu parles à la femme de mon frère ? Tu l'as buté pour l'avoir ? Maintenant que tu as le champ libre, t'es content ? Tu sais quoi, je ne te pose pas la question, je sais que c'est toi. Des mois et des mois que je réfléchis, et aujourd'hui tout colle. Tu es le dernier à l'avoir eu au téléphone ce fameux après-midi, personne ne l'a croisé à la tess bizarrement, et dix minutes après avoir raccroché, il se fait tirer dans la cave où Elyad s'est suicidé. Coïncidence ? Non, non et non, tu étais le seul à savoir qu'il culpabilisait pour le petit, puisqu'il lui avait vendu de la merde. J'ai vu ça dans les lettres que tu lui envoyais en prison. Tiens regarde, tiens.

Elle me jette des dizaines de feuilles noircies par le temps, l'écriture et les ratures. Et reprend son *speech*.

— Et d'avoir fait ça le jour de l'anniversaire de ma mère, wallah t'es vraiment qu'un chien. J'y crois pas Youssef. Des mois que j'y pense. J'me suis renseignée : tout le monde m'a dit que tu avais vrillé, que c'était même louche d'être aussi mal pour ça. Tu as attendu quelques mois histoire de te remettre parce que bon, buter son frère sans remords, c'est pas donné à tout l'monde. Puis tu t'es rapproché de Farah avec la technique du dépressif qui va mal. Et pendant tout ce temps, t'es pas venu nous voir une seule fois, tu nous as laissées, tu nous as abandonnées pour finir ton boulot correctement. Tu nous amputes et tu nous abandonnes. Pourtant sur le coup Youssef, tu sais pas comme j'aurais voulu te parler, que tu sois là pour nous aider. Tu aurais été le seul à comprendre. Mais comprendre quoi au final ? C'est toi Youssef, je suis sûre. Sinon tu serais venu, sinon tu nous aurais soutenues, sinon t'aurais été là toute cette année, t'aurais pas laissé les huissiers venir embarquer nos affaires, tu nous aurais pas laissées pointer aux Restos du cœur, tu m'aurais pas laissée taffer n'importe où pour aider ma mère. Bref, c'est le You d'avant ça. Maintenant j'ai compris, grâce aux bonnes personnes qui m'ont ouvert les yeux. Et je vais enfin boucler la boucle.

Je l'ai laissée vider son sac tout en remarquant qu'elle avait mal refermé le chargeur : elle ne pourra rien faire avec son arme. J'avoue que ça m'a calmé parce qu'un sanglot de plus et le coup partait. Je vois surtout toute la tourmente qu'elle a endurée, toute la peine, la rage qu'elle éprouve à mon égard. *Ouais je vous ai laissées, ouais je suis un lâche, mais non, j'ai pas tué mon frère.* Je sais pas où elle est partie chercher cette histoire, mais wallah c'est le *scoop* du siècle.

— C'est bon t'as fini ? Pose ton arme Fatim, tu vas te blesser, c'est tout ce que tu vas gagner. Je sais que je n'ai pas assuré, je sais que je suis une petite pute qui s'est défilée, qui ne vous a pas soutenues alors que ton frère se pliait en soixante-quatorze pour moi, qu'il aurait arraché son cœur sur le coup si j'avais eu besoin. Mais wallah ma grande, j'ai beau être un bâtard de première, ton frère c'était le mien et jamais de la vie – tu m'entends ? –, *jamais* je lui aurais fait aucun mal. Ton histoire elle est folle Fatim, elle tient debout, mais je peux te jurer sur ce que j'ai de plus cher sur Terre et dans l'au-delà – c'est-à-dire ma mère et mon frère –, je ne lui ai rien fait, je suis tout autant une victime que toi dans cette histoire. Après que tu veuilles me buter parce que je n'ai pas été présent, parce que j'étais pas digne de ton frère, parce que j'ai parlé avec sa femme, tu as raison. Mais je te laisserai pas faire ; pas pour sauver ma peau ma grande wallah, à cette heure-ci ma peau j'en ai rien à foutre, mais pour éviter de la peine à ta mère et la colère de ton frère qui nous mate de tout là-haut. Je suis responsable car si j'avais été là pour toi, tu ne te serais pas fait des films. Wallah, Fatim je suis désolé.

— Pourquoi tu inverses les rôles, You ? Vas-y relève la tête on est pas dans un film : tu l'as buté assume bordel ! Assume. S'te plaît, assume. Merde si c'est pas toi c'est qui ? Alors pourquoi ? Pourquoi t'es pas venu nous voir ? Pourquoi tu nous as laissées dans la merde ?

Elle lâche son arme et s'effondre en sanglotant sur le sol froid du bâtiment treize. Je m'approche d'elle, la soulève et la prends dans mes bras. J'entends les cris d'une lionne blessée, détruite, anéantie, je vibre sous les pulsations de son cœur gangrené par les questions, les doutes et le mien, *ruiné de n'avoir pas été à la hauteur de ton amitié. Tes vingt-cinq ans ont une bien macabre mélodie, mon frère.*

J'ai fini par la raccompagner chez elle en ramassant les feuilles qui jonchaient le sol et l'arme avec laquelle elle voulait m'abattre. Halti est resté interdite en me voyant consoler sa fille chérie. Essayer de trouver les mots pour une gamine qui a tellement souffert qu'elle était prête à te buter, c'est chaud. Je pensais passer une petite heure, mais je suis resté toute la journée à lui tirer les vers du nez sur le pourquoi du comment : où elle avait eu mon phone, les détails de l'histoire, qui avait bien pu lui mettre ces idées en tête, où elle avait trouvé son arme... Elle avait du mal à me répondre ; elle esquivait les réponses à peu près sur tout sauf sur le 11.43 : elle l'a pris dans la cave au fou. Entre larmes, mouchoirs, souvenirs, silences et regards lointains, le temps s'est écoulé sans que je le remarque.

J'ai tilté quand le Maghreb a résonné dans le petit appart'. C'est alors que Fatim et Halti se sont affairées pour le rendez-vous avec le Suprême. Même terrassées par la plus grande des peines, elles s'accrochent tant bien que mal à l'amour du Très Haut.

J'suis fier, comme toi Pingouin tu l'aurais été, de les voir se préparer avec autant de soin qu'un rendez-vous shab galant, de les voir prier côte à côte, les mains le long du corps, la tête baissée, leurs lèvres murmurant les meilleures paroles que des lèvres humaines puissent prononcer. Des larmes brillantes coulant des yeux, elles sont belles les femmes de ta vie mon frère, elles sont magnifiques. Je décide enfin à prier, hein mon frérot, parce qu'au final c'est chacun son salut. J'ai beau admirer la beauté de leur rendez-vous divin, si je loupe le mien, je loupe ma vie, et si je veux t'aider c'est uniquement en agissant.

Après la salate, je pense à quelque chose pour l'anniversaire de ta mère, et de ta mort.

Je propose donc à Fatim et Halti[155] un potentiel voyage au bled dans un mois. Elles échangent un regard gêné, puis instinctivement toutes les deux baissent la tête. Je comprends d'emblée ce qui se passe.

— Halti si on part voir Sofiane, je me charge des billets ; tu penses quand même pas que tu vas payer quoi que ce soit ?

— Non mon fils, les billets sont tellement chers, surtout à un mois du départ. En plus l'année dernière tu n'as pas eu de sous pour venir... Tu vas faire comment ? Non, je peux pas.

155 *Tata.*

— Mais non Halti t'inquiète pas, je me charge de ça. Faut que je règle mes slatas avec le bled, mais sinon j'ai juré on ira voir Sofiane dans un mois.

Fatim intervient d'un air inquiet.

— Et ton taff ?

— J'suis en arrêt, je vais embourber les médecins pour qu'ils me le prolongent. Je me suis fait agresser par la petite virante, la pote à Farah.

— Ah bon ? Quand ça ?

— Y a deux semaines, même pas. Mais tranquille, elle a pas toute sa tête la môme.

Son visage se ferme, donc je préfère en rester là. On convient de tout avec Halti et je finis par partir en promettant de revenir le lendemain. Je me rattraperai, même si je réparerai jamais le vide qu'il a laissé et que je reviendrai jamais sur ma lâcheté ; ça n'empêche que je serai là comme j'aurais dû l'être depuis le début.

Sa race ! La douleur me lance de nouveau dans les escaliers. L'abdomen : une partie de notre corps qu'on ne soupçonne même pas d'exister, mais quand il se montre, il ne rigole pas. J'ai l'impression de recevoir mille lames en même temps, ou alors la balle de Fatim la virante. Guehr elle a voulu me buter la gosse, le jour de l'anniv' de son reuf, de mon frère. *Une autre douleur me traverse, mais celle-ci mille fois plus profonde que la première : c'est la douleur du triste constat. T'es plus là frérot, et moi je n'ai pas été capable d'être présent pour ta famille. Même si je leur payais à toutes les deux le hedj, plus une baraque sur la Côte comme tu voulais le faire, je leur devrais toujours cette année où elles ont vécu seules le déchirement de leur vie.*

La culpabilité ronge peu à peu l'apaisement que j'avais eu en les voyant. *J'ai poussé ta soeurette à vriller en voulant m'achever. Tu te rends compte man ? Elle a pris un gun dans la cave la plus folle du monde, là où tu t'es fait descendre stahfAllah et elle l'a braqué sur moi ! Elle a hamème comme nous à l'époque – devant cette arme, posée dans sa petite chambre entre ses posters de gamine et sa peine de mutilée de guerre – à comment ça allait se passer. Elle a sûrement dû la toucher, la manier, se mater dans le miroir avec, pleurer dessus. Elle était prête à m'abattre pour te venger. Avoir des planes de virante, des idées de meurtre, pas ça, non wallah pas ça dans la tête de ta petite sœur. Wallah de penser à ses bails de ouf, ce genre de tourments... Plus je hamème à ça, plus l'affliction serre ma poitrine, et je me plie en deux.*

L'alliance de toutes ces affres me cloue au sol. Wallah j'en ai des vertiges, mes genoux se posent sur le carrelage glacé, je tente de respirer fort pour apaiser mon supplice en appuyant sur la partie de mon corps qui m'affaiblit. Comme lorsqu'on se faisait chasser par les hnens étant petits et qu'un point violent venait nous niquer notre course. *Tu me criais : « appuie ta race dessus et bouge ta carrière, wallah wallah y a pas le temps pour la douleur ! ». Tu me tirais et moi comme une mouille, j'avais les larmes aux yeux, la respiration saccadée je te disais de me lâcher, shab de m'abandonner. Tu ne prêtais même pas attention à mes gémissements et redoublait d'efforts pour me tirer et qu'on avance plus vite. Combien de fois, grâce à toi et ta détermination, on ne s'est pas fait sauter ? Wallah t'étais un fhel et je ne suis qu'une mouille.*

La douleur commence peu à peu à s'estomper tandis que je récite le peu de sourates que mon cerveau a mémorisées. C'est dans ce genre de moment qu'on se rend compte à quel point on ne connaît rien du message qu'Il nous a transmis. C'était limite immédiat : mes palpitations se sont ralenties, les gémissements ont diminué. Dieu est grand et nous tellement faibles.

Cette douleur me fait penser à Elsa. Après avoir repris mon énergie, j'avance jusqu'à ma gov'. Wesh ça fait au mois cinq jours que je ne suis pas allé les voir. J'vais récupe des sdales dans le p'tit snack près de chez elles pour manger ce soir. Si je leur rapporte de la nourriture, c'est pour qu'elles m'aident à choper les billets d'avion sur le Net ; les meufs, faut les appâter pour qu'elles te rendent des services, et à défaut d'un vrai resto, un Grec à quatre euros ça fera l'affaire. Et puis ça va ces feumeu c'est des *geeks* à mort, mais moi, je ne suis pas fait pour les nouvelles technologies. Guerh, quand j'arrive à prendre une photo avec mon téléphone, j'ai l'impression d'être Bill Gates.

Elles s'entendent bien truc de ouf, comme quoi dans l'adversité même les personnes les plus improbablement compatibles peuvent s'entendre. Elsa a la sagesse de prendre sur elle, mais a besoin d'un soutien physique qu'Aria lui apporte, tout en restant tristement fragile.

J'arrive devant chez elles et vois plusieurs voitures. *Que pasa* ? Je frappe et Aria se présente à moi. Les hématomes et les ecchymoses se sont estompés ; elle me sourit et je me rappelle que comme moi, la feumeu a perdu sa canine. Des frissons me parcourent le corps, j'en avais presque oublié que j'étais prêt à *le* buter y a une semaine de ça. Je décide de faire le mec bouillantesque et Rabbi m'envoie des gens encore plus fous que moi pour me stopper. Mais quand je la vois me sourire avec toute la gentillesse et l'amour que ce monde peut comporter, ça fait naître en moi des réelles pulsions meurtrières envers quiconque pourrait lui faire du mal. C'est vrai bordel, y a des gens ils sont tellement hlous[156] qu'on ne peut pas consciemment se dire « Eux j'vais leur niquer leur vie et elle, je vais tout faire pour la rendre malheureuse » ; c'est pas possible, sinon c'est que t'as pas de cœur. Où que t'es un bâtard qui porte pas ses couilles, comme l'autre tahane.

Soirée entre meufs, shab elles se font des crêpes, ce qui veut dire que j'ai ramené des sdales pour rien. J'aperçois un hijab au loin ; ce doit être Elsa. Aria m'arrête dans l'entrée.

— Wesh laisse-moi passer.

— Faut juste que je te prévienne.

— Quoi encore, *que pasa man* ?

— Bah il s'avère qu'y a l'ex à ton frère, Sarah, avec le petit à la maison.

Je la mate, outré. Mais wallah c'est la maison du bonheur ici ou quoi ? Je regarde de plus près ce groupe de poules gazouillantes qui commencent déjà à me faire mal à la tête et en effet, parmi toutes ces demoiselles, il y a l'ex chère et tendre de mon reuf. Payayaya elle a dû prendre au moins vingt kilos, je ne l'avais pas reconnue. Elle fait style elle m'a pas vu, mais j'ai cramé qu'elle m'avait entraperçu entrer. Elsa arrive doucement vers nous, sourire aux lèvres.

— Malhaba[157] *man* !

---

156 *Doux.*
157 *Bienvenue.*

— Vous êtes sérieuses là ? Qu'est-ce qu'elle fout là ?

Je fais exprès de parler fort pour qu'elle comprenne. La feumeu elle a humilié mon reuf dans toute la cité, mais surtout, et réellement c'est ce qui compte, elle lui a brisé le peu de cœur qu'il avait.

— Doucement You, calme-toi. Déjà, le « salam » avant de parler aux gens tu connais ?

Elle me mate énervée. Donc je me calme. Je suis pas venu pour m'embrouiller, surtout pour une femme pareille. Aria a baissé les yeux, rouge de honte. Wesh qu'est-ce qui se passe ?

— Aria retourne avec les filles, j'vais lui expliquer si tu veux.

— Non c'est bon, c'est à moi de lui dire.

— Me dire quoi ? Wesh ne parlez pas de moi comme si j'étais pas là !

Elsa nous fait un signe de main genre « à tout' » et retourne dans son salon avec ses invités qui avaient arrêté leur conversation. Aria, plus discrète que d'habitude, va dans la cuisine. Je suis la marche et referme la porte derrière moi. Elle s'assoit, cheveux qui lui tombent devant les yeux, tête à moitié baissée.

— Wesh qu'est-ce qui se passe Aria ? Pourquoi elle est là ?

— Bah écoute You, c'est pas facile à dire et pour ma défense, je n'y suis pour rien. Mais tu te souviens de Désiré ? Bah il est en couple avec elle. Il est tombé sous son charme et en est radicalement amoureux.

— Mais c'est pas lui le père ?

— Non, mais ça va ! Mince t'as pas changé, toujours aussi parano ! Il l'a rencontrée chez le médecin, et puis de fil en aiguille, ils ont découvert qu'ils avaient un lien entre eux. Mais ça s'est passé y a même pas un mois.

— Et qu'elle ait un fils ? Non même pas : qu'elle ait trompé mon reuf sans souci, ton frandjo il s'en fiche ? C'est plutôt un libertin ?

Je suis vénère car j'ai l'impression qu'elle le trahit encore plus. Au final, que ce soit lui ou un autre j'en ai rien à foutre, mais wallah c'est pas juste pour mon frère qu'est toujours plein de problèmes et elle, elle retombe amoureuse en deux-deux comme si de rien n'était. C'est ça les meufs : elles passent d'une histoire à l'autre sans complexe alors que nous wallah, quand on aime quelqu'un, il nous marque à vie. Qu'on ne vienne pas me dire le contraire.

— Parle correctement, mon frère il est *clean* comme gars et tu le sais très bien. Tu es énervé ?

— Mais vas-y rien à foutre, elle aurait même pu finir avec un babouin ça ne m'aurait fait ni chaud ni froid.

— Sympa la comparaison, pour mon frère.

— Ouais mais vas-y tu sais très bien c'est pas contre lui, mais wallah c'est dingue une meuf qui trompe une fois, elle trompera toujours. Après voilà il fait ce qu'il veut le *man*.

— Nan You, tu connais pas la seconde chance ? Faut être capable de ne pas condamner quelqu'un pour ses actions passées, mais ça on en a déjà parlé mille et une fois. Ça va toi ? Pas trop dure la journée ?

— Hein ? Ouais, non ça va merci.

— T'es sûr ? Je sais que c'est le premier anniversaire sans lui.

C'est un truc de ouf, elle n'a pas oublié l'anniversaire de Pingouin ! Sans le connaître, juste par rapport à moi, elle s'est souvenue. Je souris en la matant parce que malgré toute sa folie, c'est une sacrée femme.

— Ouais, ouais, j'avoue, pas facile. Mais d'ailleurs, je suis venu pour que vous me preniez des billets d'avion pour le bled, je vais y aller avec Halti Hmida et Fatim.

— Aïe nan ? Stylé ! Je suis contente pour toi vraiment, tu as pu enfin les voir ? T'as du courage bravo. Comment ça s'est passé ?

Je me décide à lui expliquer la journée, avec la lettre de Pingouin, Halti qui m'a prise dans ses bras, Fatim qui me subtilise mon tél, les escaliers, la gosse qui me braque comme un rat. Toujours ses mêmes grand yeux marron qui m'encouragent à me confier ; guerh, y a pas beaucoup de monde qui arrive à me faire sortir des phrases aussi longues, des explications aussi détaillées, à mettre des mots sur ce que je peux ressentir. Cette meuf, après tout ce qu'on a vécu ensemble, elle continue d'exercer cette attraction sur moi et à m'inspirer une totale confiance. Je lui sors aussi mes bafouilles du hebs.

On passe la soirée à les lire posés dans la cuisine d'Elsa. C'est quand on pense que tout est fini que la lueur revient et de nouveau, éclaire tout le cœur. Y a des personnes, quoi qu'elles fassent, jamais ton âme ne doutera d'elles, et à cette heure-ci j'ai la conviction qu'Aria en fait partie.

« Tricard au mitard,

Réveil vénère mon frère wallah, je deviens fou. J'ai faim, j'suis québlo au mitard. Promenade de trente minutes. Gamelle chelou, j'touche à rien, si ce n'est le fromage. Café serré tah l'mout. J'vais devenir fou, je te l'ai déjà dit, mais si j'l'écris j'ai l'impression que ça va mieux. J'relis vos lettres, elles font du bien là où ça fait mal. T'inquiète mon frère, y a pas à culpabiliser, la vie c'est la mort mon frère, le petit il a touché à la merde, tu pouvais rien y faire. Mais arrête avec Hélène. Ouais c'est mieux. Passe le « salam » à tous, ta madré, Fatim, Farah... pour mandat. ».

« Enfin sorti de ce trou, wallah ça fait du bien, T.V, discussions, promenade de deux heures, j'me sens à l'aise pour finir ma peine. Pas grand-chose à écrire mon frère, la liberté n'a pas de prix, embrasse tout l'monde. Et envoie-moi des news de dehors. ».

Chapitre 18

Entre la Paix et la Guerre

« Prends à droite ya Ouldi. »

Je rétrograde, mets mon clignotant et tourne le volant. On s'engouffre dans une cité encore plus sombre et plus crade que là où on a grandi. Une poubelle est en train de brûler et les gens se contentent de changer de trottoir, comme si c'était un accident anodin et qu'il suffisait de l'esquiver, sans même prendre le temps de s'arrêter. On est tellement habitués à la violence que plus rien de nous choque.

— Merci mon fils. C'est ici. Je prendrai le bus pour rentrer.

— Mais non Halti qu'est-ce tu dis ? Je vais rester dans les parages, appelle-moi quand tu as fini. Et prends ton temps Halti.

Elle me lance un regard plein d'affection et sort difficilement de la voiture. Je vois son petit corps de madré s'engouffrer dans un des bâtiments. Les rats posés dedans lui ouvrent la porte et se déplacent pour qu'elle puisse passer, tout en camouflant leurs « 16 ».

Je n'ai toujours pas de nouvelles de Farah, c'est comme si elle avait disparu de la circulation. Fatim l'a croisée un matin au marché. Paraît qu'elle est dans un sale état, mais elle ne me répond plus depuis la Suisse, j'ai donc aucun autre moyen de la joindre. Elle ne sait pas qu'on va partir au bled d'ici deux semaines. J'aurais voulu lui prendre un billet, qu'elle puisse elle aussi rendre une visite à Pingouin mais au final, c'est peut-être mieux ainsi. Halti est aux anges et Fatim aussi. Elle a dû s'excuser au moins mille fois depuis l'incident dans sa cage d'escalier. C'est moi le fautif zarma, jamais une idée aussi saugrenue lui serait venue en tête si j'avais été présent plus tôt.

Quinze heures, je vais chercher Aria chez son avocate. Vu que je n'ai pas pu régler son compte à Abdel Krim et que je me suis défilé comme une mouille encore une fois, elle a fini par porter plainte pour harcèlement moral et pour violences physiques.

J'arrive au coin de la rue et je la vois patienter sur le trottoir, le visage soucieux. Elle voit ma voiture et sourit en me faisant un signe.

— Wesh *man*, bien ?

— On ne peut mieux. Et toi ? Ça a l'air d'aller.

— Ouais on fait aller *man*. Alors elle t'a dit quoi la baveuse ?

— Rien de bien intéressant. On prépare le procès, mais bon ça fait une heure qu'on parle de mes problèmes et je préfère qu'on change de sujet.

— Tranquille je comprends…

D'un air pensif, elle regarde par la fenêtre la ville qui défile. *À quoi penses-tu Aria ? À la tournure qu'a pris ta vie depuis ce matin où t'as croisé le chemin d'une vermine à l'arrêt de bus ? Si tu ne t'étais pas arrêtée pour me tendre ma convocation, si tu étais allée faire tes courses guerh quelques secondes plus tard... Peut-être ne m'aurais-tu jamais parlé… T'aurais surtout jamais vécu les horreurs de cette année. Mon cœur se serre à l'idée de ta souffrance, compressé sous la remorque des remords… Je peux essayer de comprendre, mais jamais je ne saurai ce que tu as enduré par la seule faute de m'avoir trop aimé.*

T'étais belle, t'étais vivante, t'avais tout pour plaire, tout pour réussir. Puis il a fallu que tu tombes sur moi et que je chamboule ton existence, tes certitudes, même ta volonté de vivre guerh elle a été ébranlée. T'as donné ce que tu avais de plus cher, frôlé la mort, la maladie, la dépression… tout ça pour un homme, tout ça pour moi.

Je retiens ma bile qui est remontée jusqu'à ma bouche. Je ralentis et ouvre ma portière précipitamment pour cracher ce que je n'ai pas réussi à ravaler. Wallah wallah j'en ai des nausées de ces slatas.

— T'es malade ? Ça va ?

— Ouais sa race, j'ai juste eu une remontée, t'inquiète *man*.

— T'es sûr ?

— Je suis désolé wallah, désolé Aria. Regarde-moi. En vrai de vrai smahli, quand je t'ai connue, j'aurais dû t'esquiver et pourtant, je suis resté, parce que… parce que tu m'offrais quelque chose de nouveau, j'sais pas moi, t'étais fraîche, t'étais légère, tu me parlais avec respect pas avec condescendance, sans prendre de pincettes, wesh t'étais toi, et tu m'as plu c'est tout. J'étais plus bas que terre, le moral en enfer… Si j'avais su, jamais je ne t'aurais parlé… Je sais que tu m'as aimé comme très peu de gens sur Terre savent aimer, je sais que je t'ai fait souffrir à un tel point que j'me demande si Dieu pourra me pardonner. Je te vois sourire et pour moi, c'est qu'un rictus qui retient toutes les peines que je t'ai fait endurer… Guehr cette canine que tu as en moins, les hématomes qui s'estompent avec le temps, les cicatrices sur ton visage qui perdurent malgré tout, wallah tout ça c'est de ma faute. J'assume pas de te voir comme ça, j'assume pas d'avoir immolé un ange… J'assume pas.

Elle ne me regarde pas. La tête baissée, elle tortille ses mains dans tous les sens et ne me répond pas. J'ai envie de prendre ses petites mains de bébé et de les serrer fort, de les apaiser, de me faire pardonner. Je finis par lui lever le menton pour la regarder droit dans les yeux et l'obliger à me répondre. Doucement elle s'échappe de mon emprise et tourne la tête côté fenêtre.

— Tu veux que je te dise quoi ? Sérieusement Youssef Bekri, tes excuses sont sincères j'en doute pas. Mais c'est en les entendant que je me rends compte à quel point tu m'as fait du mal. Ça n'a fait que raviver la douleur du passé. Tu sais, ma pseudo tentative de suicide, les esquives, les mensonges, je passe ma virginité, même le sida You, vas-y mahlish tout ça c'est fait, j'm'en fiche… Mais You, ce qui me ronge encore aujourd'hui c'est que tu m'as abandonnée quand j'en avais le plus besoin. Tu as été témoin d'une scène que personne n'a pu voir et pourtant tu n'as pas bougé… Je crache pas sur ton aide maintenant, mais tu te rends compte qu'il a fallu qu'Alex change la circonférence de mon visage pour que tu réagisses ? Le plus triste dans tout ça, c'est que chaque jour, à chaque coup que j'encaissais, je priais, je priais pour que tu… C'est pathétique… mais je voulais que... tu viennes… que tu me sauves de ce cauchemar... Comme derrière la mosquée. Mais tu m'as laissée alors que tu savais, alors que j'aurais pu y passer, alors que je croyais en toi. Celui que je pensais aimer m'aurait jetée dans sa voiture bessif et emmenée loin de tout ça, il aurait pas attendu que je frôle la mort pour réagir. T'avais pas tort à l'époque, je t'avais mis sur un piédestal, et le plus dur dans tout cette histoire, c'est d'avoir cru en toi.

Je suis incapable de répondre quoi que ce soit. Mon cerveau est en *stand-by.*

— Je sais que c'est dur à entendre, que je suis crapuleuse, mais fallait que ça sorte. Fallait que tu saches que profondément je t'en voulais, même si je continue à t'aimer malgré tout. Ouais je suis la meuf la plus contradictoire de la planète, mais j'assume. De toute façon, j'ai appris que dans la vie t'avais pas le choix, tu te dois d'assumer ce que tu es, y a pas de surhomme et seul Dieu me jugera, alors je vide mon sac. Il est lourd, il te blesse, mais je préfère que tu saignes de la vérité plutôt que tu sois rassuré dans le mensonge.

Elle a changé. Ce n'est plus la Aria que je connaissais : elle a pris des sacrées frappes au sens propre comme au sens figuré, et à celle qui voyait la vie en rose s'est substituée, doucement mais sûrement, une femme lucide, voire cynique... Et au final, même si ses mots me laminent le cœur, elle a pas tort. Elle a pas tort parce que toute ma vie j'ai été un égoïste ; obnubilé par mes propres soucis, j'étais incapable de comprendre que les autres avaient besoin de moi. Que ce soit pour Aria, pour Elsa, la famille de Pingouin, ma propre famille… Même Pingouin. J'ouvre les yeux, mais j'ai cette impression d'avoir les paupières cousues entre elles par le fil de l'égocentrisme. Métaphore de merde qui reflète pourtant la triste réalité.

On continue la conversation. Je lui fais part de tout ça, je tente un peu de me vider ; elle exerce cette attraction sur moi qui fait que j'ose parler, mais je vois qu'elle ne m'écoute que d'une oreille. Je tente quand même encore de m'excuser, de lui dire que j'ai pas assuré, mais que j'en ai conscience, j'avais mal bordel, elle m'a rencontré j'étais au bout, je croyais plus en rien…

— C'est vrai quoi, je ne croyais plus en rien, comment veux-tu je crois en toi ? J'm'en excuse encore et toujours, mais wallah tu savais pas à l'époque ce que l'amour, la haine et la déception peuvent te pousser à faire ! Je voulais pas être responsable de tout ça, je suis désolé…

Elle réfléchit un instant et sans prendre la peine de réellement répondre, elle me dit :

— Tu culpabilises tout ça, mais c'est moi qui en paie les pots cassés *man*. Aujourd'hui j'ai peur : j'ai peur de tomber amoureuse car déjà tomber ce n'est pas bon, c'est zéro même, tu t'écrases sur le sol lamentablement, tu te fais mal, les larmes montent aux yeux, ta vue est brouillée, ça saigne à flot, ça fait mal, ça tache tout… Ça donne envie de vomir. Puis ça sèche et ça tiraille la peau parce que ça te laisse une croûte dégueulasse moche et noire ; puis au final la cicatrice s'estompe, devient rose, puis se confond avec ta peau… Mais elle reste là, même blanche, même quasi invisible, elle est bel et bien là et c'est le reflet d'un échec cuisant, un changement radical dans ta propre conception des choses. Tomber, c'est nul You, alors tomber amoureux, c'est encore pire.

Je l'écoute et je comprends qu'y a pas trop de logique dans la conversation qu'on mène. Je m'excuse et elle en rajoute une couche ; je dévie et elle revient toujours à la source : sa souffrance. Alors je repense au soir de mes vingt-six ans, quand je matais d'un œil lointain les khos du quartier en train de blablater sur leur *vida loca* sans qu'il n'y ait réellement de fil conducteur à leur conversation, sans qu'il n'y ait réellement d'écoute. Ils parlaient pour se vider. Ras-le-bol de tout porter en eux ; ils s'imaginaient que ce soir-là, enivrés par l'alcool, ils pourraient partager leurs fardeaux. C'était tellement triste, wallah aujourd'hui c'est encore pire, puisque je suis responsable de tout ça… Aria a tellement enduré, s'est tellement tue qu'au final, en ouvrant la fontaine de ses peines, le levier s'est bloqué. Alors ça coule à flots, elle déballe tout ce que son cœur a subi durant cette année de misère. Je lui en tiens pas rigueur, je l'écoute même si elle me blesse avec ses mots ; j'encaisse car j'ai été mille fois plus *hard corps* : je l'ai blessée avec mes actes.

On finit notre conversation puis je la ramène chez elle. Une nouvelle atmosphère règne entre nous, comme si le fait d'avoir vidé nos sacs mutuellement, sans trop s'écouter, avait fait qu'on reprenait tout à zéro. Je la mate et je me dis que la confiance n'a plus le parfum des temps anciens et qu'au final, elle se parfume plus de trahison que de compassion.

Un goût sordide dans la bouche, ce sentiment d'être seul, profondément seul, même si on s'sent plus fort à deux que seul, je rebrousse chemin et rentre à la caz'.

J'arrive au bercail, mais la porte de la cuisine est fermée. Bizarre. C'est une des rares pièces de la maison toujours ouverte, toujours accueillante. J'entre sans frapper et vois Salima qui se retourne d'une conversation avec la madré, les joues rosies par la gêne. Elles devaient discuter de quelque chose d'assez personnel pour avoir une telle réaction. Rien à foutre, la faim me tiraille l'estomac à cette heure-ci.

Elles ne parlent plus et me lancent un regard interrogateur.

« J'ai faim. »

Je sors cette phrase pour seule explication de mon intrusion.

Yemma me mate avec un regard vénère. Wesh j'suis encore chez moi non ? Et pourquoi zarma elles ne me parlent pas de leurs slatas ? Les femmes, elles sont pleines de messes basses. Je décide de me faire un sdale harissa-charcuterie et de le manger dans la cuisine hein ! juste pour les emmerder. Je ne lève pas le regard vers elles quand je tartine ma sauce sur mon pain. Pourtant je sens leurs regards insistants, du genre « *dégage !* ». Ma mère se décide à parler :

— Tu ne veux pas manger dans le salon avec la télévision ?

Shab la technique de la télévision, ça fait dix ans que je la mate plus. De quoi elle parle ?

— Nan vous m'avez manquées. Ça fait longtemps, on peut papoter tranquillou non ?

Elles sont choquées de mes paroles, tandis que j'rigole de ma phrase.

— Wesh *que pasa* ? Shab conversation de filles ? Qu'est-ce qu'elle a la sœurette ? Elle est en cloque ?

Aya mon humour subit les traumatise. Salima, cramoisie, bafouille un « n'importe quoi ! » et Yemma tourne la tête comme si je n'avais rien dit. Wesh quand je ne parle pas on me reproche d'être muet comme une carpe, et maintenant que je me la joue petit babtou avec des blagounettes sympatoches shab tout l'monde est mal à l'aise.

— Tu dis n'importe quoi Ouldi, on discutait entre filles.

— De quoi ?

Je mords dans mon sdale comme pour calmer ma soif de curiosité.

— Ça te ressemble pas de poser des questions si intrusives.

J'avoue, à force de rester avec des feumeu, je deviens comme elles. Entre Yemma, Salima, Aria, Elsa, Halti, Fatim, Farah.... Guerh y a que des feumeu dans mon existence !

— Yemma on va lui dire, de toute façon si c'est pas maintenant, ce sera le jour où il viendra.

Elle attend le regard de confirmation de la madré, comme dans un film de mafioso shab elle peut rien faire sans le consentement du chef du gang. J'avoue qu'elle a des petits airs de caïd tah les *States* avec ses chicots en or et son petit air vénère. Je vois aussi qu'elle est tellement fière de sa fille. Vingt ans qu'elles sont éloignées et pourtant c'est comme si elles avaient toujours vécu ensemble, comme si elles n'avaient jamais été séparées, avec la complicité, l'amour et le respect qui n'existent que dans une relation mère-fille saine.

— Il y a quelques mois… enfin quand je suis revenue en France, j'ai… Voilà j'ai rencontré quelqu'un… et bon… Il va venir… il veut demander ma main.

Je fronce les sourcils. C'est qui ce *man* ? Il veut quoi ? Il est sincère ? C'est pas des promesses mirobolantes comme on a l'habitude d'entendre ces dernières années, shab « tu vas être ma femme, viens que je te bimbime » et après quand t'es plus *clean*, il se tire ?

— Ah ouais ? Il veut venir quand ? Il faut aussi en parler à Salim. Je veux le rencontrer, donne moi son num'.

— Oui, aussi, mais enfin… Youssef, on voulait surtout… On voulait qu'il parle au chef.

— Ah…

Je ne dis rien, je suis juste sous le choc. Elles se la jouent traîtresses ou quoi ? Comment la madré a-t-elle pu accepter ça après tout ce qu'il nous a fait ?

— Je sais ce que tu te dis, ya Ouldi, mais il reste ton père et c'est votre tuteur devant l'Islam. C'est à lui qu'on doit parler.

J'ai pas de père moi, wallah, pas de père ! Rien qu'une mère qui a tout assumé. Shab depuis toutes ces années il s'est tiré, il fait sa marmaille, sa vie, je ne l'ai jamais revu : même pas un anniversaire, même pas quand la madré était l'hôpital, même pas quand Pingouin est mort. Il a fait quoi pour moi cet homme, à part me tourmenter mes nuits, faire un vide dans ma vie hein ? Wallah rien, *nada*. Il était pas là.

Je me lève et commence à quitter la cuisine. Elles n'ont pas besoin d'entendre ce que je ressens, elles savent pertinemment ce que j'en pense. Je les laisse impuissantes dans leur cuisine et prends mon bigo pour téléphoner à Salim.

— Ouais man t'es où là ?

— En filon, tu veux quoi ?

— Ramène ta carrière à la maison.

— Vas-y, ça peut pas attendre ?

— C'est bon plaque vieille merde ! T'es al pour une vieille meuf, mais quand la famille elle t'appelle, tu bouges pas. Bah vas-y barani va.

— Arrête de croire je suis ta salope *man*. Parle correctement wallah, j'suis *cool* je te demande si ça peut…

Je raccroche sans scrupules. *C'est bon, arrête de cafouiller man j'suis pas une meuf que tu vas embourbe. Lui pour se vider c'est le premier, wallah mais quand on a besoin, y a plus personne. T'as hérité de la tendance volatile de l'autre.*

Je vais dans la salle de bain. Pour me calmer les nerfs je fais mon odo ; j'ouvre le robinet et j'mets ma tête sous l'eau glacée pendant cinq minutes. Je finis par entendre la madré me crier que l'eau c'est pas gratuit. Sa remarque me fait sourire. *Yemma y a rien qui est gratuit ici-bas, tout se paie malheureusement, même l'aide de ta propre famille.* Je prie et demande de l'aide au Très Haut. *Éloigne toutes les personnes susceptibles de nuire à ma famille. Facilite-nous et apaise nos âmes…*

Au bout de la quatrième salate, mon cœur presque entièrement apaisé, je me relève doucement de mon tapis et le plie en quatre. Mais d'un coup, je sens un coup violent dans le dos, qui vient me fracturer la colonne vertébrale. Mes mains occupées par le tapis n'ont pas retenu mon corps et c'est ma mâchoire qui se fracasse la première sur le sol froid de la chambre de Yemma.

« Fils de chien, tu fais le beau au téléphone, bah viens maintenant on va voir c'est qui le barani. »

J'entends la voix vénère de Salim. C'est comme un électrochoc. La douleur s'estompe et c'est de la haine qui coule dans mes veines.

Je ne sens plus rien, ni mon dos meurtri ni ma mâchoire pendante ; je me relève en deux-deux et, dans mon mouvement, lui envoie une patate dans la bouche. Cette petite pute n'a rien vu venir et tombe sur l'angle de la commode de Yemma, qui se casse sous son poids. Chassé dans le ventre pour l'immobiliser, je me mets sur lui à terre et lui envoie une série de poings dans sa fausse gueule de beau gosse. Ce tahane, il m'a pris par derrière comme une tapette, j'vais lui montrer c'est quoi la violence, la vraie.

J'entends ma mère et ma sœur me sommer d'arrêter, mais wallah je vois noir, j'entends aussi cette mouille me hurler : « Je suis ton frère arrête wallah arrête ! ».

Tu m'attaques par-derrière, j'suis un fils de chien moi ? C'est moi la pute ? Hein ? Depuis que t'es revenu tu fais l'ancien, wallah si je te paralyse pas maintenant j'suis pas un homme… La haine ne s'apaise pas, plus j'envoie de coups et plus j'ai envie de le tuer. J'entends les larmes de Yemma, auxquelles s'ajoutent les cris de ma sœur. J'continue pourtant.. J*e retiens ça depuis trop de temps, tu vas payer pour toute la haine que tes actions de bâtard m'inspirent.*

Puis c'est le noir total.

Je me réveille dans mon lit, un sachet de glace posé négligemment sur mon crâne. Une douleur sourde tah l'mout transperce chaque parcelle de mon corps, mais en particulier mon front. Wallah j'ai mal sa mère ! Je me lève et traîne mon corps endolori jusqu'à la salle de bain.

Salima est en train de soigner l'autre. Je détourne le regard, ils font de même. Je prends une douche pour me nettoyer de tout ce sang, de toute cette haine. Je comprends en voyant cette eau souillée par l'hémoglobine que mon cœur ne se purifiera qu'au rythme des saisons et non en un jour. Je priais, j'étais en osmose avec le Tout et d'une seconde sur l'autre, j'ai ébranlé les liens les plus sacrés qui existent... J'ai honte.

Je me regarde dans la glace et me promets… Non, je promets à « Aujourd'hui » de ne plus lui promettre « Demain ». Je me contenterai de tout faire pour rester en vie et sur le droit chemin. D'une minute sur l'autre je suis capable de vriller et de commettre le pire, comme faire couler le sang de la famille. Il faut que je prenne « Précaution » avec moi, wallah parce qu'il me suffit d'un mauvais jour pour que tout se noie, d'un mauvais jour pour que je me trouve à sauter du toit… Instable à la vie, à la mort ; si je survis à redwa[158], j'espère avoir pour unique compagnon la foi. Sinon c'est la fin, sinon je serai un mort parmi les vivants et j'préfère être sous terre qu'être un mort-vivant.

Je me mate et wallah c'est pas mon reuf que j'ai mis au sol pour l'achaine, c'est ma propre dignité. Mon dos et le haut de mon crâne me lancent truc de ouf. J'vais me *shooter* à toutes sortes de cachets. J'ai l'impression d'être un pantin désarticulé. On frappe à la porte de la salle de bain.

— Tu as fini Youssef ?

La madré qui m'appelle « Youssef », ça s'annonce mal. En même temps, j'viens de défigurer son fils et de fracasser sa commode.

— Ouais, je sors Yemma.

J'ouvre la porte et la vois en train de plier les affaires de sa commode pour les ranger dans des sacs plastiques. Son visage se déforme par la surprise quand elle voit ma race. J'ai la mâchoire qui s'est limite déplacée et mon air maussade n'arrange rien à ma tête. Elle me regarde longuement, puis baisse la tête pour pleurer silencieusement.

Je m'approche d'elle, la relève et la prends dans mes bras.

---

158 *Demain.*

— Chut Yemma, s'il te plaît arrête, je suis désolé. Je suis désolé, mais je ne veux pas te voir pleurer.

— Tu préfères que je garde ça… au fond de moi-même et que j'explose ? Ya Ouldi, je vais pas tenir si vous continuez comme ça tout les deux. Ya Ouldi, j'suis vieille, mes épaules elles sont plus aussi fortes qu'avant.

Elle me chuchote ça dans le cou, le tout saccadé par des sanglots. Le rythme des pulsations de son cœur s'est accéléré. Le mien ? Je ne l'entends plus : il a sombré à la seconde où ses premières larmes ont coulé.

— Tu as failli le tuer, Youssef. C'est ton petit frère et tu voulais le tuer. Salima l'a emmené à l'hôpital car son crâne il arrêtait pas de saigner. Youssef, pourquoi ?

— Yemma je suis désolé, j'ai eu tort, désolé Yemma hanounti.

J'pourrais le descendre, expliquer que l'autre mouille m'a mis un *kick*[159] dans le dos alors que je finissais ma salate, mais à quoi bon ? Si ce n'est lui rajouter des soucis. J'ai honte : elle me suppliait d'arrêter et moi, comme un petit tahane, je continuais. C'est pas possible, je dois avoir un jnoun en moi pour devenir incontrôlable de la sorte. Je lui chante la chanson des « quatre ours » dans l'oreille. Elle sourit.

— Oui, alors fais la promesse de faire attention et de t'occuper de lui. Il est pas conscient ton petit frère, et on ne sait jamais : si demain Rabbi m'enlève ma vie…

— Dis pas ça Yemma ! Rabbi il va te laisser en vie, il te préservera aussi longtemps que possible Yemma, jusqu'à cent ans au moins.

— Ah non, ça je ne veux pas mon fils ! Plus vite je partirai mieux je serai. C'est à Dieu que nous appartenons, et c'est à lui que nous retournerons.

Elle me dit ça avec un sourire plus qu'apaisant. Yemma, c'est un soleil qui brille de mille feux à l'évocation de Dieu.

— Je t'ai demandé de sortir de la douche parce que… J'ai eu… J'ai eu votre père au téléphone.

---

159 *Coups.*

— Ah oui ? Et il voulait quoi ?

Elle a profité de la tournure légère que prenait la conversation pour introduire l'autre traître.

— Il faut qu'on fasse la fetha[160] de ta sœur avant la fin du mois car il part au bled juste après.

— Mais Yemma… On peut pas faire ça, je serai au bled.

— Ah ! Ouldi, j'avais oublié Sofiane… Je suis désolée, mais ta sœur a déjà mis au courant son mari et il est d'accord.

— Vous avez conclu un mariage en une heure même pas ? Pendant qu'on était inconscients Salim et moi ?

— Non Salim aussi a donné son accord…

— Hum d'accord.

Quand il s'agit de prendre des décisions, que je sois là ou pas ça intéresse personne. Je regarde la madré, lui fait un sourire forcé comme j'en suis incapable en temps normal et je sors de cette maison. Je l'entends m'appeler, mais wallah, j'ai pas envie de la voir. J'ai envie de voir personne. Je veux juste me retrouver seul. Mes pas trouvent le chemin de la Roch', comme à chaque fois que je me sens vaciller.

Quand j'étais un hagaline[161] qui n'était guidé que par la rue, on m'écoutait, on me respectait. Aujourd'hui c'est tout le contraire. La donne a changé depuis cette année. Depuis qu'*il* n'est plus là, j'suis devenu une loque ; plus personne ne prend en considération ce que j'ai à dire, ni les khos à la cité, ni ma propre famille. J'ai la haine. L'autre mouille de Salim, qui n'avait jamais haussé le ton contre moi, m'a chopé par derrière comme un petit bâtard ; ma mère qui ne prenait pas une décision sans moi va marier ma sœur alors que je serai au bled pour revoir mon refrè ; les meufs à qui je mettais la trick[162] viennent me balarguer tous leurs états d'âme à longueur de journée…

Wesh c'est ce monde qui tourne pas rond. Quand j'essaie de m'assainir personne ne me soutient et au final, ils me poussent tous

160 *Fiançailles.*
161 *Personne qui fait la misère aux autres.*
162 *Dominer.*

à la criminalité, à la violence. Faut que je redevienne à l'ancienne c'est ça ? Que je la fasse à la fou à tout l'monde ? J'suis plus le même, j'suis plus ce môme qui en voulait au monde avec la rage au ventre, qui bradait jusqu'à sa propre vie pour quelques minutes d'adrénaline… Me lamenter sur les vestiges de ma propre vie ne me permettra pas d'avancer. Je traîne mon malheur dans la nuit noire jusqu'à la mosquée.

Pour tenter d'apaiser le flot de tourments qui assaille mon cœur, il me faut une nuit de salates, seul dans le silence calme et reposant de cette mosquée de quartier.

J'trouve ma place que dans l'amour de l'Unique ; ailleurs j'suis un étranger. Les hommes me déçoivent perpétuellement et je suis une déception pour eux : je suis gauche, je blesse, je néglige, je délaisse, j'suis une plaie à moi tout seul. Y a que sur un tapis de prière que j'ai l'impression d'être accepté et compris. La rue m'a donné un costume de bandit qui pesait lourd et qui, au final, ne m'allait pas. Les femmes quant à elles m'ont idéalisé, m'ont vu plus haut que je ne l'ai jamais été. Enfin, ma famille m'a délaissé et ne me prend pas comme je suis. Il n'y a que Dieu – et uniquement lui – qui me connaît, qui me donne la juste valeur, celle d'une créature en détresse qui espère et se bat malgré tout. Malgré le crime, malgré le mal que j'ai commis, malgré tous les problèmes dont je suis à l'origine, Il m'aime et me le prouve tous les jours.

Après la prière du Fajr, je traîne mon corps fatigué jusqu'à la porte de sortie.

Arrivé dehors, le ciel a une légère teinte rose. Je décide de me poser dans un parc en ville pour pouvoir admirer ce lever de soleil. Le plus beau que je n'ai jamais vu, c'était avec le padré et tous les petits cousins au bled. Depuis, toutes les fois où je l'ai contemplé, c'était soit derrière les barreaux d'une cellule soit derrière le voile de l'ivresse. J'suis pas de ces romantiques qui sont à la recherche de douceur pour apaiser leur vie, mais ce genre d'instant intense et unique où on peut admirer la beauté de la création de Dieu te remet très vite à ta place de minuscule parcelle de l'univers.

Un coup dans notre *ego* surdimensionné, on réagit et on constate surtout que nous ne sommes que poussière dans l'incroyable univers. Tout d'un coup, le moindre de tes soucis te paraît dérisoire :

un père absent, des querelles fraternelles, un mariage, un décès, une rupture… Ce n'est que le processus de la vie humaine : des réussites, des échecs, des peines, des joies. Si on est capable d'accepter cela, on passe de l'homme qui survit en fuyant la mort à l'homme qui vit en aimant sa vie. On passe d'un corps terrestre à une âme céleste.

En arrivant à la maison, j'ai trouvé Yemma qui priait ardemment. Dans ses gestes silencieux, j'entends sa détresse crier « au secours » et ses peines hurlant au Seigneur de les apaiser.

Je n'arrive pas à supporter ce spectacle. Dépassé par ma propre gamberge, j'entre dans ma chambre pour tenter d'endormir le tourbillon de pensées négatives qui assaille mon esprit.

Je vois le frérot. Son visage totalement défiguré par ma haine me saute aux yeux. Je détourne alors le regard, mais j'ai encore en tête les ecchymoses qui ont remplacé ses lèvres et qui forment un rictus…

On accable le Seigneur à la moindre épreuve, alors que nous sommes totalement responsables de notre sort.

Chapitre 19

Faire le bon choix

Le jour de la rencontre avec le fameux « futur » est arrivé en moins d'une semaine. Toute la famille s'est réunie pour l'occasion. La madré a fait un « nettoyage au kärcher », comme dirait l'autre Sarko. Elle a fait briller tous les recoins de la maison comme si la famille du mari allait inspecter jusqu'aux tiroirs à chaussettes de Salim. Elle a pris le temps de se faire une beauté en mettant son plus beau hijab et du khôl dans les yeux. Elle a perdu dix ans de souffrance en seulement un sourire.

Salima porte le hijab aussi ; pas que pour l'occasion, mais pour de bon. J'ai éprouvé une fierté de la voir se recouvrir la tête. Je me rendais pas compte que le hijab pouvait être important, mais wallah voir ma petite sœur revêtir l'habit de la pudeur, ça m'a touché au plus profond de moi-même. Elle est belle et elle déambule dans la maison avec la grâce que ces femmes, de manière générale, ont. Salim, quant à lui, a fait péter les sapes *fashion* dont il a le secret. D'après lui, c'est dans ce genre de réunion que « y a moyen de serrer une sœurette fraîche qui tiendra le pav'. ». Ouais. J'en doute, mais bon.

Fidèle à moi-même, je suis paré de mon survêt et j'ai troqué le haut pour un pull histoire de faire plus « posé ». C'est Yemma qui me l'a offert pour l'occasion. Y avait le bénard[163] qui allait avec, mais faut pas pousser.

À quinze heures, la future belle-famille arrive. Yemma ouvre la porte et c'est une nuée de petits marmots renois qui se rue dans l'appart'. J'suis sur le uc[164].

J'me doutais pas que c'était des noirs. Rien à foutre de leur couleur de peau, mais j'sais pas, j'imaginais dans ma tête la famille reubeu de base, avec la madré qui parle fort et le daron qui moyenne le prix de la dot. Là, c'est cinq minis monstres qui courent dans tout l'appart', accompagnés de deux grands renois et du *man* que j'avais croisé avec Salima au moment où je sortais de l'hôpital, il y a quelques mois. Puis y a une femme d'un certain âge avec le même hijab que la madré qui entre. Ça doit sûrement être la mère. Enfin, deux gamines avec la même tête que leur mère ferment le cortège. Yemma les accueille avec son hospitalité légendaire ; visiblement, elle était au courant que tout ce beau peuple allait venir.

Elle les installe et Salima arrive avec un plateau garni de choses bien typiques des Arabes : cacahuètes sucrées, café, thé, dragées et autres trucs bien dégueux. Je ne comprends pas pourquoi ils ne proposent jamais des « Oréos », des « Ferrero », des « Kinder » ou des bonbons stylés. Ils doivent avoir peur que leurs invités décident de taper l'incruste si ce qu'ils leur présentent est trop bon. En même temps, j'avoue que si un *man* m'accueille avec de la vraie bouffe y a moyen que je revienne régulièrement.

Le visage de son futur mari s'illumine en voyant ma sœur arriver. Il sourit de tous ses chicots : il crâne parce que lui, il les a *tous*. Les présentations sont faites : il s'appelle Bilel et a rencontré ma sœur à l'hôpital le jour où la madré a eu une chute de tension.

Salim se pose à côté de la madré et commence à jouer avec les plus petits. Il doit sûrement penser à Sarah et l'histoire de fou qu'il a vécue. Il avait fini par se faire à l'idée d'être père ; il avait suivi la grossesse de son ex avec attention ; même s'il se montrait violent de temps à autre, j'suis prêt à jurer qu'il l'a aimée cette meuf, et qu'aujourd'hui s'il la fait encore plus à la haneni aux meufs, c'est que

163 *Mot d'argot signifiant pantalon.*
164 *Cul.*

cette dernière lui a cramé le cœur. Il fait l'avion aux gamins et rigole comme un môme : j'ai rarement vu mon frère avoir un air aussi réjoui ; même avec ses bleus parsemés sur le visage et son œil au beurre noir, il rayonne lui aussi.

Le padré n'est toujours pas là. Il nous fait *speeder* pour les préparatifs, mais le *man* arrive tranquillement en retard. Mahlish, je propose qu'on commence à parler de choses sérieuses. Salima préfère l'appeler.

J'ai une boule au ventre en composant son numéro. La dernière fois que je l'ai eu au tél, ça date du hebs. Un soir où je sentais en moi bouillir une rage inexplicable, je l'ai appelé et j'lui ai dégueulé tout ce qui pourrissait au fond de moi. Il n'a pas réagi et lorsque j'ai fini, il s'est contenté de raccrocher. Il n'a même pas eu le cran de me répondre. On est qu'une rature dans sa nouvelle vie : rien de plus, rien de moins.

Une sonnerie, deux, trois. Le son de sa voix me glace. *Dieu est grand, lance-toi.*

— Allô, c'est Youssef.

— J'arrive, je me gare, je suis en bas de la maison.

La maison ? *Ce n'est pas chez toi man, ce n'est plus chez toi. Tu nous as laissés moisir dans cette HLM pourrave et tu oses appeler encore ça ta maison ?*

— OK.

Il a déjà raccroché. Je mords ma langue aussi fort que je peux pour retenir les insultes, au point que je sens un goût de sang dans ma bouche. Je vais au lavabo pour me nettoyer et entends de nouveau retentir la sonnette de l'entrée.

« Ah ! Salam grand chef. »

Salima a l'air de l'accueillir avec un engouement sincère. Comment fait-elle ? Je remets les serviettes en place, nettoie le lavabo correctement, puis j'arrange le peu de cheveux que j'ai sur le crâne. Je prolonge le plus longtemps possible ma présence dans la salle de bain. Wallah j'ai haf de le voir, ça fait longtemps…

Trop de temps.

Je lève les yeux vers mon géniteur. Un mètre soixante-dix d'orgueil, tout ce dont j'ai manqué durant toutes ces années. Le regard rieur, la moustache qui se soulève à chaque parole, les mains qui bougent au rythme de ses salutations... Je m'approche de lui.

Il me tend une poignée de main. Moi qui m'attendais déjà à esquive des embrassades chaleureuses, je n'ai le droit qu'à ça. Il en fait de même à Salim mais celui-ci se contente d'un bref signe de tête.

Mon frère voit clair dans son jeu et compte bien lui faire vivre le pire durant cet unique après-midi en sa présence. Insondable, il se tourne alors vers sa fille et l'embrasse avec tant d'amour que ça en devient presque pathétique. À quoi il joue l'ancien ? On ne comprend pas : même Salima rougit de tant de familiarité. Il la félicite de son port du hijab, la complimente sur sa bonne mine et la serre fort, comme si ces retrouvailles étaient la chose qui le comblait le plus au monde. Il finit par un « salam » de loin avec la madré.

Il se dirige enfin vers la famille du futur de Salima. Et joue son rôle à la perfection : blagueur, soucieux du bien-être de ses convives, il pourrait presque nous faire croire à nous aussi qu'il est un bon père. *Mais l'ancien, t'étais pas là durant toutes ces années ! Tu t'es tiré, tu nous as laissés sans un rond, sans rien ; t'as pas assumé tes gamins, ni ton mariage, encore moins l'amour que Yemma t'a donné. De nous avoir délaissés ? À la limite, on se construit seul donc mahlish, d'avoir fait le pingre, vas-y mahlish comme pharaon on t'enterrera avec tes thunes s'il le faut. Mais de l'avoir fait souffrir, de l'avoir laissée seule dans son lit avec pour seule présence ses larmes, d'avoir fait naître des rides précoces sur son si beau visage, wallah ça, je ne peux pas pardonner*. La vie est ainsi faite : y a des guerriers et y a des lâches. Dommage que celui qui devait être mon exemple se soit tiré comme une mouille.

L'après-midi se passe lentement. La date, le montant de la dot, le futur appartement, même le nom des enfants est évoqué ! Tout ça sous le regard inquisiteur du Chef.

J'ai eu des mauvaises pensées à l'égard de Bilel, le futur mari de Salima, la première fois que je l'ai vu dans ce bus au sortir de l'hôpital. Mais je me suis ramasse sur toute la ligne. Le *man* est venu à nous avec plus d'humilité que je n'en ai jamais eue ; il a l'air droit et honnête. Aide-soignant à l'hôpital, il est lucide et pieux. Il a su prendre des distances avec le daron, imposer son point de vue sur des choses non traitables, mais aussi faire preuve de conciliation pour des points importants à la madré, comme le nom des enfants ou autre. La familia l'a kiffé et moi de même.

Lors de leur départ, j'ai pris Salima dans mes bras pour la féliciter. Elle nous fait à tous honneur avec un mari pareil. Je n'aurais jamais cru pouvoir éprouver de la fierté pour elle, mais au final, aujourd'hui, j'ai compris que le sang créait des liens qui transcendent énormément de choses, et malgré cette vie que l'on a passée loin les uns des autres, je la regarde et j'ai qu'une envie : qu'elle soit heureuse. J'ai malgré tout la haine qui continue de bouillir en moi. Le padré a eu ce qu'il voulait : le mariage de Salima se fera donc le jour anniversaire du décès de mon frère. Je me retiens, car si j'écoutais la rage qui trame en moi, je le plaquerais au mur pour lui défoncer tous ses chicots !

Salima et la madré savent pertinemment que la date ne me convient pas, mais elles continuent de rester silencieuses. Qui oserait s'élever conte l'autorité de ce père absent ? Personne. En tout cas pas chez moi.

Les deux semaines qui suivent, j'aide à la préparation du mariage. Il faut faire jouer les relations pour obtenir une salle en un si petit laps de temps. Le padré nous impose une date mais n'aide en rien dans les préparatifs. Yemma est stressée, mais si heureuse de marier sa fille ! Les deux passent leurs journées à faire des gâteaux, dragées, faire-parts et autres bricoles de mariage.

Grâce à Hakim, le grand frère de Hind, on a pu avoir la salle du quartier. Il avait des contacts à la mairie et pour se faire pardonner de l'agression de sa sœur, il nous l'a laissée pour presque rien. Des fois les galères, ça paie. Avec tout ça, je n'ai pas eu le temps de voir Farah. Elle n'a plus de téléphone depuis deux mois et je n'ai donc plus de nouvelles depuis ce matin de fin novembre où on s'est laissés au pied de mon immeuble.

Je m'investis à fond pour faire plaisir à la madré. Mais surtout pour oublier l'approche de la date fatidique. Le jour anniversaire de la mort de mon frérot arrive et pour ne pas sombrer, je me préoccupe des évènements heureux de la vie ; même si ce n'est qu'en apparence, je m'accroche quand même.

J'finis par annoncer la nouvelle à Elsa et Aria, la veille du mariage. J'étais tellement pris dans l'organisation que j'ai pas eu le temps de les voir. En femmes *clean* qu'elles sont, elles ne m'en veulent pas. Elles restent juste partagées entre la joie d'un mariage et ma frustration de ne pas aller voir mon frère.

— Tu vas quand même les déposer à l'aéroport demain ?

— Ouais bien sûr…

Je mords ma langue pour éviter de déverser toute la rancœur que je garde en moi.

— Allez fais pas cette tête, tu iras retrouver Pingouin, You, t'inquiète pas. C'est ce qui compte au final… Et puis regarde, tu as pu payer le billet à sa sœur et sa mère. Je sais que Sofiane, il te mate avec son sourire de vermine et il est fier d'avoir un frère comme toi. Dieu est grand, c'est sûrement un kheir pour toi Youssef.

— Elsa a raison You, un mariage c'est qu'une fois dans une vie….

— Ouais. La mort aussi.

Je les regarde d'un air morose. Wesh j'm'attendais à plus de compassion que ça… Elsa finit par se lâcher sur moi :

— Je le sais mieux que quiconque You. Mais t'as pas le droit, tu n'as pas le droit de ne pas placer ta confiance en Dieu. On est tous éprouvés, on a tous des balafres qui nous lacèrent la peau, qui nous lacèrent le cœur, mais c'est ainsi, c'est ainsi que Dieu nous aime. Ressaisis-toi, prie, incline-toi pour ton salut, pour celui de ton frère, et patiente. Ton père, il récoltera ce qu'il a semé, mais toi tu n'as pas à désespérer ; tu vas y aller, tu vas le rejoindre, mais pour le moment soit heureux pour ta sœur, pour ta mère et pour tous ceux qui n'ont pas la chance de connaître l'union sous la baraka de Dieu.

Elle me mate avec ses grands heynesses verts remplis de larmes retenues, de peines trop longtemps étouffées. J'suis pas à la hauteur de sa force, ni de sa foi et je ne peux pas imaginer sa souffrance. Je sais qu'elle ne dit qu'un centième de ce qu'elle ressent, mais wallah je ne peux rien y faire moi, j'suis dépassé par mes propres tourments.

Ses paroles sont suivies d'un blanc tellement sombre, tellement triste que j'ai du mal à rester en leur compagnie. Je suis lâche, j'm'en vais dans les moments où les cœurs agonisent le plus, mais de toute façon, que ce soient elles ou moi, on a trop de pudeur pour oser mettre des mots sur ce qu'on vit réellement.

Je sors de chez elles après les avoir remerciées et trace ma route. En matant le ciel, j'aperçois des teintes de toutes sortes qui parsèment le décor. Un millième de la grandeur du Très Haut se dévoile à travers la beauté de la nature. Un oiseau déploie ses ailes et transcende l'horizon.

Je tire une latte sur ma roulée et j'abaisse le regard. Après la splendeur de la nature, c'est l'horreur humaine qui s'étale devant moi : un homme tiraillé par la faim, des bouteilles de habta jonchant le sol, une feumeu s'embrouillant avec son gars en brandissant un téléphone, des hnouchs[165] contrôlant un refré au faciès trop cramé… Mais bordel, qu'a-t-on fait de ce monde ? D'où vient notre capacité à produire plus de péchés que les secondes qui passent ? On est destinés à quoi ? Aux flammes c'est ça ? Comment peut-être prétendre à une autre demeure quand on n'est pas à la hauteur de la vie ni de saisir son sens réel ?

On nous fait croire que le bonheur réside dans les vils plaisirs éphémères : sexe, drogue, argent, voiture et que l'amour, c'est des coups de reins bien placés. J'ai honte de faire partie de cette escroquerie humaine.

En arrivant à la tess, je vois la mère de Farah… En deux secondes, mille questions se posent à moi. Fatim m'a dit qu'elle était très mal en point. J'ai envie d'aller lui parler, mais qu'est-ce que sa mère va dire à un vieux rat du quartier sur sa fille ? Elle aussi à l'air soucieuse. Peut-être qu'elle a chopé quelque chose ? Où bien l'approche des un an lui fait revivre la souffrance du départ…

Y a qu'elle qui peut comprendre à quel point mon reuf me manque, à quel point c'était un être hors-norme, un vrai, un *man* comme on

165 *Police.*

n'en fait plus… Y a qu'elle qui peut sentir la solitude, la vraie, celle qui te troue le cœur tellement elle est puissante et destructrice.

Plus de conventions ni rien. Je me décide à aller voir sa mère sans plan ni technique : j'veux juste voir si elle va bien.

— Salam ahleykoum Halti, je peux t'aider ?

— Ah oui Ouldi, c'est lourd toutes ces courses. Merci fils.

— De rien Halti.

Je prends ses sacs en plastique, mais je n'ose pas parler… Tout le courage qu'il y avait en moi il y a deux secondes vient de s'envoler. Elle me sourit avec ses chicots en or. Elle ressemble tellement à Farah c'est dingue ! La même tête, la même démarche, la même manière d'incliner la tête sur le côté quand elle pose des questions. Enlève-lui ses chicots à la Joey Starr et son petit hijab et c'est Farah que j'ai en face de moi.

— T'es le fils de Khadija du huitième, c'est ça ?

— Oui Halti c'est bien ça.

— Tu lui passeras le grand « salam » inch'allah, et tu la remercies de l'invitation qu'elle a fait passer pour les fiançailles de ta sœur. Mais vous auriez dû le faire au bled. En plus ta sœur elle vivait là-bas : c'est mieux, c'est plus l'ambiance des vrais mariages là-bas. Ici à part le hlam, y a pas grand-chose de bien. Hein mon fils ?

— C'est vrai Halti, c'est vrai qu'ici la dounia nous égare.

— T'es un bon garçon. Mon fils, si tu veux te marier, j'ai des filles chez moi, bent dar[166]. Moi je veux qu'elles rencontrent un jeune garçon qui hadème[167] bien, qui fait la salate, qui est gentil. Mais elles aiment que les voyelles oula les voyeux, je ne sais plus.

Je fais un sourire gêné. Si elle savait qui j'étais réellement, elle prendrait le cardon qui dépasse de son sac et me frapperait avec. Je n'ose pas trop lui répondre, ni même la regarder.

Arrivée en bas de son bâtiment, elle insiste pour que je monte boire un café. Je suis tiraillé entre la culpabilité d'avoir limite manipulé cette petite madré et la curiosité de revoir Farah. Elle ne

166 *Filles de maison.*
167 *Travaille.*

me laisse plus le choix et jure que si je ne monte pas, elle ne viendra pas au mariage. Je la suis dans les escaliers, et peu à peu, je me rends compte que je vais mettre les pieds chez l'ancienne femme de mon frère, la fille pour qui j'ai trahi sa mémoire.

Elle ouvre la porte de chez elle et dans le couloir, j'aperçois le visage déformé par la surprise de Farah.

« Salam Benti, aide le fils à Khadija à porter les courses. »

Je vois le petit corps de Farah s'approcher de moi avec une lenteur démesurée ; je ne la reconnais presque pas. Ses joues sont creusées, son visage est terne, ses yeux cernés, et ses cheveux relevés en un chignon négligé renforcent son air malade ; ses vêtements trop larges ne font qu'accentuer sa maigreur, wesh qu'est-ce qui est arrivée à ma Farah ? J'ai l'impression de me revoir un an plus tôt à la mort de Pingouin… En prenant mes sacs, elle me lance un regard noir et inquisiteur. *Qu'est-ce que tu veux que je te dise Farah ? Ouais j'ai aidé ta mère pour pouvoir t'apercevoir ? Pour savoir si t'étais pas morte depuis tout ce temps ? Deux mois que tu esquives toute forme de vie. Qu'est-ce qui s'est passé ? Wesh j'me souviens encore la dernière fois qu'on s'est vus, notre virée en Suisse, ta bonne mine, tes vieilles blagues, ton sourire. À te voir maintenant, c'est comme si ces moments n'avaient jamais existé.*

Elle se déplace jusqu'à la cuisine, le dos voûté, la tête baissée. Elle embrasse le front de sa mère et s'assoit sur une chaise avec un air de défi.

— Tu ne dis pas bonjour ? C'est pas comme ça que j'ai élevé mes filles.

— Salam.

Sa mère me lance un regard désolé tout en mettant un petit claque derrière la tête de sa fille. Farah ne réagit pas. Sa voix est rauque comme si elle n'avait pas prononcé de mot depuis la dernière fois où je l'ai vue. On me propose un café, mais je n'arrive pas à rester dans cette maison.

Je ne m'attendais pas à ce qu'elle m'accueille avec un sourire et une étreinte chaleureuse, mais pas non plus à ce qu'elle soit dans cet état-là et qu'il y ait un tel froid entre nous qu'elle me mette mal à ce point. *Wesh Farah il t'est arrivé quoi ?* C'est comme si elle s'était murée dans un silence de béton. J'sais pas comment réagir ; j'suis impulsif, mais face à la détresse humaine je ne sais pas agir.

La porte de l'entrée s'ouvre et c'est Pépite qui entre dans l'appart'. Son cadre est tellement grand qu'il est obligé de se baisser pour entrer chez lui. Vêtu d'une jelaba blanche et d'une chéchia, il s'approche de moi avec un sourire apaisant, mais du regard qui questionne de ma présence chez lui.

— Salam ahleykoum walahmatallah y wa barakatouhou.

Il me sert la main avec douceur, se penche sur sa mère pour l'embrasser et caresse doucement la tête de Farah.

— Ouldi, tu connais le fils de Khadija ? Il m'a aidée à monter toutes les courses à la maison, c'est un bon garçon, gentil.

— BarakAllahoufik la famille, c'est gentil merci.

— Je voulais qu'il reste boire le café. Allez vous asseoir dans le salon.

— Oui viens mon frère, on va s'asseoir en attendant l'heure du Ars.

J'observe leur conversation et continue d'être surpris par le comportement de Pépite. Lui qui était une boule de nerfs à l'état pur respire la sérénité. Le dine a dû lui insuffler toute la patience et la force pour se tenir droit. Il y en a pour qui la foi est un thermomètre qui passe du chaud au froid et du froid au chaud constamment, comme moi ; puis d'autres pour qui c'est juste une belle progression dans le climat qui ne décline jamais. MachaAllah, chacun son parcours, que Dieu fasse que nous soyons tous aptes à être parmi ses serviteurs les plus pieux. Je constate que les êtres dont on ne soupçonnerait aucune endurance dans la piété sont ceux qui nous surprennent le plus.

On s'assoit sur le sédari[168] du salon. J'ai jamais vraiment compris le principe des sédaris : ils ont été conçus pour ruiner le dos des gens, ou pire pour faire fuir les invités, shab « venez à la maison on vous offre le thé, mais on sait qu'avec un canapé pareil vous ne resterez

168 *Canapé marocain.*

pas plus d'une heure ! ». C'est le même principe que les sgatas proposées aux invités. Pépite invite sa mère et ses sœurs à s'asseoir avec moi et il se lève pour préparer le thé. C'est la première fois que je vois un *man* agir ainsi, machaAllah j'suis impressionné.

Sa mère parle alors à Farah en Chleuh[169], histoire que je ne comprenne pas. Farah répond de manière brève tout en me fixant. J'ai l'impression qu'elles parlent de moi. J'déteste ce genre de situation. Pour essayer de penser à autre chose, je place mon attention sur la petite sœur de Farah, Yamina. Je vire sur son physique : c'est une rousse avec des grands heynesses verts comme Elsa, avec les dents du bonheur et des taches de rousseurs de partout. Wallah on se demande franchement d'où elle sort la gosse ! La seule chose qui me fait dire qu'elle est de la même famille que Farah c'est qu'elle a les mêmes mimiques qu'elle. La petite me lance des regards timides, comme si elle cherchait à épier mon visage. Je suis sûr que Farah lui a déjà parlé de moi, sinon pourquoi elle me fixerait comme ça wesh ?

Au bout d'une heure de bavardage en tout genre sur le dine, la famille et le travail, je tente de me retirer pour les laisser en famille. Mais Pépite insiste pour que je prie le Ars avec eux. Je me dirige vers la petite salle de bain pour faire mes ablutions et vois dans la pièce une photo de deux gamines – une brune et une rousse – dans le bain avec un petit garçon en train de les arroser. Je mate la petite Farah et me rend compte à quel point elle a changé depuis l'époque de Pingouin… Une petite frappe très sociable, très gentille, le visage rayonnant tout l'temps, qui apportait le sourire à mon frère… Même quand son père est décédé – Allah ya lahmou[170] –, elle a su garder sa force et sa joie de vivre.

Mais j'pense que la mort de Pingouin a été l'épreuve de trop qui l'a achevée au sol. Tu peux pas te battre indéfiniment contre la vie... Nos cœurs sont plus que les reflets de ce monde qui se barre en couille, la lumière du dine tente en vain de nous réchauffer, mais j'ai l'impression que le gel de l'égarement s'est déposé sur tous nos

169 *Dialecte du Maroc.*
170 *« Dieu ait son âme ».*

organes. Comment faire pour rendre ce sourire innocent à cette gosse qui souffre d'en avoir trop vu, trop enduré ?

Est-ce l'approche de la fatidique date qui l'a mise dans cet état ou juste le ras-le-bol de faire semblant d'aller bien ? Je ne sais pas, wallah, je ne sais plus. J'me sens désarmé face à tant de peine ; mes propres tourments, je n'arrive pas à les gérer, alors que devrais-je dire de ceux des autres ? Qu'on le veuille ou non, on est tristement seuls dans nos vies, seuls dans nos regrets, seuls dans nos drames...

Nous prions tous dans la même pièce et c'est Pépite qui dirige la salate. Sa voix me transperce au plus profond de moi-même, elle fait vibrer ma foi au contact des mots de Dieu. Chaque son, chaque syllabe devient un baume pour tous nos cœurs. Il sait qu'Il est notre unique espoir, que sans Lui nos vies n'auraient pas de sens ; Il connaît le lourd fardeau que nos âmes portent, entre les péchés qui nous brûlent de l'intérieur, nos regrets qui nous rongent et nos peurs qui nous dévastent... Il n'y a que Ses paroles qui peuvent adoucir nos tourments, nous faire tenir le coup quoi qu'il arrive. Je me relève pour remettre mes chaussures et revoir une dernière fois Farah, mais elle est déjà retournée dans sa chambre. Je salue toute la famille chaleureusement, mais wallah c'est le cœur bétonné que je quitte l'appartement sans avoir pu ne serait-ce que faire un sourire à Farah.

Je sillonne le quartier et mate les petits en train de jouer innocemment. J'ai envie de leur crier de ne jamais cesser de jouer, de ne jamais perdre leur âme d'enfant. Wallah on fait tous l'erreur de vouloir grandir trop vite et on finit par être excédés par la vie à seulement vingt ou trente ans.

J'retourne au bercail pour finir les préparatifs du hlel car demain, je ne pourrai pas. Demain j'emmène Halti et Fatim à l'aéroport. Elles prennent l'avion pour rejoindre Pingouin un an jour pour jour après son décès. *Mon frère, mon frère...*

Je sens mon téléphone vibrer dans ma poche. Ça me sort de mes pensées lugubres. Un message d'un numéro inconnu.

« Besoin de toi demain vers six heures du mat'. Pour moi, pour Pingouin. Farah. ».

Qu'est-ce qu'elle raconte ? Demain je fais réellement quelque chose pour Pingouin. J'essaie d'appeler sur le numéro, mais il n'est plus attribué. Putain je ne plane pas, elle vient de m'envoyer un texto avec... Mais qu'est ce qu'elle a ? Qu'est-ce qu'il lui prend ?

Vers vingt heures je retourne chez Elsa. Elle va réussir à me mettre les idées au clair sur Farah pour demain, ce que je dois faire ou ne pas faire. J'ai l'impression de toujours finir par elle ; quoi qu'il arrive, c'est vers elle que je reviens. Cette pensée me fait du bien et c'est le cœur un peu plus léger que je fracasse sa porte d'entrée avec un son de derbouka[171].

— C'est qui ?

— C'est Marvin, j'viens pour ambiancer ta soirée.

— Ah ! c'est toi.

Elle ouvre la porte et me lance un regard déçu.

— Wesh qu'est-ce t'as ? J'ai connu un meilleur accueil *man*.

— Nan rien. Ça va toi depuis tout à l'heure ?

— Ouais tranquille.

— Qu'est-ce qui t'amène ?

— Bah j'sais pas, rien. J'pensais que j'étais toujours le bienvenu.

Je lui lance cette réplique piquante en franchissant le pas de sa porte. Je vois une dizaine de boites de médocs sur la table basse du salon et sens comme une odeur de renfermé. Elle doit être en *bad*.

— Elle est où Aria ?

— Sortie avec des copines.

— Pourquoi tu n'es pas allée avec elles ?

— Ah ouais j'aurais dû ! Pourquoi ça fait des mois que je suis enfermée chez moi, c'est vrai ? Ah ! mince, mais pourquoi ? Pourquoi je ne sortais pas, hein ? Pourquoi ne pas aller boire un verre avec des copines ? Me trémousser sur une piste de danse ? Ou bien juste m'asseoir sur un banc à refaire le monde autour d'une bouteille de boiss' ? Peut-être parce que j'ai le dass et que c'est juste un calvaire de se lever du canapé jusqu'à la porte.

171 *Tambour arabe.*

Après cette longue tirade, elle explose en sanglots. Sa vision me lamine le cœur, wallah elle a pas l'habitude de craquer comme ça.

— Wai wai wai, calme-toi Elsa, viens là.

Je tente de la prendre dans mes bras, mais elle me repousse tout en pleurant. J'insiste, mais elle me hurle dessus :

— Je veux plus te voir, je ne peux plus te voir ! Tu ne comprends pas que tu me lamines le cœur à chaque fois que je te vois ? J'suis en train de dépérir sous vos yeux et je te vois continuer ta vie comme si de rien n'était, j'vous vois tous à être là à vous plaindre de vos vies, de vos pseudo soucis bordel ! alors que je meurs là comme ça… J'aurais jamais la chance d'être une femme, une mère, une épouse ; je ne me plains pas du verdict divin : c'est ainsi que ça devait être. Mais You, t'es l'allumette qui vient raviver la flamme de mon cœur, tu brûles tout à l'intérieur, t'es trop fort, trop intense pour mon petit corps ! Tout va finir en cendres et tu me laisseras là, seule, calcinée de l'intérieur, gisante sur le sol froid de ma cuisine. Ça va se finir comme ça je le sais, alors casse-toi avant que tout ne brûle en moi…

— Elsa arrête ! Tu crois que c'est par pitié que je viens te voir ? Tu doutes encore de ce qu'il y a dans mon cœur ? Wesh après tout ça tu doutes ? T'es la seule femme que j'ai réussi à considérer comme la mienne, la seule avec qui j'ai envisagé un avenir, avec qui j'ai espéré un meilleur futur, la seule qui m'a supporté quatre piges ! La seule…

— Ouais mais le passé c'est le passé You. Aujourd'hui tu vacilles entre moi, Aria et Farah. Tu crois que c'est simple pour nous trois de te regarder faire la girouette et attendre que tu daignes accorder à l'une une attention plus portée qu'aux autres ? Jamais j'aurais cru devoir être abaissée à de telles choses : attendre qu'un homme porte son attention sur moi alors qu'il fait tomber toutes les femmes sur son passage… Tu vois tout à l'heure, quand tu nous parlais des fiançailles de ta sœur... Je me disais : *« Quelle chance elle a d'avoir eu un homme qui ose abandonner toutes les autres femmes pour elle ! »*.

Je la vois pleurer ce qu'elles pensent toutes depuis le début. Son ton s'est apaisé ; sa voix est maintenant presque inaudible puisque j'ai réussi à l'allonger sur le canapé. Elle me regarde, les lèvres violettes, les yeux rouges et le teint pâle, si pâle… Wesh c'est comme si je leur volais à toutes leur vitalité.

— Chut Elsa, calme-toi. Arrête de pleurer, je suis là. Je sais que je t'ai fait du mal, mais je veux t'accompagner jusqu'au bout Elsa. Wallah je te mate et j'ai peur, peur de te perdre comme j'ai perdu Pingouin. T'es un bout de moi Elsa, t'étais ma première, j'veux être ton dernier…

— C'est si égoïste ce que tu dis, You… Mais putain comprends moi, You ! Tu n'es plus rien et tu n'as jamais rien été. Que vais-je répondre à mon Seigneur quand il me parlera de tous ces moments en solo qu'on a passés après ma reconversion ? Personne ne mérite mon éloignement de la miséricorde Divine, je t'aime trop pour accepter de continuer à te voir. Dieu connaît nos cœurs mieux que nous-mêmes, je ne peux pas lui mentir, à Lui.

— Qu'est-ce qu'il faut que je fasse pour rester à tes côtés jusqu'au bout ?

— Y a pas d'issue, faut juste qu'on arrête.

— Elsa, moi non plus je n'ai jamais cessé de t'aimer. Malgré tout ce que j'ai pu te faire, je t'ai aimée et je continue de le faire… Je crains Dieu aussi, peut-être pas autant que toi, mais assez pour te demander aujourd'hui, maintenant, d'être ma femme devant Dieu. Je veux passer le reste des jours que Dieu nous prêtera à tes côtés, pouvoir m'occuper de toi comme tu le mérites et ne pas t'éloigner du sublime chemin que tu prends. Tu me parles des fiançailles... Alors…

— …

— Tu ne veux pas ?

— Mais arrête You. Tu sais très bien que ce n'est qu'une question de semaines. Les médecins me l'ont dit, je te l'ai dit. Alors pourquoi ? À quoi bon se marier pour un mois, voire deux maximum ?

— Parce que sincèrement Elsa, je veux être avec toi, je veux que tu te sentes aimée. T'as droit à ta part de bonheur. Je prétends pas être le meilleur mari du monde, mais je sais pour toi je suis le bon, je le sais depuis le début, mais j'étais trop con, trop centré sur moi-même, mais aujourd'hui j'veux. Je veux juste que tu sois heureuse pour partir en paix.

Après une longue minute de silence où je la vois respirer difficilement, elle finit par me dire :

— Laisse-moi You, j'ai besoin d'être seule. Merci pour ce geste, mais c'est la compassion – ou la pitié appelle-la comme tu veux – qui te fait parler comme ça… Je le sais, ce n'est pas un regard d'amour que tu me lances non, mais c'est déjà assez. Tu m'as assez aimée pour oser me demander en mariage ; même si c'est irréaliste, même si c'est complètement fou, c'est beau parce que c'est toi. Mais laisse-moi maintenant, tu te fais du mal et tu m'en fais aussi. Il y a des minutes où je sombre et tu es arrivé à ce moment, ne t'inquiète pas. Je suis entre les mains de Dieu et si c'est mon destin de mourir seule, je l'accepte avec foi. Car Il sait mieux que quiconque ce qui est le meilleur pour nous. Et tu sais à Dieu nous appartenons et à lui nous retournerons. Je suis fatiguée maintenant.

— D'accord Elsa, repose-toi alors.

— Et n'oublie pas Youssef : ma maladie me fait voir certaines choses, mais sache que vous allez tous finir par me rejoindre devant le Très Haut et à ce moment-là, il faudra répondre de tous vos actes... Attention à toi. Et merci encore.

Elle me repousse doucement avec sa main toute froide pour que je m'éloigne, puis ferme les yeux et s'endort sans un mot. Je suis resté là toute la nuit à la regarder dormir, sans trop comprendre ce qui s'est passé ce soir. À me remémorer ses mots, ses pleurs, puis sa clairvoyance face à la vie… C'est comme si j'passais mes derniers instants à ses côtés. Elle n'a pas rouvert les yeux de la nuit et moi, je n'ai pas pu détourner les miens de son corps tout fragile en train de tenter de se reposer. Vers cinq heures du matin, j'ai pris son pouls pour voir si elle respirait toujours, puis j'suis parti. Avant de fermer la porte, je l'ai entendue murmurer mon prénom.

Un goût de dégoût dans la bouche, le ventre noué, j'avance dans les ruelles sombres qui me mènent à la cité. J'me sens minable, incapable de gérer toutes les personnes autour de moi. Wallah, y en a pas deux qui ont une vie comme la mienne : j'accumule les déceptions, les slatas mechouia et je me sens incapable de faire un choix cohérent. Je suis tellement perdu que j'ai demandé Elsa en mariage ce soir… J'suis vraiment barjot et heureusement qu'elle a eu la décence de comprendre ma folie. Je m'auto-épuise wallah !

J'trace devant mon bâtiment pour me dirige vers celui de Pingouin. J'vois deux *men* en train de *dealer* ; au loin j'entends les hurlements d'une femme. Cette cité est un nid de tourments… Puis je vois le *tag* de Pingouin sur le mur de son bâtiment.

Une pige que t'es parti mon frérot. Ayé on y est. J'ai tenu. Moi qui pensais finir pendu dans ma cave, je suis toujours là. Grâce à Dieu et à mes proches, j'ai réussi à passer une année sans toi mon frère, ce n'est pas sans peine, ni sans larmes, mais j'y suis arrivé. De là-haut, j'espère que t'es fier de ton poto malgré tous mes faux pas à ton égard wallah, je t'oublie pas, je t'oublierai jamais… Je me souviens encore de notre dernière conversation mon frère, ton plan à l'arrache que tu voulais partage, même tes pires stratagèmes pour te faire du fric tu les partageais. T'étais grand mon frère, tu survolais toutes les mentalités des grossistes du coin, des enflures du quartier, même si tes mains étaient salies par le biz dans lequel t'étais tombé, ton cœur lui il continuait d'être pur, de briller au-dessus de nous… Tu me manques. Je touche ta signature sur le mur du bâtiment. En attendant les clients, tu t'éclatais à graver ton nom un peu de partout. Comme tu disais : « à défaut de marquer le monde, on marquera la tess… ». T'inquiète mon refrè : t'étais tellement vrai que t'as marqué la mémoire silencieuse du monde par l'amour inconditionnel que tu nous as donné à tous durant ta vie. A la vida a la muerte.

Il est bientôt six heures. J'ai fait mon choix sur un coup de tête, mais il me semble être le plus pertinent : j'emmène Halti et la petite sœur de Pingouin à l'aéroport, puis j'vais voir Farah après. De toute façon, n'importe quelle urgence ne peut pas être plus importante que d'emmener la famille de mon frérot le rejoindre au bled. Et puis quand j'aurai fini avec Farah, j'passerai aider la famille pour le mariage de Salima. Tout ça avec le sourire. Je leur dois au moins ça à toutes ces personnes qui se démènent pour semer les graines du bonheur en moi.

Mais avant tout ça, faut que je m'agenouille devant l'Éternel ; il n'y a que ça qui donne du sens à nos vies si chaotiques. Pour le salut de nos âmes, pour celle de mon refré, pour ma madré, pour Elsa, Farah,

Aria et tous les gens qui souffrent dans le monde, pour l'Humanité entière qui s'est perdue… C'est dans le retour à notre But Ultime – l'Adoration – qu'on trouvera la solution à tous nos maux.

Chapitre 20

Un si triste anniversaire

Je les mate passer la porte d'embarquement des larmes plein les yeux. Halti et Fatim vont enfin rejoindre la tombe de mon frérot.

Putain comme j'aimerais tout plaquer et partir avec elles, passer mes nuits et mes journées près de ta dernière demeure mon refré, te parler de tous nos maux, de toutes nos bafouilles, de comment j'me suis perdu, puis retrouvé, puis de nouveau perdu… De comment j'ai blessé, tourmenté mon entourage et le tien, comment j'me sens seul depuis que t'es plus là. Comment je culpabilise du mal que je t'ai fait mon frère. Parce que t'étais le seul à m'vouloir du bien, le seul à m'soutenir, le seul à m'écouter quand j'avais besoin de parler, le seul qui se sacrifiait pour moi. Les autres ? Tous des gratteurs, et maintenant qu'y a plus rien à chiner de mon côté, ils ont tous déserté : y en a pas un qui est resté depuis que t'es parti ! J'suis seul poto…

Bordel, j'veux refaire le monde avec toi mon frérot, j'veux me poser, mater les étoiles à l'ancienne, me perdre dans la contemplation comme s'il n'y avait plus qu'elles qui existaient, que tout le reste n'était qu'un putain de cauchemar ! Mon frérot, j'veux pleurer sur la terre qui t'a enseveli pour que tu retournes vers le Créateur, j'veux être avec ta mère et ta sœur, les seules qui comprennent vraiment le manque calcinant que t'as causé en moi, en nous, le gouffre sans fin qu'il y a depuis que t'es parti… Putain, j'veux franchir cette porte avec elles. Mais je me dois de rester là. Affronter ma vie et mes responsabilités.

Sur le périph, je roule tranquillement. Le chauffage à fond m'apaise ; j'ai froid, j'ai froid au cœur, wallah. Comme si un drame était en train de se dérouler. Il est huit heures du matin, la route est vide, alors je zigzague entre les différentes voies comme si c'était la route de mon père. Putain, j'vais le voir bordel ! Aujourd'hui... À cause de lui, les fiançailles de Salima sont le jour de l'anniversaire de la mort de mon frérot ! J'vais lui arracher sa moustache touffue et la coincer dans sa gorge pour qu'il s'étouffe avec. J'ai pas le goût à faire la fête, à être heureux ; aujourd'hui j'veux être triste, j'voudrais que même le ciel pleure par compassion avec notre peine. Un an... Une malheureuse année qui est passée... Un an et bordel ! tant de choses qui ont changé.

Mon téléphone sonne : c'est la madré.

— Oui Yemma

— Youssef, ça va mon fils ?

— Ouais pourquoi, Yemma ?

— Non je sais pas, j'ai eu peur pour toi, comme ça d'un coup...

— Mais nan Yemma t'inquiète pas. J'ai posé la mère et la sœur de Pingouin, puis une petite histoire à régler et j'arrive.

— D'accord mon fils, fais attention.

J'arrive à la cité et je pense immédiatement à Farah. Qu'avait-elle de si urgent à faire à six heures du matin ? Je fais un tour dans les endroits où elle avait l'habitude d'être, sans grande conviction. Elle avait l'air si mal... Peut-être voulait-elle que je sois avec elle le jour des un an de Pingouin. C'est sûrement ça même. Mais le numéro avec lequel elle m'a contacté ne fonctionne pas. J'essaie en vain, mais rien. Ce tél me rend ouf et sur un coup de nerfs je le balance contre ma voiture. Mais il résiste le *man*, c'est un vétéran. J'vois qu'au même moment Aria essaie de me joindre. J'éclate une bouteille de habta qui traînait sur le sol crade avec mon pied à défaut d'avoir pu éclater mon tél. Sa race y a un morceau de verre qui a transpercé ma basket. Je décroche en même temps.

— Salam You

— Wessssh Aaaria.

— *Que pasa man* ?

— J'viens d'me défoncer le pied avec un morceau de verre… Mais bien, tranquille, qu'est-ce qui me vaut ton appel ?

— J'suis à la rue, Elsa s'est enfermée dans l'appart'… Elle doit sûrement vouloir être seule. Mais t'es sûr ça va ?

— Ouais ouais t'inquiète. J'veux faire mon nerveux et ça se retourne contre moi à chaque fois. Et pour Elsa j'sais, j'étais avec elle toute la nuit, elle n'allait pas bien.

— Ah bon ? Bon j'vais la laisser tranquille alors. Tu passes me récupérer ?

— Bah j'étais censé voir… Mahlish, vas-y, j'arrive.

Je boite jusqu'à ma voiture, retire ma godasse et en même temps le bout de verre imprégné dans mon pied. J'prends des vieux mouchoirs qui traînent dans la gov' en pagaille afin d'estomper le sang qui coule à flots. Je remets ma pompe avec les mouchoirs collés aux ieps. Mahlish mais à force de négliger mes blessures, mon corps va se gangrener sans que je sente la patate arriver…

Le soleil a laissé la place à un ciel gris et nuageux. Une radée se prépare et elle va être *hard corps* ; j'ai l'impression que Dieu a entendu ma prière silencieuse et qu'Il a accordé le ciel à mon humeur.

Pour calmer mes pensées, tenter d'arriver la mine moins morose vers Aria, je pense aux étoiles… Attraper les étoiles. C'était mon fantasme. Mon rêve. Depuis toujours.

Quand on était gosses, je les voyais briller la nuit de leur éclat si vif, si intense, si envoûtant. À chaque fois, j'étais subjugué par leur beauté, leur lumière si particulière. C'était notre sujet préféré avec Pingouin. On rêvait d'être astronautes pour s'en rapprocher. Puis en grandissant, tu ne rêves plus, tu te contentes de les envier. Et c'est ce que je faisais : je les enviais de toute la lumière qu'elles dégageaient, de leur brillance, de leur beauté ; de leur universalité… Je les insultais même parfois. Mais, malgré ça, elles étaient toujours là. Elles réapparaissaient chaque nuit, elles ne rataient jamais un rendez-vous. Elles étaient des compagnes fidèles.

Comme mon frère, elles me transmettaient bonheur et énergie, éclairaient toutes mes nuits. Et depuis l'année dernière, elles me donnent la force de lutter contre ma propre peine. J'aurais voulu les attraper, les enfermer dans un petit flacon pour pouvoir les observer de tout mon soûl une fois les ténèbres retombées, les admirer encore, avec avidité, se gorger de leur pureté, moi qui en manquais tant. Je voyais ma laideur, celle de mon âme, cachée derrière le masque que je me forgeais. J'savais la débusquer sous les couches de bonté que je tentais d'appliquer, année après année, au contact de Pingouin. Un vernis dont mon refré m'a aidé à me doter en espérant chaque jour ne pas voir les craquelures.

Chaque pensée que je tente d'avoir me ramène toujours à ma peine et ma haine de moi-même, comme si j'étais voué à une éternelle tristesse.

J'arrive enfin à destination et récupère Aria. Elle entre dans la voiture accompagnée du froid environnant.

— T'as passé une bonne soirée avec tes copines ?

— Ouais ouais, c'était pour fêter ma réussite aux exams. Qui l'eût cru qu'avec toutes les slatas, je puisse valider mon semestre ?

— Bien, wallah pashatek, j'suis content pour toi.

— J'ai essayé de sortir Elsa, mais y a pas moyen, elle va mal en ce moment. Elle ne me dit plus rien sur son état de santé... J'm'inquiète et en même temps, j'peux rien y faire, c'est pas une môme.

— Ouais c'est vrai... Mais je crois que c'est les fiançailles de Salima qui l'ont un peu mise à bout.

— Oui je sais, on en a parlé quand tu es parti hier. Elle disait qu'il y avait des femmes chanceuses et d'autres non. Mais que c'était ainsi et que Dieu n'était pas injuste... Pauvre Elsa.

— Que Dieu l'aide et nous aide tous.

La conversation s'arrête aussi vite qu'elle a commencé. J'me perds dans mon propre esprit, dans les recoins les plus sombres. Comme à chaque fois dans ces moments-là, ma voie est toute tracée : je me retrouve à la Roch'. Aria ne dit rien, elle ne se pose plus aucune question à mon sujet : mes gestes sont tellement prévisibles, ma peine tellement perceptible. Arrivés à destination, personne ne dit rien. Quand je la regarde, quand je *nous* regarde, je me rends compte à quel point elle nous aura marquée au fer rouge cette année...

Après dix minutes à écouter le fracas des gouttes de pluie sur la carrosserie de la voiture, Aria brise le silence qui nous emprisonnait dans nos sordides pensées.

— Sinon, tu penses qu'elles vont t'appeler ?

Je sais qu'elle parle de Halti et Fatim… Sur qui d'autre mon attention serait-elle portée en ce triste jour ?

— Ouais dès qu'elles arrivent au bled, elles m'appellent. Ça ne devrait pas tarder d'ailleurs.

Je tais en moi cette envie de vider mon sac. Puis je sens sur ma nuque son regard encourageant et j'entends son cœur me crier : *« Vas-y You, je suis là pour t'écouter… »*.

— T'sais pas Aria… Tu peux pas imaginer à quel point j'avais envie de monter avec elles dans l'avion et surtout, comme j'ai pas le goût de faire la fête. Mes journées et mes nuits sont interminables, j'dors plus, j'somnole, j'néglige, je passe à côté de tout, et cette journée me renvoie à toute la peine que j'garde en moi depuis qu'il s'est fait buté.

— J'comprends You, mais tu peux être fier de toi : t'as réussi à les envoyer au bled, t'as réussi à affronter ta peine et à les voir, les soutenir. Même si t'as pris du temps, t'as honoré ton amitié, c'est ce qui compte. On a tous nos lots de peines, on a tous nos cicatrices et y a des jours qui te renvoient profondément à la douleur des souvenirs, et d'autres où ça ira. C'est la vie, mon frère.

Son sourire illumine la voiture et même avec une canine en moins, elle reste la petite Aria qui a toujours les mots qui touchent. Mais pas aujourd'hui. Aujourd'hui, j'ai le cœur trop alourdi et l'esprit vide. Aujourd'hui j'ai besoin d'être seul et elle le comprend. Je sors donc de la voiture et me dirige tête baissée, boitant sous la pluie battante, vers notre rue.

En chemin, je revois ton visage me sourire : ça brise littéralement de l'intérieur, Pingouin… Tellement que je finis par trébucher sur quelque chose et m'étaler par terre. J'ai la tête pleine de poussière, mon survêt est recouvert de boue et mes genoux sont écorchés comme quand on était mômes et que je me ramassais en vélo sur les pentes de la cité. *Sauf qu'à cette époque, comme dans la quasi-totalité de mes souvenirs, t'étais là pour m'aider à me relever.*

Sa race j'ai glissé sur quoi ? Une chaussure de meuf ? Qu'est-ce qu'elle fout là cette chaussure ? Elle me dit quelque chose. Je me relève difficilement sous la pluie qui bat son plein et le vent aussi s'est levé. J'ai l'impression d'assister à un ouragan. L'ouragan Pingouin vient ravager notre cité et nos cœurs. Pudiquement je laisse enfin les larmes trop longtemps refoulées couler le long de mes joues. J'sens mon téléphone vibrer, mais j'ai pas le cœur à répondre, pas le cœur à parler.

Je me rapproche de notre vue qu'on a si longtemps contemplée mon frère et qu'aujourd'hui je n'arrive plus à regarder. J'm'approche en sanglots, des sanglots de mômes qui ont tout perdu, des sanglots qui t'écorchent la gorge, qui ont le mal de vivre… le mal d'amour. Je m'en suis consumé mon frère de cet amour qui nous liait, j'm'en suis brûlé les ailes… Mais au final en ai-je vraiment eues un jour ? Du plus loin que je m'en souvienne, la folie m'a toujours guettée, tapie dans l'ombre, luisant faiblement sans jamais étinceler de tout son éclat.

Elle guidait nos pas mon frère, notre goût du risque, notre rapport si étroit à la mort, à la drogue, au mal, à l'argent ; premiers dans l'apprentissage du banditisme, notre intérêt pour ce monde si sombre, si crade, n'a cessé de croître avec les années et aujourd'hui, j'ose penser qu'un jour j'ai eu des ailes ? La seule chose qui m'a gardé humain, qui nous a permis de résister, c'est notre amour inconditionnel pour la famille, pour nos madrés, pour nos femmes… Pour nous-mêmes. Y avait que l'amour qui ne nous avait pas fait sombrer dans la folie, la vraie, celle qui ravage le cerveau, le cœur, les esprits.

J'ai l'impression de sombrer, j'ai envie de crier ma rage au monde, de hurler mon désespoir, que notre cité entende la folie d'un thug qui a perdu son unique refré… mais je suis devancé par un appel tourmenté qui déchire le voile sombre de mes pensées.

Je tourne la tête vers le bruit et au loin, malgré le brouillard, j'aperçois de profil la silhouette d'une meuf debout sur la murette, qui mate l'horizon, le poing sur la bouche comme pour faire taire ses cris…

Je reconnais alors Farah. *Mais qu'est-ce qu'elle fout là ?* J'm'approche doucement pour ne pas l'effrayer puis je distingue, entre la pluie et le brouillard, que ce n'est pas un poing mais un *gun* qu'elle a dans la bouche. J'viens de prendre conscience de l'horreur de la situation.

Sans oser rien dire, je l'observe comme hypnotisé par la vision dramatique qu'il m'est donné de voir. C'est ses lèvres gercées jusqu'au sang par le froid environnant et refermées sur l'arme qui empêche ses cris de sortir. Un tourbillon glacé s'engouffre dans son corps, semant ses cristaux de glace autour d'elle sans qu'elle ne bouge. Quant à moi, je reste pétrifié à côté d'elle. Ses cheveux d'un noir ébène volent derrière elle, s'enroulant, s'entremêlant, bataillant, dessinant dans les airs une chorégraphie sans spectateur. Ses yeux perdus au loin, rouges d'avoir trop pleuré, fixent ce que personne ne pouvait apercevoir. Je la regarde et il m'est juste impossible de faire un geste. À cet instant, elle n'est plus si belle : sa folie l'a défigurée, tordant son visage dans un horrible masque de douleur, reflet de son âme.

Je la regarde, impuissant, sans qu'aucun son ne puisse sortir de moi. Les secondes défilent à une vitesse folle et c'est comme si un être invisible m'empêchait de bouger. Avant que j'aie la force de réciter la protection contre le mal du Sheytan, elle avait déjà appuyé sur la détente.

Le coup partit et j'eus uniquement le temps de tirer son corps pour ne pas qu'il tombe de l'autre côté de la murette et ne dévale la colline.

La solitude. Le froid. La tristesse. Le brouillard qui obstruait ma vision, mêlé aux larmes qui embrumaient mon regard, ne me permettait même pas de voir son visage. De toute façon, il n'y avait rien à voir. Rien à observer. Rien à admirer. Rien qui vaille la peine que j'ouvre les yeux. Rien qui ait un intérêt particulier. Parce qu'il n'y a rien, tout simplement. Le vide. Le vide autour de moi. Le vide qui envahit mon esprit me vole tous mes souvenirs, brouillant ma mémoire. Le vide de la mort. Sourd et muet. Il est indescriptible… Il ne se dit pas, il se vit.

Elle est là dans mes bras, morte, sans que je réalise, sans que j'agisse. Ses petites mains tenaient une gribouille d'adieu mouillée par la pluie :

« Youssef,

J'ai fait le sale boulot. T'étais pas là, c'est sûrement Dieu qui t'a préservé. Je ne t'en veux pas... Quand tu liras ces mots, on sera en paix avec ce monde, moi et Sofiane. Elle m'a tout dit le jour de notre retour de Suisse. Pas pu t'en parler. Grosse dépression, préparation du plan. Exécution du plan. La cave au fou. Tu la trouveras, je l'ai vengé.

À lui nous appartenons, à Lui nous retournerons. Pas la force d'écrire plus, je veux Le retrouver au plus vite.

Dis à ma mère, ma sœur et mon frère que je les aime plus que ma propre vie. Et qu'ils n'y étaient pour rien.

Sois digne de Pingouin et ne m'oublie pas dans tes douhas.

Farah. »

Épilogue

Il suffoquait, mais ses hurlements devaient être retenus. Une fois de plus, ses rêves avaient été obscurcis par leurs présences macabres. Il sortit de son lit et se dirigea vers le balcon. Contempler les étoiles comme ils l'ont tant de fois fait ensemble. Des gouttes de sueur perlaient sur son front tandis qu'il essayait de calmer les pulsations de son cœur.

Chaque soir, le même cauchemar le rappelait à la triste réalité. Celle de leurs départs simultanés. Cet irréductible goût de la mort restait omniprésent dans sa bouche à son réveil. Les rejoindre. Tout quitter. Arrêter de se leurrer. Il savait qu'il ne s'en remettrait jamais. Alors à quoi bon continuer ? Chaque soir, c'était la même lutte acharnée entre la mort qui planait et la lueur de vie qui persistait à briller en lui, inspirée par la foi.

Il sentit alors la présence de sa femme dans son dos. Et c'était ainsi à chaque fois. Elle était là comme pour lui rappeler qu'il devait continuer à être. Et ce, depuis leur rencontre à un arrêt de bus, il y a maintenant quatre années de ça.

— Tu as encore rêvé d'eux mon amour ? lui dit-elle d'une voix douce et endormie.

— Ouais encore et toujours ces mêmes images qui me hantent… Qu'est-ce que je dois faire Aria ?

Le ton qu'il employait était désespéré.

— You, on va aller revoir le taleb, peut-être qu'il pourra de nouveau t'aider.

Mais Youssef doutait fort de cette possibilité. Ses proches, même munis de leur meilleure volonté, n'arrivaient que très peu à estomper la douleur qui lui calcinait le cœur chaque nuit. Alors qu'en serait-il d'un homme pour qui il ne représentait qu'un frère parmi tant d'autres ?

Il demanda à Aria de se recoucher tandis qu'il entamait une nuit de prières. L'enseignement de l'Islam transmis par le Prophète et Sa famille lui avait inculqué la passion des prières nocturnes. Seules, elles étaient en mesure de calmer le flot de tristesse qui envahissait son cœur continuellement.

Alors rakrate[172] sur rakrate, il vidait de son cœur, son amertume et sa peine. Il se questionnait sur lui-même, mais aussi sur la vie et la mort. Pour quelle raison Elsa, qui était si pure, avait-elle dû subir une mort aussi dure et sordide ? Et pour Pingouin, était-ce le retour de flamme qui avait engendré sa mort ? Ou bien la folie suite à la tristesse ? Avait-il vraiment un lien avec Elyad ? Arriverait-il un jour à pardonner à Hind d'avoir été responsable de sa mort, mais aussi du suicide de Farah ? Comment pouvait-il prétendre en la miséricorde de Dieu si lui-même n'était pas en mesure de pardonner aux autres ? Mais comment pardonner l'impardonnable ? Et chaque nuit, il s'évertuait à calmer ses pensées et à se recentrer sur sa foi… L'Islam avait été son unique remède.

Aria s'était levée et l'avait rejoint dans son accomplissement de prières. Puis l'aube était apparue. Alors pour clôturer dignement cette nuit, Youssef récita la douha de Koummayl qu'il dédiait à ces êtres perdus. Tout l'amour qu'il éprouvait pour ses proches n'avait d'égal que la souffrance de l'hécatombe qu'il avait vécue.

« Tu nous rappelles tout au long de notre vie que celle-ci ne tient qu'à un fil. Alors chaque jour, donne-moi la force d'aimer les miens comme si c'était le dernier. Protège-les ô mon Dieu, apaise-les, guide-les. Et recouvre de Ta Miséricorde tous nos proches décédés, tous nos morts qui T'ont rejoint. Pardonne-nous pour nos manquements et Guide-nous vers la voix des Justes. ».

Cette fois-ci Aria n'avait pas pu retenir ses larmes. Elle laissait les perles d'eau ruisseler sur son visage à mesure des récitations. La mort les avait soudés au point que chacun ressentait la moindre parcelle de peine que l'autre éprouvait. Ils étaient unis par leur

---

172 *Unité de prière.*

sinistre passé, mais surtout par l'envie d'un avenir meilleur : Aria portait l'enfant de Youssef dans ses entrailles. Ce bout de vie qui donnerait un sens à leur existence. C'était donc ça, l'espoir.

Le soleil battait son plein et Youssef, de sa fenêtre, entrevit le petit Sony assis sur la murette en bas de chez lui, la mine plus bas que terre. Il sortit alors comme à son habitude pour tenter d'entamer une discussion à laquelle le petit ne participerait sûrement pas.

En effet, depuis le drame qu'il avait vécu, ce petit gars déambulait dans les rues en fixant le sol, ses chaussures aux semelles légèrement décollées traînant sur le bitume de la cité qu'il parcourait d'un air perdu. Le quartier entier le regardait passer avec tristesse. Tous savaient le mal qui dévorait ce petit aux yeux étincelants de peine. Mais personne – si ce n'est Youssef – n'avait l'audace de venir lui parler. À lui, le survivant de cet effroyable accident de voiture.

— Comment tu vas petit bonhomme ?

— Pas envie de parler M'sieur.

Sony avait enfin fini par lui parler. Chaque jour Youssef venait à lui, et chaque jour, il se heurtait à un mur de silence et de mépris. Comment pouvait-il en être autrement ? Il savait ô combien il était difficile de mettre des mots sur le boucan de culpabilité qui devait régner dans sa poitrine. La casquette vissée sur son crâne cachait son regard rougi par les larmes. Youssef avait la cruelle impression de se voir dans un miroir.

— Je sais, lui dit-il d'air un certain.

Et ce qu'il savait, c'est que ces deux simples mots allaient lui permettre de réagir. La parole était revenue, alors il fallait ouvrir la valve. Sony leva la tête et Youssef vit dans ses yeux tout le dégoût et la haine que lui inspiraient ses mots.

— Tu sais quoi toi ? Hein ? Tu comprends quoi dans ma vie ? Tu viens chaque jour me demander si j'vais bien, puis tu retournes à ta vie de raté en pensant avoir fait ta bonne action de la journée. Je vous vois là, tous avec votre peine, votre compassion shab mais j'ai pas besoin de ça. Vous me dégoûtez, ce monde me dégoûte, les gens ici et là-bas me dégoûtent. Toute la compassion du monde ne ramènera pas mes potes et ne m'enlèvera surtout pas la culpabilité de les avoir tués. Alors ne viens pas me la faire à l'envers. Retourne à ton quotidien de merde dans cette cité de merde. De toute façon on finira tous dans la merde. Tu sais… Mais qu'est-ce qu'il sait, lui ?

Youssef était prêt à entendre tout ça. Il avait juste l'impression de voir le petit You complètement obnubilé par sa propre peine, envahi par le poids de ses soucis...

Le poids était trop lourd et lui trop seul. Son visage devenait plus sombre, plus fermé au fil des minutes. Pourtant, ses yeux laissaient transparaître une réelle lueur de vie. La rage que lui avaient procurés ses mots lui permit aussi de retrouver un peu l'éclat dans son regard. Parce que la rage implique l'amour, la vie, la révolte... Il avait la rage contre le monde parce qu'il aimait ses potos. Il n'était plus la loque qui déambulait entre les tours de ciments : il redevenait Sony, le petit gars qui a perdu ses potos et qui saigne de la tournure que prend le monde. Ce qui veut dire qu'un jour il sera Sony, l'homme qui a réussi à faire son deuil et qui accepte la vie comme elle vient. You aussi était passé par cette phase de rage, la rage d'être impuissant face à la mort, la rage d'avoir des pincements au cœur à chaque seconde qui défilait, la rage parce que plus que ses proches, c'était son cœur qu'il avait enterré. Et puis un jour, il s'était levé et avait fini par accepter la vie, il avait enfin compris que la douleur faisait partie de l'existence ; il s'était forgé dans cette solitude et avait récupéré l'unique corde dont l'homme disposait ici-bas : celle de la foi.

Il fallait que Sony sache une chose sur la vie : c'est qu'on ne doit attendre d'elle rien de plus que ce qu'elle peut nous apporter, c'est-à-dire des moments de bonheur éphémères.

Par la fenêtre où quelques minutes auparavant Youssef était accoudé, Aria regardait l'exploit de son cher et tendre. Depuis un mois, il s'était mis dans l'idée qu'il fallait faire parler ce petit comme il aurait aimé qu'on le fasse parler après le meurtre de Sofiane. Et aujourd'hui, il y était arrivé. Elle ne distinguait pas leurs voix, mais voyait dans les gestes de Sony la révolte, la peine et le dégoût, et dans ceux de Youssef la compassion, la douceur et la sécurité.

Pour elle, elle avait épousé le meilleur des hommes qu'il lui avait été donné de rencontrer. Meurtri, mais si généreux. La mort de

Pingouin l'avait aveuglé, il ne vivait que dans le souvenir de cet ami si grandiose.

Celle de Farah l'avait fait sombrer dans la plus grande des déchéances : la culpabilité de ne pas avoir su être là, de ne pas avoir pu comprendre et de ne pas l'avoir aidée. S'ajoutait à cela l'horreur d'avoir vu la scène de suicide en étant pétrifié, de n'avoir pas agi pour l'en empêcher.

Quant à celle d'Elsa, celle qui était la plus prévisible, elle l'a littéralement achevé. C'était le coup de grâce, comme il se plaisait à le dire.

Pourtant, aujourd'hui il est là, solide, prêt à aider un petit dans lequel il s'est reconnu, vivant malgré la douleur. Présent pour sa femme, pour sa mère, pour son frère et sa sœur, ses neveux et nièces, pour les gens de manière générale, présent pour l'Homme.

Elle regarde son mari et son cœur enfle de bonheur quand au loin, elle voit sur le visage de Sony se dessiner un magnifique sourire. Il avait réussi.

Il n'y a que ceux qui ont perdu le sourire qui en connaissent la véritable valeur.

Youssef Bekri, époux d'Aria Suri, pouvait enfin dire qu'il était en paix avec son âme.

FIN

Table des matières

DANS LA PEAU D'UN THUG

Dépôt légal : septembre 2013

ISBN (Livre) : 978-2-36845-047-5
ISBN (Ebooks) : 978-2-36845-048-2

N° d'impression : 230756